一顾倾南国

ONE
GLANCE ETERNITY

蕉下微酌饮 / 著

ZHEJIANG UNIVERSITY PRESS
浙江大学出版社
·杭州·

图书在版编目（CIP）数据

一顾倾南国 / 蕉下微酌饮著. —杭州：浙江大学
出版社，2024.5（2025.3重印）
ISBN 978-7-308-24898-3

Ⅰ.①一… Ⅱ.①蕉… Ⅲ.①长篇小说—中国—当代
Ⅳ.①I247.5

中国国家版本馆 CIP 数据核字（2024）第 083762 号

一顾倾南国

蕉下微酌饮　著

责任编辑	钱济平
责任校对	陈　欣
封面设计	浙信文化
出版发行	浙江大学出版社
	（杭州市天目山路 148 号　邮政编码 310007）
	（网址：http://www.zjupress.com）
排　　版	杭州青翊图文设计有限公司
印　　刷	杭州钱江彩色印务有限公司
开　　本	880mm×1230mm　1/32
印　　张	11.5
字　　数	320 千
版 印 次	2024 年 5 月第 1 版　2025 年 3 月第 2 次印刷
书　　号	ISBN 978-7-308-24898-3
定　　价	55.00 元

目　录

上

巻

第一章　故事的开始

戚南走出地铁站的时候，华灯初上，夜色开始弥漫。和地铁站里的温暖宜人不同，初秋的傍晚，刚下过雨的 J 市，已有些凉，以至于昏昏欲睡的她一走出来就被一阵风吹得睡意全无。

戚南在凤栖路拥挤的人流中奋力穿梭，看着身旁三三两两走过的依旧穿着各色清凉夏装的女孩，她一边腹诽她们要风度不要温度，一边认命地提着沉重的三脚架和单反，背上还驮着一个硕大无比的军绿色背包。那有气无力挪动的架势，颇像一个逃难的村姑。

"南南，南南，这边，这边！"

听到有人喊自己的名字，戚南抬起耷拉的头看了看。果然，是室友小雀在不远处呼喊她。

戚南紧了紧脚步，还没走到小雀面前，三脚架和相机已经被她接了过去，戚南顿觉轻松无比。她想了想，决定不计较宿舍那些家伙为什么只派小雀来接她了，且小雀还穿得这么……清凉。

"你怎么穿成这样？"看着身旁只穿着碎花裙子外加杏色高跟鞋走着台步无比娇嫩的家伙，风尘仆仆的戚南郁闷了。

"是不是很好看啊，人家刚买的呢。"小雀歪歪头，露出一个羞涩的微笑，做呆萌状。

"再说一遍，不要再在我面前使用人家、伦家、啦这些词，真的！不！适！合！你！"戚南被撒娇的小雀打败，开始感叹起上天的不公，论年龄明明小雀比她们都要大两岁，为什么看起来还是一副天真纯良的小妹妹模样？

一定是因为小雀是圆脸，一定是的！戚南自我催眠。

"不说就不说嘛，南南你就是要求多。还有你不要走那么快啦，等等我啊。"

小雀觑了一眼前面的戚南，低声嘀咕了几句，踩着高跟鞋如履平地地快步追了上去。

也就几句话的工夫,戚南她们就走到了 L 大的侧门。侧门在凤栖路上,边上有着各色店铺。街上人流繁杂,校门里面却是和外头迥然不同的书香世界。

L 大的老校区在市中心,因地段的原因,面积不大,却构造精妙,别有洞天。算起来,L 大也有百年的历史,又是国内屈指可数的名校,师资雄厚,因此早早地在城郊开辟了面积巨大、气派恢宏的新校区。而戚南所在的老校区,因建筑古朴、林木葱郁而被当作古迹胜地保留了下来,只有几个文科专业的本科生和 L 大研究生们在这边"留守",戚南所在的新闻系自然在其中。

侧门旁便是戚南她们本科生住的宿舍,号称亚洲最大女生宿舍的南苑 8 舍。当然凡事不能光看表面,宿舍也是一样。8 舍外观古色古香煞是好看,内里却是条件简陋不忍直视。

戚南的宿舍也就十来平方米,却塞着六个妹子。姑娘们杂七杂八的东西多,所以人在宿舍里稍一走动不是碰着这儿就是磕着那儿,要有外人来串门,真连下脚的地方都没有。

大伙儿刚搬来的时候也是诸多不适应,磨着磨着也就习惯了,毕竟和新校区相比,这边逛街吃饭什么的还是方便多了。都说 L 大要搞学术得去新校区,要"腐败"嘛,自然得待在老校区,戚南她们深谙此理。

一路跋涉到五楼,戚南已然快累瘫了,小雀也是一样,娇艳欲滴的小模样已然不在,活像一朵残花……

"让你不要穿高跟鞋,这不自虐吗?"看着小雀脚下七厘米的高跟,戚南都替她疼。

"没事啦,习惯就好啦。"小雀甜甜一笑,表示已熟练掌握高跟鞋技能。

这妮子就是死鸭子嘴硬,瞅了一眼她不再摇曳生姿的步伐,戚南摇了摇头,推开了宿舍的大门。

第二章　往事沉郁

宿舍里静悄悄的,灯开着却不见人,估计都去洗澡了。戚南放下背包,换了双拖鞋,准备去倒些水喝。拿起水瓶才发觉昨日打的水早就用光了,于是拿起旁边的水瓶倒了一杯,咕咚咕咚喝下了大半杯才觉得没那么疲惫了。

"你又偷舒和的水了。"西侧的床上幽幽传来这么一句,吓得戚南差点没握住手中的杯子。她朝那一看,蜷起的被子里钻出一个毛茸茸的脑袋,露出来肖夏那张动人的脸。

"大王,你吓死我了。"

戚南抚了抚胸口:"大王就你一人在宿舍啊,她们人呢?"

被子里的肖大王慵懒地起身,开始慢条斯理地套衣服。那玉藕般的手臂,那窈窕的身段儿,那婴儿般柔嫩的肌肤,再配上那张动人的脸庞,肖大王又成功地让戚南惊艳了一回。

"啊呸,姐是女的,色即是空,空即是色……"戚南一边唾弃自己没出息,一边念着清心咒,暗下决心下次一定不能再被大王的美艳皮囊给蛊惑了。

要说戚南宿舍六个妹子,什么类型都有。舒和温柔典雅,小雀天真可爱,独孤特立独行,枫羽活泼靓丽,戚南清冷秀美,单拎出来都很亮眼迷人。

但肖夏却是当之无愧的大美人,琼鼻樱唇鹅蛋脸,身姿高挑,气质妩媚,这要放在古代,就是一祸国殃民的妖姬,就是妲己、褒姒、飞燕这等人物。不过肖夏人前是"女神",人后是"女神经",看她的网名就知道了——"大王叫我来巡山"。当初知道这茬的时候宿舍众人差点没笑疯,在肖夏大呼"我跟你们友尽了"好久才停下大笑,不过"肖大王"这个称号却保留了下来。

"大王,她们呢?"不明状况的小雀又跟着问了一句。

“或许……大概……洗澡去了？”大王心虚地回答着，底气明显不足。

“大王你又睡到现在？”戚南和小雀都无语了。

“我昨天晚上两点才睡的好不好……”肖夏眨了眨眼，表示很委屈。

戚南和小雀对视一眼，知道肖大王肯定又跟谁聊到了半夜。要不是她们回来了，恐怕还没醒呢！

肖大王这人没啥爱好，除了吃和睡，就是看小说，外加聊八卦。最近肖大王在等她申请的留学 offer，空虚无聊时就爱在微信上和人侃大山，还是“摇一摇”上的陌生人，而且聊得津津有味。

“大王你小心哪天被骗了哦。”小雀善意地提醒。

“哎呀，知道啦。”大王挥挥手表示不在意，又插上耳机和人网聊去了。

扛着机器拍了一天的广告，戚南很是疲惫，准备早点洗澡休息了，和叽叽喳喳的小雀提着沐浴篮子和换洗衣物正准备出门，舒和推门进来。

“去洗澡啊，人还挺多的，估计要排队了。”舒和温柔一笑，滴滴水珠从她额前柔顺的发丝上缓缓垂落。

“好，知道啦。”戚南回之一笑，随即跨步出门。

舒和却停住了脚步：“南南，我刚看到他了，在小超市门口，应该在打电话哦！”

戚南看着舒和略带担忧的眼神，淡淡地笑了笑，说了句“没事儿”，就拉着小雀出了门。

宿舍外，天气虽微凉，夜色却好，桂花树在风中摇曳，连空气中也带着一丝花香。然而戚南却无心欣赏，她抬头看了看天空，墨黑墨黑的。遥远的星子闪着微弱的光芒，随着戚南的心，一点一点沉郁下去。

第三章　因缘际会

舒和口中的他,不作他想,便是顾清狄。顾清狄其人,在L大说起来,竟是无人不知。他父母皆是L大知名教授,家世好,成绩好,性子好,偏又天生一副好相貌,浑身上下简直挑不出一丝儿错来,几年来稳居L大男神榜首。

要说顾清狄这样一个耀眼夺目的人,走到哪儿都是焦点,在L大也早已众人皆知。但对于戚南这样一个高级"宅女",两耳不闻窗外事的极端典范,认识他是大三的时候,还是因为小雀,说起来真是不可思议。

遇见顾清狄,这是搬来老校区的事儿了。作为一个"学术宅"加"游戏宅",蜗居在新校区度过大一大二的戚南,除了吃饭上课,走出宿舍门的次数简直屈指可数。任凭身边哪吒闹海,戚南也岿然不动地过着自己的小日子,平淡且自得。所谓的L大名片、第一男神什么的对于戚南来说不过就是个虚幻的称呼,她不关心,也对不上号。

但自从挪窝到了老校区,让戚南这样一个洁癖严重的人天天窝在乱七八糟杂物房似的宿舍,就成了难事。加上和小雀这种活力四射、天天往外蹦跶的家伙成了好友,戚南就是不想出去也被她拉出去遛了几次。

而其中的一次,就让她遇见了自己的劫。

那是大三下学期,三月的一个春日,天气很好。L大老校区春花烂漫,空气中似乎也飘浮着蓬勃而甜蜜的粉红泡泡。这样好的春光里,一些"积灰"许久的社团也开始宣传自身,招揽人才。于是热衷于饭后散步的小雀在一张海报面前停住了脚步。

"南南,你看,红楼社的年度大戏在招演员,你不是一直超喜欢《红楼梦》的嘛,去参加吗?"小雀对着海报指指点点,兴致勃勃。

很意外地,一向对社团之事淡漠的戚南竟驻足了。

是《红楼梦》啊,妈妈最喜欢的,心底有个声音冒了泡。

戚南的母亲是徽商家族的大家闺秀,虽说到了她母亲这一代,走南闯北的生意早已不做了,家族也不再富裕,但是有这样底蕴的家族,对于子女的教育却始终如一。戚南的外婆只有她母亲这一个女儿,自是琴棋书画尽数教她。所以戚南眼里的母亲,举手投足氤氲着书卷芳华。而《红楼梦》正是母亲最爱读的书。

"南南,去不去啊?"

小雀的问话打断了戚南的沉思,戚南并没有答话,心里却有了决定。母亲的生日就在这个月,这会是一份很棒的礼物。

所以当天晚上,小雀就拉着戚南来到了活动中心。一路走来,小雀一直在抱怨戚南怎么不好好打扮一番,待看到大厅里各色装扮的莺莺燕燕,小雀的嘀咕更甚。

第四章　金风玉露一相逢

戚南也没想到,来应试的人会这么多,且多半是女孩儿。一想却又释然了,红楼十二钗星光熠熠,却只有宝哥儿这一轮明月,自然是红花绕绿叶,来应试的也该是女多男少。

"给你,这是台词,你自己选一段吧,赶快背哦!"奋力给戚南和自己报完名,小雀将领来的台词给了戚南,便开始临时抱佛脚背了起来。

戚南倒不慌,《红楼梦》对她来说就是必备读物,再加上耳濡目染,不说倒背如流,但随意抽出一段经典台词,对答也是无碍的。但碍于小雀的"淫威",戚南也开始看起了台词,咳,就当复读吧……

要说这种海选,不过就是看看长相,听听音色,到底还是外貌看得多,所以面试一个人也就两三分钟的事,很快就轮到戚南她们了。

"喏,到咱们啦,我先去啦,南南加油,么么哒。"小雀对着戚南开始赛前撒娇热身活动。

　　戚南嗯了一声,无奈笑笑,推着她上前。

　　和小雀对戏的是个男生,头发理得很精神,个子也高,目测一米八五左右。他侧对着戚南,灯影绰绰,虽看不清样貌,满身气度却掩盖不住。他站在那儿,像是一树挺拔的青竹。白衬衫、牛仔裤,明明是平常的装束,他穿着便多了几分卓绝的气质。

　　这人是个天生的衣架子,戚南暗想,目光不由得多瞟了他两眼。

　　小雀很快就"班师回朝"了,只不过这满脸的红晕是怎么回事?戚南来不及深究,便被催促着上前,她只得快步来到了那男生对面,摆出了对戏的架势。

　　"这个妹妹我曾见过的。"一声清润的男声入耳,虽带着一丝沙哑,却让戚南听出了昆山玉碎、凤凰鸣叫的味道。

　　这人声音真是好听,不过应该要买点金嗓子喉宝润润……电光石火间,戚南脑中闪过这念头。

　　一声轻笑唤回了神游中的戚南:"妹妹可曾读书?"

　　"不曾读,只上了一年学,些许认得几个字。"戚南反应很快,倒也对答如流。

　　那人又是一声轻笑,竟让戚南听得耳根子热了起来。

　　这人怎么回事,有什么可笑的,还笑得这么……勾人,定是个宝玉一般的纨绔!戚南特别不忿,抬头瞪了他一眼。

　　有时候人生就是这么奇妙,有些人你看百次仍泯然众人,而有些人,只消一眼就印于心扉。

　　这人倒真不是纨绔,这是戚南看到他的第一反应。他的面目生得极好,就像是水墨勾勒出的,修长的眉,明亮的眼,高鼻薄唇,清澈得好似刚从画里脱胎,浑身还氤氲着水气。

　　这人适合演宝玉,戚南心想。他虽然挂着让戚南暗自腹诽的浅笑,但他笑起来就像云破月出,恰合了《红楼梦》中宝玉"面若中秋之月,色如春晓之花"的形容。

　　不过就算他生得好,也不能随便笑人不是,即使美色当前,戚南还是很有原则……

　　不过这人倒也识趣,见戚南盯着他微露不满,便轻咳了一声,正正经经地对起了台词。他声音悦耳,戚南也不差,两人气势上旗鼓相当。你来我往的,倒让旁人听出了几分琴瑟相和的意趣,评委们也开始交头接耳,嘀咕了起来。

戚南到底脸皮薄,对完了台词便拉着小雀闪人。这短短的几分钟,对她来说倒像一个世纪,其中的滋味,是戚南平生所未尝过的。

戚南像是喝了一杯酒,喝时胆大自若,过后酒气上头,脸是红的,心也乱跳,就连小雀也发现了戚南的异样。

"南南,你怎么了,脸这么红跟发烧似的,是不是太紧张了?"

不得不说,小雀发现真相了。戚南制止小雀往下猜测,火速拉她回了宿舍。

喊,她才没有紧张呢,她只是误打误撞喝了一杯惑人的酒,这酒一点也不好喝,弄得她心里像是有蚂蚁在爬,酥酥的,痒痒的。

唔,改天给这杯酒来个深入调查,翻来覆去许久的戚南,怀抱着这点想法沉入了梦乡。

第五章　顾清狄其人

大四的戚南以"老"来怀旧的心态回忆起这一段往事,想着那个稚嫩的自己,那个遥不可及的他,心里也并非只有凄然。毕竟初遇还是很美好的,但是之后嘛……

惊鸿一瞥后的第二天,戚南就对那个人有了无比深入的认知。但是不要误会,这和戚南的新闻专业主义以及业务能力没有半毛钱关系。因为在戚南行动之前,L大热情如火的人民群众就以口耳相传的古老方式,将一切有关于他的事,传到了戚南的耳朵里。

顾清狄应邀担当红楼大戏男主的消息在一夜间传遍了L大。这大部分得归功于他热情如火的女粉丝们,以及无限怨念的男生们。不过不管怎样,戚南实实在在地知道了她想探寻的、关于顾清狄的料。

原来他是顾清狄啊,星辰一般耀眼璀璨的顾清狄,连戚南这种极度闭塞之人也有所耳闻的风云人物。商学院金融系才子，校内外各项大赛的折桂者，教授的宠儿，全校女生的男神……顾清狄的光环多到可以把戚南的眼睛闪瞎。

而且据说他还有一个娇俏的小女朋友，是历史系的系花……

耳边各种关于他的传闻，戚南却不想再听。任谁知道自己初次心动的对象竟是这样一个人物，心里恐怕也会像戚南一样，更多的是忧虑，而非欣喜。

是的，戚南没法否认，仅仅就一面，仅仅几句话，他就勾得向来木讷的戚南动了心。而戚南此时的感觉，就像在海滩上发现了一颗光彩夺目的珍珠，欲私藏之，却发现它早已在阳光下闪耀了许久，人人都觊觎，人人都渴望，甚至有人已经给它贴上了私人标签。于是升腾在戚南心里的粉红泡泡，被不安和害怕一个个戳破了。

戚南的确害怕了，她从未想过自己动心的男生，是这样一个遥不可及的存在。

少女时期的戚南，也曾偷偷幻想过心悦之人的模样。他要有干净的眉眼，温暖的手掌，高高瘦瘦，书卷气，再加上一颗真心。他可以不帅气，不耀眼，不受众人夸赞。他可以是普通人，只要平淡真实就好。

平凡而简单，这就是戚南心底爱情的样子。

可是命运就是命运，它有自己既定的轨道。我们或许可以在心底幻想未来，幻想我们的生活、爱人，但命运不一定会顺着我们的心意。

于戚南，命运给了她幻想幸福和努力追求的权利，却无法阻止她对这样一个人，一个超出她规划之外的、耀眼夺目的顾清狄动了心。

顾清狄的出现，给多年来如水般平静淡然的戚南心底投了一枚石子，但戚南终归是戚南，即使心里泛起了涟漪，却不会因为这样的突发情况而打破她的生活节奏，更别提那是早已被 L 大女生列为"高不可攀男神"之最的顾清狄。

戚南是现实的，她深知自己的实力——成绩不错，相貌姣好，能力尚可，也受人追捧，但却远远不如顾清狄。所以在戚南的人生规划里，尽管顾清狄闯入了，却又被她的理智踢了出去。

然而纵使戚南谋略高超,稳扎稳打,也架不住两个字,"意外"。

顾清狄,就是一再打破戚南平静生活的,意外。

第六章　时不我与

在戚南给自己做心理建设,反复催眠自己对某人的动心只是一时冲动、头脑发热,外加多巴胺分泌失调的时候,小雀这个家伙给她带来了一个纠结万分的消息,戚南入选了宝钗的角色。

"南南,就知道你可以哦,不过怎么是宝钗啊,不是黛玉啊,搞不懂。"小雀欣喜之余,又心有疑惑。

对于这个结果,戚南却毫不意外,还对选角的评委赞叹了一句。因为凡是与戚南不熟之人,第一眼见她,总会觉得她气质冷清,身姿纤纤,更像弱柳扶风的林妹妹,而非大气高贵的宝姐姐。但戚南自己知道,相比于黛玉,她更欣赏宝钗,也更渴望能像宝钗那般世事洞明、人情练达、进退得宜,又能坚持自我。

单就面试那几分钟,竟有人看出了她的内心,戚南有几分遇到知音的欢喜。

欢喜之后,戚南却陷入了纠结之中。去,固然可以锻炼自身,又可博母亲一笑,但……男主角可是那个人啊。戚南咬了咬唇,心里扭得像麻花,终归是"近乡情怯"了。

不过,凡事冥冥之中已然注定,在戚南纠结是去还是不去的时候,有人替她做了决定。系里紧急抽调几名学生去江西采风,以备战即将到来的全国摄影大赛。戚南作为班干部,又是学术骨干,自然责无旁贷,匆匆忙忙收拾了几件衣物,就随教授踏上了旅程,红楼选角一事也随之搁浅。

等忙过了这一段,戚南才想起来这事,没等她联系社团负责人,就从小雀口中得知红楼社已然开始排演,宝钗的角色也早已有人顶替。

也是,这么热门的角色怎么会等到她回来,她又不是什么了不得的大人物,人家问一句也就罢了,又怎会痴心等你? 有的是人挤破头,何必当真。

到底是自己不赶巧,算了。戚南在心里对自己说。

她站在婺源漫无边际的油菜花田里,触目皆是金黄,风吹过,浪花似的一阵阵在阳光下闪耀。这花太刺目了,刺得她眼睛都有点疼呢。戚南揉了揉眼,心里一抽一抽的,有点难受。

带着这种酸涩的心情,戚南在婺源待了半个月,美景赏了不少,美照也拍了许多。只是游玩大抵也需要心境,再好的风物人情落在了悒悒的戚南眼里,怎么也生动不起来。好在这边确实清静宜人,古朴雅致,日子也就这么一天天过去。

等戚南一行完成任务回到学校时,四月早已不知不觉翩然而至。

清明放假,学校人去楼空,宿舍也是一样。戚南一向是不喜欢清明的,这时节天总是阴沉沉的,雨也寒凉,所有的景都透着一股凄清的劲儿,走到哪里都是叹息多过欢笑。

好在有小雀相伴,没有留她一人,小雀又笑语连连,戚南也不算太落寞。

小雀是因家远,来去太过耗时,所以没有回去。而戚南,却是不愿回去。戚南的不情愿,并非不想家,而是愧疚,母亲生日时未曾送一份合她心意的礼物。

戚南母亲的生日在三月末,求学在外的戚南只能电话祝福,原本准备的"彩衣娱亲"也已然作罢。虽然母亲未说什么,只嘱咐她注意身体,戚南却觉得,她还是让母亲失望了。

一份愧疚,再加上让她心乱的那人那事,一向报喜不报忧的戚南还是找了个理由留在了学校。

第七章　一处相思

清明留校的戚南,难得在这平日里喧闹的老校区度过了一个静谧的假日,校园里人员零星来往,就连凤栖路也没了终日望不到头的车流。

天青青和着断续的雨声,窗外间或飘洒几缕梧桐飞絮,倒让驻足在窗前无聊看景的戚南品出了几分"一川烟草,满城风絮"的意味。

不过,可不是人人都像戚南这般喜静,即使外边细雨绵绵,小雀却是坐不住的。既然不能远足,小雀便在校园里到处溜达,拿着相机照了许多风景,多是戚南爱的雨中梧桐。可还没等她到戚南面前邀功,事儿就落到她头上了。

"被学姐拉去给她们社团拍照了。"半夜爬回床上的小雀蔫头耷脑地向戚南抱怨。

"南南,你明天和我一起去拍照吧,可以见到帅哥哦,近距离 360度无死角观看,很不错的,哈哈。"抱着被子滚作一团的小雀笑个不停。

下铺的戚南叹了一句:"哪个帅哥把你迷成这样,莫非是你家赵哥哥?"

上头的小雀忽地不出声了。过了好一会,嘀咕声才从被子里传来:"才不是那个混蛋呢,是顾清狄啦。"

原来是他,这下轮到戚南静默了。她在心底苦笑,真是怕什么来什么。本以为安静几天她可以完全将这人从心底抹去,没想到一听到他的名字,多日的克制和努力还是在心里溃成一盘散沙。

"我还是不去了吧。"过了好久,戚南轻声说,小雀没有回答。

唉,这小妮子早就睡着了。戚南探出身子,帮她将大半悬在床外的被子披好,又缩回了自己的被窝。

外头雨声渐渐大了,打在窗上,铜钱落地似的,节奏很乱。戚南叹了一口气,闭上了眼睛。

终是抵不过诱惑,戚南跟着小雀去了排练现场,这一去就是大半个学期。每次拍排练照,小雀拍特写与近景,戚南总是拍远景,离得近一步都不肯。纵使小雀神经再大条,也觉察出了戚南的异样。

但当她无意中在戚南的电脑里发现了一个逐渐变大的照片文件夹时,她就明白了,戚南的反常,是为了照片唯一的主角,顾清狄。

戚南不愿说,宿舍众人也不会问。她们亲密得像一个人,戚南的甜,戚南的苦,戚南的落寞与孤独,她们比任何人都清楚。她们只会小心翼翼地保护她这初次的心动,让顾清狄成为戚南一个人的秘密。

第八章　再　遇

　　幼时的戚南,曾钟爱外婆传给母亲的一方锦帕。那是外婆赠予外公的定情之物。粉白的锦面,绣线勾勒着相顾盘旋的凤与凰。赤红与紫金的纹路将一凤一凰描绘得高贵夺目,锦帕下方是外婆的簪花小楷,书着赠言"愿言配德兮,携手相将"。

　　那时,戚南并不懂这赠语中的奥秘,只隐约觉得锦帕很美,颜色也艳,似乎还隐藏着只有大人才知道的故事。所以她偷偷将锦帕从母亲那拿来,并钻研了许久。母亲虽知道,却未曾提起。于是幼年的戚南怀着激动与不安,自顾自地拥有并窥探着这方锦帕的奥秘。

　　这个秘密伴随着兴奋、担忧以及无人知晓的独占欲,让戚南从幼年走到少年。但当星辰变换、岁月流转,而今已亭亭玉立的戚南再次拥有了一个勾人心魂、让她辗转反侧却又欲罢不能的秘密。对她而言,这秘密既是蜜糖,又是砒霜。

　　所以在排演现场,戚南都怀着这种隐秘的心情,坐在舞台下方灯光的阴影处,放下相机,只呆呆地看着台上的痴男怨女、爱恨情仇。

　　她不可抑制地近乎贪婪地看着舞台中央的顾清狄,他的每一个动作,每一处表情,他的手势,他的眉眼,他的开怀,他的隐忍……戚南看得这样认真,这样细致。

　　相机已无需存在,她的眼和心便是最好的记录。

　　他今天排练得很不开心,戚南心里想。

　　今天排的这一出是"薛宝钗出闺成大礼,苦绛珠魂归离恨天",可谓是全剧的高潮了。社团的编剧很是用心,将这两个在场景布置在一处,舞台左边是林妹妹病榻缠绵,右边却是宝玉宝钗欢喜拜堂,乍一看,视觉冲击力很大。

这构思看起来精妙,排练起来却很复杂,左右步调难衔接不说,演员还要完全心无旁骛,不被影响,稍有差池就全都乱了。

单看台上,黛玉那头哭得可怜,很是入戏;但宝钗这头,也不知演员是紧张还是羞怯,面上竟没有一丝喜色,全无拜堂之乐。

即便顾清狄细致耐心,多次重排也让他心里很是不快。

这是他第五次皱眉了,戚南叹了一声。

排演气氛不对,编剧也觉察出来了,心里焦急却面不改色。编剧杨柳是中文系出了名的才女,也是红楼社的新任社长。这出戏她花费很大心血,剧本精雕细琢不说,还亲任导演,演员更是千挑万选。

演员里的头号人物就是顾清狄,若非她是顾清狄的高中直系学姐,再加上各方筹谋,如何能请到顾清狄这位"大牌"。

可别把这尊大佛给惹恼了,到时候他撒手不干可就功亏一篑了。杨柳心里担忧,眼珠子在场子里扫来扫去,思考着对策。

"戚南,你过来。"杨柳的一声呼唤将戚南拉出了自己的世界。只疑惑了一瞬,戚南就向她走去。虽说是在这拍照才认识的杨柳,戚南却对她很敬佩。交往多了,两人相谈甚欢,隐隐已有知己的味道。

"学姐,怎么了?"戚南看着上下打量自己的杨柳,不知怎地有种不好的预感。

"南南,帮姐一个忙。"杨柳顺势拉住戚南,在她耳边嘀咕了几句。原来是要她……

还没等戚南开口拒绝,杨柳就向场中高喊了一句:"大家休息一下,等会再排。"

戚南下意识地看了一眼顾清狄,他似乎很疲惫,听到中场休息,他舒了一口气。

不知怎的,看着这样的他,拒绝杨柳的话到了喉头,又被她咽了下去。

第九章　玉树花妍

看着镜中凤冠霞帔、满头珠翠的自己，戚南有些恍惚。她觉得镜中的自己有些陌生，自己应该是清冷自持的，而非这镜中的女子，红霞满脸，双眼水润，虽未着粉黛，却有着十二分的艳色。

"我就说嘛，你穿肯定好看，不过还是有点宽了……"杨柳帮戚南整理裙裾，自顾自嘀咕着。

衣裙是按现在宝钗演员的身材定制的，穿在戚南身上稍显宽大，站起身来，裙角有些拖地。

戚南有点不自在，这感觉，像是偷穿了别人的衣服。联想到一会儿要排的戏，戚南更是惴惴，还要抢人家的……夫君呢……

"好了，perfect（完美），美人儿你要上场喽，别紧张，好好演哈。"杨柳像是恶作剧的大家长，看着戚南局促的样子，不免大笑了起来。

戚南正要抬头反驳，一块大红盖头忽地遮住了她的眉眼。戚南的眼前全是艳红的光影，盖头一晃一晃的，带着光影欢快跳动，就像她此刻的心。

杨柳牵着戚南往外走，看不见前方，她只能隐约判断这是去舞台的路。没过一会儿，杨柳停了下来，周围静静的，不像嘈杂的舞台。

"学姐，到了吗？"戚南轻问了一句，有些不知所措。

忽地，她的手被另一只手掌包裹，不似学姐的柔软细腻，这只手宽大而温热，指节瘦长却硬朗。

这是男人的手，戚南心里一惊，忙要抽回手来。谁知在那手的主人看来，这力气无非是小猫挠痒，他握得更紧了。

"美人儿害羞了，哈哈。"杨柳的笑声传来，嘈杂的乐音一下子全都朝戚南涌来。

这是舞台，那么这个牵她手的人，是……是顾清狄！

戚南虽早已料到，学姐临时换她和顾清狄搭戏调节氛围，戏里的肢体接触不可避免,她还是有些紧张。

顾清狄拉着她走,她看不见他的脸,只听得见他的脚步声,沉稳而坚实。

排演开始了,这是宝玉牵着宝钗拜堂。顾清狄和戚南并排,他带着她缓缓向主座的高堂走去。他的手那样温热,步履那般从容,他的脸上也一定带着笑容。

戚南突然就有些难过了,他是戏里的宝玉,欢喜地以为牵的是心心念念的林妹妹,却不知早已被换成宝钗。

而现实中的顾清狄,又何尝知道他牵着的,是她戚南呢?

傧相喝礼,拜了天地高堂,各处礼毕,该入洞房了。

揭盖头前,宝玉傻气地一问:"妹妹,身上好了? 好些天不见了,盖着这劳什子做什么?"

即便这话泛着傻气,从顾清狄口里说出来,却带着十足的欢喜和天真,像真的宝玉。

戚南自是不必回答的,戏里的宝钗到此时只需等着宝玉揭盖头即可。戚南静静地等着,她看着他的手掀开了盖头。

虽只是一瞬,在戚南看来却缓慢地如同一个世纪。

喜娘接过盖头,丫头婆子随即走开,就只剩他二人了。按照戏里排的,戚南忍着满心的羞意抬眼看着床边那个怔怔发愣的他。

眉目相触间,戚南清晰地看到了顾清狄眼里那个羞怯却欢喜的自己。他额发高束,整张脸玉质且立体,仍是那么眉眼清俊,却因这新郎装束,多了几分寻常难见的模样。

郎艳独绝,世无其二,戚南的脑中冒出这两个词来。

戚南只知她眼中的顾清狄眉目风流,气质天成,却不知众人眼中的她,也是杏花烟润,红姿娇嫩。黛眉长敛,明眸湛湛,还带着十足的羞涩,活脱脱一个喜不自胜的新嫁娘。

看着这样的她,顾清狄眼眸微闪,场下众人则先是一怔,转而赞叹起戚南的演技与装扮来。

"南南穿红色真好看!"小雀也在台下惊叹道。

戚南往日着装多淡而素,很少穿这么艳丽的颜色,这一身霞帔令小雀惊艳。无需多想,她拿起相机便拍下了这温情缠绵的一幕。

　　顾清狄先于众人从惊艳中清醒过来，自然地接起了戏。宝玉发现盖头下的美人儿不是黛玉，自然不依，闹了一场，便昏然睡去，众人送行。忙活一场，宝、钗这边的戏算是排完了。

　　这边排得顺，那边也就接得溜，感觉一来，戏也就排得好了。插了这么一出，大家的兴致都很高，连排了几场戏都是一次就过了。就连顾清狄，眉目也舒展开来，耐心地排着戏，一时场上气氛和谐无比。

　　"哎哟，总算搞定了。"杨柳一边帮戚南拿下凤冠，一边劫后余生般舒了口气，"这宝钗啊，还是你来演最好，要不是当初不赶巧……"

　　见杨柳若有所思，戚南打断道："学姐饶了我吧，我打酱油还好，其他的真不行。"

　　也是，中途换人是最忌讳的，何况人家宝钗也没什么大错。这念头也就一闪而过，杨柳立马换了话题，和戚南聊起了别的。

　　戏排完了，外头早已漆黑一片。大家陆续散了，戚南想着自己的心事，也不知顾清狄他们是什么时候走的。

　　"学姐，我之后不能常来了，院里有事。"斟酌了好久，临走前戚南还是跟杨柳说了内心的想法。

　　"没事，知道你忙，小孔雀儿留给我就好，你随意啊。"孔雀是小雀的大名，杨柳深知戚南事多，并不在意。

　　杨柳拉着戚南离开，各色彩灯皆暗了下去，月光洒在空荡荡的舞台，留下了一室清辉。

第十章　暑期将至

　　从那以后，戚南果真再没去过排演现场了。戚南很害怕那一天的自己，那个在顾清狄面前无法冷静理智而全然流露的自己。

　　她害怕，这样的事情再发生，恐怕便再也无法掩藏对他的心意。她害怕那个卑微渺小而不再强大的自己，害怕把真心暴露软弱无依的自己。

所以她告诉自己,不再见他,是最好的选择。

更多时候,戚南一个人待着,细细端详着从小雀手里掠来的那张剧照。照片里只有她和顾清狄两人,眼神胶着,灯影绰绰。

这一幕多像戚南心里描绘过千百遍的,属于她的良辰美景。只可惜,顾清狄不可能是她的良人,所以照片里的缠绵悱恻,都只不过是她一个人的镜中花,水中月。

小雀还是一如既往地去剧组帮工,她知晓戚南的心意,所以经常给她带来关于剧组的消息,当然基本是关于顾清狄的。

比如顾清狄人缘很好,很招剧组女孩子们的喜欢;比如他其实没有女朋友,历史系花只是他的青梅竹马;再比如他的手机号、微信号,等等。

日子就这样一天天静静流淌,大多数时候戚南都是静默着,任由内心的猛兽贪婪地获取着关于顾清狄的一切,在情感与理智的交锋中,时光溜到了大三末。

早早考完了试,不少同学都赶回家享受本科生涯的最后一个悠闲的暑假。

也就只有到了期末,L大文科的优势才显现出来。可怜的理工科学生,期末之于他们好比末日降临,考试压得他们喘不过气来。戚南熟识的一个医学院妹子,期末几乎每天都起早贪黑去图书馆抢位子,十几门考试接连不断。而戚南她们的期末,则在一两门核心课考试和课外论文中轻松度过了。

宿舍逐渐冷清下来。枫羽家远,平时难得回去,她早早收拾东西走了。舒和回了老家,肖大王也和密友游历祖国山川名胜去了。小雀被社团的事拖着,期末就要公演,排练愈加频繁。戚南因离家近随时可以回去,也想多陪陪小雀,便留了下来。

这一留便到了六月末,J市已是夏日。

J市的"火炉"之称由来已久,夏日尤为炎热逼人,连鸡蛋碎在路面上一会儿就能熟了。这样的日子,戚南这个"万年宅"自然不愿外出,但即使龟缩在宿舍里吹着空调,她的心仍是躁动不安。

红楼公演的日子逐渐逼近,杨柳早已找人将VIP票送到了她手里,千叮万嘱要她去捧场。杨柳是好意,却不知又将戚南送入了纠结的境地。

她又要直面顾清狄了,这次还是最好的位置,最佳的视野⋯⋯戚南已经彻底无力了⋯⋯

第十一章　红楼公演

六月的最后一天,J 市的气温直逼 40 度。L 大梧桐树上此起彼伏的蝉鸣也变得有气无力,沥青路面隐约蒸腾着热气。这灼人的热气从地底钻出来,缠裹住任何胆敢在外行走的人类。偌大的校园,只零星有一两个行色匆匆打伞疾走的路人,除了一处。

戚南犹豫地站在大礼堂外,身旁不断走过叽叽喳喳的女孩儿们。她们多着短袖热裤,神色兴奋地讨论着即将上演的话剧,仿佛对这天气毫不在意。

嘁,不就是来看顾清狄嘛,看这女粉丝多的,真招"桃花"。戚南撇了撇嘴,心下腹诽。

涌入礼堂的人越来越多,门口都快堵着了。戚南叹了口气,认命地拔腿向礼堂里走去。

大礼堂不愧为 L 大百年胜景之一,外头古色古香秉承民国风格,里面倒是现代感十足。楼上楼下两层观众席环绕,舞台在正前方,可容上千人,平日里多用作开学或毕业典礼。红楼社能在这里演出,可见杨柳这社长的手腕了得,戚南暗赞了一句。

VIP 座设在观众席最前两排,离舞台不过两米,台上演员的表情模样都可看得一清二楚。

还没等戚南走到自己的座位,观众已来得差不多了,一眼看去竟是座无虚席。

戚南施施然地走到座位,在后排妹子们"羡慕嫉妒恨"的眼神中坐了下来。

哈,这感觉还挺爽,戚南有点小得意。

下午两点,演出即将开演,礼堂外头天气炎热,里头也是热闹非凡。现场女观众居多,交头接耳讨论着剧和演员,顾清狄的名字在一片嘈杂中依稀可辨。

肤浅,顾清狄有什么好看的,又不是什么大明星。戚南嘴上不以为意,心底却有一个小人儿敢怒不敢言,人家明明就不比明星差好吧……

忽地,灯光全暗,噪声像是一下子被扼住了喉咙,顿时偃旗息鼓。

一束强光打到黑暗的舞台上,雾气弥漫间忽见一道一僧,咿呀戏言,演出已然正式开场。

戚南顾不上多想,便被巧妙出奇的情节吸引了过去,彻底沉浸其中。

她像这场中的许多观众一样,开始抱着别样的心思来看剧,却最终被极佳的剧情和演员们精湛的演技给带入戏中。

所有人都沉浸在《红楼梦》浩大的卷帙中,跌入了宝黛钗纠缠迷离的爱情旧梦里。所有流离在外的过客,在这一刻都成了归人,都成了戏里的主角,拥有了自己的红楼一梦。

绛珠仙逝,宝玉出家,全剧走到了尾声。当舞台重回明亮,戚南还在怔怔地流泪。

大梦忽醒已千年,戚南抹去脸上冰凉的泪水,不知道自己究竟为什么哭。短短的两小时,她仿佛做了一个梦,又仿佛过了好长的一生。等她再回过神来,演员已在谢幕了。定了定心神,戚南才敢抬眼去看舞台中央志得意满的那人。

顾清狄穿了那身新郎装束返场,火红衣袍,赤金珠冠,衬得他更添俊逸风流。

与戏里执着癫狂的宝二爷不同,此刻的他恢复了往日淡然自持的模样,只除了一双眼含着满满的笑意,似要溢出来,那是成功的喜悦。

戚南眼也不眨地看着台上的顾清狄,离他那么近,她有一种玄妙的感觉,仿佛可以触到他的脸庞,闻到他的呼吸,听到他的心跳。

戚南知道自己被蛊惑了,只能像身旁雀跃激动的姑娘们一样,用力地鼓掌，为台上辛苦付出的演员们，也更为他。

这时，顾清狄旁边的人凑过去和他说了什么，引得他笑了起来。戚南不知道该怎么形容他此时的笑容。明明他只是扬起了唇角，微弯了双眼，但就像水墨突然有了色彩，又像冬天第一片雪花飘落……

纵使这世间有千般娇媚万种风情，也不及此时戚南眼中，顾清狄的扬眉得意啊。

心中的猛兽早已呼啸而出，戚南的眼中、心中除了那人再无一物。

呵，骗不过去了，戚南对自己说。

她终于承认自己的陷落，彻彻底底，避无可避。

第十二章　他的背影

过往诸事在眼前翻转而过，也不过就是片刻的事，有关顾清狄的真是少得可怜，戚南自嘲道。

此时的戚南，慢吞吞地跟在小雀后边，一步一挪地朝澡堂走去。

"南南，走快点啦，等会浴室好多人，这次我一定不要排！队！了！"小雀对戚南的心不在焉浑然不觉，只心心念念地第无数次吹响浴室排位抢夺战的号角。

又来了，戚南在心底擦了一把汗。每次一到浴室，平时懒散的小雀就像打了鸡血一样充满干劲，一心要把L大广大女生踩在脚下，哦不，挤在后面。

戚南认命地加快了步伐，跟着小雀抄了近路大步向浴室"杀去"。

所谓的近路，就是从食堂里头直接穿过，浴室就在食堂背面。饭点还没过，食堂里人不少，只是都来去匆匆，没什么人左顾右盼。

戚南舒了一口气，身穿卡通睡衣还提着洗澡篮子，被人看见确实很尴尬。她加快了步伐，头也不抬地往前冲。

"南南，你看，帅哥哎！这背影，啧啧，绝了。"小雀突然停了下来，后头的戚南差点撞上她。

"不要看了啊,现在我们的样子这么丑。"戚南对于小雀不分时间地点看帅哥的行为已经无力抱怨了。

"不就一个背影嘛,说不定正面……"到嘴边的话被戚南咽了下去,小雀目光所及,那个高大挺拔、宽肩瘦腰的背影,俨然就是顾清狄啊。

在红楼社时,戚南看多了他走路,步伐稳健,挺拔如松,自成一道风景。

不过舒和不是说他在超市那边打电话么,怎么跑到食堂来了?被帅哥晃了眼的戚南反应过来,急忙拉着小雀走到了隐蔽处。

看他端着盘子的样子,应该是吃完要走了。戚南在心里祈祷,自己的傻样可千万别被看见,不然就脸丢大了……

"南南,你躲什么呀,看到熟人了?"小雀对于戚南阻止她欣赏帅哥的行为很不满。

戚南一怔,是啊,她躲什么,顾清狄根本连她是谁都不知道,也不会多看一眼。

戚南不由得心里一酸,急忙撇过头不再看那人的背影。

因为这个小插曲,去浴室到底还是迟了一点。

"南南,没事,下次我们早点来,保证不排队。"小雀以为戚南的无精打采和排队有关,出言安慰道。

戚南瞅了一眼犹自酝酿下次浴室抢位计划的姑娘,彻底无力地抬腿向宿舍迈去。

第十三章　通识课

要说在 L 大,除了要担忧每天的"洗澡大计"外,学分设置也是学生们极力吐槽的一环。L 大本科生除了要修满专业课程所涉的学分外,还有 30 分选修学分,其中 15 分是通识学分,通识课修不满,就别想毕业。

最最难的是，在 L 大，通识课是需要抢的！

没错，就跟浴室排队是一样的道理，先到先得！

不幸的是，戚南宿舍除了独孤和戚南，其他妹子全都抢不到课，以至于到了大四才捡漏捞了几门课，勉强能凑齐学分。

最惨的是舒和，大一到大三愣是没抢到一门，大四还要上五门通识课。

"怎么办啊？我这学期周二都有党课，通识课又要签到，这下冲突了！"淡定如舒和，也不禁着急了起来。

"周二下午我没事，我帮你去。"戚南扬了扬手里满满的日程表，果真只有周二下午是空的。

"到时候我和你一起去。"桌子那头的独孤头也不抬，酷酷地说了句。

戚南心下一暖。面冷心热，说的就是独孤吧。戚南和舒和对视了一眼，彼此眼中都是喜悦。

周二下午，四点到六点，乐曲赏析课，杨和楼三零四。戚南早已将地点记得烂熟于心，才三点半就要拉着独孤去找地儿。

杨和楼是老楼，条件设施都不好，只有几个老教授不在意，所以设在那儿的课不多，学生们平日也很少过去。

来老校区一年，戚南还没去过杨和楼，所以早早去踩点。

"我知道路，不用早去。"还埋头在电脑前的独孤无比淡定。

要说别人还行，独孤可是"宅女中的顶级宅"啊，戚南不禁有点担心。看着戚南欲言又止的样子，独孤利落地关了电脑，拉着她在学校里转了几分钟，就找到了教室。

终于明白为什么仙剑迷宫她要好久才能走出来，而独孤只略一思索就能找到路，这就是小白和大神的差距……

她们来得有些早，偌大的教室只寥寥几人，独孤带了电脑，戚南便找了个后排有插座的位置。果然，独孤一开电脑就沉浸其中，略带棱角的英气侧脸上表情分外严肃，十指翻飞，键盘也噼里啪啦响个不停。

戚南凑过去一看，居然是财务报表！

虽早就知道独孤自己创业开了公司，但她还是第一次看到独孤在做报表而非驰骋网游。再看一眼报表上的数字，戚南由衷地哀叹像独孤这样一个玩得了网游，开得了公司，长相还大方英气的完美大神为什么偏偏是个女的……不然妈妈就不用担心她没有男朋友了。

等戚南从自己的思绪中回过神来，她惊奇地发现教室后排已然坐满了人！果然通识课不过关毕不了业的威胁对懒散惯了的大四生很有效，就算是专业课恐怕人来得也没有这么齐吧……

显然戚南只猜对了一半，随着前排座位逐渐被坐满，教室里的嘀咕声也有扩大的趋势，凭借着过人的耳力和组织素材的能力，戚南很快就了解了热议的焦点。

第一，这门通识课的授课老师居然是传说中的葛老；第二，退休又被返聘的葛老不仅是国内文学界的泰斗，而且在他任教多年的 L 大最为人熟知的不是他的名气，而是他的授课规矩——三不准，即不准迟到，不准带电脑，不准随意走动。

真是大教授都有自己的脾性啊！戚南接收到了教室里满满的对葛老既倾慕又畏惧的信号。

其实撇开"三不准"不谈，葛老的文学造诣和人格魅力确实非凡，戚南在大一慕名前去听葛老讲座却被挤出门外三次的时候就深深地感受到了这一点……

对了，不准带电脑！戚南猛然反应过来，正准备和独孤说这一茬，却不见独孤人了。

搜寻半天，才发现独孤在门口接电话呢，这睥睨众生的模样是在向公司的小伙伴们炫耀本月的业绩吧。

戚南故作镇定地合上了独孤的电脑，还拿了本书盖在上头。

咳咳，能遮一点是一点吧。

第十四章 又遇顾清狄

正前方墙壁上挂钟的分针指向 12，教室里的嘀咕声戛然而止，一个高瘦而不显佝偻的身影出现在众人眼前。他一头的短发已然全白了，宽松的褂子和绸裤在他高大的身上丝毫不显松垮。他跨上讲台，步子很稳。

戚南凝视着讲台上这个年逾 80 的老人，岁月仿佛对他格外温柔，除却满头银发，他那矍铄的精神头儿、有神的双眼和再好不过的气色，都让他显得年轻精神。

葛老真的好帅啊！众多女生的眼中放出光芒。

葛老年轻的时候更帅。戚南在心里补了一句。

在校史馆里，戚南曾经看过葛老刚来 L 大任教时的照片，即使梳着最古板的发型，戴着厚重的黑框眼镜，葛老还是那么挺拔卓绝，丝毫不比"都教授"逊色。

而且旧上海大财阀家族精通六艺的贵公子这个身世不要太吸引人哦……

开课不过几分钟，众人就被葛老信手弹的一曲《山之高》所折服。大家就是大家，只用一把琴就能让众人如痴如醉了。

"请问，我可以坐在这边吗？"

这是哪里来的不和谐声音，打扰她赏曲了！戚南略带恼怒地朝那人望去，却见他施施然坐了独孤的位置，那模样简直像逛自家菜地似的。

"这是我同学的座……"

"她不是没来吗？"

顾清狄略带笑意的俊脸突然出现在她眼前，近到可以清晰地看见他清亮瞳孔里那个咋咋呼呼的自己。

戚南倒吸一口气，热气迅速蒸腾了她大半张脸。

怎么会是顾清狄！这是通识课不是玄幻片对吧？难道她对顾清狄朝思暮想所以出现了幻觉？

戚南大义凛然地正视右前方，眼角却偷偷瞥了隔壁座位。还真是顾清狄那张脸，而且他笑的弧度还扩大了！戚南的呼吸更不顺了。

不过显然顾清狄的出现引起的心律不齐症状不只出现在戚南一人身上，周围女生的兴奋眼神都快晃了戚南的眼！

被数道灼热视线波及，戚南却瞬间淡然下来了，脸色也火速回冷了。

蓝颜祸水，戚南暗骂了他一声。

动静这么大，葛老不会发现吧，可别殃及无辜啊。戚南看了一眼犹自弹曲的葛老，他真是好专心啊……

"不用担心，他发现不了。"顾清狄低笑出声。

又看见她了，和那次排戏喜服加身的艳色不同，今天她倒是素得很。樱花色毛衣配浅蓝牛仔裤，一头乌发披散下来。象牙色的脸上嵌着一双杏眼，睫毛微动，不施粉黛，很是干净。

不过从他落座她就一直高度紧张，先头还满脸通红，转眼又冷若冰霜，难不成不想看见他？

轻叩了叩桌面，顾清狄陷入了深思，难怪在红楼社打了那么多照面这姑娘愣是没和他说一句话，别真是讨厌他吧。

要说顾清狄还真是头一次这么被女生无视。所以戚南这么一抽风，倒让这位傲娇的主儿开始思考自己究竟哪里行为不妥得罪她了。

呼，这厮终于撤了视线，戚南觉得自在多了，任谁被360度无死角男神近距离盯着都会自惭形秽好吗。万一被看到痘痘黑眼圈眼粑粑之类的多尴尬啊。戚南设想中和顾清狄的相处情节绝对不包括自己不修边幅而男神酷帅有型啊！

讲台上葛老已经一曲弹毕了，戚南也由衷地加入了捧场大军，恨不得把手掌拍出个洞来。

"咳咳，他弹得真有这么好吗？"

顾清狄很不满，他想破头也愣是没想出来到底哪得罪她了。正要询问，这姑娘倒好，这么捧老头的场却连一个眼神也不赏给他。话说老头今天弹得也不怎么样啊……

这酸溜溜的语气是要闹哪样啊！而且顾男神你知道我是谁啊你就跟我说话，男神都这么自来熟么！

戚南万分纠结，这话她要怎么接啊。得，她还是闭嘴比较安全。

顾清狄这下真不淡定了，都他一人说算怎么回事啊。这姑娘怎么这么高冷啊，丝毫没想过自己的话已经让戚南纠结成麻花了。

"老师弹得自然很好。"很官方的回答，终于说出来了，戚南舒了一口气，眼睛还是没看向他。

顾清狄一滞，她居然回话了，虽然官方无比，他好歹找回了一点自信：也许这姑娘只是不爱说话？

于是画面演变成了戚南目不转睛、严肃无比地盯着葛老，要是葛老能穿越重重人海接收到她那认真无比的眼神的话，绝对会感动得不能自已。而顾清狄，则时不时地用疑惑的眼神对着戚南扫来扫去，气氛顿时十分诡异。

好不容易挨到下课，戚南觉得自己的腿都快麻了，腰也要断了。在男神面前保持无比端正的坐姿真的很不容易，还要努力忽视从顾清狄那边飘来的奇怪小眼神，这样的事再来几次她就可以和尘世说再见了！

不过显然葛老没那么容易放过大家，当签到纸传到戚南手里的时候，戚南面无愧色地填上了舒和的大名，把纸往顾清狄手里一塞便走人了。

"舒和？嗯？"顾清狄看着那个字迹清秀的签名，原来这姑娘是帮舒和来上课的，他还以为她那么认真是自己上课呢。

顾清狄摇了摇头，笑了笑紧跟着龙飞凤舞地签上了自己的大名。看着那个已经消失在门口的身影，顾清狄闪过一个念头，改天问问舒和有关她的事儿。

做贼心虚般逃到了门口，戚南果然发现独孤在那儿等着她呢。

"独孤，你去拿一下电脑吧，我……"

独孤斜睨了戚南一眼，倒也没说什么，很快就把电脑拿回来了。快到宿舍门口时，独孤来了一句："那男的就是顾清狄啊？"

啊，被发现了，戚南有点不自在。

"喜欢就去追呗，躲着干吗？"独孤利落地开了宿舍门，将电脑往床铺上一丢。

哪有那么容易啊,戚南苦笑了一下,她可不想和众多告白失败的"炮灰"一样用自身八卦娱乐 L 大广大民众啊,还是好好上课比较实在。

下次一定坐得离他远点,戚南暗下决心。

第十五章　男寝夜话

这厢顾清狄刚推开宿舍门,就被一群不修边幅的家伙给晃了眼。隔壁宿舍的男生全跑来了,一群爷们儿光着膀子,在 Dota 里酣战得满脸通红、热火朝天。

早些时候顾清狄也是 Dota 大军中的一员,不过在摸清了游戏的套路之后,顾清狄就毅然决然放弃了。把金光闪闪的号丢给了室友,他便麻利地卸载了游戏。

就这会儿,他也只是瞥了一眼,便翻到床上躺着去了。

"老大,你回来了?"离顾清狄最近的室友邵平飞停下了疯狂操作的十指,嘴里还叼了根牙签,那模样十分吊儿郎当。

"嗯。"顾清狄几不可见地皱了皱眉,轻声答道。

"老大你这状态不对啊,跟哥们说说咋地了,是被纠缠了还是碰到什么厉害的妹子了?"东北爷们儿邵平飞的大嗓门儿让一众男生都停了下来,碰到顾清狄的八卦不听才是傻子呢。

顾清狄绯闻不少,不过都是被女生追,如果真有这么一个妹子能叫顾大少"吃瘪",那可是千载难逢啊,大伙儿都想知道是哪个系的女生这么牛。

纵使顾清狄见惯了大场面,被一众室友用无比期待的眼神盯着,他还是觉得尴尬。翻了个身,顾清狄用手侧撑着头,淡定地吐出一句让大家都不淡定的话来。

"你们说,一个女生不爱搭理你是几个意思?"

寝室里的家伙们集体哗然了。"真有女生不买你的账啊!"邵平飞激动得牙签都给掉了,表情比看到陨石还惊异。

"几个意思?不就一个意思呗,这事放你身上我敢打包票,那绝对是因为对你有意思,欲擒故纵罢了。"方杨来了一句。

"别这么看我好不好,我说的是真的。"一众室友转而狐疑地看向他,方杨觉得自己的尊严受到了挑战。他虽然没有顾清狄受欢迎,好歹实打实谈过几个女朋友,这种情形他再熟悉不过了。

"这样啊。"顾清狄的心沉了一沉。

方杨当然没必要骗他,原来她也没什么特别,不过就是想引起自己的注意罢了。顾清狄合了眼,彻底歇了去打听她的心思。

"来来来,继续啊继续。"看出顾清狄不想再多说,邵平飞赶紧吆喝大家重回游戏。男生嘛,聊完闲话就又投入游戏中了。

转眼间,宿舍又一片热火朝天。

第十六章　恋情告急的小雀

悲惨的戚南同学丝毫不知道自己在顾男神那边已经彻底被抹黑成了炮灰。此刻的她,有另一件事要操心,就是她那可怜的室友,小雀。

小雀趴在桌子上哭了半天了,宿舍众妹子已经轮番上阵劝过,奈何她都不听,闷头大哭的架势好比孟姜女哭长城。

不过孟姜女哭的是丈夫,而她哭的,是她那个三天两头说分手的男朋友赵承。

虽说小雀不是宿舍里头一个谈恋爱的,却是谈得最轰轰烈烈的。小雀即孔雀同学来自美丽的云南大理,带着傣族姑娘所特有的热情和活泼劲儿,初初入学时,很是吸引了 L 大的一群男生。

不过小雀性子单纯,又是初恋。交了个男朋友三天两头挑她错,她也愣是把眼泪往肚子里咽,死活不答应分手。

小雀和赵承并非没有甜蜜过,赵承当初追她也的确是十八般武艺轮番上阵,哪天不是哄得小雀心花怒放。而且不论赵承人品如何,他高大阳光的外形也符合小雀的择偶标准。小雀长这么大,头一次被一个长得不错的男生追得这么疯,所以很快沦陷在赵承的爱情攻势里。

只是大约人心易变吧,戚南在心底叹了一声。这个年纪的男孩子最是没有定性的时候,蜜恋期一结束,随之而来的就是纠葛复杂的现实和热情的消磨了。

"好了好了,别再哭了,你为他流了这么多眼泪他知道吗?"戚南轻柔地抚了几下小雀的背,在她耳边轻轻劝道。

"南南,你说我错了吗?我只是看了一下他的短信,他就说我侵犯他的隐私,不信任他,他怎么能这样说?"小雀抹了一把眼泪,眼睛通红满是血丝,声音也哑得不成样子。

傻姑娘,你当然没有错,戚南在心底说道。男女热恋时,无不想将自己所有都呈献给对方,恨不得将一颗心彼此共享。唯有在不爱时,才会想要隐私和自由。

而这些,小雀心里何尝不知,戚南不说出口,只是不愿再在小雀的伤口上撒盐。

戚南静静地坐在小雀身旁,陪着她熬过悲伤。此时,陪伴就是最好的安慰。

沉默并未持续很久,随着小雀的啜泣声渐止,戚南的手机响了,是王瑞打来的,找她商量聚会的事儿。

王瑞是戚南高中的学长兼 L 大校友,如今已是 L 大研究生。在学弟学妹心里,王瑞是妥妥的大哥,讲义气,性格又好,跟他相处很是舒心。

戚南看了一眼小雀,发了条信息给王瑞:"我带孔雀一起去行不?"

王瑞回得很快,"是那个可爱的傣族学妹?行啊,来呗,我在操场等你们,我去买喝的!"

王瑞也是认识小雀的,上次同学聚会戚南带小雀去,当时王瑞还逗得小雀直笑。希望这次小雀能心情好点,戚南暗自祈祷。

"美丽的孔雀公主,王瑞学长诚邀我们去操场赏花赏月赏星星,公主可否赏光?"戚南朝小雀弯腰做了个绅士礼,故意用粗哑的男声说道。

小雀果然被逗笑了,转而摆出威严的面容:"本公主就……嗝……赏光一次,小南子来……嗝……扶本宫!"

如果没有通红的小鼻子和不断爆出的不和谐的嗝音,小雀的气势还是不错的……

"小的这就来。"戚南难得破功,无比谄媚地扶着老佛爷一般扶着小雀的小胖手屁颠屁颠地出了宿舍门。

第十七章　草地上、星空下

九月末的J市还未完全褪去暑气,L大老校区随处可见衣着清凉的各色女生以及手拿冰淇淋的欢脱孩子。道路两旁民国时栽种的整齐高大的梧桐树,不仅成为游客们合影留念的最佳背景,也为夏日来去匆匆的学子们带来清凉的绿意。

戚南和小雀在大道上并排走着,晚风吹得梧桐满树簌簌。

"你看这梧桐树,枝干好粗壮啊。"小雀仰头看了一眼翠绿的梧桐,枝丫伸得好高好长,在夜色中望不到头。

戚南也停下脚步,语调轻松地说:"你以前还老说要在梧桐上搭个树屋呢,以后我们一起来搭,不过不要被保安发现了就好!"

"是啊,我以前也和赵承这么说过,他还说我异想天开呢……"小雀赶忙低下头,眼角的泪水又涌了出来。

"好了,不要想了,我们是去见王瑞的,迟到可不好。"戚南赶紧拉着小雀向前走,再不走快点等会看到喷泉她又该想起赵承了。

进了北园区,操场就不远。因地处市中心,L大被一条马路分隔为南园和北园,南园是生活区,宿舍、超市林立;北园则遍布教学楼、实验楼,操场在正中央。

晚上夜色很好,天空像一块巨大的幕布,零星洒落着几点星子。

戚南和小雀刚跨进操场，就见草坪四周坐着一对对情侣，两相依偎，谈情说爱。

戚南怕小雀看了心里难受，径直拉着她走向操场北边小石凳上冲她们挥手的王瑞。

王瑞还是一副老样子，红白条纹的球衣，白色运动鞋。他手里捏着半瓶矿泉水，汗水自高高的额头流下，顺着坚毅的侧脸滑落到湿了大半的球衣上，显然刚刚运动过。

"学长真是一天都不忘锻炼啊。"接过王瑞递过来的茉莉清茶，戚南笑着说道。

"那可不是，哥得备战十月份的院系对抗赛呢，我们这次可非拿冠军不可，再输给化学院，我大物理哪还有脸混！"王瑞始终不忘上一届院系杯决赛一球落后输给化学院的耻辱战史，发誓带领他的球队把这届院系杯的冠军夺回来。

戚南虽不是运动型少女，但对于男生执着于球赛一事还是表示理解。她也曾多次在院系比赛中热火朝天地为本院加油打气，奈何新闻系女将众多男将稀少，整个院系实力薄弱，更别提闯进决赛了。

"哟，孔雀公主怎么不高兴啊，跟哥说说是不是唐僧那小子又欺负你了？"

赵承恰好是化学院足球队的前锋，再加上王瑞也知道赵承三天两头跟小雀闹的事，宿敌加负心汉，就是王瑞对他的定义。

"唐僧？谁啊，西天取经的那个？"小雀歪头问道。

"哎哟我的傻妹妹哦，唐僧不就是你那个天天嘚吧嘚吧磨磨唧唧的对象吗？"王瑞一针见血，戚南瞅了眼小雀，朝王瑞使了个眼色。

"就他，有唐僧帅吗？！"小雀化悲伤为吐槽。

"是没有，他还没哥帅呢哈。"见小雀和自己一个阵营，王瑞乐得哈哈大笑。

接下来的情形演变为赵承的批斗大会。小雀一句，王瑞一句，两人把赵承说的简直连亲妈也认不出来。

一旁默默围观的戚南被这两人深厚的批斗功底给惊呆了，她还是喝她的茉莉清茶去吧……

果然带小雀来见王瑞是正确的选择，不一会儿小雀就被逗得眉开眼笑,花枝乱颤了。见小雀情绪好了起来,王瑞甩了甩头,离开石凳,准备再去操场跑两圈。

戚南和小雀依旧坐着,小雀把头靠在了戚南的肩上,眼里又有了苦涩和茫然。

"南南你说,赵承是不是真的不喜欢我了?"

"别想了啊,你看王瑞跑得多快啊,你要不要也去跑一圈?"戚南抬了抬胳膊,让小雀靠得更舒服些。

小雀没有起身,她看着王瑞奔跑的背影,伸出手环住了戚南的胳膊。

"南南,你总说我是何以琛的死忠粉,但我真的好喜欢以琛对默笙的执着。默笙说,她最心痛的,是终点没有了何以琛。而我,即使不知道赵承还在不在终点等我,也没有力气再跑下去了,我好累。"

戚南没有说话,那一瞬间,她突然觉得心很疼,她不知道是为小雀难过,还是为自己。赵承尚且站在小雀视线所能及的地方,不管他有没有离开,他都曾经等待过。

而顾清狄,生活在一个离她太远的世界里,像是星空遥不可及,他甚至没有存在过,在她的故事里。

第十八章　"短视"的戚南

陪小雀看了一晚上星星的后果,就是小雀心情好多了而戚南感冒了,接下来的一周里她断断续续地咳嗽着。

不过戚南并不觉得严重,小感冒嘛,起码没发烧。

但小雀很是愧疚。

"好了好了,一点小感冒么,几天就好啦。"看小雀圆圆的脸都快皱成包子了,戚南摇了摇头轻声说。

"不行不行,就是我不对嘛,在你感冒彻底好之前我要负责你的衣食住行。今天下午你不是有课嘛,我陪你去。"小雀拍了拍胸脯,十分大义凛然。

"你确定你要翘了自己的选修课陪我去?万一点名你就惨了。"戚南还是不赞同。

"哎呀,我们那个老师自己都是让研究生来代课,据说就期末点一回名。"小雀表示已经将课程的老底摸得通透。

戚南见她一脸坚持,无奈地点了点头。

要说这小雀的服务真是周到,一路上嘘寒问暖、搬书拿包不说,到了教室还积极找了个靠窗的位置。

"南南,这边空气好,你就不容易咳嗽啦。"小雀对于这个地形隐蔽还通风透气的位置表示很满意。

看小雀这么开心,戚南觉得让她忙也好,起码不用整天想那些糟心的事儿。这位置也的确适合她埋头看书,光线好,还不容易被发现。

打开了前日从图书馆里借来的《源氏物语》,戚南便静心看了起来。

顾清狄一走进教室,就看见了埋头苦读的戚南。这姑娘就露了一个乌黑的发顶,要不是她那坐姿,他还真认不出来。

其实顾清狄也很奇怪,自己怎么偏偏就对她印象很深,以前在红楼社,明明连话都没说一句,他还是一眼就认出了她。

自己什么时候对一个女生这么上心了?这个认知让顾清狄有点新奇,又有点懊恼。

"老大,坐哪儿?"室友方杨的眼睛一扫,就把教室里漂亮女生的位置牢记在心。左边那个马尾辫的女生不错嘛,最后排那个短发女生也很有气质。

方杨心痒痒,万般期待顾清狄挑个好位置。

顾清狄却很郁闷,他今天来得这么早,就是想找个好座位方便睡觉。天知道他已经熬了两个通宵了,该死的,最好的位置居然被人占了,那人还是她。

既然心仪的位置已属他人,顾清狄耸了耸肩,直接在最靠近门的地方落了座,扛不住直接回去睡觉也方便。

"老大,这是第一排哎!"方杨搭讪妹子的计划彻底破灭,正常人都不会坐第一排这种学霸座位好么!

"第一排怎么了,方便听课!"顾清狄双手环胸,脸色不悦。

方杨一下子噤声了,老大这是咋地了,出门的时候脸色可没这么臭啊?

方杨纠结地看着顾清狄,奈何他一个眼刀,方杨立马乖乖坐好。

沉浸在光华公子和众女纠葛中的戚南对于顾清狄的到来丝毫没有察觉。小雀却是坐不住的,时不时东张西望。

"南南,你看书好快啊,一目十行说的就是你吧。"就这一会儿工夫,小雀发现厚厚的《源氏物语》已然被戚南翻过了1/4。戚南纤细的手指在书页上翻飞,小雀十分惊叹。

戚南没有答话。小雀嘟了嘟嘴,就知道南南一沉浸在书海里谁的话也听不见了。难怪像新闻学、传播学概论这种枯燥的课戚南也能考高分,这种书除了学霸没有人看得下去吧……

戚南这边十分安静,顾清狄那边却是完全不同的景象。方杨已经快要抑制不住内心的汹涌,想对着顾清狄大喊"亲,谢谢你!"了。他本以为第一排这种万年长衰的位置绝对不会有妹子光顾的,结果他俩落座才几分钟,已然被各种女生包围。

方杨果断抛弃顾清狄转而投入了和后座妹子热烈的交谈中,娇笑声不断传入顾清狄的耳朵。他睁开假寐的双眼,不耐地转过头想"礼貌地"请她们小点声,却一眼望到了头也不抬的戚南。

真是好认真啊,上节课听课,这节课看书,她是书呆子吗?顾清狄眼里一片郁色,不是对自己有意思么,故作矜持不来搭讪也该有个限度吧?

顾清狄本来的计划是一等她按捺不住主动搭讪,他就摆出高冷无比的拒绝姿态,然后她黯然神伤,声泪俱下……

说好的剧本呢,怎么不是这么演?他顾清狄已经准备如以往多次那般甩出拒绝的眼神了,她的耐性要不要这么好!

不过就算敌军岿然不动,他顾清狄也能引蛇出洞。

方杨好不容易在有顾男神的地方找到了一点存在感,看妹子们的眼神,已经完全被他的英俊潇洒、风趣幽默吸引过来了,有没有!

这就是后来居上啊！方杨的小宇宙正待爆发，只见顾清狄突然回过头来对着后座的妹子来了一句。

"你们在聊什么？"顾清狄声线迷人，略带磁性，脸上还挂着彬彬有礼的微笑。就是这种声音，就是这副表情，不用看后座女生们一脸梦幻的反应，方杨表示即使自己奇招百出，在顾男神面前，已经败下阵来！

"帅哥你是哪个系的呀？"女生甲问。

"你们猜猜呀！"顾清狄白皙修长的手指轻叩着桌面，不经意地回了一句。

方杨燃起了浓浓的八卦之火，探照灯似的在顾清狄和后座女生间来回扫射。

虽说嘴上和人一来二回的，实则顾清狄的耐心快要耗尽了。他本以为跟这俩女生假意聊几句，定能刺激到戚南，谁知她还只赏了个头顶盖儿给自己。这大半个教室的女的都往这看呢，她是耳聋呢还是耳聋呢！还是他真的没魅力，又或者她真的不在乎自己？顾清狄心里的小人已经快要抓狂了。

所以为什么世上有种人叫书呆子呢，平时挺机灵的人扎到书里就两耳不闻、两眼不见了。戚南爱好不多，头一份就是读书，这要是看上瘾来忘了吃饭睡觉也是常有的事。

不说戚南没感受到教室里隐隐萌动的春心，她压根连顾清狄来没来都没注意到，不得不说书呆子的屏蔽技能"爆表"了。

好在葛老的到来终于把女生们胶着在顾清狄身上的视线给拉了回去，顾清狄头一次这么感激老头子的敬业，来得太及时了。

戚南转了转微酸的脖颈，合上了看了一半的书。前方讲台上葛老已经开始板书了。戚南赶忙把书挪到桌角，翻开了笔记本。

"南南，这老师讲得好好啊，就可惜是个老爷爷……"

"嘘，上课呢。"见小雀说起来又是个没完，戚南果断掐住了话头。这小妮子，也不看看什么场合，张口闭口帅哥帅哥的，她不禁有点想念沉默寡言的独孤了。

不过说到帅哥，顾清狄今天好像没有来啊，粗粗朝四周扫了眼，戚南心里有点失落。听说金融系最近好像项目很多，顾清狄一定被各种教授拉去帮工了吧。

　　戚南觉得自己的猜测很靠谱，摇摇头不再想其他，专心听起课来。

　　可怜的顾男神就这么被戚南忽视了。于是一无所知的戚南在课上完了还不知道她心心念念的顾清狄真的到过课堂……

　　悲催的顾清狄带着一腔骄傲去，捧着半颗心回，还有半颗他表示已经碎成渣渣迎风而散了。

第十九章　新的挑战？

　　众所周知，15舍520并不是一个散漫的宿舍。虽然520的集体爱好只有打Dota和吃烧烤，但并不代表他们不是一个团结友爱、奋发向上的集体。

　　对，没错，即使在宿管阿姨以及金融系一众女生眼里，15舍520等于男神顾清狄偶尔会回来睡觉的地方，加好像还有其他五个人，是谁无所谓了，在顾男神阴影下存活了三年之久的小伙子们依旧表示他们和顾清狄有难同当……

　　三晚连续失眠的顾清狄一把掀开被子，懊恼地低咒出声。

　　天知道在耗费了大量精力在项目研发上后，他最需要的就是好好睡一觉。但自从遭遇"黑色星期二"的打击后，顾清狄发现自己不仅白日里心神恍惚，老琢磨这事，晚上一躺下来还毫无睡意。

　　不用照镜子顾清狄也知道最近自己的状态有多差了，路上看他的女生都比以往少了很多。

　　"老大，你有什么隐疾你就说吧。哥几个虽然不是高富帅，送你去医院做个全身检查的钱凑凑还是有的，你就别自己扛着了！"邵平飞痛心疾首的声音从下铺传来。

　　环顾宿舍，顾清狄发现邵平飞不是唯一清醒的那个，其他人全用看重病患的眼神看着自己。连正在看剧的方杨也摘下了耳机，愣愣地瞅着他。

这种凌晨三点集体不睡的情况是要闹哪样啊？开卧谈会么，还隐疾嘞，顾清狄一脸无奈。

即使顾清狄在上铺居高临下，也架不住五只高压电灯泡轮番照射。他想，虽然大家还是好奇之心更多一些，但好歹多个人多条意见，没准真能分析出来。

顾清狄第一次决定相信群众的智慧，斟酌了一下说辞，抛出了那个困扰他良久的问题。

"你们说，一个女生要还老不理你是几个意思啊？"

话音刚落，一片嘘声传来。

"我还以为是啥事呢，老大你咋还纠结这个呢？"邵平飞觉得很无力，扯过被子蒙住头。

"老大，这么说吧，这事儿要放在你身上，那意思多了去了。要放在哥几个身上，就一个意思。"

其余战友全部瘫倒，只有方杨依旧坚挺，真是万年好哥们！

"什么意思？"顾清狄持续追问。

"就是没意思呗，女生对咱有意思还能老不理人？这不科学。老大你情商退化了？"方杨翻了翻白眼。

顾清狄表情凝重，若有所思。原来是这样啊，原来她可能压根对自己就没什么想法，那自己这些天折腾来折腾去真是……

顾清狄臭着张脸踢了踢被子，既然找到了答案，即便答案略让人失望，但好歹有个方向不是！

在戚南面前反复"刷"存在感失败后，顾清狄决定重整旗鼓再努力一次，于是这注定不平静的一夜就在顾男神苦思冥想、计划筹谋中度过了。

所以第二天早起晨练的邵平飞见到整装待发、双目炯炯、不见疲态的顾男神很诧异，昨晚还是一副备受打击的可怜样儿，今天怎么变得这么有精神！

"晨练吗？我也去，跑步还是骑车？"顾清狄活动了下手腕，跃跃欲试。

于是，当这两人绕操场跑了好几圈之后，邵平飞还是迷迷糊糊的，他当然不明白顾清狄怀着怎样的心思，一直微翘的嘴角彰显着顾清狄神清气爽的好心情。

这种人生又有新挑战的滋味真是美妙啊，顾清狄都有点迫不及待了呢！

第二十章　通识课再遇

顾清狄再一次出现在戚南面前已是 11 月初，彼时大四的保研工作刚刚结束，随着大范围冷空气席卷而来的就是期中考的紧张气氛。L 大理工院系的孩子们不得不顶着寒风，天不亮就去图书馆门前排队，埋头苦读。

这个时候，只需轻松搞定几篇论文的文科生们会一边矫情地来一句"期中考证明你们理工科受学校重视啊，像我们就没有"，一边偷偷捂嘴笑个不停。

舒和的党课雷打不动地霸占了她一整个学期周二下午的时间。戚南虽然课也多，毕竟已是大四，期末不少课只需交论文，况且也已确定了保研，并没有太大压力。

舒和需要有人帮她把通识课上完，而这不用她说，已然做了半个学期替身的戚南也会继续坚持下去。

只是最近戚南的身体有点糟糕，继上次受凉后，戚南这感冒就断断续续一直不好。前些天没咳嗽她有些大意，天一冷竟反复得更严重。咳嗽流鼻涕不说，声音也变沙哑了。

还没上课，戚南坐在角落，教室里叽叽喳喳的，戚南的头也昏昏沉沉的。寒风从窗户外刮进来，戚南打了个喷嚏，紧了紧脖子上的围巾。

冬天对戚南来说是最难熬的，所以每当寒冬临近，戚南早早就全副武装，卡其色围巾、白色厚毛衣加秋裤、牛仔裤。

饶是如此，戚南还是觉得寒意源源不断地侵蚀五脏六腑，头也更晕了。

顾清狄一进教室就径直走向龟缩在角落的戚南,她裹得跟个球似的,连头发也扎成一个丸子固定在脑后,看着毛茸茸的,好想摸一摸,顾清狄有点手痒。

走到她身边,顾清狄才发现戚南的不对劲。脸和耳朵都通红,鼻子也一抽一抽的,明显是感冒了,而且还很严重。

"怎么感冒这么严重还来上课?"未经思索,略带恼怒的话就溜了出来。

咦,有人在和她说话?不是周围人都视她为病毒之源,一桌之内都没人接近吗?戚南有点吃力地转了转头,又是一个喷嚏。

"啊啾!"戚南赶忙用手捂住了鼻子,准备道歉,这样用喷嚏回答别人真是太不礼貌了。

"很难受吗?"

看着戚南捂成一个球的粉嫩小爪子和她拧在一起的眉毛,顾清狄心里竟然有点涩。

"还好啦,没有太难受。"

病毒已经快让戚南的 CPU 热到崩溃了,即使看到了久违的顾男神,戚南心里也只是小雀跃了一下,随即完全忘记自己和男神根本不熟,迷迷糊糊地和男神聊了起来。

被戚南忽视惯了的顾清狄完全没想到,感冒状态下的戚南竟然脱下了冰冷的面具,这种带着鼻音又无力的声音真是好萌!顾男神努力忽略心底的异样。

"怎么不去医院?"见戚南又是一连串咳嗽,顾清狄正色道。

"……一直以为不严重的,所以想自己扛扛就好了。"

戚南的心跳陡然加速,眼睛扑闪扑闪不敢抬头。

顾清狄压根没想到自己的态度有多暧昧。他现在一心陷入了"这个女生对自己的身体太不重视了,有病怎么能扛呢,要不要把她带到医院"的诡异冲动中,要多纠结有多纠结。

这种诡异而又暧昧的状态并未因葛老的出现而消解,只不过两人由聊天换成了传小纸条。一来二去间,顾清狄差不多把病中智商不足的戚南的老底儿摸透了。

"这么说,你和舒和都是新闻系的?我是金融系的顾清狄,你呢,叫什么?"

纸条传到戚南手里,顾清狄潇洒的字迹跃然纸上。

我当然知道你是顾清狄啊,是我一见钟情的……顾清狄啊!戚南的双眼微微发涩。终于能正式和顾清狄认识了吗?感觉,过了好久……

"戚南。"并未写在纸上,戚南对着顾清狄认认真真地轻吐出自己的名字。

我是戚南,希望你能记住我,顾清狄!戚南在心底默默地对他说。

顾清狄转着笔思索了一会儿。"是楠木的楠吗?"他轻声说。

戚南笑着摇了摇头:"是南国正清秋的南。"这一句她说得无比温柔。

"戚南,"顾清狄将她的名字反复咀嚼,"很美的名字。"

他笑着赞叹。

戚南有些失落。傻瓜,南国正清秋……笛在月明楼,美的不是名字,而是这首诗将她和他恰好连在一起呢。

清狄,可惜你不懂。

"下课一起走吧,我陪你去医院。"这是顾清狄不容抗拒的要求。

戚南轻轻地点了下头,嘴角却控制不住地微微上扬,原来生病也可以叫人这么……欢喜。

在接下来的课里,两人并未再说一句话。淡淡的暖意笼罩着他们,那是属于少年人的青春和温柔……

第二十一章　他的温柔

　　L大老校区的校医院位于南园靠近大门的边角上,是一栋三层的小洋楼。房子地方并不大,年代却很久远,是二战时一位援华的法国医生留下来的,曾救人无数的医生早已在战争里牺牲,J市政府决定将这栋房子保留下来,作为缅怀法国医生和见证中法友谊的纪念。后来L大又获批得到了使用权,于是房子变成了校医院。

校医院规模不大,设施却齐全,收费也很便宜。坐诊的多是L大医学院退休的教授,德高望重。

教学楼虽在北园,离校医院并不远。戚南和顾清狄并排走在大道上,两人的步伐都不快。

顾清狄知道校医院24小时都有人值班,再加上戚南不舒服,所以放慢了脚步。戚南则期望路再长一些,时间再过得慢一些,和顾清狄再多待一会。

陪戚南看病虽不在顾清狄的计划内,但他并未觉得不妥。一来他向来自诩"绅士",帮帮戚南也无妨。二来他做事往往只凭心意,现在他很关心戚南的身体,也希望她快点好。

六点正是晚饭的时间,校园大道上人群来来往往,偶有车辆轻驰而过。顾清狄很自然地抬手将戚南护在身侧,以防她被车或行人碰到。

顾清狄的手让戚南吓了一跳,心突突地跳着,他是要揽自己吗?

她紧张地偷瞄了一眼环绕在她肩上的手,虽是揽着的姿态,那修长的手却并未真正触碰到她。

原来他只是很绅士啊,戚南有些失落。

不过这样一来,戚南却靠顾清狄更近了,近到可以隐约闻到他身上淡淡的洗衣液清香。

戚南有一种错觉,仿佛顾清狄真的把她抱在怀里。那干燥而温暖的感觉让她觉得可以一直依靠下去,直至永远……

"在想什么,都不出声?"顾清狄的声音传来,还带着一丝热气。

自己刚才在想什么啊? 戚南忽地惊醒,恨不得把脸全埋进围巾里,太丢人了!

"没有啊,只是觉得这些梧桐树很有感觉。"戚南努力镇定,期盼顾清狄不要发现她刚才的异样。

"那你知道这些梧桐树的故事吗?"顾清狄停住了脚步,侧过头孩子气地朝戚南眨了眨眼。

　　咦，男神真的被我骗过！但男神这一副"你不知道吧，快来问我，我知道啊"的期待表情是怎么回事？戚南决定忽视他萌萌的小眼神。

　　"倾城之恋，是吗？"戚南望着路旁苍劲的梧桐，轻轻问道。

　　"倾城之恋？怎么说？"顾清狄的眼中闪过一丝兴味。

　　"近百年前，G党领袖为向夫人求爱，将J市遍栽梧桐，意喻引凤来栖，果然引得美人欣然下嫁。倾全城之力铸就的爱恋，不是倾城之恋吗？"戚南语气轻柔，缓缓地道出这一段过往。

　　戚南温柔的话语让顾清狄一怔，他原想告诉戚南的是一个权势滔天的枭雄翻手云覆手雨的故事。

　　梧桐、爱情、婚姻，对于一个野心家来说，无非都是权势的伴生物而已。

　　但看着戚南温柔而期盼的目光，这些话他忽然说不出来了。

　　顾清狄的沉默让戚南有些不安，他的眼中流动着一些戚南不明白的东西，突如其来的陌生感包围了戚南。她打了个寒战，忽然有些担心。

　　"怎么了，很冷？我们走快些。"顾清狄暗怪自己大意，怎么还拉着她在寒风里站这么久。

　　陌生感仿佛又消失了，戚南觉得自己太多心了。他明明就在自己身边，还是自己所知的那个人，又怎么会感觉他很陌生遥远呢？

　　果然人一生病就喜欢胡思乱想。

　　"嗯，我们走吧。"看着顾清狄关怀的眼神，戚南甩开不安的思绪，朝他甜甜一笑。

　　人群还是你来我往，道路上也依旧拥挤嘈杂，偶有三两女孩子或羡慕或嫉妒地对戚南指指点点。戚南只充耳不闻，她缩在顾清狄的臂膀中，路旁梧桐树泛黄的掌形叶片忽而落下。

　　这一刻，寒风也变得如此温柔。

第二十二章　就医与陪伴

夜幕降临时的校医院很安静,一楼大厅里空空荡荡。过于冷清的医院让戚南有些不安,但当目光触及身旁正弯腰挂号的顾清狄,她又顿时心安起来。

帮他们挂号的是个 40 多岁的阿姨,人很干练,动作也快,拿到单子只一两分钟的事。

戚南没来过校医院,顾清狄却轻车熟路的样子。"今天看诊的是哪位医生?"他很自然地发问。

"小伙子别担心,有林博远林老坐诊呢,还怕治不了小姑娘的病啊?"阿姨笑意满满,目光在两人间来去。

"谢谢。"还没等戚南脸红,顾清狄果断带她上了二楼。

"林教授以前是国内医学界的权威,不过年纪大了很少来坐诊,我们挺幸运的,你别担心。"顾清狄安抚地说。

傻瓜,我才不担心呢,有你在身边,怎样都好,戚南的心万分柔软。

上了二楼,楼梯边左转第一间便是专家门诊处。顾清狄敲了敲门,里头传来一句"请进",声音略带沧桑,却很温和。

推门进去,映入眼帘的老人便是林教授了。他穿着白大褂,头发已经花白,只老花镜下的一双眼睛神采奕奕。

"是顾家小子啊,看你面色红润不像生病啊,那生病的肯定是这位小姑娘了,是不是啊?"林教授在二人身上扫了个来回,缓缓地说道。

林教授居然认识顾清狄?戚南有些惊讶,但随即一想,顾清狄的父母皆是 L 大教授,想必教授们彼此熟悉,顾清狄又这般出色,定是众人皆知。

"林爷爷好眼力,还请您好好帮她看看。"顾清狄礼貌而轻松地答道。

"还用你小子说啊！"林教授对顾清狄佯怒，目光随即转向戚南，很慈爱地朝她招招手，"小姑娘过来。"

戚南乖乖地走到林教授跟前坐下："麻烦林教授了。"

"小姑娘不用客气，让我看看怎么了。"

询问完一些基本症状，林教授让戚南含了支温度计测体温。

戚南从林老手里接过温度计，略微侧了侧身把它塞在嘴里，才不要让男神看见她含温度计这种尴尬的画面……

顾清狄好整以暇地看着戚南此地无银三百两的动作，这傻姑娘以为侧身他就看不见了吗？虽然从他的高度无法看见戚南的全部表情，但那鼓鼓的腮帮子还是让他很想戳一戳。

林老扶了扶眼镜，半是惋惜半是欣慰地看着二人，看来自家孙女俏语是剃头担子一头热啊，顾清狄这小子和这小女娃间的暗流他都能看出来。两人站在一块儿真像画一般，般配得很，看着就很舒心呢。

唉，年轻真是好，林老不禁在心底感叹了一句。

没过一会儿，犹自不觉一切尽收旁人眼底的戚南便把温度计给了林老，她这会儿头脑清明，没下午那么难受了。

"37度，还算正常，没什么大问题，我给你开点药回去好好吃就是。还有小姑娘以后有病要及时就医，可不能耽误了啊。"林老语重心长地告诫。

"我以后一定注意，谢谢林教授。"林老很慈爱，戚南答得也很诚恳。

顾清狄注视着对林老有问必答的戚南，手摸了摸下巴，病中有气无力的她倒比平日里冷淡的模样更招人怜爱。不自觉地，他目光柔和了许多。

戚南和顾清狄拿完药离开校医院已近七点了，有顾清狄陪在身旁，戚南觉得十分满足。

"饿了吗，要不要去吃饭？"顾清狄将手中提示音不断的手机塞进裤袋，问了戚南一句。

"我不饿呢，想回宿舍休息了，你去忙你的吧，我自己可以的，今天很谢谢你。"戚南很想一直和顾清狄待下去，但她不忍让他为难。

"那我送你到宿舍吧！"顾清狄坚持。

"好……"戚南低下了头，她不舍得拒绝。

将戚南送到 8 舍楼下，交换过号码，顾清狄就步履匆匆地离开了。

戚南注视着他在路灯的柔和光晕下的背影，直至消失在夜幕里。

我今天很幸福，临睡前，戚南对自己轻声说。

第二十三章　小雀的请求

当 L 大老校区的路面上铺满金色的梧桐叶时，时间的指针已转到 12 月。

戚南穿着厚厚的呢绒外套，窝在书桌前看着日历出神，再过一个星期，就是圣诞节了，时间真是好快呢。

可是，时间又过得很慢，距离上次和顾清狄见面，已经一个月了，戚南耷拉着脑袋。

这一个月来，顾清狄一次也没有去上过通识课，每次坐在没有他的教室里，纵使身旁满是人，戚南的心也总是空落落的。

叹了口气，戚南认命地翻开手机的聊天记录，置顶的俨然是顾清狄，时间还是几天前。上次交换了号码后，顾清狄曾发短信问过戚南的身体状况，聊天中也陆续加了戚南的 QQ、微信。收到顾清狄的好友请求，戚南半是甜蜜半是紧张。

两人偶尔会在微信上聊聊天，往往都是深夜，顾清狄闲下来的时候。戚南知道顾清狄最近很忙，导师的项目出了些差错，这一个月来他和同学都在尽力补救，吃饭睡觉都在项目组。顾清狄几次和戚南半开玩笑半诉说"搬砖"的辛苦，即使知道他积极上进，戚南还是很心疼。

所以哪怕顾清狄再晚找她，戚南也愿意等待。

在只能等待顾清狄的日子里，戚南或孤单或落寞，心偶尔会痛，但日子却很沉静平和，她唯一能做的，便是独自思念。

等待滋生期待，期待又演变为焦虑与不安，纵使冷静惯了，这一次戚南也很难心平气和起来。

为了使生活不那么浮躁,在无法与顾清狄聊天的时间里,戚南任由自己沉浸在文字里,她开始在微博上描绘有关顾清狄的点点滴滴,关于那些期待,那些思念。

这个私密的微博只专属于她自己,每天一条,从未间断。

对于戚南每晚坚持在微博里独自和顾清狄说晚安的举动,宿舍的姐妹们都默默支持。相比于她们熟知的戚南,现在的她显然更加鲜活,因为顾清狄,她脱下了理智淡然的外壳,变成了和他们一样,偶尔欢喜冲动,偶尔失落无力。

这样少女模样的戚南,却让大家觉得更亲近。

"南南,以前一直觉得你是古墓派的,现在终于下终南山了嘛,哦?"肖夏肖大王一边给纤纤十指涂着指甲油,一边朝戚南抛了个媚眼打趣道。

"……你又换颜色了,前阵子的紫色不是挺好看吗?"戚南深知肖大王八卦的功力,立马转移话题。

"紫色再好,看多了也会腻嘛,你看这玫红色,不也好看得紧吗?这道理啊,和男人是一样一样的。"肖大王扬起玉手,玫红色的指甲衬得素手更显肤白如玉,手指翻飞间隐有光晕流动,煞是好看。

"这位美人儿,请问你是赵括吗?"戚南幽幽吐出一句,被讽没交过男朋友、纸上谈兵的肖大王一噎,朝戚南翻了个优雅的白眼。

"有男朋友有什么好啊? 你看赵承那样的,本姑娘还不稀罕要呢!"肖大王立马反击,有理有据。

肖大王话音刚落,戚南的手机便响了起来。

"你们啊,说曹操曹操到,是小雀打来的。"

"小雀你在哪儿啊,吃晚饭了没?"小雀这几天总是早出晚归的,脸上也少有笑意,戚南很担心她。

电话那头静默了许久。

"小雀你怎么了,怎么不说话?"戚南有些着急。

"南南,我在15舍,你过来陪我好不好?"小雀的声音很无力、很沙哑,一听就是哭了许久。

"好,你别急,我马上过来。"戚南深觉事情不对,挂了手机披上大衣就准备出门。

"哎,哎,南南你去哪儿,是不是……"肖大王也察觉有些不对,蹙起了秀眉。

"回来再和你说,我先走了。"戚南应了肖夏一句,便抬脚出了宿舍门。

刚出 8 舍大门,寒风便扑面而来,戚南拢紧了大衣。外头风很大,干燥的路面上尘土席卷落叶。天空阴沉沉的,看起来像要下雨,戚南加快了步伐。

15 舍并不远,拐过食堂就到了。没有了遮挡物,戚南一眼就看到了 15 舍门前那个孤零零的身影,头低垂着,身形单薄。

戚南的心揪了一下,赶忙小跑上去。

"小雀,到底怎么了,是不是赵承又欺负你了?"看着小雀红肿的双眼,脸颊上还隐有泪痕,戚南着急地问道。

听到赵承的名字,小雀猛地抬起了头,见是戚南,大颗的眼泪滚落下来。

"南南,我看见赵承和别的女生在一起了,他是不是真的不爱我了,你告诉我,是不是?"在戚南面前,小雀有些歇斯底里。

真的是这样! 戚南早就觉得他是有了别人才会对小雀不闻不问,各种冷漠。看着面前伤心痛哭的小雀,戚南很想骂醒她,负心汉不值得,可是话到嘴边却开不了口。

"我们回去吧,回去再说好不好? 你穿这么少,会冻坏的。"戚南扶着小雀单薄且颤抖的肩膀,轻声劝慰道。

小雀很固执地摇摇头,串串眼泪顺着她的下巴滑落。出入 15 舍的男生或疑惑或好奇的视线在小雀和戚南身上来回打转。戚南轻叹了一声,伸手将小雀满是泪水的脸揽在自己的肩头。

"南南,你最后陪我去找一次赵承,好不好?"小雀抬起头乞求地看着戚南。

"好……"伸手将小雀眼角的泪珠拭去,戚南温柔地答道。

第二十四章　被抓包了

戚南和小雀在 15 舍一众男生的诡异目光中成功地混入寝室楼。有不少刚洗完澡，光膀子、露大腿的男生看到她俩就以迅雷不及掩耳之势奔回了各自寝室。

"你知道赵承在哪个寝室吗?"戚南决定火速找到目标。

"嗯，他保研了，现在住 106，应该是……左转第二间。"小雀哽咽着回答。

"104……106，找到了!"看到寝室门上斑驳的牌子，戚南擦了一把汗，准备去敲门。

"南南，不要，等一会儿，让我再想想。"小雀一把拉住了戚南的手，表情挣扎。

戚南无奈地放下了手，退后几步。即便她不赞同小雀的拖拖拉拉，到底这是小雀的事，她无权帮她选择。

戚南陪着小雀静静地站在走廊里，106 寝室的灯光从窗子里透出来。小雀站在阴影里，戚南看不清她的表情。

"哎，糊了糊了，菜糊了，赵承你快来!"清脆而欢快的声音从 106 里传出来，小雀忽地抬起了头，戚南清晰地看到，她的脸色一瞬间变得很苍白。

"来了来了，哪里糊了啊，我看一下，没糊嘛。"赵承的声音紧接着传来，还有他轻快的脚步声。

"嘻嘻，骗你的!"女孩的声音很狡黠。

"就你鬼机灵，好啊，敢骗我，看我不收拾你!"赵承的话音刚落，女孩银铃般的笑声便响了起来，玻璃窗上可以清晰地看见两个互相追逐嬉闹的身影。

戚南已不想再看，不想再听，拉了小雀的手便要走。什么话也不必问，什么也不必说了，再留在这里，对她和小雀而言都是一种讽刺。

"你知道吗,和我在一起,他从来没有这么开心过。"小雀挣脱了戚南的手,一字一顿地说道。

戚南以为小雀会号啕大哭,却意外地看见了她无比平静的面容,苍白的脸,仿佛这一刻所有的喜怒哀乐都离她而去。

"小雀,算了吧,我们回去,好吗?"真相如此残忍,戚南不知道该怎么劝慰。

"好,我们回去,我该回去了,我本来就不该出现在这里。"小雀很平静地答应了戚南,语气平淡得仿佛在说一件完全无关的小事。

"小雀……"戚南看着她空洞的双眼,心揪得生疼。

106寝室窗子里的灯光很明亮,可惜温暖不了门外的她们。戚南一刻也不想待在这儿,牵着小雀直奔大厅而去。

小雀的异常平静让戚南很担心,但眼前最让戚南头疼的,不是身旁小鸟依人、静默无语的她,而是大厅里来回转悠、一脸悠闲的宿管大叔。

被抓包了!看着宿管大叔落在她俩身上堪比X光的视线,戚南深觉在劫难逃。

"你们两个女同学来这里干吗啊,怎么进来的啊?"宿管大叔诧异地看看戚南又看看小雀。

总不能说自己是偷混进来的吧,戚南保持沉默。

"这里是男生宿舍,你们两个女同学来这里干什么?再不说我通知你们辅导员了啊!"宿管大叔被两人的沉默激怒了。

绝不能让他通知辅导员,这比上"十大"还要命,戚南脑中闪过一个念头。要找人帮忙圆谎,此地不宜久留,第二个念头也飞速闪过。

"我们是来找同学谈事情的,他是15舍的,他带我们进来的。"考虑到此时小雀的战斗力是负值,戚南只能自己上场。

"是这样吗?你同学呢,把他叫来证明一下。"宿管大叔步步紧逼,毫不放松。

不是说15舍的管理最懒散了么,这是要怎样啊?对于福尔摩斯兼蓝猫淘气附身的宿管大叔,戚南表示服气。

新闻系的男生们不住15舍,王瑞也不住这儿,赵承那厮绝不能叫,那还剩谁啊?戚南头一次开始反思自己十分有限的异性社交圈,无比头疼。

眼见宿管大叔快要没耐心了,戚南不得已拨通了最后人选的号码。

"喂,顾清狄吗?是我……"

第二十五章　伸出援手的他

戚南来电时,顾清狄正在宿舍洗漱。项目好不容易告一段落,导师终于同意给他们放两天假。天气虽然很凉,他也宁愿在宿舍草草冲一下,然后早点上床补觉。

顾清狄在卫生间里头哗哗冲洗,方杨也抓紧时间用顾清狄的笔记本上个网。所以当戚南的来电显示在顾清狄手机上时,第一个看到的人不是顾清狄却是网瘾少年方杨。

"老大,有你电话,叫什么……戚南?应该是个女的,老大她谁啊?"

方杨的话还没说完,卫生间的门便哗啦一声开了。顾清狄匆忙走了出来。

"戚南,是我,有事吗?"顾清狄一边接过手机,一边拿了条毛巾擦了擦湿漉漉的头发。

听戚南简短地道完原委,顾清狄快速往身上套好了外套,拿了校园卡便出了门,丝毫没理会还在身后探头探脑的方杨。

从五楼到一楼,虽然没有电梯,顾清狄还是没有让戚南等很久。看着和宿管大叔交涉的顾清狄,利落的短发上还淌着水珠,戚南还是不自觉地脸红了。脸红后又觉得愧疚,下次一定不要麻烦他了,她暗下决心。

局面在顾清狄到来之后来了个大反转,前一秒还被宿管大叔严厉斥责的戚南二人,下一秒已经被大叔和蔼可亲的表情闪蒙了,还有那句百转千回的"两位同学有空再来……"

"雨下得不小,你们等我一下,我去拿把伞。"看着宿舍外的大雨,顾清狄微皱了皱眉。

"没事的,就几步路,跑起来很快的。"戚南连连摆手,说好了不再麻烦他的。

"还想再感冒一次? 嗯?"顾清狄挑了挑眉,表示不赞同。

"好吧,麻烦你了。"戚南很快屈服在顾男神霸道总裁般的语调下,脸又是一红。

顾清狄转头去拿伞,戚南看着门外愈加迅猛的雨势,不断埋怨自己出来时就该带把伞,也不用让他一趟趟跑了。戚南有点心疼,又有点隐秘的欢喜。

很快顾清狄就拿来了伞,他递给了戚南一把大黑伞,自己拿了一把小些的格子伞。

"你不用和我们一起去的,雨太大了,真的不用的。"

见他也要陪同,戚南有些着急,他才刚洗完澡,衣服又穿得少,她才不要他陪着淋雨。

"没事的,走吧。"顾清狄瞥了一眼脸色苍白、几乎软倒在戚南身上的小雀,把打开的伞递了过去。

戚南接过了伞,伞柄上似乎还残留了顾清狄手心的温度。戚南握得很紧,刚才的苦闷与不快被驱散许多。

雨水已经在大道上汇起了溪流,踩了几步戚南的鞋子就湿了。狂风吹得伞左右摇摆,戚南费了好大劲才没使它脱手,右手还要搂着无力的小雀,身上早就被扑面的雨点打得全湿。

顾清狄也是一样,方杨的格子伞用来遮遮阳还差不多,挡这种雨简直笑话好么! 顾清狄的两边肩膀和后背全被打湿了,鞋子上也溅了很多泥点,他忍不住微微皱了皱眉。

好在路途很短,三人在 8 舍门前偶遇肖夏和舒和,舒和赶忙从戚南手里接过小雀带着她上楼去了,肖夏递给了戚南一个暧昧的眼神,也跟了上去。

"谢谢你送我们回来,还把你的伞弄得这么湿,对不起啊。"戚南很愧疚地把满是雨水的黑伞递给顾清狄,目光触及他几乎全湿的外套,更加懊丧。

"没关系……"本来略微烦躁的顾清狄在触及戚南的目光时不由自主地来了一句。

顾清狄低头看着面前的戚南,她的长发全被打湿了,光洁的额头上是一缕缕蜷着的发丝,原本平静如水的眼眸里盛满了小心翼翼和愧疚。这一瞬间,顾清狄微感心疼,突然很想帮她拭去脸庞上的雨水。

"可你的衣服都湿了……"戚南有些不敢直视顾清狄眼中的温暖,视线转移到了他的身上。

"真的没关系,不用计较。"看不到戚南的表情,只看见她挂着水珠忽闪的睫毛和微红的耳朵,顾清狄有些遗憾。

"我回去了。"顾清狄率先打破沉默。在女生宿舍前站这么久,他还是第一次,感觉虽然不坏,但始终有点别扭。

"……好,你路上小心。"

他这么快就要走了,戚南有点失落,但还是笑着和顾清狄说再见。

顾清狄撑开大伞跨进雨里,背影很快就消失在拐弯处。这一刻,戚南忽然有点心酸,她很想冲进雨里陪他一起走完这段路程,可惜她此时只能看着他的背影……

戚南咬了咬唇,转头朝宿舍走去。

第二十六章　被围观的戚南

这个雨夜,戚南的"人人"很不幸地被刷爆了。15舍520的"狼崽子们"从表情微妙的方杨口中撬出了"戚南"这个名字后,在邵平飞电脑前你争我抢地围坐一团,等待第一手八卦资讯新鲜出炉。

被挤在最外围气鼓鼓的方杨觉得很委屈,这种用完了就丢的态度是对待室友该有的么!他还不知道戚南是何许人物呢,要是心爱的笔记本回来了他还用得着这么窝囊！

方杨一边陷入失去电脑的深深怨念中，一边再次投入火热无比的位置争夺战中。

"嘿，找到了，L大……新闻系……戚南，应该是这个吧！"邵平飞一激动，嗓门提高了好几度。

"你小点声，万一吵醒老大我们就都完了！"秦晓白朝顾清狄方向努了努嘴，恨不得拉开邵平飞亲自上阵。

"小飞飞赶紧翻相册，听说新闻系出美女啊，快点！"马上就能见到今夜一个电话召走顾清狄的女主角，众人热血沸腾。

"就一张照片啊，咋这么少！"看着戚南人人相册里孤零零的一张照片，邵平飞很失望。

"有的看就不错了，赶紧的！"许岩表示这种情况下最好不要贪心。

如果不爱拍照的戚南知道她的照片会得到这种程度围观的话，她恐怕连一张照片也不会上传的。戚南相册里唯一的照片还是大一摄影课时拍的。穿着米白色连衣裙的戚南站在一大片花海里回眸一笑，发丝和裙摆都在飘扬，她的笑容淡淡的，很青涩，很干净。

"哎，这女生还挺清纯的啊，这感觉特别像……像……"邵平飞率先反应过来，抓耳挠腮就是想不出戚南像谁。

"我也说不上来，但感觉就是冷冷清清的，越看越有味道。"秦晓白有点失神。

"像谁，像冷清秋呗，《金粉世家》那个！"方杨终于凑上来，说了一句。经他这么一说，众人越看戚南越觉得像冷清秋，不由得对顾清狄的品位表示深深赞叹。

男神就是男神，看上的妹子都这么清新脱俗。不得不说，《金粉世家》这部剧里的冷清秋蝉联众男心中的女神很多年啊！

反复瞅过照片，"熊孩子们"又开始研究戚南的状态了。寥寥几条新鲜事，转载的几篇日志，让众人大呼不过瘾。

"原来妹子这么低调，你看都四年了'人人'等级还是LV1，怪不得我都没什么印象！让老大捷足先登，'人人'误我啊！"邵平飞痛心疾首,一语道破天机。

"叫你小声点,老大一会儿真该醒了。"方杨直接上手捂住邵平飞胡咧咧的大嘴。

众人也轮流拍了拍邵平飞的肩以示安慰,心满意足地回去睡觉。

八卦之心得以满足的室友们是睡着了,事件的男主角顾清狄却再也睡不着了,本来残留的一点睡意也在室友们讨论的时候就彻底消散了。在众人眼里他看似熟睡,实则只是勉强闭着眼,脑子一片混乱。

顾清狄在黑暗中睁开了眼,他的头有些疼。只要一闭眼,戚南的样子就会浮现在他眼前,尤其那双眼睛。顾清狄从来没见过这样的眼睛,冷淡时如湖水般深邃沉静,欢喜时又好似满载星光,宜喜宜嗔,盈盈动人。

戚南让顾清狄觉得很矛盾,看似无情,有时却又有情。对顾清狄而言,这是一种完全陌生的体验。

顾清狄不知道自己是不是对戚南动了心,他只隐约觉得,戚南是不同的,而这份不同,让他对戚南多了些关注。

【睡了吗?】顾清狄忍不住发了条语音给戚南,他有些想念她的声音。

【没睡着呢,你怎么也还没睡?】戚南很快回了一条,可惜是文字。

【你同学还好吗,今天是发生了什么事?】顾清狄避重就轻地回了过去。

【她男朋友有了别人,她挺难过的,不过现在已经睡了。】戚南想了想,接着发了另一条。【男生真的很容易变心吗?】

【男生很注重感觉,没了新鲜感离开是早晚的事,早日放开对你同学也是好事。】顾清狄犹豫了一下,还是发了过去。

顾清狄的回答让戚南有些不安,她攥紧了手机,很想问问顾清狄是不是没了新鲜感也会离开。可是她不敢,她害怕答案会让她失望。

【早点睡吧,晚安。】顾清狄望了眼手机上的时间,已经快一点了。

【晚安。】最后这一条,戚南把嘴唇触在手机上,轻声地说了句。

顾清狄没有再回应,戚南不知道他有没有听到。她用双手握紧了手机,贴在胸口。窗外的雨和风都变小了,上铺传来小雀轻柔的呼吸声。

　　明天想必会是个晴天吧,戚南的心里充满了希望。

　　晚安,顾清狄……

第二十七章　第一场雪

　　圣诞节前两天,J市迎来了这个冬日的第一场雪。凌晨时天空还只有稀疏的雪花飘落,到早上推开窗户,L大已是一片银装素裹。一夜之间,梧桐树悉数披上了洁白晶莹的厚厚外衣,偶有簌簌雪团从不堪重负的枝头滑落,在满布积雪的松软路面上砸出些小小的坑,又被飘雪掩盖了痕迹。

　　J市地处江南,四季虽然分明,常年气温却偏高,就算冬日偶有下雪,却总还未堆积就先化了。这样似北方才有的鹅毛大雪,戚南在J市待了快四年,也还是头一次见。戚南裹紧了身上的被子,倚在床头,目光一刻也未离开窗外。

　　"这雪景真美!"云南妹子小雀只觉得下雪就很稀奇。她一眼不眨地望着天空,露出这些天来的第一个微笑。

　　"不是说第一个和你说下雪的人是最爱你的嘛,我要看看谁给我发信息了!"社交女王肖夏表示比起雪景她更关心这个。

　　"一条,两条,三条……爱我的人还蛮多的嘛!"肖大王很是心满意足。

　　小雀却目光一暗,她重新缩回被窝里,侧了侧身把头也深深地埋了进去,只看得见一个毛茸茸的后脑勺。

　　戚南探了探身子,把放在书桌沿上的手机抓到手中。这一刻她忽然有些在意,顾清狄会不会也知道这个说法,又会不会发条信息过来?

　　戚南有些期待,又有点紧张。

　　翻完了短信翻微信,QQ什么的也都看遍了,滴滴的提示音不断入耳,可惜没有一条是顾清狄发的。

自己真是想太多了,戚南苦笑。

"大王,你说是不是所有的男生都知道这个说法呢?"戚南犹抱希望,想了想决定咨询一下肖大王。

"当然不是了!只是闲得无聊才会关注这个好吗?男神什么的,才不会知道呢。"肖夏无奈地表示。

"这样啊……"戚南心底的小火苗又燃了起来,说不定顾清狄只是不知道而已,嗯,一定是这样的没错,戚南坚定信念。

那要不要发条信息给他呀?戚南心里的小人儿在打架,但最终还是不理智占了上风。反正男神也不知道,就当平时的问候好了,戚南自我催眠。

【下雪快乐!】清晨 6 点 23 分。

顾清狄没有立刻回短信过来,戚南并不失落。现在的她,只想尽可能温柔地待他,想把自己哪怕很微小的快乐也传递给他,有没有回应,并不那么重要。

大概这就是喜欢吧,戚南心里很柔软。

"有没有人想去外面走走?听说主楼那边雪景非常美。"舒和穿戴完毕,拿了个单反相机,顺便邀请室友。

戚南心里一动,L 大四季美景她几乎都用相机拍了个遍,只这一场雪景,着实难遇,不拍倒可惜了。

"舒和等等我,我和你一起去。"戚南朝舒和扬了扬手,开始利落地往身上套衣服。

戚南和舒和走到宿舍的一楼时,墙上的时钟才指向 6 点 30 分。一楼静悄悄的,连脚步声都没有。打着哈欠的宿管阿姨从管理室的小窗子里探出头来,嘱咐了一句让她们注意雪天路滑,就挥挥手让她们走了。

冬日清晨的校园分外安静,大雪反射的光芒十分亮眼。戚南和舒和合撑着伞轻轻地踏在雪地里,雪花很快将伞面染成了白色,融入了这一片茫茫之中。

戚南喜欢和舒和待在一起,和小雀的活泼热烈不同,舒和总是恬静淡然的,就像她的名字,舒静温和。有她在身边,总让人觉得安宁惬意。也有人说,戚南与舒和有些相像,两人都是性子淡淡的。只有戚南知道,舒和随和温柔,这样的她,让人好亲近许多。

"南南,还没谢谢你这一学期帮我上课,耽误你时间了,抱歉呢。"舒和向戚南道谢,目光略带歉疚。

"没关系啦,我闲着也是没事,况且也能认识很多朋友,一点也不辛苦的。"戚南挽住舒和的手臂,轻柔地回应。

"你是想说能认识顾清狄吧!"舒和轻轻捅了捅戚南的腰,笑着打趣。

"舒和你变坏了,也来消遣我!"戚南微窘,脸上泛了一点红。

"好了,我不说了成不成?"舒和收回了促狭的笑容,正色道,"只是,南南,你了解过顾清狄吗?"

"我……我不知道,大概了解一些吧,舒和你为什么这么说呀?"戚南停住了脚步,目光里有些好奇。

"顾清狄和我是一个高中的,虽然我们不熟,但我知道,高中三年和大学这几年,他的绯闻虽然多,却没见他真正和哪个女生交往过。他恐怕不是那么容易接近的。"舒和目光复杂地看着戚南,缓缓地说道。

"我知道啊,所以我一直在努力啊。"戚南伸出手掌,一片雪花落在她的手心,很快融化成了一滴水珠。

"南南,我从来没见你对哪个男生这么上心过,看来,你真的很喜欢顾清狄。"舒和看着那滴微小的水珠,轻轻喟叹。

"他对我很好,我也……很喜欢他。"戚南把手收了回来,转过头,看着舒和的眼睛认真地说。

"那就好,希望你们早日在一起。"舒和轻柔地拍了拍戚南的手背。

她可以想象,顾清狄这样的男生对一个女生温柔起来,有多大的杀伤力。她不想告诉戚南,高中很多女生心醉于顾清狄的体贴与绅士,等到深陷其中朝告白后,才发现原来他的心是那么远,那么冷,而他的好可以属于很多人。她不知道这次顾清狄的温柔可以维持多久,却不忍心去打破戚南的希冀。

戚南这么好,也许在他心里是不一样的吧,舒和叹了一口气。

余下的路途两人并没有再说别的话,随着越来越接近主楼,路上的人也多了起来,大多也像她们这般三两成行,结伴去主楼一探美景。

和分外静谧的南园不同,北园的大道上,早已聚集了许多早起的学生们,或驻足拍照,或追逐嬉闹,显得很有生气。主楼前的草地更不必说,四角都有摄影爱好者们在捕捉雪景。

还有一些人童心未泯,在草地中央堆起各式各样的雪人来。有的雪人规矩细致,一看就是精心之作;有的则东倒西歪,虽无美感却不失可爱。每当有人完成一个"杰作",四周总有人捧场,拍照的嚓嚓声不绝于耳。

戚南也觉得有些雪人憨态可掬,不由得上前拍了几张照。舒和则用单反将这些连同雪景都一一记录下来。草地上的人或拍照或玩雪,每个人都在做着不同的事,但都像无忧无虑的小孩子,那么轻松快乐。

小孩子的快乐是那么容易实现,可惜她们不能永远做小孩子,快乐之余戚南亦有些遗憾。

雪下大了,草地上人们追逐来去,留下的一串串脚印很快就被漫天飘雪所覆盖。积雪像是给大地披上了一层白色的厚绒毯,地里的小生灵们就在这皑皑白雪的护佑下沉睡冬眠。

戚南漫无目的地走着,快到草地边缘时,一大簇被积雪压弯的柏叶挡住了去路。戚南绕了个弯,却看见一个娇小的身影蹲在角落里画着什么。

凑近一看,一个侧脸看着很萌的妹子正认真地在积雪上写字。显而易见,那是一个男生的名字。这妹子写得很慢,她没有用树枝,手指在雪里冻得通红。

"这是你喜欢的人吗?"戚南轻轻地问了她一句。

"啊!"妹子忽地抬头,似乎才刚发现身旁有人。戚南也才看清,这个妹子长着和小雀相似的圆脸,眼睛大大的,很是可爱。妹子先是害羞地挡了挡名字,接着轻微地点了下头。

"你一定很喜欢他,他真幸福!"戚南也蹲了下来,看着飘落的雪花覆盖在名字上,妹子很紧张地继续描写起来。

"哪有啦,他有女朋友的,他不喜欢我。"终于完整地写完了名字,妹子先是呼了口气,随即黯然地摇了摇头。

"那你何必……"戚南垂下眼眸,原来这世界上痴心人这么多。

"喜欢他是我自己的事,不一定要有回应啊。你一定也有很喜欢的人,你应该懂得。"妹子歪了歪头,打量了一下戚南,竟十分笃定地说道。

原来情动的样子这么容易被看穿吗?戚南一阵苦笑。忽然手机震动了一下,屏幕上跳出一条新短信。

【你很喜欢下雪?明天一起去踏雪吧!】八点整,来自顾清狄。

舒和在远处喊她,戚南站起了身,拍了拍衣服沾上的落雪。她听见心底里的声音在告诉她,她喜欢顾清狄,她没有办法不贪婪,她要和他在一起。

戚南最后看了一眼那个在雪里执着描摹的娇小背影,步履坚定地朝角落外的世界走去。

第二十八章　圣诞节之约(上)

纷纷扬扬的大雪下了整整一天一夜,为即将到来的平安夜和圣诞节增添了浓浓的浪漫气息。这年的平安夜又恰巧是周五,简直像是为校园情侣们量身定做一般,饶是不解风情如独孤也快被校园里漫天的粉红泡泡给包围了。

"我就不懂,一个西方的节日有这么大感染力吗?七夕怎么没见这样?"看着一对对情侣挂着名曰爱情的梦幻笑容从身边走过,独孤的眉头皱得都快能夹住苍蝇了。

"哎呀我的独孤姐姐,这你就不懂了吧?情侣们那是想找个由头开心,哪管它是圣诞节还是情人节,不都一样过吗?再说七夕那会儿,正忙着开学选课呢,谁有心思玩乐啊?"肖夏一语道破天机。

戚南诸人深觉有理,不过她们现在可没工夫再纠结这些,一路上磨磨蹭蹭眼看着就快迟到了。这可是考试周前系主任的最后一次课，只要不是放弃考试，大多数人都还是会去的。

匆忙在课前赶到教室，果不其然教室的位置都快被坐满了。没有那么多空着的连座，戚南几个索性分开坐了。

戚南和小雀在前排靠边的位置坐了下来，位置虽然有点偏，但胜在够靠前，足够将系主任给的重点记录下来了。有了戚南这个神队友，小雀乐得清闲，又开始左顾右盼开小差了。

"南南，南南，你下午穿什么出去约会呀？"无聊时，小雀的八卦之火又熊熊燃起，悄悄在戚南耳边嘀咕着。

"穿什么？需要特意穿吗？"戚南头都没抬一下，继续奋笔疾书。

"当然要啦，你想想你的约会对象是顾清狄哎！顾清狄哎！你不穿得漂亮些都对不起他的神颜！"小雀一脸的恨铁不成钢。

戚南稍微减缓了抄写的速度，想了想，也是，是跟那个人出去啊。而且，这是她人生中第一次答应一个男生的邀请，对方又是她心悦之人，也许是应该像小雀说的，穿得好看一些。

"反正咱们下午没课，你们又是快傍晚才出去，我帮你挑衣服，就这么决定了哦！"见戚南没有反对，小雀更加坚定了要让顾清狄拜倒在戚南石榴裙下的想法。

于是戚南的这个下午便在宿舍众人的鸡飞狗跳中度过了。小雀坚持走可爱风，肖夏却觉得性感一些比较好，舒和几个左右为难，衣服试了一件又一件。最后还是戚南自己挑了一件连衣裙，大家伙才没意见。

这是一件黑白相间的英伦风连衣裙，裙子很修身，又只到膝盖上，很好地将戚南细腰直腿的优点展示了出来。外披一件黑色大衣，鲜明的颜色对比衬得戚南乌发如瀑，肤白如玉。

"啧啧，简直迷死人了。"肖夏两眼放光，满意地称赞道。

"我说戚大美人儿，你平时要都这么穿，估计追你的人要从宿舍排到院楼了。"肖夏的眼光继续粘在戚南身上，又追了一句。

被人这么热切地盯着，还是一个大美女，戚南略感不自在之余又有些暗喜。肖夏眼高于顶，她都说好看，那应该差不了吧。平时总穿得很随意，不知道这样一打扮，顾清狄会是怎样反应呢？

他会不会喜欢？戚南有些紧张。

于是在这个日暮西沉的傍晚，刚上完课赶去赴约的顾清狄见到了梧桐树下亭亭玉立的戚南，纵使他见惯人间美色，这也是他生平罕见的美景。

斜坠的夕阳给梧桐枝梢的残雪染上一抹霞光，融化的水滴偶尔滑落，在这方霞光里晶莹溢彩。更妙的是树下的美人，削肩细腰，乌发如云，不施粉黛却清丽至极。

戚南内心的羞涩和不安在这一刻悉数淡去，她清晰地在逐渐走近的顾清狄眼里看到了惊艳。平日里他的表情总是淡淡的，温柔却疏离，这种稍带灼热的目光，戚南还是第一次见到。

直到下了地铁，顾清狄内心的灼热才稍微散去了一些。但他并不认为这与往日有任何不同，不过是他从未见过这种简约又动人的女生，所以有些意外罢了。他说服自己，他不过是和一路走来对戚南侧目的男人一样，纯粹地为美所震撼到而已。

戚南并不知他内心所思所想，她是个标准的路盲，出了地铁站就分不清东南西北了。四顾找路时，一个扎着马尾的小姑娘抱着一束花跑到他们面前，戚南低下头，注意到她衣着很朴素，皮肤也皱得厉害。

"哥哥，买束花给你女朋友吧。"小姑娘怯生生地向顾清狄发问。

顾清狄的神思终于完全被拉了回来，他冲这小姑娘摇了摇头："不用了，谢谢。"

顾清狄随即示意戚南和他一道离开，戚南说不清此刻自己的感觉。虽然她知道他没必要买花给她，但内心还是存在期盼。顾清狄如此毫不犹豫，让她有些失落。

"这些小女孩天价卖花不是一天两天了，只要是 J 市的人都知道不能买的。"许是察觉到戚南的情绪，顾清狄低头解释了几句。

不，不是的，我不是在意花，我是在意……戚南很想告诉顾清狄，但她还是选择了沉默。

两人就这样一路沉默着到了目的地。从地铁站走到目的地并不远，等到二人停步的时候，戚南才发现他们似乎来到了一个小村落。

"这是 J 市郊区的一个小村，风景很美也很开阔，我小时候经常来这玩。"顾清狄朝戚南调皮地笑了笑。

原来,他带我来他的童年故地呀!戚南的心情一下子晴朗了许多。

话匣子一下子被打开了,两人有说有笑地沿着道路朝村子里走。大片的农田里积雪格外厚重,远处的山尖也被白雪覆盖,路上渺无人烟,一切都显得很安静。

走着走着,两人的鞋上都沾了不少积雪,戚南的靴子也湿了一半。

"村里面这两年建了一个小度假村,我带你进去休息一下,处理一下鞋子。"看着戚南快被雪水浸透的靴子,顾清狄皱了皱眉。

戚南倒是觉得没什么,她还想和顾清狄多独处一会儿,到了村里,恐怕就没这么安静了。不过顾清狄态度很坚决,戚南也就加快了脚步。

相比于戚南喜欢安静,顾清狄显然更偏爱热闹。等戚南把靴子弄干后,他就迫不及待地拉着戚南去到处转了。

这个度假村简直像个游乐场,远处还高耸着摩天轮。天色逐渐暗了下来,度假村灯火通明,火树银花映照满地积雪,十分漂亮。越到夜晚,节日的氛围越浓,度假村里多是一对对情侣,相携欢笑而过。

"你要不要玩射击?"顾清狄在一个射击摊位前停了下来,跃跃欲试。

"我不会,你玩吧。"戚南乖巧地纵容着心上人的孩子气。

五块钱十枪,距离不短,难度系数不小。这游戏,中了五枪以上就可以拿奖,他却中了九枪,足可以拿一个一人高的玩偶。顾清狄果然是很擅长射击游戏的。

他会将玩偶送给自己吗?戚南有些期待。

但顾清狄似乎并不在意奖励,他只享受胜利。一轮过后,他又玩了几轮。围观的女生越来越多。

顾清狄就在叫好声中继续射击,看着他专注的模样,戚南又是心动又是失落。他总是这样耀眼,也总能吸引来各式各样倾慕的目光。

酣战过后,顾清狄总算满意了。看着好几个星星眼的女生,他冲戚南扬眉一笑。戚南眼神一暗，也挤出了一个笑容。

好在顾清狄并没有在这里多做停留，在去别处的路上，他依旧情绪高涨，和戚南说了很多关于射击的趣事。戚南始终温柔地看着他，并没有说话。

她贪婪地想记住眼前这个人的一切表情，她想要将他刻在心底。

第二十九章　圣诞节之约（下）

和大多数同龄人不同，戚南从小就是一个循规蹈矩的安静孩子。也许和家庭氛围有关，幼时的戚南并不爱去游乐园这样热闹的地方，更多时候，她宁愿在有阳光的书房里静静地习字看书。

所以从某种意义上来说，这是戚南第一次来游乐场。对那些电视剧中的旋转木马、海盗船、摩天轮等，戚南虽不陌生，却实实在在是第一次体验。

顾清狄并没有意识到这一点，带着戚南又玩了几处，两人都觉得有些饿，便就近吃了一餐简单的晚饭。

游乐场所的餐厅讲究方便快捷，上菜速度是首要的，味道却谈不上好。顾清狄点了两份重庆小面。面很辣，并不合戚南的胃口。戚南吃得很慢，努力压制辣味的刺激。

但就在这样一个嘈杂且拥挤的小店里，捧着一碗难以下咽的汤面，戚南却觉得很幸福。她和顾清狄离得那般近，她有一种错觉，仿佛他正在吃的是她精心准备的晚餐。

这种联想，美好得让戚南想要流泪。

顾清狄吃得很快，戚南也咽下了半碗面，耳旁是一对对兴奋的小情侣在叽叽喳喳，十句话有九句说的都是摩天轮。

摩天轮，这个几乎所有浪漫爱情电影里都有的经典道具。这个几乎所有游乐场都必备的设施，以前在戚南眼里，是有些庸俗的。所谓的"在摩天轮上接吻的情侣都能相爱一生"在她眼里也只是童话。

但现在,她突然很想要和身边的这个人一起,变成童话的一部分。

"我想去坐一下摩天轮,好吗?"起身的时候,戚南轻声地和顾清狄说。

顾清狄当然是没有异议的,他虽然不感兴趣,但坐一下也未尝不可。何况这是一路来戚南第一次开口想要去玩的项目,他自然不会拒绝。

走到摩天轮下,戚南都还有些紧张。他知道摩天轮的含义吗?他同意一起坐是暗示了什么吗? 戚南不敢去想,却又忍不住去想。

队伍排得很长,快半个小时的等待让顾清狄有些不耐烦。终于轮到他们了,戚南松了一口气,生怕再多等一会儿顾清狄会改变主意。

戚南有些恐高,但她还是义无反顾地踏上了摩天轮。这架名为"爱情之光"的摩天轮体型巨大,内部空间也很宽敞。顾清狄并没有挨着戚南坐,而是很自然地坐到了戚南对面。

摩天轮在缓慢上升,四面全是玻璃,360度夜景的观赏体验让顾清狄很满足。戚南只看了一眼外面就收回了目光,她的身子在微微颤抖。

"摩天轮即将升至顶峰。"响起的广播提示音打破了沉默。

"平安夜快乐,顾清狄!"在到达顶峰的那一刻,戚南朝顾清狄扬起了一个大大的笑脸。

顾清狄怔了怔,眼前的女孩子不知道为什么有些脸色苍白,但她的笑容却从未这般灿烂过。顾清狄看着她那双往日清冷如月此刻却波光盈盈的眼睛,心头像有什么东西呼啸而出。

这是一种很复杂的感觉,但此刻顾清狄并未细究。他只是不由自主地在这样的目光下,回报戚南同样的笑容和祝福。

"戚南,平安夜快乐。"他说。

这是时间长河里很短暂的一刻,但对戚南来说,却是最特别的一刻。我将永远记住这一刻,戚南的心底有个声音在这样说。

二人走下了摩天轮,天空居然又开始飘起了雪。顾清狄抬手看了看腕表,快九点了。时间不早了,又似有大雪,还是早点回校的好。

戚南虽还有些恋恋不舍,但她知道以二人目前的关系,确实不适合在外面待得太晚。

快到学校的时候,雪下得越发大了,不一会儿二人的头上和肩上就落了密密一层。戚南从包里抽出了雨伞,撑开举了起来。

路边的行人匆忙而过,耳边是簌簌的雪声,小巧的雨伞隔绝了外界的冰冷,戚南和顾清狄紧挨着,世界是那么安静。

雨伞被顾清狄接过撑着了,他个子高手臂长,打着伞很是轻松。戚南小心翼翼地挨着他,不敢靠得太近,却又贪恋他的温暖。

这一刻,时间仿佛也变慢了,温情在二人间逐渐蔓延。男孩高大挺拔,女孩身姿窈窕,光是背影,就引得几个路人多看了好几眼。

这一切顾清狄是浑然不知的,他有些心不在焉。说起来,自他成年后,和女孩靠得这么近,还是头一次。他虽和女生交往多,可都很注意距离,似这般情形,并不多见。

室外温度很低,顾清狄却觉得有些热,心里也有些烦躁。一低头,便是戚南锦缎般的长发,呼吸间似有一股香气从身侧飘来。霎时间顾清狄的心也像被挠了一般,痒痒的。

"我到了,谢谢你送我回来。"戚南轻轻地吐出了一句。此刻的她和顾清狄离得很近,仿佛能闻到他身上淡淡的气息。

说话时,戚南并不敢抬头,她有些羞于如此近距离的直视。

顾清狄侧了侧身子想与戚南道别,却只看到她乌黑的发顶与低垂的眉眼。他发现戚南的睫毛很黑很长,呼吸间一颤一颤的,好似翻飞的蝴蝶,让他竟忍不住想要去触碰。

她又低着头了,看不到她的神情……顾清狄有些遗憾,遗憾后他又有些吃惊,他在期待什么?他刚又想触碰什么?

这种思绪脱离掌控的感觉让他有些陌生,顿时还有些慌乱。

一阵急促的铃声从顾清狄的衣袋里传出,雨伞下的小小空间里的寂静被打破,戚南也被惊地抬起了头。

顾清狄却好似松了一口气,他掏出手机,并不去看戚南的目光,只丢下一句"不好意思,有点急事,我先走了",便迈开腿疾步冲进了风雪中,不一会儿便走出很远。

这个道别来得有些匆忙,看着顾清狄走远的背影,戚南有些失落。但也许真的有急事吧,毕竟时间不早了,她随即这样安慰自己。

这个夜晚已是很美好了,戚南甩甩头努力让自己不要多想。

"平安夜快乐,顾清狄,谢谢有你陪我!"戚南合拢双手,轻轻地在心底对自己说。

再抬眼望去,风雪早已模糊了顾清狄的身影。但直到完全看不见他,戚南才含着笑轻快地朝楼上走去。

第三十章　心乱的他

平安夜这一场风雪来得颇有些急促,天与云与山与水,皆上下一片白了。

顾清狄走得很快,雪越下越大,鞋面早已被雪染白。凝结后的雪珠逐渐渗入鞋内,湿湿冷冷的让他很不舒服。耳旁寒风呼啸,间或夹杂积雪从不堪重负的梧桐枝梢滑落坠地的声响。

风雪太大,前路已是有点看不清了。

不得已,顾清狄只能放慢脚步。刚一阵疾走,他的后背出了一层薄汗,此刻放缓脚步被风一吹,才觉得湿黏。偏偏鞋子也被弄湿,一阵阵的寒气从他脚心向上传。

顾清狄觉得自己有些不对劲,一直没来由地烦躁。他扯了扯胸口的衣领,明明是大冷的天,他的心里却好似有一团火。火团里包裹着的东西呼之欲出,却又说不清道不明。

恰逢一对小情侣从他身边走过,男孩紧紧搂着怀中的女孩,两人嬉笑着渐走渐远。笑声不断传入顾清狄的耳朵,他的心情更糟糕了。

一种孤独夹杂着挫败的感觉从顾清狄心头涌起,他清楚地知道,这种感觉并非来自刚刚擦肩而过的小情侣,而是来自那个被他毫无风度甩在身后的女孩,戚南。

已经很久没有人或事能让他惊慌无措地近乎逃离了。顾清狄不敢想象,如果不是那通电话,接下来他是否会像个未涉情事的男孩,干出一些冲动而不合时宜的事来。

不应该这样，这不是他的初衷，顾清狄告诉自己。

戚南的确很特别，他也承认她对自己有吸引力，但他并不想毫无计划地展开一段恋情。

眼下的发展已经有些脱离控制了，也是时候该抽身了，顾清狄觉得自己很清醒。纵使戚南再特别，她也已然倾心于自己了。面对自己，她已不复清冷。她已和诸多爱慕他的女子一样，再多的相处只会给他带来无尽的烦恼。

临近毕业这当口，并不是个恋爱的好时机。

理清了思绪，顾清狄长舒了一口气。风雪也不似之前那般大了，前路清明。顾清狄觉得一切都回归正常了，心下松快，几个箭步便走到了家门口。

这房子是很多年前L大分给顾清狄父母的，样式有点老。但好在是独栋的小洋房，还带一个小院子。房子的地段好，离学校又很近，所以尽管顾家还有别的房产，这里依旧是顾家人日常居住的地方。

上大学以前，顾清狄都住在这里。可以说，这房子承载着他人生的大部分记忆。斑驳墙面上的爬山虎、咯吱作响的木质楼梯、狭小而明亮的阁楼以及院子里翻新的泥土和肆意绽放的玫瑰花……

上大学以后，顾清狄在这住得少了。头两年是由于新校区太远加上课业繁重，懒得来回跑。这两年虽然搬来了老校区，离家近多了，但手头有做不完的项目，大多数时间还是住宿舍方便，也就节假日回家改善一下伙食。

这段时间恰逢期末，导师的项目压力又大，顾清狄已经好久没回家了。要不是刚刚父亲的那通电话，顾清狄还不知道自家向来大大咧咧的母上大人已经明里暗里抱怨他好几次了，恐怕再不回家自己这个"不孝子"的床板都要被母上给拆了……

平安夜嘛，也是该回家看看。顾清狄推开院门，里头传来的却是一阵阵欢笑声，母上大人的笑声尤其爽朗豪迈。

这笑声可不像生了大气的人啊，难不成父亲也帮着母上骗他了？顾清狄眉头一皱，关上院门便朝客厅走去。

等进了客厅，顾清狄才知道，父亲果然没骗他。只见正坐在沙发中央的母上大人一看见他,先是一喜,随即狠狠瞪了他一眼。她阴恻恻地从牙缝里挤出一句"不孝子也知道回家",便把头偏向一边不再理他了。

顾清狄无奈地看着母上大人的侧脸,心虚地摸了摸鼻子。他这次"旷家"的时间确实久了一点,着实没有想到自家脾气一贯还算好,偶尔有点小孩子气的母上大人这次会动了真格。

不过怎么说都是自己理亏,顾清狄认命地凑上前去,在佯嗔的母上大人葛秋然女士旁边坐下,好一顿撒娇卖乖,也没让葛女士回心转意赏他一个笑脸。

"扑哧,葛姨,清狄哥都这样求你啦,你就别生气啦,他下次肯定不敢啦!"

娇俏的女声从厨房门口传来。顾清狄一抬眼,只见林俏语端着一盘洗好的圣女果由远及近地向他走来。她走动间长裙摇曳,俏皮的长马尾在她的小香风外套上轻轻扫动,迪奥秋冬最新款粉橘色唇膏更衬得她唇红齿白,气色格外动人。

"葛姨,你最喜欢吃圣女果了,吃一个消消气嘛!"林俏语很自然地坐在葛秋然女士另一边,挎着葛女士的胳膊就开始摇啊摇,还不断地给顾清狄使眼色让他也一同上阵。

看了一眼林俏语,顾清狄眼神复杂。随着两人年岁渐大,加上不喜她的性格,顾清狄已很少主动找她了。但架不住林俏语嘴甜会哄人,她爷爷是医学泰斗,父母又是商界大鳄,周围邻居、教授长辈没一个不待见她的,就连顾清狄的父母也很是喜欢她。

所以对于她这种大晚上还赖在他家里不走的行径,顾清狄即使知道这姑娘醉翁之意不在酒,也只能睁一只眼闭一只眼了。

"好好好,不生气啦,臭小子就是没姑娘贴心,瞧我们小语多体贴我。"葛秋然女士终究还是受不住小姑娘的糖衣炮弹,很快便冰霜融解了。她感叹地拍了拍林俏语的手,满脸慈爱。

遗憾的是,她依旧连一丝余光都没分给顾清狄。

顾清狄知道,这次葛秋然女士是真生气了,估计往后几天还得待在家里好好哄着。不知道导师那里会不会催人,还有戚南那边……

林俏语眼神一扫,就知道顾清狄走神了。她和他自小玩到大,顾清狄的脾气秉性她一清二楚。这么久没回家,除了忙导师的项目以外,肯定有别的事绊住他了。

林俏语联想到室友徐莉从她男友邵平飞那边得到的消息,恐怕是跟那个叫戚南的女孩脱不开关系。

这可不行。林俏语十分着急,心思不知道转了几百回了。终于叫她想起一件事来。

"清狄哥,你这段时间是不是很忙呀?本来过几天我们系里有个舞会还想让你陪我去呢,你知道的,我不喜欢和不熟的男生玩的呀,这下你是不是不能和我去啦?"林俏语一边说着,一边小心地觑着顾清狄的反应。

"有什么忙的,整天不着家,都是人家小语陪我,你这儿子我算白生了。这事我定了,你好好陪小语去,听见没有?"葛秋然女士对顾清狄横眉冷对,义正词严。

刚醒过神想要拒绝的顾清狄蒙了,看着母上大人葛女士坚定而谴责的目光,顾清狄到嘴边的话又咽下去了。

这边厢两人好得似母女一般,那边厢顾清狄的心里却是一团乱麻。

不过舞会嘛……倒也不是不能去,戚南的身影在他脑海里一闪而过。也许,转移一下注意力就好了?

顾清狄暗下了决心,为今之计,只有走一步算一步吧。

第三十一章　月光舞会

都说真爱出现的第一个征兆,在男生身上是胆怯,在女生身上则是大胆。饶是冷静如戚南,在那样一场情愫丛生的约会之后,也不禁开始有所幻想,在她与顾清狄的联络中添了几分主动。

而顾清狄自圣诞一别,已有好几天未曾在校园中见到他了。就连网上聊天也好似比往常冷淡了许多。

戚南有些疑惑，却也未十分在意。或许他被导师召唤去忙项目了，又或许临近期末，课业忙不过来。她轻轻揉了揉脸，暗道自己不要多心。

对于金融系的学子们来说，期末自然是难捱的，但还不至于让顾清狄忙到没时间好好回戚南信息的地步。此番动作，确是顾清狄有意为之。

瞥了一眼手机上前夜与戚南的简短对话，顾清狄烦躁地翻了个身，明明出自自己之手，他却一眼都不想多看。那言辞里的敷衍和冷淡简直要溢出手机屏，让他自己都觉得不舒服。

这番举动，也不知她怎么看自己？望着天花板上斑驳的一块暗影，顾清狄眉宇纠结，十分矛盾。

他既希望戚南能理会自己冷处理的用意，又期盼她能一如往常，丝毫忘了自己为何要冷落戚南了。

这番情绪酝酿到下午，想到晚上还得陪林俏语参加什么毕业舞会，顾清狄脸都黑了。他倒是头一次这么抗拒去热闹的地儿，只是瞅见葛女士的神情，只得偃旗息鼓，乖乖从命。

随手拿了件白衬衫，搭了西裤和外套，顾清狄将一将头发便想要出门。临到门口，又被追求完美的葛女士塞了件银灰色西装，硬是要他穿上才放行。

说实在的，除了参加一些重要的活动或仪式，顾清狄很少穿得这么正式。尤其这大半年，项目忙得天昏地暗，即使他对外表很在意，也只能做到保持整洁而已。

今天穿的这件外套，怕是葛女士早就买好了，就等着机会叫他穿呢。

胡乱想着，他发觉已走到了今晚的目的地。历史系的毕业舞会将舞池设置在大礼堂外的空地上，周边一圈草地合围，草地上还有残雪，天上一轮新月，绕着空地四周的彩灯又刚亮起，倒是很有些"月光舞会"的意境。

顾清狄到得并不算早，此时舞池里热闹非凡，一片衣香鬓影。女孩子们都衣着精致，悉心打扮，满怀欣喜。更有不少女孩放下了往日的羞涩，叫顾清狄收到了许多含情脉脉的陌生"眼波"。

这要在往常,顾清狄还有些心思享受美人们的青眼,今晚他却情绪不佳,只想早早完成任务,陪林俏语跳上几曲便罢。

只是襄王无梦,神女却有心,既然来了,有些事也由不得他了。

"清狄哥,这边!"本想留在原地再装会鹌鹑的顾清狄到达战场还没五秒,便被敌方林俏语捕获。

既然被唤了姓名,他也只得朝着林俏语所在的舞池中心走去。

林俏语心里很得意,顾清狄就像个天生的发光体,走到哪都是众星拱月,但也只有她,能让这"月"心甘情愿地落到她身边来。

那些偶然遇见的女生,终究只是顾清狄的一时新鲜罢了。

一阵郁气吐出,林俏语志得意满地拉着顾清狄摆好了开舞的姿势。她是今晚的领舞,穿着一身绯色的迪奥仙裙,又拥有这么一个耀眼的舞伴,一时风头无两,无人能及。

于是当着装与林俏语十分相似的孔雀同学看见舞池中心那一对翩翩起舞的玉人时,愣在了当场。

"南南,快帮我看看,那个女生身上穿的是迪奥的正牌走秀服吧?价格完爆我不说,还撞色了! 不行,我得回去换一下,不然就白瞎了我的魔鬼身材了……"

小雀一边皱眉一边跟戚南嘀咕,裙摆都快被她揉成麻花了。

然而,戚南并没有听到小雀的抱怨,连小雀什么时候溜走的也没注意到,她满心满眼都是那对光芒四射的领舞。

戚南眼里有些酸涩,原来顾清狄并没有在忙什么项目或是考试,他是在陪他的"小青梅"呢。

他的女伴,确实非常明艳动人,也很会装扮自己,显然是配得上他的。戚南努力挺直后背,却忍不住心里难过。

自己尴尬地来到这里,既没有舞伴,也比不上人家光彩照人,真是多余。早知道她就不来了,看不见就不会失望,也不会伤心了。

戚南有些茫然,也许在小雀央求她一起来舞会的时候她就应该拒绝,本来就不习惯这样的场合,来了还要面对残酷的真相。

戚南正要离去,却突然被人挡住了去路。她抬头一看,是个男生,个头不高,脸黑黑的,此时却有些泛红,支支吾吾不太敢看她。

"同……同学,你好,可以请你……你和我跳舞吗?"结结巴巴地说完话，男生一脸小心翼翼地看着戚南。

见戚南愣在当场，男生的表情简直可以用惨不忍睹来形容，他笑了一笑企图缓解尴尬，却看起来比哭还难看。

"好……"戚南叹了口气，心里有些不忍。也许这个男生和她一样，今晚是个伤心人，只是一支舞罢了，并没有什么不可以。

"谢……谢，谢谢！"听到了戚南的回答，男生明显开心多了，笑声感染了戚南，连带着她也没那么紧绷了。

步入舞池的瞬间，戚南不作他想。只是内心依旧有个小声音在负隅顽抗："这是你的初舞，就不想和喜欢的人跳吗？"

乐声节奏越来越快，戚南努力忽视心里的声音。她扬起笑容，告诉自己，好好跳完这一曲，是对舞伴应有的尊重。

或许是音乐的感染力，又或许是舞蹈真的能振奋心肠，戚南的情绪没有一开始那么低落了。而她的舞伴，虽然外表普通，但很会带动舞步，所以她也越来越投入。

和戚南的渐入佳境相比，林俏语这边可谓是急转直下。自那个戚南出现，清狄哥就开始心不在焉，甚至还差点踩了她的脚。她心里恼火，却不好发作。

是她让人邀请孔雀来的，听说那妮子和男朋友分手了，最近又和戚南形影不离。只要孔雀带了戚南来，就必定会看见自己和清狄哥亲密的样子。这样一来，也好让那个横插一脚的戚南认清自己的位置，少来纠缠她的清狄哥！

林俏语连戚南的性子都算得一清二楚，却低估了顾清狄对戚南的感觉。看着失神的顾清狄，她一时警铃大作，脸色也有些难看起来。

"清狄哥，你在看谁呀？难道是来了什么我不知道的大美女？"林俏语故意靠近顾清狄，身上的甜香径直朝他袭来。

"别乱讲。"顾清狄冷然收回目光，往后退了一步，语气有些冷淡。

林俏语一怔，随即又甜甜地朝顾清狄笑了起来，腰肢舞动更为婉转。既然拉回了清狄哥的注意力，那她也没必要再把时间浪费在他人身上，把握现在最要紧。

可惜此刻的顾清狄并没有心思注意林俏语那愈加曼妙的舞姿，

他虽然面上平静,实则心里越来越烦,像有一股火气在胸膛里越来越旺,让他烦躁地喘不过气。林俏语绯色的裙摆在他的身侧旋转飘扬,像一朵亮眼的浪花,但顾清狄的眼前却总是戚南和那男生共舞的模样。

这是顾清狄第一次看见戚南跳舞的样子。她并未如同这场上的绝大多数女生那般穿着华丽,只是挽起了发,穿了件蓝紫色长旗袍。

余光迅速瞥了一眼戚南,顾清狄心里的火气越发大了。旗袍虽将戚南包裹得很严实,但是也极好地凸出了她纤瘦婀娜的身材,且她舞姿轻盈,行动间充满了典雅韵味,十分好看。

明明是一道好风景,顾清狄却觉得非常碍眼。最最碍眼的,当然是那个把"爪子"搭在戚南身上的男生了。跳舞就跳舞,笑得那么殷勤做什么,需要贴得那么近吗?

哦,现在贴得更近了。顾清狄手上一个用力,林俏语发出了一声痛呼。

"清狄哥,你弄疼我了!"

"抱歉,今天就到这里吧。"顾清狄并没有理会林俏语的撒娇,直截了当地撒手离开了舞池中央。

顾清狄走得决绝而突然,林俏语一时间尴尬不已。但看到顾清狄离开的方向,尴尬立马转化为气愤和妒恨。

顾清狄并不清楚自己想做什么,只是冲动地来到了戚南面前。正巧一曲舞罢,戚南刚立定脚步,便看见了面前似乎有些不悦的顾清狄。

新的乐声响起,是一首和缓的华尔兹,戚南还没反应过来,便见顾清狄旁若无人地执起了她的手,强势地挽上了她的腰肢,动作看似随意却无比快捷。

就这样莫名被抢了舞伴的男生惊呆了,还……还可以有这种操作?!

戚南同样被顾清狄的举动惊呆了,等反应过来,才发现自己正被他紧紧搂着,顿时一股热气冲上头,脸迅速红了。

很奇怪,当顾清狄握住戚南手的那一刻,缠绕了他整晚的郁郁之气顷刻间消散了大半。待看见月光下戚南微红的侧脸和闪烁的眼神时,一股奇异的满足和欢愉涌上心头。

看,她多么在意自己! 也只有在自己面前,她才会脸红成这样。

顾清狄的心情刹那间暴雨转晴。从他现在的角度,顺着戚南乌黑的鬓发和挺翘的鼻尖看下去,是她包裹在旗袍里,显得格外饱满、玲珑有致的身躯。

他咳了一声,心虚地移开了目光。待闻见戚南身上那股冷香后,就连面上竟也开始有些发烫了。

戚南的心里乱糟糟的,她不知道顾清狄为什么突然过来和自己跳舞。或许,他吃醋了? 戚南心里有些许暗喜,他还是在乎自己的是吗?

"清狄哥,你怎么在这里呀? 我们快回去跳舞吧!"

不知何时,林俏语来到了他们身边。她笑脸盈盈,目光却透着寒意,只轻蔑地瞥了一眼戚南,便直直地看向顾清狄。

"清狄哥,葛姨说啦,你今晚是我的舞伴,你身边这位好像有自己的舞伴,我们就不打扰人家了吧!"

顾清狄的脸色不好看,犹豫了一下,终是放开了戚南的手。

戚南看了一眼顾清狄,本想开口说话,却见他目光向前,并没有看自己一眼,便也收回目光,低下头去。

"清狄哥,你要不想跳了,我们就回去吧,我都觉得有点冷了呢!"林俏语开始撒娇,还轻轻地搓了搓手臂,故意贴近顾清狄。

顾清狄刚好了些的心情又沉郁了下去。看见还杵在不远处朝这张望的男生,他的心里更加不舒服了。

怎么着,一起跳了舞还不算,还等着散场再约个会是吗? 也许戚南和他根本就是约好了一起来的吧? 只是既然要来,怎么也不挑一下,倒选了这么个丢人堆里都找不出的家伙。

顾清狄撇了撇嘴,眼中冷光更甚。

雪后的夜里格外凉些,风吹过,林俏语倒真觉得冷了,一直抖个不停。顾清狄看了一眼戚南,犹豫了一下,还是把外套脱下递给了衣着单薄的林俏语。

林俏语得意地冲戚南扬了扬眉,胜利的喜悦藏都藏不住。

戚南觉得好笑,又觉得凄凉。好端端的,站在这里看人家浓情蜜意,真是吃饱了撑的!

"你们跳吧,我先走了。"

语罢,戚南便转身离开。她难得穿了高跟鞋,走得并不快,但却再没回过头。

顾清狄望了一眼她的背影,抿了抿嘴唇,不发一言便也转身离开。林俏语慌忙跟上去,却在看见他冷漠的侧颜时,不自觉地放慢了脚步。

阴云遮蔽了新月,灯光也暗了下来。人影与笑声渐远,徒留一地萧索。

第三十二章　那一场期末考

当梧桐树下的残雪彻底被晴阳消融后,L大如火如荼的期末炼狱也进入了尾声。更有不少清闲的院系,学生们早早考完了试,人去楼空,只余几个行政老师在系楼里处理期末琐事。

新闻系大四的课程本就极少,核心的几门课都考完了,学生却不见少,多半是被选修课闹的。有些选修课考试的时间还特别靠后,硬是把学生留在了校园里。

彼时已是一月初了。少数幸运儿已踏上了回家的旅途,比如戚南宿舍的枫羽和肖夏。小雀、戚南也结束了这一学期的学业,只是因院系、社团等各种琐事,暂时还走不开。

独孤比较特别,和一帮还在纠结前途的大四生不同,她已经在给手底下十几号员工发年终奖了。以至于留守宿舍的众人经常被独孤电脑上U盾闪烁的微光所吸引。

舒和就比较惨,五门通识课考试时间都排得很靠后,最晚一门都到一月中旬了。好在葛老的乐曲赏析课比较人性化,这周五下午便可考完。

虽然大部分的乐曲赏析课都是戚南代上的,但这门课需要掌握的硬知识点不多，考的更多是学生们的乐感和审美，且以往的题目开放性较强，并不难考。

而且舒和了解到，葛老给分比较大方，只要认真思考，逻辑合理，规范答题，考过应该是没问题的。

相比于这门考试，舒和更担心戚南。那日舞会，她见戚南独自归来，后又从小雀口中零星得知关于舞会当夜的纠葛，温良如她，不禁也在心里埋怨起顾清狄来。

戚南是一个矜持又有些莫名坚持的女孩，从她喜欢上顾清狄，舒和就一直担心她会受到伤害。他似骄阳，她如清月。骄阳太容易灼伤人，只是她没想到，这伤害来得这么快。

戚南并非一个情绪化的人，虽然心底柔软，面上却素来冷淡，小时候还得过"小面瘫"的称号。除了亲近的几个舍友，旁人并看不出戚南所经历的挫折。只是偶尔觉得，戚南周身的"冷气"更甚，好似要成仙了。

戚南自己知道，她的心里生病了，生了一种一触碰和顾清狄有关的一切就流血的怪病。她用琐事麻木自己，将那晚的一切都锁在记忆深处。

舞会后将近两周了，顾清狄没有找她，她也不闻不问。没有疑问，没有解释，什么都没有。

一夕之间，两人的暧昧仿佛烟消云散。

我不看月亮，也不说想你，这样月亮和你都蒙在鼓里。

这是一句很久之前戚南在杂志上看到一句话，却恰合她此时的心境。但也只有她自己了解，泥足深陷、自欺欺人的唯有她一人而已。

戚南忽然很想念故乡，就像心无所依的游子，急切地想要回到母亲的怀抱，去释放悲伤，汲取温暖。不假思索地，戚南定了最早一班回家的车票，就在两天后的周五。

然而天有不测风云，到了周五，事情又有了变化。一辆在校园里疾行的外卖车不小心剐蹭了舒和，她的腿受伤了，得住院，只能写了申请书临时让戚南带去考场帮她申请补考。

戚南到得有些晚，考试刚开始，考场内一片"沙沙"的落笔声，气氛颇为严肃。又见葛老背过身在黑板上疾书，为了不影响其他考生考试，她只得先找了个后排空位落座。

从戚南的角度望去，考场内密密麻麻皆是埋头书写的考生。都是大四才抢到通识课的可怜人儿，大家都积极把握毕业前最后一次修满学分的机会，成败在此一举。

葛老尚在书写，像是临时加了一道拓展题，题目看着还挺长。墙上挂钟的分针已转过两格，看着手里紧握的申请书，戚南有些着急。

无所适从间，戚南突然反应过来，顾清狄也在这儿考试！猛然吸了一口凉气，戚南赶忙低下头装鹌鹑。过了几分钟，又悄悄地抬起了头，快速地扫了教室几遍。

他，好像没来？戚南不确定地又仔细搜罗了一遍考场，终于确定了这个事实。

即将见面的惶恐顿时被担忧所取代。他怎么会缺考呢？有什么事耽误了吗？他请假了吗？一堆问题涌上心头，戚南的心里更乱了。

怎么办？要帮他请假吗？会不会多此一举？戚南咬着下嘴唇，拿不定主意。

算了，就当日行一善！虽然他那么讨厌，当着她的面和别的女孩子卿卿我我，但也不能看着他延毕吧！

不管戚南再怎么用"同学之情"的幌子忽悠自己，戚南还是本能地想站出来保护他。

当喜欢足够深，保护便成了一种本能。

所以当葛老听着小姑娘言辞恳切、煞有介事地帮顾清狄同学申请补考时，惊讶之余又不免有些好笑。

他细细地打量着眼前这个女孩子，身姿纤纤，面庞还有些稚气，眼睛生得格外明亮，是个漂亮的女孩。

这不是第一个在他面前提臭小子的女孩，却是第一个帮臭小子圆谎的女孩。葛老那藏在眼镜后睿智且温和的眼睛闪了闪，嘴角扬起一丝弧度。

哼，臭小子运气倒是真的不错！

递交完申请，戚南惴惴地低着头，不敢直视葛老的目光。她有些心虚，对着大教授扯谎，让戚南面红耳赤。

"舒和,还有,咳,顾清狄的补考申请我收下了,回头我会让助教通知他们补考,小同学你可以放心回去了。"好在葛老并未深究,语气平静,一如往常。

成功了! 戚南舒了一口气,向葛老道谢后便做贼心虚一溜烟跑了。

此间事了,戚南便马不停蹄地坐上了回家的列车。J市的一切连同顾清狄,都如同车窗外的风景,被暂时抛在脑后。

给我点时间,让我忘记,戚南对自己说。

第三十三章　鸳梦过后

月色迷离,人群拥挤,空气闷得让人透不过气来。

顾清狄发觉自己又一次站在这里,他已经记不清这是第几次了。他知道这是梦,脚下依旧是柔软的草地,耳边是嘈杂的乐声,怀里……

怀里还是她。他在抱着她起舞。之前的好几次,顾清狄都未曾看清她的脸。她的脸廓小巧,却像是被月蒙上了一层薄纱,总也看不真切。顾清狄心下烦躁,手中稍一用力,只听得"嘤咛"一声。似是撒娇,又似缠绵,音色清冷,却缠缠绕绕,勾得顾清狄心里一阵发热。

他发了狠,定要看清梦中这"妖精"的模样,却在低头间,看见了一双清凌凌的眼睛。

仿佛珍珠擦去了蒙尘,又仿佛水墨画有了颜色,眼前的一切都鲜活了起来。顾清狄看见戚南倚在他怀里,她穿着舞会时那身旗袍礼服……

一夜鸳梦,醒来时格外寂寞。顾清狄心情郁郁地下楼,因着新年,小楼早被葛秋然女士布置得红火又洋气。一长串小彩灯沿着楼梯蜿蜒下来,灯光闪烁间一派姹紫嫣红,稚气又很可爱。

顾清狄不由得多看了两眼,心中的闷气被这斑斓一角驱散了几分。

楼下静悄悄的，家里没人，这让顾清狄愈加放松。他施施然地游走了一圈，打开冰箱，随意找了点面包便把早饭对付了过去。

饿太久了，吃得又有点急，顾清狄的胃有些不舒服。他抿了抿嘴，随手打开了电视，就近在沙发上坐了会儿。

电视里播的是个当红偶像剧，女主正凄凄婉婉地和男主诉说衷肠。顾清狄对这种一把鼻涕一把泪的恋爱桥段无感，有些硌硬地准备换台。

一阵"笃笃"的叩门声响起，不紧不慢，却又带着无法忽视的强势与耐心。顾清狄有些无奈，不情不愿地起身去开了门。

"开门这么慢，你这小子是没吃饱饭吗？不知道体谅体谅我这个年迈的老人家？一点良心都没有！臭小子！"

年迈？精神抖擞，敲门倍儿有劲，身体倍儿棒的葛老一边踱进门，一边不忘身体力行、日复一日训自家外孙。

顾清狄被训得一脸蒙，觉得老头子一开口他的胃痛更严重了……

本着吾日三省吾身外加尊老爱幼的良好家风，顾清狄决定先从自身找原因。然而思索良久，除了偶尔会翘老头子的通识课这事做得有点不地道外，似乎并没有什么其他的事情能惹得老头子如此吹胡子瞪眼。

自家老头子这是怎么了？顾清狄有些无奈。

但是当"臭小子"这个词第30次出现在葛老嘴里的时候，顾清狄还是觉得事情有些不太妙。

趁着手谈巧妙地输给了葛老一局，眼瞅老头子的脸色有些阴转多云，顾清狄装作不经意地问起了缘由。

"你说你这个坏小子，打小就心眼多，骗得大家团团转，大了还是这么不长进！你说，你到底是怎么骗人家小姑娘的？让人家巴巴地给你又是说情又是请假，千方百计地让我别给你挂科。那小姑娘看着多乖啊，是叫戚南吧……"

顾清狄没料想到是这个缘由，他的心猛地一跳，像是被这番话击中了，久久回不过神来。

葛老还在不停地数落外加还原当天的场景，顾清狄好似都听了进去，又好似什么都没听进去，脑子里一片茫然。

原来，在那样的不欢而散后，她还愿意维护自己。顾清狄完全可以想象她是怎样鼓足勇气，去为他求情，甚至为他撒谎。

一股暖流刹那间涌上心头，又好似一柄带着光芒的利剑，破开了笼罩他心头良久的阴云。顾清狄整个人肉眼可见地舒展开来。

绅士风度一秒上身的顾清狄决定在这个除夕夜必须向情义双全、义薄云天的戚南做些什么以聊表谢意挽回自身形象了。殊不知对于过往二十载被他抛诸脑后的众女而言，顾清狄在偷心的这件事上绝对毫无绅士品格可言。

【除夕夜快乐！】

太敷衍了！No，No，No！

【新年大吉大利，身体康健，万事如意，阖家幸福！】

很像群发！不行不行！

顾清狄删了又写，写了又删，一通操作还没写好给戚南的短信。他嘟囔了几句，头一次感觉发新年祝福这件事怎么这么难！

书到用时方恨少，都怪高中没学文！作为理科生中少有的高考作文逼近满分的文理全才，顾清狄丝毫没意识到他卡壳只是因为收件人是戚南而已。

待到华灯初上，宾客齐聚，顾家年夜饭准备开饭时，顾清狄还在和短信较劲，全然忘了胃不舒服这回事了。

"咱们清狄是不是交女朋友了？弟妹你看他，对着手机一下午了。"趁着端菜，顾家大姑凑上去和葛秋然女士咬耳朵。

"就他那没定性的样子，哪里有什么女孩敢跟他啊，八成在捣鼓他导师那项目！"葛女士斜了一眼，随意说道。

"我看这回像！大年夜的，哪个导师这么拼命，肯定是小姑娘！是不是林家那个？就那个从小跟在清狄屁股后转的？"顾家大姑定神瞅了好一会，还是觉得肯定有猫腻。

"要真是和我们俏语那就好了，这小子就缺个人管他，哪像小语这么乖巧！一天天不知道瞎忙什么！"葛女士嘴上嫌弃，看自家儿子的目光中却是透着几分得意。

"开饭了！开饭了！"

"好香啊！"

"大嫂这个菜烧得真不错……"

觥筹交错间，桌上的菜已被吃得七七八八了。饶是顾清狄心不在焉，这种场合也得做出几分热情样子，吃点菜，喝点酒。

堕地忽惊星彩散，飞空旋作雨声来。忽地几声炸响，顾清狄知道，定是鼓楼那边的烟花秀开始了。

屋内是欢声笑语，屋外是巷陌烟花。顾清狄离了长桌，倚在门边随意垂着手臂，他遥望着点点碎星下的万家灯火，不知为何心中却升起一股惆怅。

此生此夜不长好，明月明年何处看？

顾清狄垂下眼眸，从口袋中掏出手机，手指翻动间，几行文字跃然而上。

夜色逐渐弥漫，鼓楼的钟声也渐传渐远。寒气渐渐从脚底升起，顾清狄将手机塞回口袋，转身回了屋。

【愿新年山川秀，景物新，人更好。】20 点 02 分，来自顾清狄。

第三十四章　新　年

300 公里外，安徽与浙江交界的一个小山村里，戚南刚从戏台子的人堆里撤出来，迎面便被偌大的山风吹得打了个喷嚏。

一周前，戚南父母带着她回了老家。这个戚南父母成长、相识的地方，有个特别美的名字，叫枕霞村。

枕霞村虽只是个小村落，却有着千年历史。这里山川秀丽，古朴至美，历朝历代皆出名人名士，尤以书画家居多。

戚南对于枕霞村的印象，是小时候每年暑假的清溪泛舟，是清明时节鲜掉眉毛的竹笋炖肉，是村口几人合抱都围不住的大樟树，是除夕夜戏台子上咿呀婉转的黄梅戏，是戚南童年里最无拘无束、最快乐的一段记忆。

村子里的一切，对她而言都是熟悉而亲切的。所以，即便除夕夜的戏目年年都是那几出，戚南也愿意来凑凑热闹，感受这与城市截然不同的烟火气。

只是台上太吵，台下又太挤，戚南的手机震了很多次，她只能暂时退场。

素手一划，手机屏幕亮起，未读信息有很多。戚南粗粗看了看，多是祝福短信。短信来自四面八方，有宿舍姐妹的，也有院系同学和老师的，还有些朋友的。多是中规中矩却温馨的新年祝福，但也有少数别具新意不拘一格。

【我南新滴一年古德古德思大滴，对对阿普，嗨皮牛耶儿！】来自塑料姐妹仙女雀。

小雀这小妮子的短信还自带语音效果，戚南不自觉跟着读了出来。读完一脸嫌弃，心情却瞬间好了许多。

待看到王瑞发的【妹子新年快乐！啥也不说！有事 call 哥！火线支援！】，戚南不由莞尔一笑。

此时，山风也抵不过心头的温热。

戚南的心事，知道的人寥寥无几，最清楚内情的也只有小雀一人。但或许是今夜的乡音格外温柔，又或许是烟火气太浓，原本只是应景的新年祝福看起来也格外温馨可爱，让戚南心中沉郁许久的不快与失意也淡了好几分。

戚南长舒一口气，准备一条一条地回应祝福，柔润的目光却在触及新跳出的一条短信时，瞬间凝结。

戚南一怔，她从未想过在那样长久的缄默不语后，会在今晚收到来自那人的短信。她更没想到，他竟那么巧妙地化用了《红楼梦》里黛玉的诗作，显得那么妥帖和应景，那么地……合她心意。

诚然，在痴爱它的人看来，《红楼梦》是那么伟大隽永，但能读深、读懂，甚至化用的人并不多。除了母亲，戚南从未在身边人中找到同好之人，更别提是男生。

苦笑一声。她早该想到，那人既选择出演，还演得情真意切，必然对红楼有所涉猎，他那样的性子，凡事追求极致，又怎么可能对红楼一知半解呢？

只是可惜……

戚南默然，她收起了手机，拢了拢衣领，慢步朝家里走去。

除夕过了就是正月，乡下人的正月，比平日还忙碌，最最要紧的一件事情便是走亲戚。不喜热闹如戚南，这样的日子里，也被父母拉着这家转转那家坐坐，陀螺似的没一刻清闲。

对戚南而言，整个正月里，唯独只有和姑婆待在一块的日子，是最宁静而安详的。

姑婆是戚南母亲的姑姑，年纪将近 80 了。她总是把自己收拾得头脸干净，周身的衣服永远干净熨帖，连发髻也盘得齐齐整整，还会簪一朵银饰珠花，是个顶爱美的老来俏。

只是，她一辈子未谈婚嫁，也没有子女。戚南听母亲隐约说过，姑婆年轻的时候爱上过一个年轻军官，后来军官外出打仗，却捐躯异乡，姑婆便这么过了一辈子。

姑婆并没有蹉跎一辈子。她用她那精妙无比的手艺和独特的绣法，一辈子帮无数新娘绣喜服嫁衣，每一件都巧夺天工，光彩照人。

姑婆给这种绣法命名为"归绣"。她说，她这辈子最好的一件绣品是在她 16 岁的时候，那个年轻人带走了它，却再也没能归来。

即便现在年纪大了，眼睛不好了，姑婆只偶尔拿着绣绷子在日头下穿针引线。戚南觉得，刺绣时的姑婆，是那样美丽、认真和安宁。

每当此时，戚南总是忍不住也拿起针线，央求姑婆教她刺绣。

姑婆并未多问，耐心教导着她。只是，她看着戚南，就好像看到年少的自己。一样满怀心事，一样对未来茫然无知。

戚南学得越认真，姑婆越忍不住去想，命运如此难以捉摸，又有几人能有幸得它厚待？

山中岁月容易过，不知不觉正月过了大半，戚南和父母也踏上了归程。戚南透过车窗，回望薄雾轻拢下的枕霞村，和那个在村口看着她远走的老人，心中却是比来时多了几分温暖与希冀。

她想起临走前，姑婆在她耳朵边，轻轻对她说的那句话。

她说："孩子，有些事去做就是，多想无益。你是个好孩子，姑婆相信，上天会庇佑你的！"

第三十五章　书中自有颜如玉(上)

每一个外出求学的游子,都像吴英奇在《故乡》里说的,从此故乡只有冬夏,再无春秋。

本科的最后一个学期,大四生们来得都比往年要早。戚南到 8 舍的时候,已是黄昏。女生们晾晒在阳台外的床单,在夕阳的余晖下,如同旗帜一般恣意飞扬,鲜艳斑斓如同青春。

戚南还未推开宿舍门,就听见小雀中气十足却全然不在调上的哼唱声。进了门仔细一听,才辨认出是那首经典的 *Schnappi*。

"你本是哔哔,但是穿得酷酷滴。开砖块林肯,还穿阿玛尼。缺点是一心谈恋爱,但是你说句话不对被她踢飞～～你是个哔哔哔哔哔……"

戚南一脸无奈,什么神人把歌词改成这样。但细听起来新歌词还挺押韵连贯,又很洗脑,待看清这位新出道歌手摇头晃脑、吭哧吭哧铺床单的娇憨模样,戚南这些天为她悬着的心总算放下了大半。

自从小雀单方面宣布和渣男赵承断绝往来之后,宿舍众人再也没从小雀口中听过他的名字。大家眼瞅着小雀一天天开朗起来,似乎已满血复活的模样,就更无人在小雀面前提及了。

只有戚南,因她见过小雀和赵承这些年来的点滴过往,那无数次的撕扯和纠葛,更加之她如今深有体会,所以她知道,忘记一个人,并没有想象中那么容易。

那毕竟是美好青春里毫无保留真心爱过的人,是无数个夜里为之笑、为之哭的人。

如果有那么容易忘记,就好了。戚南苦笑着摸了摸脸颊。

不过,小雀的状态看起来确实比年前好多了。能从一段错误的感情里抽身出来,这本身就是一种成长。

习惯标榜自己是未成年少女的小雀完全不知道自个已被亲妈附

体的戚南用慈爱的目光从头到脚扫了好几遍,收拾好床铺的她仿佛完成了一件人生大事,躺了一会后便兴致勃勃地拉着戚南去食堂吃晚饭了。

两个肉菜,两个素菜,三两米饭外加一个包子,戚南真心羡慕小雀的好胃口。纠结地瞅了一眼吃得无比欢腾的小雀,她决定还是等过段日子再和她提减肥的事情吧……

"南南,南南,这学期你想好做什么了吗?我们没课了耶,有大把的时间可以拿来浪费!哒哒哒哒!"小雀一边对戚南挤眉弄眼,一边还不忘手中油汁满溢的大肉包。

戚南抽了张餐巾纸塞到了小雀手里,低下头往嘴里扒了两口饭,眼中难得露出一丝茫然。

"我还没想好,可能要去导师的组里帮忙干活,也可能找个兼职做……"

"我我我……我也想做兼职,南南你要做的话带上我哦!"

嗅到一丝金钱气息的小雀顿时不淡定了,积极举手表示要抱紧戚南大腿,坚决不放过任何和金钱接触的机会。

接收到小雀积极渴求金钱的信号,戚南也开始正视起这件事来。大四的最后一个学期,戚南已确定保研,小雀也找好了工作,尘埃落定的她们确实有足够的时间去尝试一些之前都没做过的事情。譬如,做一份有报酬的兼职。

作为一个成年人,戚南其实早有财务独立的想法。从大二开始,戚南凭借着奖学金和各类赛事的奖金,已经开始自行解决学费和食宿费了。但戚南的消费需求一直很小,以至于她从来没真正想过去要去做一份可以挣钱的兼职。

迟早要走出这一步,现在开始倒也不是一件坏事。只是,自己想做什么?又能做什么呢?

戚南沉思了片刻,心里大概有了规划。看了眼犹自沉浸在发财梦中的小雀,戚南从心底叹了口气。

少不得还要帮这傻妞找个靠谱又合适的兼职。帮小雀抹个嘴角饭粒的工夫,戚南脑中闪过了很多人的名字,最后定格在了一个简短的名字上。

　　两天之后，当杨柳将两份兼职工牌送到戚南手上的时候，她才真正意识到这个号称"校园百事通"的学姐是多么神通广大。

　　"小南，你去校图书馆，小孔雀去校游泳馆。一周去两次，一次半天，工资600，月结，没问题吧？"

　　"当然没问题，谢谢学姐！学姐再见！"

　　感激地送走杨柳后，戚南把两份工牌紧紧握在手里，心底涌上一股满足。杨柳太会体察人心了，戚南喜静，小雀爱闹，派去这两个地方再合适不过。且这两份兼职简单轻松，又是在校园里，安全可控，就连薪资，在同类兼职里也算可观的了。

　　也不知多少人挤破了头想要占这两个位置。戚南十分钦佩，杨柳姐真的太能干了！

　　默默将这份人情记在心里，戚南暗想以后有机会一定要回报杨柳的好意。

　　春风得意马蹄疾，一日看尽长安花。拿到工牌的第二天，戚南便和小雀兴致勃勃地分头上工去了。

　　L大校图书馆坐落在北园南侧，已有百年的历史。这座古楼虽占地不大，内里却藏书万千、馥郁典雅，外头松柏苍翠郁郁葱葱，又兼遍地樱树浪漫，真可谓L大之最佳胜景。

　　戚南以往都是来读书，这次却是实实在在地来干活。也不知是心理作用还是情之所至，戚南越走近图书馆，心中的欣喜与满足愈盛，心情也愈加晴朗。

　　只可惜这好心情持续了没多久，便被几个意想不到的"访客"给破坏了。

　　彼时戚南正在服务台整理借阅后归还的图书，其实作为一个兼职生，戚南的工作内容灵活性很高，属于哪儿需要哪儿就能搬的一块砖。但在见了戚南后，主管二话不说，便把戚南拎到了服务台做服务工作，美其名曰"装点门面"。

　　正因如此，戚南的职责范围缩小了许多，只能夹在其他两个老师中间，和他俩一起围着一张服务台转，主要也就是操作一下借阅系统，登记录入，以及部分归还图书的整理。

　　于是乎这个下午，在戚南第五次站起身准备整理整理图书以免显得这份兼职太不费力、太轻松时,只一个抬眼,她便看见了闯入图书馆的一行人。

第三十六章　书中自有颜如玉(下)

一双打理锃亮的棕色牛皮单鞋,被淡蓝色牛仔裤包裹着的笔直修长的腿,米色薄毛衣贴合下的宽肩窄腰,修长的脖颈,立体白皙而又轮廓鲜明的侧脸,微光中高挺的鼻梁。以及,长长羽睫下此刻略显淡漠的眼睛和微抿的嘴角。

一行人中领头的那个,竟然是顾清狄! 戚南赶忙侧过身子,假装没看见他们。

她咬了咬下嘴唇,心里有些慌乱。

和顾清狄最近的一次交集,还停留在除夕夜那条情意未明的短信上。戚南想不明白,他发这条短信的用意。所以她一直未曾回复,也一直没有想好,该以什么样的身份和心态再去面对这个人。

没承想逃避了没几天,就又遇见了他。戚南当真有些不知所措。

好在顾清狄并未将目光投到服务台,只脸色冷淡,径直朝阅览区走了过去。

邵平飞带着徐莉跟在顾清狄身后,同行的还有林俏语。林俏语语笑嫣然,不紧不慢地跟在顾清狄身后,高跟鞋踩在地面上咯吱作响,连假装鸵鸟的戚南也忍不住闻声侧目。

邵平飞倒有些惴惴,他觉得老大好似在生气。虽说节后老大一直心情不畅,但这么明显黑脸还是第一次。

可刚才他俩出门的时候老大不还没这样呢嘛! 到底是哪里惹到他了呢? 邵平飞不禁开始皱眉思索。

看着男友出神的样子,徐莉心里却跟明镜儿似的。她很清楚,若非男朋友是顾清狄的室友,心高气傲的林俏语怎么会甘心天天和她同进同出,什么好事都带她一份,俨然一副好朋友的架势。

就连……徐莉摸了摸手腕，眼神触及腕上那条九成新的潘多拉手链时，悄悄暗了一瞬。

迅速收回眼神，徐莉挺了挺身子，挽紧了男友的胳膊，又朝走在前头的林俏语瞥了一眼，心里有些隐秘的快感。

她可是千方百计地帮这位名门"闺蜜"创造机会，可从顾男神见到她俩的一系列反应看来，他似乎很反感这种倒贴呢。

不过甭管当事人心里清楚明白，在旁人看来，这就是一场俊男美女的 double date。

就连戚南也认为顾林二人是约好的。她一边腹诽二人来图书馆这种清净之地谈恋爱的不良行为，一边又忍不住辛酸难过。

戚南耷拉着头，努力把整个人藏在高高的书堆后面，她觉得身上的力气和满心的快乐仿佛都在一瞬间被抽走了。

摄魂怪顾清狄！大猪蹄子顾清狄！戚南在心里暗下决心，再也不要看见他了！就算不可避免见到了也要无视他！

理所当然的，当顾清狄拿了几本书准备草草登记完就走人时，便在服务台见到了冷若冰霜的戚南。

看到戚南的第一秒，顾清狄有点蒙，但心里却迅速涌起了一股久别重逢的欣喜，这情绪来得如此强烈却又无比真实。

看到戚南的第二秒，顾清狄迅速扫了她一眼。他将目光停留在戚南胸前的工牌上，顿时明白了她出现在这里的原因。

看到戚南的第三秒，顾清狄注意到了戚南不悦的脸色，看她似乎气鼓鼓的样子，他莫名觉得鲜活可爱。

顾清狄好看的眉眼中闪过一丝笑意，他施施然走到戚南工位正对的服务台前，把手上几本书递到了她面前。

修长的手指捏着校园卡也伸了过去："小老师，麻烦帮忙登记一下？"

虽低着头，戚南又怎会听不出他的声音。这么多工作人员，他为什么非得选自己这边？还……还用那么可恶的语调叫自己"小老师"！

"书籍超出量了，一次只能借五本，多了一本你放回去或者找人帮你分担。"

戚南的语气毫无波澜，手下快速地将那几本书扫描了一遍，全程没抬头看顾清狄一眼。

"小老师，你看我就一个人，没法找人分担，要不这次你帮我通融一下？"

还是这种漫不经心的可恶语调，戚南真的很想把多余的那本书砸到他头上。一个不忿抬眼，却正好撞进了顾清狄凝望的眼眸里。

看着顾清狄那骄矜又略含笑意的脸庞，质问他的话到了嘴边却又吞了回去。

静默了一瞬，戚南才淡淡开口说道："图书馆的规定就是单人单次只能借阅五本，多出来的一本你可以找你同行的朋友帮你分担。"

见她被自己逗得终于抬头，顾清狄眼里笑意更甚。却在仔细端详过她的神色后，终于开窍了，严肃正色起来。

"我同行的只有我室友，麻烦你把多出来的那本登记他的名字，召耳邵，平凡的平，飞翔的飞，邵平飞。这里面有两本本来就是他借的。"

"哦……"戚南沉到湖底的心瞬间浮了几米上来，偷偷冒了个泡。

"《投资价值理论》《非理性繁荣》《比较金融系统》《达摩达兰论估价》《漫步华尔街》《女人十日谈》……"

"嗯？《女人十日谈》？"

看着这本奇书的封面，戚南默默移开了目光，实在有点刺眼……想不到顾清狄口味还挺重！嗯，真是人不可貌相！

顾清狄这才注意到借的书里混进了什么奇怪的东西，他简直是要气到昏过去，一股热气涌上头，恨不得把邵平飞拖出来直接揍上一顿。

谈个恋爱把脑子都谈坏了，想看这种书为什么不问方扬要啊！再不济，问他要，搜罗搜罗硬盘也是有的啊！咳咳……

不管怎样也不至于来校图书馆借啊！看那书都破成啥样了，皱皱巴巴脏兮兮的，也不知道被多少个猥琐男彻夜难眠地苦心钻研过。

真不知是人性的扭曲，还是道德的沦丧！

顾清狄有点嫌弃地搓了搓指尖，待觑到戚南微微躲闪的眼神后，被冤枉的窘迫顿时战胜了那一点洁癖，就连狂揍邵平飞这个罪魁祸首的念头都暂时被抛在了脑后。

"这本……是我室友邵、平、飞、借的，不是我！"

顾清狄难得这么咬牙切齿，一个字一个字无比艰难地往外蹦。

"哦。"戚南手上动作未停，回得挺不走心。

顾清狄磨了磨牙，他真想把姓邵的从里面拖出来解释清楚再就地处刑。戚南越敷衍，这念头就越强烈。

实则戚南虽不动声色，却早就反应过来了。这还真不像顾清狄会做的事情。这得脸皮多厚，才敢大喇喇地在校图书馆借阅这类书籍？

"这几本书登记好了，你拿走吧。"戚南把书递给了顾清狄。

"记得三个月内要归还。"不放心，她又低声提醒了一句。

顾清狄并未伸手来接。他往前贴近了服务台，双手撑在了台面上，上半身突然朝戚南探了过去。

"戚老师，逾期不还会怎样？有什么惩罚措施？嗯？"

戚南没料想到顾清狄会突然来这招，看着距离自己一掌宽的那张无瑕的俊脸，她的脸还是不争气地微微涨红。

这距离，真的太近了吧！戚南觉得自己真的可以触到顾清狄吐出的温暖气息，她觉得有点热，还有点喘不上气。

但所谓输人不能输阵，尽管敌方火力太猛，还明目张胆地使用美人计，戚南还是定了定军心，尽全力用专业的姿态回击过去。

"外借书籍超过三个月不还，一律视为失信违纪，要扣罚金还要通报院系。"

这回答简直超级官方！顾清狄看着戚南那小脸紧绷的模样，忍不住低笑出声。

顾清狄自然知道图书借阅的规矩。但他也不知道自己是怎么了，就是忍不住，想要和她多说两句，还想要逗她。

"喂……"戚南被他笑得更加脸热，忍不住抬眼斥了他一句。

顾清狄伸手把戚南手里的书接了过来，眼中笑意更浓。

"你……"

"清狄哥！"

趁着气氛正好，顾清狄正待开口询问戚南除夕夜短信的事儿，却被林俏语的朗声呼唤打断。

他略皱着眉侧过身去，只见林俏语步履生风，含笑走近，一副旁若无人的自信模样，身后还跟着某位像是刚从温柔乡里捞出来的懵懂男孩。

"清狄哥你怎么还没借完书呀？我在里面等你好久！"

甜腻的嗓音，撒娇的语调，空气中若有若无的女香，让戚南原本温情的目光顿时冷了下来。

顾清狄也有些恼火，进馆前那股子烦躁感再度袭来。林俏语打的什么算盘他心里自然一清二楚，只是扯上他室友，甚至戚南，就有些太过了。

"是啊老大，你咋还不进去，妹子们都等着你呢！"

偏偏邵平飞依旧不明所以，开口帮腔。

"清狄哥，我们进去吧！"

见邵平飞帮腔，林俏语略带轻蔑地扫了一眼服务台后的戚南，不依不饶亲热地唤着顾清狄，心里扬起一股快意。

戚南心里不舒服，却没说什么，只是再没朝顾清狄那边看一眼。她微笑着帮一个个同学借阅登记，神色淡然，仿佛周遭的一切都与她无关。

顾清狄从小到大，看见女生间争风吃醋的眉眼官司也不少，早该习惯了。但此刻看见戚南的模样，顾清狄却有些气闷，还有些不适和尴尬，仿佛自己做错了事一般，心虚气怵。

也许是气氛不对，又或是心绪复杂，此刻的顾清狄，在瞧见林俏语自得自信的态势时，突然很不耐烦了。

"要去你们自己去，我回宿舍看书了！"

他看也未看林俏语一眼，冷淡而决然地走出了图书馆。

突如其来的拒绝让林俏语措手不及，她慌乱地看了一眼四周，发现关注的人并不多，才暗暗舒了口气。迅速调整好了表情，朝戚南处看了一眼，林俏语的脸上重新挂上了微笑，她恍若无事般转头回了阅览室。

全程围观却无人搭理的邵平飞一脸蒙，根本不知道眼前究竟上演了一出什么戏码。梦游般地跟着林俏语回到了座位，呆愣了好一阵,也没反应过来老大怎么突然离场。

直到徐莉提醒他微信来了新消息,邵平飞才梦醒般拿起手机看了两眼,却在看清信息的同时,吓得差点把手机砸腿上。

【晚上早点回来,我们聊一下(微笑脸)。】来自顾老大。

邵平飞满心茫然,又满心绝望,丝毫不知道为什么会被老大约谈。天知道上一次约谈还是两年前,当时年少轻狂的他不小心把脏袜子丢在了顾清狄的衣柜里,结果给自己造成了一生难以忘怀的阴影。

往事不堪回首,可怜的男孩抱着手机哭晕在女朋友温暖的怀里,不断哀叹即将到来的未知而残酷的命运。

因着这段插曲,戚南的半日兼职过得很快。走出图书馆时,夕阳西下,天空满目橘黄,张扬动人。

仿佛某个人笑起来时的神采。

像被刺了一眼,戚南顿时垂下目光。口袋里的手机震动不停,她掏出手机,打开微信,却发现了一条来自两个小时前的未读信息。

【小老师,你还欠我一条信息,记得要还,逾期罚款。】来自顾清狄。

指尖如触电般缩了回来,想起他下午如出一辙的可恶语调,戚南有些咬牙切齿,却又有几丝微妙的甜蜜。

不远处,图书馆灯火齐明,天边橘黄渐深,有星子透了出来。

戚南收起了手机,抬步走向食堂。

此时晚风习习,夜色温柔。

第三十七章　赋谁铠甲？
予谁软肋？(上)

戚南常常会想,感情真是个非常玄妙的东西,它看不见,摸不着,却又实实在在、严丝合缝地嵌在人的大脑里、思绪中。感情并非实体,却在生活中如影随形,避无可避。

晓看天色暮看云,行也思君,坐也思君。虽然理智很不想承认,但自图书馆那日,顾清狄以一副随意却熟稔的姿态打破了二人间的坚冰后,戚南觉得,对他的喜欢又再次复苏,且越发热烈,颇有些不可控了。

顾清狄待她,像是回到了初识时的样子。他开心时,会找她聊天;不开心时,又会找她倾诉,二人间的交流愈加频繁,仿佛往日的不快早已悉数淡去,唯余无穷无尽的话题和欢喜。

戚南心里甜蜜,却又隐约有些不安。隔着社交软件,她在这头,顾清狄在那头,一切的欢愉好像只是媒介施加的幻象,离开了手机,便如同荡然无存。

"南南,南南,你别看手机了,跟我去游泳馆遛一圈嘛!"

粗放如小雀,虽然不知近日戚南怀抱手机不放的原因,但作为一名生在红旗下、长在阳光中的美少女,她深觉戚南最近有向"深宅"发展的不妙趋势,她责无旁贷必须伸出友谊之手拯救好闺蜜。

见小雀大有不达目的不罢休的架势,戚南颇有些无奈地放下了手机,起身跟着蹦跶的小雀出了宿舍门。

这段时间,她沉迷感情,确实很少陪伴小雀,忽略了小雀的感受。

也不知她的兼职做得顺不顺利?戚南略有愧疚地看了几眼身侧的小雀,却并未在她眼里看到愁容,这才放下心来。

"南南,南南,既然你都出来了,你就再帮人家一个忙好吗?"

走到半途,按捺不住暴露真实目的的小雀略有些心虚地朝戚南开了口,言语间支支吾吾,期期艾艾。

"那什么,我们馆另一个兼职今天下午临时有事来不了了,主管让我兼着她那份。南南你也知道的嘛,我属于多线程必死型,你能不能帮我分担一丢丢啊?"

小雀一边谄媚地朝戚南笑着,一边又努力伸出小拇指,身体力行表示这活儿的辛苦程度真的只有一点点。

又来这招!戚南在心里无奈地翻了个大白眼。她表示和小雀同窗四年,先斩后奏、卖萌取巧是小雀惯用的伎俩。

但可悲的是,谁让小雀就是个移动的小可爱呢!而自己又偏偏对她心软。

"这次就算了，下不为例啊！"戚南努力摆出严肃脸，正色说道。

"安啦安啦，南南你最好啦，么么哒！"

第200次哄骗成就达成！小雀表示下次什么的都是空话，南南也就会奶凶奶凶地唬唬人哦！完全不用怕的好嘛！

于是乎一路嬉笑打闹，二人转眼间便到了游泳馆。

L大游泳馆就坐落在北园操场边上，与宽阔的操场相比，游泳馆简直小得像个水池子。偏偏来游泳健身的人们对它的爱不分寒暑，四季常青。

戚南并不会游泳，更啼笑皆非的是，自称"傣族名花"的小雀同学居然也没能掌握傣族人民的天赋技能，奇迹般地患上了"恐水症"。戚南还一度担心小雀来游泳馆做兼职会不适应，谁承想她是收获了意外的惊喜。

自从小雀同学在来游泳馆的当日目睹了不少"肌肉男"后，戚南及宿舍众人便再没从她嘴里听见过"恐水症"这三个字了。

虽然小雀同学的"恐水症"被奇迹般地治愈了，但花痴病却愈发严重。好在"花痴雀"在对待赚钱一事上尚存底线，好歹还有一丝理智支撑着她先完成手头的工作再来疯狂流口水。

于是乎在换了工作服之后，小雀同学便煞有介事地进馆内进行所谓的日常巡场了，而戚南则被留在了门口重复她在图书馆的机械劳动，继续做一名刷卡登记小杂工。

馆外戚南正襟危坐，勤勤恳恳地劳动着，馆内小雀却像小蜜蜂似的，这转转，那瞅瞅。要不是脸皮嫩，活像一个没事瞎遛弯的居委会大妈，眼观六路，耳听八方，倒是威风得很。

但这一转悠，还真让小雀转出点事来。还没走近女更衣室，她便发现似乎有个身影一溜烟闪了进去，姿态贼猥琐，看背影好像还是个男的。

男……男的?！小雀一秒柯南附体，汗毛立马竖了起来。早在没来游泳馆做兼职前，她就听说游泳馆老有猥琐男出没，不是偷内衣就是偷拍女生，次数还不少。但因为过去游泳馆设施老旧，更衣室又不便安装摄像头，所以不少事件最后都不了了之，到底没把人逮住。

曾经，当小雀还是个刚踏入L大的愣头青时，就义愤填膺地在

"小蔷薇"的热帖下讨论过,力挺了不少受害妹子发的要求抓住校园猥琐男的呐喊帖。小雀对猥琐男这种生物简直深恶痛绝。

那必须是见一个灭一个,见两个灭一双!

正义感爆棚的小雀顿时勇气条满值,二话不说冲进女更衣室逮住猥琐男就是一顿撕扯。动静之大,吓得不少更衣室里的女生花容失色,胡乱抱作一团。

小雀是打了猥琐男一个措手不及没错,但显然这位猥琐男江湖经验老到,没多久便挣脱开来,还反污说小雀故意诽谤且蓄意伤人,并且理直气壮地扬言要索赔!

没见过这么不要脸的!小雀气了个倒仰,撸起袖子就要上去和猥琐男再度干架。谁知猥琐男左推右挡,嘴里也一直不干不净。

"你这女的是不是有病啊?我好好地路过被你一顿打,你有病你来什么游泳馆啊,早点去医院啊你!"

"你……你……你胡说,我明明看见你偷偷摸摸地进女更衣室,你肯定干什么坏事了!"

"你这女的做人做事讲点证据好吧?你哪只眼睛看到我干坏事了,你有证据吗你?我跟你说,诽谤我可以告你的你知道吧!你还把我打伤了,你赔我医药费!"

"事情根本就不是你说的那样,你颠倒是非黑白!"

小雀急得跳脚,但猥琐男却笃定小雀没有证据,居然气定神闲地跟身边的围观群众假意诉苦,言语间把自己摘得一干二净不说,还变成了小雀寻衅滋事、不讲道理。

二人越吵越凶,围观的人也越来越多。有好事者直接在"小蔷薇"上开了直播贴,还起了个倍儿无语的标题——"震惊!游泳馆惊现女侠 or 女神经!"。

"谁说我们没有证据?游泳馆上个月就在女更衣室门口装了摄像头,防的就是你这种人,要我们现在去把监控调出来看看吗?到时候你是路过还是故意,一目了然!"

戚南拨开人群快速走到小雀身边,一边厉声向张牙舞爪的猥琐男回击,一边把小雀拉到身边以示安抚。

看见戚南出现,小雀像看见救星一般,眼圈一红差点掉下泪来。

委屈的样子让戚南看了心疼不已。

幸好自己一听见声响就跑过来了，不然以小雀的性格，来晚了恐怕要吃大亏！

戚南沉思了几秒，瞥了一眼依旧唾沫横飞的猥琐男，心里暗自想到，看这人的模样也知道不是善茬，今天少不得要纠缠一番了。

但最重要的是，要保护小雀不受到伤害。

好在戚南的出现让事情有了转机。也许是戚南说有监控的模样太过镇定自若，又或者是黔驴技穷，猥琐男开始有些心虚了，油腻的脸上一双小眯缝眼左右翻动，竟然还想乘人不备钻进人缝里直接溜走。

"不把事情交代清楚你别想走！"

此时小雀已经回过神来，底气也更足了。见猥琐男要逃，她一个眼疾手快，堵住了猥琐男的去路。

猥琐男心里暗恨不已，一不做二不休，索性一咬牙用力推开小雀，脚底抹油就要溜号。

小雀已然被正义冲昏头脑，见猥琐男伸手，明知自己可能会受伤，还一味抓住猥琐男衣袖不放。谁知猥琐男下了狠劲，一个推搡，二人直直往后倒，眼见就要摔出去很远！

动作发生得太快，戚南根本来不及细想。眼见小雀要摔，她赶忙冲上去扶了她一把，企图缓和一下冲力。

但她没想到的是，男女之间的力量差异竟然如此悬殊！纵使她使出了大半的力气，也只是卸去了少量力道，根本没起到什么作用。她自己也被带到了泳池边缘，身子一晃便要摔下去！

电光石火间，一双强健的手臂直直将戚南拉回了岸边。而小雀和猥琐男则齐齐掉落水池，溅起好大一股水花，给近前的众人都冲了个凉水澡。

惊险！真是太惊险了！戚南脸色煞白，惊地出了一身冷汗，浑身也被浇得通透，一串串水珠从头滴落到脖颈，长发湿漉漉，一簇一簇的，看起来当真无比可怜。

只是戚南的全副心神都还沉浸在刚才的惊骇中，刚一站稳，她便急急回头去看小雀二人的情形。待发现两人除了落水外，其余并没什么大碍,才放下心来。

"有没有伤到哪里? 嗯?"

"说话! 有没有受伤?"

略带急切而又不失清润的嗓音接连在耳边响起,戚南被惊得收回了心神。一抬眼才发现,此刻的她,正被那个她日思夜想的人,以无比亲密的姿态,圈在怀里。

第三十八章　赋谁铠甲?
予谁软肋?(下)

时间退回到一刻钟前,彼时小雀刚刚荣登"小蔷薇"直播贴,回复区只有寥寥几个大白天"潜水"的在冒泡跟帖。但凑巧的是,15 舍520 的方杨同学正混迹其中。

方杨,520 的八卦之王,向来以极快速度掌握第一手校园小道消息而在宿舍傲视群雄(然而事情的真相只是因为其他人没那么多闲工夫天天挂在"小蔷薇"上而已……)

当小雀事件新鲜出炉,方杨便第一时间在宿舍微信群里同步直播了起来。要知道,在单身男扎堆的世界里,任何和女生有关的新闻总能获得极大关注,更别提是小雀这样的漂亮女生了,那必须是"重大新闻"。

【方杨大侠】:来来来,哥几个,大新闻大新闻! 游泳馆疑似萌妹手撕猥琐男! 走过路过不要错过! 大佬叼烟.jpg。

【俺是邵平飞】:有猥琐男? 看小爷不去撕了他!

【秦晓白不是小白】:没图你说个啥,谁知道真萌假萌? 抠鼻.jpg。

【方杨大侠】:没良心的! 居然敢质疑我! 看好了啊,图马上来!

【方杨大侠】:暗搓搓地说一句,妹子挺可爱的哟! 捂嘴偷笑.jpg。

【秦晓白不是小白】：空口无凭，坐等上图！

事实证明，能在"小蔷薇"上开直播贴且火速揽回复的楼主也不是一般人，图片偷拍的那是相当有水平。只见方杨甩出的图里，两方对峙，一方含胸驼背、神情猥琐，一方却娇小可爱、满脸正义。

那真叫一个惨不忍睹！不得不说，这图颜值对比太明显，冲击力太大，猥琐男就像被加了十倍猥琐滤镜，自己个儿看了恐怕也得吐血三升倒地不起。

【俺是邵平飞】：妹子好可怜！看这小手小脚吓得都没地放了！想拯救！

【秦晓白不是小白】：楼上有女朋友的就不要掺和了！还是我等牺牲自己拯救妹子吧！笑而不语.jpg。

【方杨大侠】：不瞒你们说，其实我也……哎！不对，等会，我怎么觉得这个妹子有点眼熟啊？难道我们曾经春风一度？

【秦晓白不是小白】：我怀疑楼上在"开车"……

【俺是邵平飞】：来，把车门焊死，给我开，使劲儿往郊区开！

【方杨大侠】：啊……sorry，说错了，春风一遇？

不得不说，20来岁的年轻人当真定力不行，没说两句就开始跑题。宿舍众人见方杨又习惯性开始乱认熟人（单指美女），不禁齐齐鄙视之，一个接一个表情包在群里朝方杨开火。但作为一名（顾清狄不在场时的）全方位王者，方杨同学绝不轻易认输。又一张新照甩到群里，群里顿时偃旗息鼓。

虽然图是盗来的，但孜孜不倦、兢兢业业的直播楼主用奇迹般的偷拍拯救了方杨并重新奠定了他王者的地位，可谓业界良心无疑了。

众人皆见，方杨贴出的新图里，游泳馆战场中心突然加入了一张新面孔。尽管手机照出的相片像素不高，但依稀可见女孩清灵的面容、窈窕的身姿，以及那"独在水中央"的清冷气质。

【秦晓白不是小白】：我……我觉得我的心脏中箭了！丘比特连环穿心箭.jpg。

【方杨大侠】：小白白你一边待着去，怎么哪都有你？照我看你那心脏也得有十来个窟窿了吧！极度鄙视.jpg。

【俺是邵平飞】：幻觉！绝对是幻觉！我咋也开始觉得这个妹子

眼熟了呢？到底是在哪里见过呢见过呢见过呢……托腮乖巧思考.jpg。

　　【秦晓白不是小白】：是不是新闻系那个冷清秋啊？上次咱围观过"人人"的那个？灵光乍现.jpg。

　　【俺是邵平飞】：好像是？有点像唉！老方你快看看是不是？

　　【方杨大侠】：什么"人人"？什么冷清秋？我没有，不是我，你胡说！顾老大我真没八卦过你啊@ Ares 顾。狗头求饶.jpg。

　　要不还是说方杨最机智呢！宿舍众人都还没反应过来，他就开始谄媚地表忠心了！但可惜的是，他心心念念的顾老大至今为止一言不发，一改往日喜好指导群组工作的优良（霸道）作风。

　　居然真的连个标点符号都没发！完了完了！老大不会真生气了吧！害怕被关小黑屋谈心的头号"狗腿"小方内心忐忑，一边狂啃手指一边思考措辞，试图通过言语的力量感动顾大魔王，以期重获恩宠，啊呸保住小命！

　　一条信息改了删删了改，方杨好不容易攒出几句差点把自己感动哭的肺腑之言，还没来得及发送便发现被顾魔王私信了。

　　【Ares 顾】：直播版主的 ID 号给我，群里照片删了！

　　【方杨大侠】：呃……喳！

　　等了几秒，见顾清狄并没有再发新信息发过来，方杨十分后怕又万分庆幸自己逃过一劫。赶忙把版主 ID 发给了顾清狄，又在群里发了个嘴巴拉拉链的卑微动图后，方杨同学一秒匿了。群里众人察觉到了什么，忽也作鸟兽散。

　　群里一派岁月静好的假象。

　　然而顾清狄的内心却并不平静。事实上，当方杨在群里发出带有戚南的图片时，一股不舒服的感觉就涌上心头。待仔细端详过图片后，不舒服又转为了浓浓的愤怒，以及担心。

　　此时的顾清狄，并没有仔细去探究这些复杂情绪的来源。他简单粗暴地试图用正义感、朋友之情说服自己参与到这件事中，却根本不明白，自己选择插手的意义。

　　年轻的他不知道，爱情会滋生保护欲，但保护欲却是一把双刃剑。它赋予弱者铠甲，却也让强者生出软肋。而终有一天，抽出软肋或脱下铠甲，都会叫人伤筋动骨，血流不止。

但再纠结的心理活动此刻也并不能阻止顾清狄的行动。短短几分钟内，他先是找人火速撤掉了"小蔷薇"的直播贴，接着草草和同课题组的组员打了个招呼，便撇开手上的事情，直奔游泳馆。

"及时捞"顾清狄暗叹，好在自己脚程快，要不然怀里这位，怕是要和池里面那两人一样，变成落汤鸡了！

对上顾清狄谴责的目光，感受到他胳膊和身体的温度，戚南面红耳赤，觉得自己的脸已经丢到马里亚纳海沟去了。她尽力低下头，蜷缩着身子，不想被顾清狄看清她狼狈羞赧的样子。

顾清狄却会错意了。他见戚南浑身是水，身体似有些发抖，皱了皱眉略思忖了一会，便把身上的外套脱了下来，试图罩在戚南身上。

但"半落汤少女戚南"在这一史诗般的时刻却非常遗憾地低着头。

没错！偶像剧般的狗血剧情居然就地上演！

而此刻，乖乖被男神光环，哦不，外套笼罩的女主角戚南，也有些飘飘然。她跟在顾清狄身后，一边朝游泳馆外走，一边又趁着没人，偷偷把头侧低到那件不属于她的、温暖的外套上，一次又一次。

原来这就是他的味道呀！像是阳光下涌动的溪流，又像是月光下摇曳的林木。

原来顾清狄的味道，是那样温暖清冽，干净皎洁。

戚南轻轻地低下头，悄悄地红着脸笑了。

第三十九章　"猫与少年"（上）

之后的许多个日子里，每当回想起那个"兵荒马乱"的下午，戚南的记忆就好像被蒙上了一层纱，许多细枝末节都模糊了，唯独只有和顾清狄有关的画面，每一帧都那么深刻而鲜活。

他清新温暖的气息，担忧皱眉的模样，以及如同神兵天降般的英姿,都在很多个漫长的夜晚里,浪漫而残忍地折磨着戚南的神经,让她愈加沉迷,也愈加不安。

戚南感觉,她和顾清狄之间的关系似乎又一次陷入了"冷淡—热情—冷淡"的怪圈。那日送她回来,路上的他便有些沉默。而之后的几日,顾清狄也不像前几日那样频繁联系她了。

就好像,之前的熟稔只是一种错觉,而游泳馆的挺身而出也并非他有意为之。

戚南很疑惑,是否别的女孩身处一段感情,也像她这般总是敏感纠结、患得患失。或许这是暧昧期的通病? 又或者是自己不够勇敢为爱正名?

揉了揉脸颊,她深吸了几口气,觉得自己很有必要改变一下现状。钝刀子割肉真的太难受了。

虽然顾清狄真的颜正才高,但这男人的心有时候也真的太复杂难懂了! 戚南想着想着,还是忍不住抱怨。

但尽管顾清狄记录不良,这回戚南还真的冤枉他了。顾清狄并不是有意晾着戚南,而是这几日,他自己也不好过。

被导师抓壮丁熬夜搞课题也就算了,但熬着夜还接连失眠就真的很惨了!

听着宿舍里高低起伏的鼾声,顾清狄难耐地翻了几次身,一身燥热却怎么也降不下去。睡觉肯定是不成了,他认命地掏出手机,企图分散一下注意力,舒缓一下紧绷的神经。

扫了眼通讯录,又刷了刷朋友圈,顾清狄觉得很无趣。不知怎的,他又点进了戚南的个人页面。

戚南的朋友圈很干净,像她一样。状态只寥寥几条,配图低调,文字简洁,就连背景封面看起来也黑乎乎的,并不扎眼。

顾清狄仔细端详了一会儿,才发现封面图里的左下角,有一幢被夜色半掩的低矮小楼。图片的天空是大片的黑色,只有一轮小小的圆月远远地挂着,没有星星,小楼里依稀有个人影。

整个画面是那么安静而寂寥,孤独而疏离。

一瞬间,顾清狄的心揪了起来,心底一直有个声音在对他耳语,反复说着:"去见她吧,去见她吧!"他无力地闭了闭眼,却发现这声音久久不散,愈发清晰。

他苦笑了一声,叹了口气。在这个寂寞的深夜里,被这莫名情愫苦苦支配的,哪里又只有他一个人呢?

定了定神,几秒后,顾清狄睁开了眼,飞快编辑好一条信息,发了出去。做完这些,他才松了口气,顿时觉得心绪平复了许多。

他侧了侧身,拉高了被子,很快便入睡了。

大仲马曾在《三个火枪手》里说道,忧郁是因为自己无能,烦恼是由于欲望得不到满足,而暴躁是一种虚怯的表现。于是当清晨的第一缕阳光穿过窗子唤醒了戚南,她在看到短信的那一刻,连日来的烦忧瞬间便消散了。

戚南握紧了手机,看了好几遍。她将头埋进温暖的被窝里,蹭了蹭,忍不住甜蜜地笑出了声。

就好像久违的阳光照进湖底,沉郁蜷缩了好久的水草得以自由呼吸和舒展,此刻的戚南觉得很快活,浑身上下都充满了劲儿。

她轻轻地从床上坐了起来,开始往身上一件件套衣服。想着今天天气这么好,也许可以出去走走?

打定了主意,戚南匆忙穿衣和洗漱。正当她蹑手蹑脚准备出门时,一个毛茸茸的小脑袋从上铺探出头来,轻声叫住了她。

"南南,这么早你去哪儿啊?"

戚南回头,见小雀正顶着鸡窝头睡眼蒙眬地望着她。怕吵醒其他舍友,她只能退回床边,轻声和小雀解释了两句。

原以为小雀只是随意问两句,自己很快就能走。谁知道一听说戚南准备独自出游,小雀这小妮子还认真了。

"南南,你出去玩怎么不叫我呀!我有一个地方想去好久了,但一直忍着就想找时间和你一起去!你居然红杏出墙,抛弃糟糠,我伤心了!"

小雀声音不大的,两颊却气鼓鼓的,活像嘴里塞满坚果的仓鼠。

"这位糟糠你确定你不继续睡懒觉?"戚南挑了挑眉,语带质疑。

"哼!我现在就起来给你看!"小雀横眉怒目,义正词严。

半小时后,戚南依旧坐在床边,喝着早起的第三杯水。而号称立马起床的某雀,还在磨磨蹭蹭、摇头晃脑往脚上套鞋子。

阳光从床沿这头移到那头，又半个小时在小雀的梳妆打扮中溜走了。戚南无奈地放下了手中的水杯，她觉得再喝一滴水，自己的膀胱立马就能原地爆炸了……

天知道只是随性出游，为啥小雀又抹脸又化妆，还精心地梳了个极为复杂的发辫。戚南抠了抠桌子，觉得自己特像古代嫔妃身边侍梳妆的脸上写满生无可恋的老嬷嬷。

但小雀并没有让戚南疑惑太久，当被她神神秘秘地带到了所谓的"一直想去的地方"后，戚南瞬间恍然大悟，又有些咬牙切齿。

她真是低估小雀"花痴"的程度了，游泳馆的肌肉型男已经满足不了她了，她竟然开始把魔爪伸向校外了。戚南深吸一口气，努力告诉自己莫生气，莫生气。

不怪戚南生气，原来小雀带她来的，是一个名叫"猫与少年"的咖啡馆。这个咖啡馆坐落在 L 大南门外一条幽深的小巷里，这条小巷原本无人问津，却因为这个咖啡馆，而终日人来人往。

这些客人里，绝大多数都是女孩子，各色各样青春靓丽的女孩子。她们三五成群，嬉笑着从戚南和小雀面前走过，兴奋快活得好像春日枝头刚觅到食的百灵鸟。

没有错！这些女孩就是来觅食的！只不过她们觅的并不是咖啡，而是馆里的萌猫，还有少年！

这个咖啡馆才开不久，但闭塞如戚南也有所耳闻。真不知道开店的是何等人物，竟然精准地将目标客群定位为年轻女性，在馆里养了数只萌猫不说，还"丧心病狂"地招了一水儿年轻帅气的小哥哥做服务生。

对于正值青春的女孩子来说，难道还有比小猫咪和美少年的组合更吸引人的吗?!

戚南幽幽地看了眼犹自兴奋的小雀，深深叹了口气。早在"小蔷薇"放出来"猫与少年"的打卡贴时，看着当时小雀冒着绿光的痴迷眼神，她就有一种预感，迟早小雀会拉她来这里"圆梦"。

虽然"猫与少年"咖啡馆是少女们心心念念的打卡胜地，但却被 L 大众多男生诟病，以至于"小蔷薇"上时不时就能出现酸了吧唧的吐槽帖。仔细想想也不是没有道理，毕竟哪个女孩在看过咖啡馆里各种类型的美少年们后，还能勉强看上脸冒油光还满脸痘痘的普通男生呢？

今儿个来店的人异常得多。一推开木框玻璃店门，小雀便着急忙慌地去占座了。好不容易瞄准了个二人位，小雀便赶紧拉着戚南坐了下来。

二人刚落座，便有服务生送了菜单来。这服务生大约刚成年，个子高高，圆脸小虎牙，笑起来还有梨窝，带着一种少年独有的可爱和稚气，惹得二人不禁多看了好几眼。

"南南，南南，你看到没，刚那小哥哥好可爱哦！来这一趟真是赚了！"

服务生小哥刚走，小雀便压低嗓子捂着戚南兴奋地在她耳边尖叫。戚南已然料到她会有这种反应，便镇定自若地看小雀手舞足蹈。

"啊啊啊！南南快看！那边的小哥更好看！好像混血儿啊！我要窒息了！"

小雀一边夸张地捂心口，一边卖力给戚南指点。顺着小雀手指的方向，戚南果真看到一个高鼻梁蓝眼睛的少年服务生，周围一圈全是围着要合照的小女生，受欢迎程度比明星也不遑多让了！

没想到店里居然连外国服务生也有，还一个比一个帅气。咖啡馆的布置也别具一格，萌宠、装饰都恰到好处。赞叹间戚南举杯抿了口咖啡，却发现连咖啡也出乎意料地好喝。

戚南突然很佩服这咖啡馆的店主了，眼光精准，装修有格调，服务人性化，产品还这么优秀。听说还是 L 大一个学生开的，传得有模有样的，也不知真假。

戚南摇了摇头，觉得若是真的，那这人可太有商业头脑了，吾辈真是望尘莫及。

左看看右转转，二人待了半晌，之前点的咖啡眼见就要到底了。戚南站起了身，准备再去给二人买点茶点。她想着，反正这店消费也不贵，就当喝个全套的下午茶好了，也算犒劳犒劳自己。戚南刚站起身，便看见一对讨厌的组合正直直朝着她所在的位置走来。

第四十章 "猫与少年"(下)

这组合说它讨厌,真不是夸张。主要吧,是这组合里的人把戚南和小雀不想看见的都占全了。只见这一行三个人,走在前头的是娇小姐模样的林俏语,后面跟着一对黏黏糊糊的情侣,男的是赵承,女的想必就是他那位新女友了。

都说情敌见面分外眼红,林俏语一进门便也看见了戚南,以及她身边的小雀。略顿了下,她计上心来,施施然带人直接在戚南背后的沙发上落了座。

在看到小雀的一瞬间,赵承的眼神缩了下。再次面对这个前女友,他是有些心虚的。毕竟变心的是他,且两人之间结束得很是不明不白。甚至从严格意义上来说,两人并没有真正意义地说分手。

他瑟缩地看了一眼现女友,担心地想到,如果小雀想的话,甚至可以指着鼻子骂她是第三者。

这局面让赵承有些头痛。他是满意新女友的,女孩家世好,容貌好,但性子傲,不像小雀那么好糊弄,她那个闺蜜林俏语更是。他殷勤地跟着落了座,心里却默默祈祷千万别搞出什么事,不然自己怕是躲不过了。

但显然林俏语可不这么想。刚一落座,她便朝对面的闺蜜使了个眼色,又朝小雀方向努了努嘴。她闺蜜立刻心领神会。

"微微,说起来你和赵承在一起时间也不短了,一直没找到机会好好恭喜你!你们俩郎才女貌,天生一对,真的很般配呢!"

林俏语温柔地笑着,说话声音却不小。她先是恭维了二人一番,又以"娘家人"的身份故作凶狠地叮嘱了赵承两句。

"告诉你哦赵承,你可要好好珍惜我们微微。我们微微可是名副其实的小公主,不是一般女生能比的哦!你要知道,过了这村可没这店了。"

"赵承你听到没？你以后必须对我好哦！别拿你对付前女友那套对付我,我可不是那么没品的人!"林俏语闺蜜立马接过话茬,掐着男友胳膊凶道。

"哎哟我的小姑奶奶,我的公主大人,我对你还不好吗? 我以前……总之我对你是最好的,你放心吧!"赵承一脸苦笑,赔着小心,胳膊刺痛也不敢言声。

"哼! 你就是以前品位太差,现在跟我在一起,必须按着我的标准来,听到没有!"女友依旧不依不饶,话里带刺。

"知道了,以后一切都听你的,好吗? 宝贝。"

虽然心里已经有些反感了,但赵承还是摆出一副深情的表情,耐心哄着女孩。

林俏语则端着咖啡,小口小口地抿着,笑看对面二人打情骂俏,一副为闺蜜找到良人而由衷开心的模样,看起来优雅又恬静。

好一朵"盛世白莲花"! 不对,是两朵! 隔那么近,小雀听着对话肺都要气炸了。她越听越气,体内的"洪荒之力"已然快要遏制不住了。

戚南见状,赶忙拉住小雀,稍稍安抚了她。她心里一样生气,但小雀性子烈,一旦冲上去,少不得要闹一番。这是在校园外,还在人家店里,闹开了对谁都没有好处。

但这并不代表戚南认为己方应该放弃反击。本就是赵承变心在先,"秀恩爱"就算了,居然还敢大张旗鼓诋毁毫无过错的前任,这种行径已然触及戚南底线。

更何况他们还肆意用言语伤害她的朋友,这叫她绝对无法容忍。不让小雀上前,是因为在看到林俏语的那一刻,她就知道对方必然是冲着她来的。小雀是被殃及的池鱼,最该反击的当然是她啊。

"赵承,士别三日,你真是让人刮目相看啊。你的脸皮什么时候修炼得这么厚了?"戚南轻蔑地瞥了赵承一眼,缓缓吐出一句话。

针刺一般的目光让赵承很想遁地而走,他知道戚南了解内情,是给小雀撑腰出气来了。

赵承心虚,一言不发,但他那新女友却不想忍气吞声。她见小雀远比她想象中娇俏可爱,心里有些嫉妒,早就憋了一股气。见戚南出头,她立马把气撒了回去。

"你凭什么说我男朋友?我们说你了吗?你谁啊,关你什么事啊!"

"这位同学,我提醒你一下,赵承和我朋友还没有正式分手,所以从严格意义上来说,他还不是你男朋友。我在和我朋友的男朋友对话,请你不要插嘴。"

戚南连眼神都没给她一个,心里完全不怵,有理有据地冷静反击。

"她那叫被甩!被甩两个字会写吗?谁让她自己没本事!麻烦你们搞清楚,赵承现在是我男朋友!"

"明明就是你小三插足,赵承渣男劈腿,我发现了才甩了他!你们能别这么不要脸吗?"

小雀坐不住了,赵承这厮居然还敢宣扬是他甩了她?这是怎么能忍,必须反击。

"当小三还这么理直气壮,你们真是有本事!"戚南再度挑明。

"戚南,过去的事你们就别提了。赵承现在爱的是微微,他俩才是真爱,怪只能怪你朋友和他没有缘分!"

林俏语是个机灵的,见势不对,竟然开始打起圆场,语气要多虚伪有多虚伪。

听到这话,戚南简直要笑出声了。以为对方火力多猛,原来也不过如此。她按了按小雀的肩,安慰她坐下,临了又轻描淡写地回了一句。

"头一次见人把出轨说得这么清新脱俗,林俏语,你这理论恕我不敢苟同。"

说完这句,戚南便把头扭了过去,只留了个乌黑的后脑勺给三人。林俏语气得表情都扭曲了一瞬,心里暗觉失策。

她没想到戚南看起来弱质纤纤的,争论起来却言辞凿凿,毫不留情。冷哼了一声,她决定单刀直入,不再转弯。

"戚南,你别得意。你有工夫帮你朋友出头,怎么不操心一下自己啊?"

顿了一下,她又继续说道。

"你天天围着清狄哥转,以为自己和清狄哥多熟。他生日会叫你了吗？你怕是连他生日是哪一天都不知道吧？"

林俏语嗤笑了一声，嘴上强硬，心里却很担忧。她绕来绕去这么久，无非就是想知道顾清狄有没有邀请戚南。但这件事，她不好去问顾清狄，只能从戚南这边着手，企图趁机激她说出答案。

"不劳操心，无可奉告。"戚南连头都没有回，语气淡漠，却胸有成竹。

林俏语的设计落空，气得要死，火气突突往上冒。正巧服务生端了一杯冷咖啡过来，她看也没看，直接灌了一大口。

"呕……"谁知咖啡刚入口，林俏语便直接喷了出来。咖啡顺着桌角稀稀落落地淋到她的白裙上，看起来十分恶心。

"什么鬼东西，这么难喝！"

林俏语觉得整个胃都在翻涌，这咖啡里面是加了屎吗！

区区一杯咖啡就让做作的林俏语破了功，看着她气愤不已地拿包离开，戚南还是觉得很不可思议。

那杯咖啡不能那么难喝吧？自己这杯就很好喝啊！戚南摇了摇头，回味了下嘴里的咖啡，心情忽地放晴了。

赵承也被他那个凶巴巴的新女友气鼓鼓地拽着走了，看着他俩消失的背影，小雀突然觉得，一直压在心里的那块石头仿佛彻底消失不见了。她的心变空了，却也轻松了许多。

真是清静多了！小雀弯了弯眉眼，放松地倒在了戚南怀里，又和戚南说笑起来。

没有人注意到，小雀绽开笑容的那一刻，一个倚在厨房边的少年服务生，也轻轻扬起了嘴角。阳光洒在他白皙而光滑的侧脸上，他看起来就像童话一样诗意而美好。

"颜朔，你干吗呢？进来搭把手，快！"

厨房内的人漫不经心地朝外面扫了一眼，吩咐了一声。

"嗯，来了。"少年变回了冷淡的样子，收回了目光，转身朝厨房里走去。

几只布偶在店里蹿来蹿去，快活地追逐日光。落地钟的指针滴答滴答，墙角有茉莉静静开放。

此刻岁月悠然，满室生香。

第四十一章　篮球决赛日

自从去了一趟"猫与少年"，宿舍众人发现小雀变得不一样了。或许是彻底卸下了上一段感情的枷锁，又或许是发现世间美好的事物有太多太多，小雀开始正视自己，直面生活。她依旧那么鲜活可爱，却多了一份沉稳和努力。

看着小雀有条不紊地告别过去，走入人生的新阶段，戚南觉得很欣慰，同时又有些羡慕她的潇洒从容。她一直在想，是否她也应该像小雀一样，勇敢地迈出那一步？

戚南握紧手机，咬了咬嘴唇。她翻开了那条来自顾清狄的信息，反复看了看，终于下定决心答应他的请求。

三天前的深夜，顾清狄以短信相邀，请戚南在校级篮球赛决赛当天，为他所在的商学院篮球队担任摄影。球赛后有一个小型聚会兼生日会，希望戚南也能一起参加，一帮熟人一起庆祝。

顾清狄言辞恳切，戚南觉得惊喜甜蜜，却又有些羞怯。为球赛摄影也就罢了，好歹是专业范畴，尚有理由说服自己。但去参加私人聚会，第一次面对他的一帮哥们朋友，戚南还是不免有些担心。她担心自己不善社交，会失了分寸，让他难堪。

是以这几天，戚南一直在犹豫，自己该不该赴约。但咖啡馆林俏语的表现，反而让戚南下定了决心。既然顾清狄主动邀约，她为什么要踟蹰不前，反倒让别的女孩陪在他身边呢？

清狄，这一次，我会努力抓住机会，让你明白我的心意。戚南眨了眨眼，红着脸在心底轻声对自己说。

人生第一次，戚南明明白白、清清楚楚地喜欢上了一个人。尽管他是那么难以企及，戚南还是想要勇敢一回。对她而言，他是自己平淡生命里最亮丽的一抹彩虹，让她那么沉迷，也那么渴望。

得知戚南要表白，宿舍众人虽然惊讶，却也能理解。寻找失散的另一半仿佛是人类的宿命,人是多么容易爱上和自己相反的人啊!清冷素淡如戚南,会被光芒四射的顾清狄所吸引,甘愿脱下矜持的外衣主动示爱,一点也不奇怪。

小雀是头一个举双手支持的。她眼里的戚南,善良美丽如仙子,完全配得上顾清狄。其余几人也都赞成,唯有平日里最爱凑热闹的肖夏肖大王,这次难得沉默,一言不发。

戚南和肖大王关系也很好,自然注意到了她的反常。正待找机会私下询问,肖大王一脸纠结地先她一步开口了。

"南啊,那什么我先声明我不是反对你去告白啊!就是有个事吧,我不知道怎么跟你说,主要我自己也不确定,但我觉得我还是得先和你通个气。"肖大王一边咬手指,一边皱着眉期期艾艾地说。

戚南很少见肖大王有这么不干脆的时候,心里有点不祥的预感,她努力将这份不安按捺下去,竖着耳朵继续听。

"其实吧,前段时间我去办签证,在签证中心门口碰见了顾清狄。他不认识我,我认出了他。我看他手里拿的也是签证资料,好像也是留学签。他,有和你说过要出国的事儿吗?"

肖大王内心忐忑,看着戚南,语速难得缓慢,还一字一顿。

见戚南脸色不好,她又赶紧补了一句,"也许是我看错了!他可能不一定出国,南你先别着急,先别担心啊!"

乍一听见,戚南确实有些震惊,也有些不知所措。她慌张地发现,她认识的顾清狄,从来没有和她探讨过毕业去向和任何未来的规划。

她抿着嘴想,这是不是意味着,在他心里,自己根本没那么重要?

肖大王也慌了,心里把自个儿骂了几百遍。她早知道戚南慢热,鼓起一回勇气有多不容易,偏偏还在这个当口给她泼冷水,自己真是猪脑子!

"南啊,你要这么想啊,就算他出国,现在交通和通信这么发达,你们要想在一起也很容易的啊!距离是挡不住真正的爱情的,是不?"

肖大王的话让戚南清醒了一点。是啊,现在异地恋、异国恋的大有人在,只要两个人够坚定,又何妨短暂的分离和等待?

她告诉自己，担心于事无补，不如等见到顾清狄，亲自去问一问。也许所有的难题都能迎刃而解呢？

戚南握了握拳，给自己鼓了鼓劲。顾清狄是她中意的人，他是那么强大自信，一定会有办法解决的！嗯！

然而此刻的她并不知道，有的事情看似微小，却撒下了一颗怀疑的火种。这火种一旦播下，便蓄势待发。终有一日它所过之处，会烈火燎原，满目疮痍。

在接下来的两天里，戚南除了一门心思为顾清狄准备生日礼物外，没有再和任何人提起过肖夏和她说的这件事情。她告诉自己，喜欢一个人应该要去相信他。无论事实如何，她会等，等顾清狄亲口告诉她。

三月的第一天，校级篮球赛决赛如期而至。这个初春的早晨，凝结的露水打湿了道旁初绽的迎春花蕾，空气中还弥漫着微微凉意，而15舍520的小伙子们却已斗志昂扬，整装待发了。

520寝室一行八人，有一大半都被选进了院篮球队。他们穿着顾清狄亲自操刀设计的球服，又被他抓着捯饬了一早上造型，且他们又大都身高腿长，眉清目秀。走在校园的大道上，那叫一个虎虎生风，十分惹眼。

天气好，今天这场球赛不在室内，而是被放在了操场旁的篮球场进行。商学院篮球队由顾清狄领头，只见他穿着大红底色的宽大球服，长臂外露，胳膊上肌肉饱满，眉宇间英气勃勃。加之他又是风云人物，一出现便惹得许多迷妹兴奋尖叫！

和商学院篮球队的春风得意相反，哲学系这边就显得太过冷清。哲学本就是冷门学科，整个院系加起来人数还不到商学院的1/4，而且又是女生居多。好不容易凑齐了球队，队员们一路艰辛、过关斩将到决赛，本以为可以扬眉吐气，结果风头却被抢得连渣都不剩！

可怜的哲学系队员纷纷在心里默默抱怨，看脸的时代也太让人绝望了吧！

"真不是我说，咱老大真绝了！还没出手，就露了个脸，对面士气就败了一半了！这叫啥，不战而屈人之兵，老大，你牛！""小狗腿"方杨谄媚地挤到顾清狄边上。

顾清狄没说什么，只含着淡淡笑意，边热身边四下环顾。虽然哲学系篮球队看着并不出彩，但他可不会掉以轻心。一个能从十几支男生遍地的理科院系中杀出重围的文科球队，实力绝对不容小觑。

顾清狄所料不错，哲学系的队员们虽然其貌不扬，但打起球来却很有章法，上场后的表现还真不赖。但或许是这些男孩子还没上场就被看脸的妹子们伤透了心，以至于比赛开始后士气一直低迷，比分很快就被商学院拉开了一大截。

而戚南的出现无疑是压倒骆驼的最后一根稻草。哲学系的小伙子们万万没想到，商学院竟然还请了一个看起来很专业的妹子过来摄影。只见妹子手持单反相机跟着商学院队员们的脚步满场走动，快门声咔咔不断，看起来倍儿有范。

关键妹子还很漂亮，气质上佳！真不知道商学院从哪挖来的！哲学系队员心里十分委屈，他们也好想有个又美又专业的摄影师记录下自己的球场英姿啊！光想想这画面都觉得干劲十足好嘛！

这一切的"始作俑者"顾清狄倒没想那么多，一直专注于比赛的他，也逐渐觉察出对手的状态着实不佳了。哲学系连连失分，商学院得分则一路攀升，让顾清狄可以空出手来稍微擦擦汗，放慢了脚步。

刚一停下，顾清狄在全场扫了两眼，便看见了戚南。只见这位他请来的摄影师正在认真地取景选角度，拍下每个球员的精彩瞬间，额头冒汗了都不知道，敬业程度比他的队员们也不遑多让。

看着戚南活泼跃动的马尾尖，顾清狄舔了舔后牙槽，低头轻笑了两声。这动作被场外的妹子们瞅见了，又引起一阵尖叫欢呼。

竞技类赛事的时间总是过得很快。伴随着汗水与欢呼，上半场球赛很快结束了。

第四十二章　错付的心意

队员们有 15 分钟的中场休息时间。随着裁判员一声哨响，尚在争抢的双方只得偃旗息鼓,暂时鸣金收兵。

大比分领先的商学院队员们有说有笑地下场休息喝水,哲学系的队员们则唉声叹气开始商量下半场的策略。

顾清狄倚在看台边,他活动了下胳膊,接过队员丢过来的矿泉水便开始大口喝水。

在场下休息了几分钟,顾清狄的呼吸平缓了许多,喉头的灼烧和饥渴也缓解了不少。他抬手擦了擦眉间的汗水,视野转了一圈,却没看见戚南的身影。

他微皱了皱眉,有些担忧。原本他想叫戚南也过来休息会,毕竟长时间抱着相机拍照对于一个女孩子来说算是体力活,更何况戚南纤纤弱质,想必很有些劳累。

但她或许是去卫生间或者别处休息了? 顾清狄转念一想,又觉得自己操心太过,居然开始婆婆妈妈地担心起这些小事来。他摇了摇头,顺手把擦汗的毛巾甩在了栏杆上,又继续上场拼杀去了。

此刻的戚南,倒并没有躲懒,她气喘吁吁地挂着单反,怀里抱着一个包装精美的纸盒,正疾步朝 15 舍奔去。一路狂奔的她,抑制不住地脸颊通红、心跳加速。

眼见马上就到 15 舍门口,戚南却有些胆怯了。她慢慢停了脚步,手上攥紧纸盒,颇有些手足无措。

头一次给喜欢的男生送礼物,戚南既激动又忐忑,心里无数个问号在涌动。不知道自己送的礼物他会不会喜欢? 不知道自己暗藏在礼物里的情意他是否能感知到? 不知道……他会不会……也喜欢自己?

尽管戚南心中充满期待与羞涩,她也清楚,这些都是后话。目前最关键的是,怎么把手中的礼物悄悄地送进去,给顾清狄一份惊喜。

只要思想不滑坡,办法总比困难多。在戚南低头转悠了一刻钟后,她决心鼓起勇气,抓个靠谱的"壮丁"帮他潜入 15 舍,将礼物送入顾清狄所在的寝室。

两分钟后,领到"好人卡"的 15 舍路人甲、某男生一脸茫然地抱着一个礼盒走上五楼。可怜的小伙子本以为天赐艳遇美人搭讪,却不想被当成了移动快递。同为男性,瞧瞧人家姓顾的! 怎么自己混得这么惨！简直悲催！

而且该死的还要爬五楼！男孩一面疯狂抱怨，一面认命地朝目的地走去。他倒要看看，是什么男人，狐狸精转世，让这么个大美女殷勤倒贴。

出乎意料的是，他并没有见到什么男狐狸精，倒在520门口又见到一个花枝招展的美女。520寝室则大门紧闭，内里寂静无声，好似空无一人。

男孩慢吞吞地敲了敲门，又喊了几声顾清狄的名字，果然无人应答。

"同学，你这是帮人送东西给顾清狄吗？"

一双娇俏含笑的眼睛望过来，男孩后退了一步，脸唰地红了一片。

"对……那个……有个美女让我把这个送给520寝室的顾清狄。"男孩抬了抬手，露出了那个包装精美的礼盒。

"顾清狄不在，我是他朋友，也在等他，不如你把礼物放门口，到时候我和他说一声，你看行吗？"

女孩声音甜美，语气温柔，男孩见有人帮忙，自然十分高兴，留下包裹便走了。

而目送男孩的背影消失在楼梯转角后，520门口的那个女孩脸上的笑容消失了。她那修饰精致甲油闪亮的手轻轻掀开了礼盒，从里面抽出了一张带有署名的贺卡，看了两眼便合上了。她一边攥紧贺卡，一边伸手将礼盒盖子合了回去，又在礼盒上放了另一份包装精美的礼物，这才哼着歌走远了。

揉成一团的贺卡被草草地丢在了地上一小团积水中。一阵风扬起，脏污的卡片滚到了角落里，再也无人问津。

当戚南抱着相机又吭哧吭哧地赶回篮球场时，下半场已经快要结束了。商学院依旧遥遥领先，看起来胜券在握。戚南缓了口气，准备继续拍几张照作为收尾。

没过多久，这场碾压式的决赛便结束了，商学院的队员们一个个兴高采烈。虽然这场比赛他们赢得轻松，但毕竟是校级决赛。历经千辛万苦终于获得了冠军，大家都很激动。

手捧金杯的顾清狄也是笑意满满，被队员们拥簇着欢呼合影。戚南看着相机里他那张扬英俊的笑脸，那一脸的意气风发，只觉得心里热意满满，满心满眼都只剩那人。

一场高强度的比赛完结，满身是汗的队员们迫不及待要各自回寝室冲个澡，顾清狄也不例外。所以他和戚南草草打了个招呼，说了聚餐的时间地点后，便与众人回了宿舍。

戚南怀着不为人知的隐秘和期待，站在原地看着顾清狄逐步走远。聚餐的时间还早，地点也不远，正好能有时间让她也回寝室换身衣服，梳洗一番。

花开两朵，各表一枝。这厢戚南正在装扮，顾清狄也擦着湿漉漉的短发从浴室走出来。当目光触及桌上歪斜的一堆花花绿绿的礼物和室友们挤眉弄眼的揶揄情态时，他眉心一跳，一股无奈涌上心头。

自从在 L 大"花名远扬"后，他的每个生日都变成了女孩们和舍友们的狂欢。总有不具名的女孩送来各种各样奇奇怪怪的礼物，叫他拆也不是，退也无门，久而久之不是被舍友瓜分了，就是堆在角落里积灰。

这不，无比自觉的方杨同学已经先他一步开始清点礼物了，仿佛那是他的战利品。在方杨童鞋的积极播报中，顾清狄知道了这次生日他又收获了两个手作蛋糕、三条手织围巾、若干封情书并一系列杂七杂八的小礼品。

顾清狄摸了摸眉心，叹了口气。那些署名的他还有办法道声谢，那些不具名的不出意外很快就会被宿舍众人瓜分完毕。这不，眼疾手快的邵平飞已经拿着一副新耳机凑到他身边谄媚地眨眼了。

邵平飞虽然嘴上不说，但其实心里挺忐忑的。他手里拿着的耳机，是从某个礼盒里翻出来的。可以看出，这礼盒是精心挑选并包装的，盒子里的东西也价值不菲，就是除了礼物连张卡片都没有。

这哪知道是谁送的啊！也难怪邵平飞毫无负担地先下手为强了。这款 BOSE 的无线耳机他种草了很久，StayHear＋运动耳塞的精心设计，鲨鱼鳍状结构的自然贴合，极光色外形的酷炫流畅，可运动可休闲，可让他眼巴巴馋了好久。

就是价格有点贵，要小两千，对于穷学生来说，可以算是很奢侈了。此刻邵平飞心痒得不行，巴不得立马戴上试一试。但他心里门儿清，这毕竟是别人送给顾清狄的，他想要，也得老大肯借才行。

"老大老大，这耳机可不可以借我玩两天？就两天，我过把瘾就还你！"邵平飞脸上挂着讨好，十分卑微。

"哪个盒子里翻出来的？署名了吗？"顾清狄没停下擦拭的动作，看了一眼耳机随意问道。

"喏，就那个蓝色礼盒里拿出来的，没署名，说不定是哪个暗恋你的富二代妹子送的！"邵平飞赶紧朝着礼盒一指，心里一秒变身"柠檬精"。

顾清狄哦了一声，没再说什么，他心里有点烦躁。要说这耳机送的倒是挺合他心意的，只是按价格也算是个轻奢礼品，若是不相识的人送的，倒像他占人便宜似的。

顾清狄走近桌子，扔了湿毛巾，一手拿起了蓝色礼盒。他内外端详了一会，只见除了一方折叠好的短帕孤零零地躺在礼盒底，便果真什么也没有了。和方杨说的一样，没有卡片，也没有署名。

就连短帕上也没留下任何线索。顾清狄捏着帕子一角，将帕子抖落开来。只见白色的丝帕上干干净净，只在右下角绣了一簇金黄的向日葵。

这向日葵活泼娇艳，绣得很好，顾清狄不由得多看了几秒。只是男人用丝帕未免过于阴柔，他皱了皱眉，很快便失去了兴趣，将帕子随意放在了一旁。

他又将目光移到了别的礼物上，随意翻看了几下。那些署了名的礼物倒是没人动，譬如组里同学送的书，学生会干事联名送的钢笔，红楼社杨柳送的相册等，都齐整地堆在一旁。对了，还有林俏语送的袖扣和领夹。

这袖扣和领夹包装大气精美，logo惹眼，一被顾清狄拿出来，就被宿舍众人围观了一番。虽然大伙儿平时着装都挺朴素，也很少用大牌，但毕竟都是成年人了，对一些出名的奢侈品牌都有一定的了解，更何况顾清狄手里拿着的，还是奢侈品中的王牌。

宿舍众人默默交换了个眼神，心里感叹不已。要说林俏语这妹子对顾老大也是挺痴情的，四年来关怀备至风雨无阻，又舍得花钱。

要是有妹子肯这样对他们,那必须早就从了好嘛!

看着贺卡上大段的追忆和祝福,顾清狄也有些心绪复杂。虽然从男女之情的角度来说,他并不喜欢林俏语,但二人从小就认识,并非没有朋友间的情谊。且林俏语的这份礼物,不说贵不贵,从款式到风格都不可谓不用心。

晚上见到她,态度还是缓和一点吧。顾清狄放下卡片,心里终究还是有所触动。

身旁的邵平飞还在摇头晃脑地炫耀新耳机,其余众人有的还在浴室里拾掇自己,有的已经开始大快朵颐吃蛋糕了,阵阵嬉闹声伴着晚风徐徐飘远。

窗外,夕阳已沉下远山,暮色带着寒意开始蔓延。天空中,大片黑云聚集翻涌。

要变天了。

第四十三章　生日会(上)

晚上 6 点半,15 舍各楼层走廊上的灯齐齐亮了起来。已是饭点的时候,520 寝室众人都穿戴完毕,摩拳擦掌准备出门去浪了。

都说女人化妆如同整容,其实男人拾不拾掇差别也大了去了。要说 520 一溜小伙都是相貌端正身材也有料,就是平日里太懒,除了邵平飞也都没个女朋友管着,久而久之也邋里邋遢惯了。也就是今儿个是顾清狄组的局,大家暗想来的妹子肯定不会少,所以才暗地里较劲,好好收拾自己。

毕竟谁也不想在妹子和兄弟两拨人面前齐齐丢脸不是?

顾清狄倒没注意他们这些小心思,只是看着一个个平日里大裤衩、脏球鞋就能直接出门的舍友们为了这个聚餐,那是把压箱底的衣服翻了一遍又一遍,脏球鞋刷了一双又一双,他还是不免有些侧目,以至于开始反思自己这个寿星公加组局人是不是穿得太随意了。

只是这个问题刚抛出来就被舍友们全票否决了。众人眼里的顾清狄,平日里就算披个麻布袋都是帅气逼人的。更何况今日,他还穿了件黑色打底、银色镶边的套头卫衣,下身是一条墨黑修身的牛仔裤,脚上蹬了双亮黑色马丁靴,再配上他俊逸非凡的脸,整个人显得又潮又酷,气质卓然,俨然一个大型发光体。

宿舍众人心里叫苦不迭,顾老大你已经这么帅了就别折腾了吧!行行好,给我等普罗大众留点发挥余地行吗……

好在顾清狄也懒得折腾,大家都说不用换,那便这么穿得了,反正也不会难看到哪儿去。"天生丽质难自弃"这句话套用在顾清狄身上再合适不过……

戚南也很喜欢今晚顾清狄的样子。他俩约好在校门口碰面,戚南先到,等了没多久,就看见顾清狄领着一行人过来了。顾清狄个子很高,肩膀又宽,在人群中极易辨认。走动间,银色的衣饰映着他的眸光在夜色中闪耀,马丁靴束着牛仔裤又更显他身高腿长,一身酷帅的装扮和他平日斯文休闲的样子大为不同。

戚南脸红了,她不想承认,又不得不承认,这样慵懒酷帅的顾清狄让她觉得更迷人了。

早知道自己就穿得酷一点不走淑女风了!戚南看着此刻身上的长裙,心里很懊恼。临出门前,她还在纠结到底穿什么,最后好不容易选了这一身,没想到和顾清狄这么没默契,两人的穿着风格简直南辕北辙。

你站在桥上看风景,看风景的人在楼上看你。戚南的眼里只有顾清狄,却不知在顾清狄乃至路人的眼里,她也是一道风景。

女孩儿苗条纤瘦的躯体被包裹在一条粉橘色连衣裙里,裙长及踝,优雅却不显肥大。腰身处束着的一条黑色皮腰带,将她盈盈一握的细腰和玲珑起伏的前胸很好地凸显出来。粉橘色又挑人,女孩白皙如玉的脸庞被衬得细腻温润,格外粉嫩动人。

顾清狄快步走到了戚南身边,又深深地看了她一眼。他发觉女孩今日还化了妆,粉橘色的眼影,浅浅的腮红。她黑直的长发披散开来,发梢调皮微卷,显出不同往日的妩媚。

见他靠近，她莞尔一笑，长而密的睫毛轻轻扑闪，几丝黑发划过玉颜。白的越白，粉的越粉，黑的越黑，此间美丽难以言表。

就连顾清狄也被这难得一见的风情迷了眼，更何况那些舍友们。小伙子们一边脚步僵硬地跟在顾、戚二人身后，一边悄悄咬耳朵传消息。

秦晓白是最激动的，他本来就喜欢小龙女、冷清秋型的女生，这回见了戚南的面，觉得哪哪都契合他的审美，简直理想女神没跑了，所以想方设法凑近一点，好趁机和她搭话。方杨其实也蠢蠢欲动，但他有贼心没贼胆。在顾清狄身边待久了，老大的心思多少也能猜到几分，他才不会没眼色地凑上前触霉头呢！

别看老大现在没啥表现，回头反应过来不定怎么报复呢！方杨缩了缩头，决定还是观望为妙。

隔着一个胳膊的距离，戚南和顾清狄并排走在前头。顾清狄还想着刚才那一幕，沉默不语。戚南既见君子，满心羞涩，亦未主动开口，二人间的气氛有些暧昧，又有些尴尬。

好在聚餐的地方不远，很快就走到了。因大伙儿吵着要热闹热闹，顾清狄选了一家老牌川菜馆，又要了个包厢。这样大家伙儿坐下来，可以毫无顾忌地围桌吃菜、烧烤撸串，又私密又轻松。

戚南不爱热闹，又吃不了太辣，因而从没来过这家饭馆。她原以为川菜馆会嘈杂味儿重，进了门才发现里头错落有致，气味清幽。院子里还摆了不少盆景，看着清新宜人，风雅有趣。

一行人进了包厢，才发现里头早有人等着了。戚南毫无意外地看到，林俏语带着徐莉及三四个打扮时髦的男女围坐在圆桌边，正在嬉笑交谈。见顾清狄进门，林俏语才收了笑容，整了下衣裙迎上前来。

"清狄哥，你们怎么才来啊！我和洋洋姐、陈奕他们等你好久啦！"林俏语一边嘟嘴，一边不着痕迹地挤开戚南，抱住了顾清狄的胳膊。

"洋洋姐，文子，你们到了！路上耽误了会儿，来晚了！"顾清狄朝里头打了个招呼，顿了一下，到底没把胳膊从林俏语怀里抽出来。

林俏语拖着顾清狄往座位上走，心里很得意。她早就想好了，来的都是他俩的熟人，顾清狄不可能当众拂她的面子。今晚可是她的主场！

林俏语回头轻蔑地瞥了戚南一眼，转过头去朝着顾清狄和众人，又笑得一派天真烂漫。

林俏语一番挑衅，又是投怀送抱又是紧挨着顾清狄坐，戚南心里自然不舒服。只是她清楚，这是顾清狄的生日，她不好多生是非给他添乱。所以戚南没说什么，只随意挑了个座位落座。

虽说是小聚，请的都是熟人，但坐下来也洋洋洒洒十来个人，一桌人坐一起热闹却也有些拥挤。戚南被夹在两个陌生男孩中间，挤挤挨挨的，她有些不适，也有些尴尬。

顾清狄也发现了这一点，他皱了皱眉打算另开一桌。谁知话刚说出口，林俏语就撒娇不依，说挤一挤反而热闹。戚南左手边的男生也开口帮腔，顾清狄只能打消了这个想法。

菜还没上桌，怕大家拘束，顾清狄先让大家互相认识了一下。一轮介绍下来，戚南大概清楚了。来的几个女生，林俏语、徐莉不提，洋洋那几个都是发小。文子，也就是戚南右手边的胖子，是顾清狄关系最好的小学同学兼哥们，和他那帮发小也玩得很熟。

似乎只有此刻坐在她左手边的男生，和顾清狄关系有点微妙。戚南看了这男生一眼，发现这男生个头挺高，但脸色苍白，神情有点阴郁，刚帮林俏语说话时，语气就有点阴阳怪气的，听着让人不舒服。

戚南没有猜错，这男生叫陈奕，和顾清狄是一个家属院的。陈奕的父亲是数学系的教授，年轻的时候出轨女学生，悄悄在外头生了个比原配孩子还大的儿子，后来还登堂入室带回家养，把原配母子气得前后离家出走。而陈奕，就是这个私生子。

顾清狄不喜欢陈奕，也没想着请他来。但他既不请自来，各自的父母又都是同事，他也不好轰人出去。所以刚才介绍陈奕时，他只冷淡地提了两句，并没有很热情。

偏陈奕是个厚脸皮的主儿，他早就想打入顾清狄一帮人的圈子，奈何没人搭理。好不容易搭上了林俏语，他就巴巴地赶来了。他也

頭

頭頭

有心机，私底下应了不少要求不提，言语间也对林俏语诸多奉承，倒让不明情况的众人对林俏语高看几分。

今天这场局，林俏语是铆足了劲做准备的。一袭 V 领红裙，搭配镶满水钻的银色细高跟，颈间和手腕处是成套的梵克雅宝，用闪亮逼人来形容毫不为过，加之她烈焰红唇，举手投足间一派"正宫娘娘"的气势，倒是挺能唬人的。

趁着菜还没上桌，她又开始招呼大家玩狼人杀。顾清狄不置可否，他觉得一桌人干巴巴等菜也不好，玩几局狼人杀不至于冷场，倒也不错。其余众人见寿星公没反对，更无二话，有几个甚至有些跃跃欲试了。

戚南看了顾清狄一眼，没有说话。她有些敏感地感觉到，顾清狄今晚对林俏语有些纵容，不像平常对她，总是冷脸的样子。而林俏语也一副女主人做派，呼朋唤友，倒显得自己有些格格不入。

戚南端起水杯咽了口水，企图冲淡嘴里的苦涩。

几分钟后，狼人杀第一局正式开启。圆桌总共 13 人，林俏语抢着当法官，玩家便还剩 12 人。大家选了不耗时的简单游戏模式，配置为四狼人、四村民、四神。四神分别是女巫、预言家、猎人和丘比特。

戚南向来没啥牌运，第一局只抽了个无聊的平民。但她心知，平民也有平民的玩法。由于丘比特的出现，不确定性更多，平民有时候也能玩得很出彩。戚南迅速在脑中过了几种她过往遇到的经典战局，又梳理了好几种对策，决定在有备无患的前提下随机应变。

是的没错！虽然戚南外表看起来和颜悦色、岁月静好，但又有几人知道她也曾经在网游《狼人杀》里大杀四方、血溅江湖呢！作为一个隐藏的狼人杀高级玩家，戚南表示她经历过的套路太多，用来应付这种场面那简直小意思啦！

"夜晚来临，天黑请闭眼。首先，丘比特请睁眼，丘比特请绑定情侣……好，丘比特请闭眼，被我碰触到的情侣请睁眼。"

耳边萦绕着林俏语刻意甜美的主持声，鼻尖掠过她走动间衣摆的香风，戚南知道，游戏正式开始了。

"狼人请睁眼。狼人请指认队友，狼人请杀人。好，预言家请睁眼……女巫请睁眼……猎人请睁眼……天亮了，请大家睁眼！"

林俏语话音刚落，戚南睁开了双眼。还没等她适应包厢内亮堂的灯光，林俏语不怀好意地朝她笑了笑，丢出了一个重磅炸弹。

"第一晚，被杀的是……"林俏语顿了顿，笑着吐出一个名字，"戚南。"

被点名的戚南有点蒙，刚开局就被杀，运气真有点背。她苦笑了一声，接受了现实。既然十八般武艺使不出，她只能作壁上观，看别人下场搏杀了。

第一晚的结局，让顾清狄也有点意外。他若有所思地朝戚南方向扫了几眼，心里隐约有了怀疑。但在第一晚后自白的时候，他只是随意附和了几句，什么关键的话都没说，倒并未显出和其他人有什么不同。

虽然第一晚局势未明，线索太少，戚南也说不出个所以然，但她的直觉认为，杀她的不会是顾清狄。之所以这么想，倒不是因为对他的好感加持，而是她眼里的顾清狄，一开局就杀一个看似毫无威胁的女生，不是他的气度和作风。

戚南猜得不错。第二个静默的夜晚，当村民还在沉睡，狼人和神们逐渐睁眼的同时，所有人的身份都被旁观的戚南收在眼底。

四个狼人，分别是洋洋以及她身边的女孩楚楚，还有陈奕和徐莉。顾清狄是预言家，邵平飞是女巫，秦晓白是猎人。顾清狄很聪明，第二晚直接验出了陈奕是狼。秦晓白没有动作，邵平飞也不知出于什么原因没有救人。

于是第二晚，又有一个无辜的村民牺牲了，好人方的形势不容乐观。戚南看着四个狼人在自白阶段卖力演戏，互装不熟，又看着顾清狄不动声色地将矛头引到陈奕身上，她忽然觉得做第三人也很有意思。

短短的几分钟，戚南就见识到了顾清狄缜密的逻辑，洋洋、徐莉等人的随波逐流，还有陈奕的推诿扯皮。看着这有人辩白，有人设计，还有人捣乱的精彩一幕，戚南感受到了社交场中人性的复杂和有趣。

更重要的是,她知道了第一轮自己的被杀,完全是陈奕的主张。看着陈奕在"杀人"时的强势模样,联想到了他和林俏语间的一系列互动,戚南觉得,一开始自己被选中,根本不是盲杀。

趁着战局混乱,戚南悄悄把身子挪得离陈奕远了一点。谁知道这种没节操的人会干出什么事来,还是离远一点为妙。

第四十四章　生日会(下)

两个肃杀的夜晚过去,狼人方已无情地收割了两条"性命"。顾清狄垂下眼睑,思忖了几秒,心里有了大概的思路。

截至目前,好人方的运气不好不坏。好的是,因顾清狄对陈奕、徐莉二人最不了解,所以前两轮他分别验了这两人。所幸一验一个准,两人恰好都是狼。

坏的是,己方也死了两人,而女巫两晚都未现身救人,很大的可能是因为女巫想把魔药留给自己或情人。顾清狄瞬间想到了最糟糕的一种情况,如果丘比特恰好将女巫和狼人配对为情侣,那可就难办了。

这就意味着,想杀好人的除了狼人,还有潜伏的女巫。顾清狄清楚地认识到,好人方树敌太多,处境岌岌可危,而能扭转战局的,只有一个关键人物——丘比特。

于是,在接下来的讨论中,戚南看到了老谋深算的顾清狄是如何一步一步引导丘比特,让他爆出了情侣是徐莉和邵平飞。而在证实了猜想后,顾清狄直接自爆,先是让大家投死了陈奕,紧接着锁死了徐莉和邵平飞这对人狼恋,又嘱咐猎人晚上直接带走徐莉。他认为,这样一来,下一个黎明,好人和狼人就变成了四对二甚至是四对一的局面,好人方胜算会大许多。

果不其然,第三晚后,徐莉、邵平飞都出局了,一同挨刀的还有预言家顾清狄。而顾清狄的死亡直接验证了他的所有推理,没过多久,剩下的好人就齐心协力把潜伏的另一只狼人楚楚找了出来，法官直接宣布游戏结束，好人方大获全胜。

小小一局游戏，考验的不只是智商，还有情商以及临场应变能力。毫无疑问，这局游戏的 MVP 绝对是顾清狄。戚南明显地看到，不少人看他的眼神都变了，尤其是几个女生，眼里的崇拜和火热简直要溢出来。

跟着大神有肉吃！第二局，大家纷纷祈祷运气好点，能和顾清狄分在一队，这样就可以不费吹灰之力地赢了。但命运女神显然是喜欢开玩笑的，这一局顾清狄可要做一只辣手无情的大尾巴狼了。

戚南哭笑不得，好不容易抽中了个神籍，却被丘比特绑定了情侣。但当她睁开眼看见冲她会心一笑的顾清狄时，她微微诧异，面上羞赧却也心安许多。

邵平飞悲惨地继承了上一局的仇恨值，第一晚就死了。戚南没有选择相救。对她而言，目前最重要的是弄清楚顾清狄的身份，这样才好对症下药，与他携手应敌。

第一轮盲投，大家存着打趣的心思，直接投死了徐莉。邵平飞挠着头，嘿嘿嘿含笑九泉。徐莉却意外地有些不甘，脸色愤愤不平。

戚南和顾清狄同时注意到了徐莉的神情，朝徐莉和邵平飞脸上看了几个来回，两人心里各自都有了点想法。戚南觉得，徐莉的表情太不甘心，应该有身份在身。但她没有自曝也没有引导舆论，只可能因为她的身份不敏感，应该是猎人或丘比特这类角色。

顾清狄作为狼人，看问题更加全面。目前的情况，四狼是他、文子、秦晓白和舍友大川，丘比特能将他和戚南指认为情侣，很大可能也是其余舍友中的一个。而徐莉基本可以判定为普通神籍，那么戚南是预言家或者女巫的可能性就大大增加了。

他沉思了几秒，觉得是时候该找机会向戚南暗示下自己的身份了。

没承想第二晚的场面有些混乱。狼人们先杀害了一个村民，戚南还是没有选择相救。但在自白阶段，她出乎意料地直接说出了自己女巫的身份，并表明自己这一轮已用过救人魔药，但村民还是死了，唯一的可能是猎人主动出手带走了他，那么基本可以判定猎人不怀好意，应该又是一场人狼恋。

　　戚南分析得头头是道，言语简练却逻辑分明。顾清狄听得忍不住露出笑意。如果他不是事先知道内情，很可能也会被她带偏。

　　顾清狄深深地看了一眼犹自一本正经、冷静剖析的戚南，觉得她真的很聪明。首先，作为一个在狼人看来已经失去救人效用的女巫，戚南的威胁根本比不上预言家，所以下一晚势必不会有危险。其次，戚南在摘除自己情侣嫌疑的同时，给猎人扣了个帽子，成功坑了队友。最重要的是，她向自己表明了身份，而只有自己知道，她手上除了有致死的魔药，还有绝对未用出的、救人的法宝。

　　其实戚南只是在赌，她赌的是徐莉、邵平飞还有本轮遇害者中必有一人是猎人或丘比特，这样她的谎言就没那么容易被揭开，她也为自己和顾清狄争取了更多时间和舆论上的支持。

　　这一轮的投票，戚南理所当然被排除在外，大川成了替死鬼。继戚南搅乱了一池子水后，顾清狄下手就更容易了。第三个夜晚，狼人们毫不留情地杀掉了洋洋，而戚南也用自己手中的魔药毒死了秦晓白。

　　局中人身在其中尚不自知，林俏语这个法官却看得一清二楚。顾清狄和戚南配合默契，已然离胜利不远了。

　　此刻场子里，剩下的狼人只有顾清狄和文子，神只有戚南，再就是三个平民。只要狼人先杀了平民，戚南引导着再投死任意一个狼或者平民，那游戏就可以结束了。因为只要戚南手里有救人的魔药，接下来的主动权就掌握在她和顾清狄手里。

　　林俏语看着戚南镇定自若、熠熠生辉的样子，心里悔恨不已。她提议要玩狼人杀的初衷，只是想展示自己，却没想到为他人做了嫁衣。

　　要是这破游戏能早点结束就好了！她可一秒都不想看见这情敌成为全场焦点的画面了！林俏语不由自主攥紧了裙摆，心里的嫉妒像肮脏扭曲的污水一样，一点点渗透出来。

　　或许是戚南今天运气太差，又或许是上天听到了林俏语的请求。端着热菜的服务员推门而入，第二局游戏只能宣告暂停。

　　林俏语心里松了一口气，赶忙落座，很热情地招呼大家吃菜。顾清狄虽然玩得不尽兴，但吃饭才是正题，玩游戏的机会以后多得是，倒也没多说什么。

游戏被打断，戚南心里很懊恼，也很遗憾。她倒不是在乎游戏的输赢，而是和顾清狄成为情侣，是一件多么让她梦寐以求的事情呀。

哪怕，只是游戏里的假情侣呢！又哪怕只是短暂的几秒钟。戚南舍不得，只能悄悄地、贪婪地朝顾清狄看了一眼，又一眼。

顾清狄没有注意到戚南的眼神，他正忙着尽地主之谊，劝大伙儿喝酒吃菜。川菜本就辣口，他又接连喝了几杯别人斟的酒，薄而优美的嘴唇水渍鲜红，让人看了眼红耳热，不禁想要咬一口。

戚南克制地移开了眼睛，心虚地拿起了面前的罐装冰可乐，咕咚咕咚喝了一大口。此刻的她，觉得嘴里和胃里都火辣辣的，心也扑通扑通直跳，整个人都不好了。

戚南真心觉得自己需要拎一大桶冰可乐，然后坐到小角落里好好冷静一下。但没想到，她突然被陈奕喊了一声。戚南向来不太会喝酒，也不会应付酒桌上的人情世故，所以上了酒桌总是拼命降低存在感，安静地独处一隅。然而此时，看着陈奕刻意大声劝酒的举动，戚南心里很不快，也觉得很被打扰。

"戚南，你是叫戚南吧？我是陈奕，来，我们喝杯酒。你看你，酒桌上哪能不喝酒啊，你学学人家林俏语，你怎么好意思喝可乐呢！"

陈奕想着林俏语曾嘱咐他的话，于是吊着眼睛斜看戚南，他嘴上带笑，心里却恶意满满。

一开口就给自己扣了顶大帽子，又抬高了林俏语，陈奕是什么心思戚南一清二楚。只是饭桌上不好说破，于是她冷淡地回了一句，表示自己喝不了酒，就自顾自吃菜不言语了。

陈奕没想到戚南这么不通人情世故，一点面子都不给他，心里更加不爽。在看到文子、洋洋他们的窃窃私语和飘过来略显不屑的眼神时，愤怒变成了怨毒。他不着痕迹地朝戚南凑近了，心里慢慢冒出了个大胆的想法。

机会来了！当服务员将一道水煮牛肉端上来的时候，陈奕装作热心，接过了这热腾腾的汤盆。快将汤盆放到转盘边缘的时候，他猛地手滑，汤盆倾斜，一大股滚烫的油汤溢出来，不偏不倚溅到戚南右手上。

"嘶……"变故突然，戚南毫无防备。这汤汁又辣又烫，戚南只觉得油汤过处又痛又麻。

陈奕做得隐晦，只有附近的文子注意到了。文子谴责地看了他一眼，又抽出抽纸帮戚南擦拭桌面。顾清狄在谈笑间朝这边瞥了一眼，见戚南低着头，又转过去同洋洋他们聊天了。

戚南在桌底捂着右手，缓缓吸气。陈奕在边上小声道歉，声音平淡，没有诚意，听着更让人生气。

戚南冷冷地警告了他一眼，满眼的寒意逼得陈奕收起了假笑，坐直了身子。

"我知道你是故意的，没有下一次！"他听到戚南用冰冷的口气轻声说了一句。

接下来的时间里，两人都没有说话，也没有任何互动。戚南知道，纵使陈奕手段下作，令人不齿，今天自己也只能吃下这个暗亏。

手背上依旧火辣辣的，但这些和顾清狄比起来，又算得了什么呢！

推杯换盏间，饭菜吃了一大半。许是吃饱喝足，又或是狼人杀消弭了彼此间的陌生与隔阂，大家渐渐放开，聊的话题也更加百无禁忌了。

"顾清狄你这个臭小子，快点从实招来，你到底什么时候和俏语在一起的？还瞒着不说，把不把我们当哥们？"

一整个晚上都在看林俏语抢戏，洋洋按捺不住了，直接朝顾清狄发问。

林俏语羞涩地看着顾清狄，眼里含情脉脉，心里却很忐忑，生怕顾清狄说出什么让她丢脸的大实话来。

顾清狄听见这问题，随意往椅子上一靠，松了松领口。

"这么关心我的个人问题？催婚啊？"语气慵懒，却没有反驳。

这回答似是而非，戚南听了很心慌。再联想到顾清狄今晚对待林俏语的态度，戚南很害怕洋洋说中，那她就一点机会都没有了。

好在顾清狄只是不想直接拂了林俏语的面子，他也无意给大家造成歧义，所以又补了一句。

"我要是谈恋爱，绝对发朋友圈昭告天下！到时候你们人人有红包，一个都不少！满意了吗？"

还好还好！他俩没在一起！戚南摸了摸狂跳的心口，觉得这一晚上惊心动魄，心跳剧烈波动好几次。她回过神，后知后觉地发现自己刚才居然紧张得，都差点忘了呼吸！

众人打趣完林俏语，又把目光放到了新面孔戚南身上。先是秦晓白上前磕磕绊绊地搭讪了几句，接着洋洋她们又开始坏笑着追问起戚南对顾清狄的看法来。一通发问搞得戚南窘迫不已，脸色通红，应对不暇。

大伙儿见顾清狄没吱声，还以为有戏，越问越起劲。什么第一次见面、第一次心动、第一次接吻，这些有的没的都问出来了。

这都什么跟什么！接吻什么的怎么可能会有！戚南招架不住，鬼使神差地朝顾清狄看了一眼，随即又立马收回了目光。她在心里唾弃自己，这个时候干吗要看顾清狄，自己在期待什么啊！

顾清狄不是不知道戚南脸皮薄禁不住闹，他只是心里有点不舒服。刚看见秦晓白的模样，他怎么可能不明白这小子对戚南动了那种心思。秦晓白是他哥们，戚南又的确很好，窈窕淑女，君子好逑嘛！他完全能理解。

但顾清狄又有一种领地被侵犯的巨大排斥感，和一股说不清道不明的愤怒。

"戚南是我的好朋友，文子、洋洋，你们差不多够了啊！"顾清狄顿了顿，淡淡吐出一句，语气有些不高兴，还有些不耐烦。

察觉到似乎玩过了火，洋洋她们缩回了头，开始安分地装鹌鹑吃起菜来。一时间，酒桌上安安静静，好像什么都没发生过。

只是……好朋友啊！戚南在心里苦笑一声，这个答案让她很失落。她也尝试着克制自己，但却悲哀地发现，有些感情一旦放纵，就再也没有收回来的可能了。

她心底有个声音，在无比清晰地告诉她：即使希望渺茫，即使可能会受伤，她还是那么、那么渴望去拥有那个独一无二的、让她疯狂痴迷的顾清狄啊。

第四十五章　曲终人散

一大桌子人吃完饭，时间倒还早。众人酒足饭饱，兴致正高，大家索性将阵地转移到了饭馆边上的 KTV，想要延续这一场热闹。

顾清狄要了个大包厢，又点了一些啤酒、饮料和水果，任由大伙儿尽兴。包厢里灯光黯淡，只有彩色激光灯旋转闪烁，造就了一种暧昧而缓慢的氛围，大伙儿都肉眼可见地放松下来。

洋洋、文子、方杨、秦晓白几个人开始玩起了骰子，那豪迈摇盅的样子，还真有几分港片中马仔的气势。林俏语在卖力地唱歌，眼神却总是往顾清狄身上瞟，一首荡气回肠的老歌愣是被她唱成了痴缠的情歌。邵平飞则坐在角落，戴着耳机自顾自做陶醉状。

戚南端坐在沙发上，顾清狄与她坐得不远。戚南觉得，自己似乎又闻到了他身上那种独特的、温暖而清新的味道。趁着灯光昏暗，她鼓起勇气，侧过身子去看他。

然而，顾清狄并没有对上戚南灼灼的目光。此刻的他将背靠在沙发上，一双长腿往前伸着，整个人显得放松又舒展。也许是因为喝了酒有些发热，他眼睛紧闭，脸色潮红，嘴唇微微张着。额发调皮地掉了几缕下来，拂过他清澈而好看的眉眼，倒显出几分稚气来。

戚南的心怦怦直跳，像是要从胸口蹦出来。眼前的顾清狄脱去了往日的强势霸气，干净乖巧得让人心动。不远处的邵平飞由自我欣赏转为疯狂向别人炫耀新得的无线耳机，戚南仔细打量了几秒，却发现这耳机有些眼熟。

从牌子、款式到颜色，这耳机和她送给顾清狄的简直一模一样。但这耳机是新款，发售时便要预定，到货时间也很慢，戚南不认为这只是个巧合。她想了想，决定还是直接问邵平飞比较靠谱。

"你说耳机啊！那必须得是老大送我的啊！我们老大对我可好了，几千块的东西说给就给，那就是两个字——义气！"

　　邵平飞还在兴高采烈地吹嘘，完全没意识到戚南脸色突变。他更没料想到，因为他随口说的这句话，有些事情也许就这么改变了它原有的轨迹。

　　听了邵平飞的回答，戚南的脸色变得煞白，心也变得冰凉。她怎么也没想到，顾清狄对待她送的礼物，会是这么随意的态度。她禁不住在心里疯狂地想，他是不是看见了贺卡上的表白？他这么做是不是就是隐晦的拒绝？

　　戚南很心慌，一个没注意，桌上的一瓶啤酒就被她碰倒了。她急急忙忙站起身，胡乱擦拭了桌子，捂着手快步走出了包间。

　　瓶子碰倒的时候，顾清狄就睁开了眼。由于刚小憩了会，他不太清楚发生了什么。他疑惑地看了看戚南消失的身影，用力按了按太阳穴，直到林俏语悄无声息地坐到了他身边。

　　"清狄哥，还没恭喜你拿到了沃顿商学院的 offer。你定好出国的时间了吗？到时候我想去送你。"林俏语声音很轻，言辞恳切，语气很温柔。

　　"可能六月底七月初吧，我也不知道。"不知为何，越接近毕业，之前那种对于出国的兴奋、向往的感觉越来越淡。刚林俏语提起出国，顾清狄的脑海里没来由地迅速闪过戚南的身影。对于出国这件事，他不再笃定，甚至变得有些茫然。

　　看着顾清狄难得这个模样，林俏语心里怄得要死。她警铃大作，觉得自己还是低估了戚南在他心里的分量。想到了刚才看到的画面，林俏语咬了咬唇，计上心来。

　　"清狄哥，你是不是喜欢戚南啊？"林俏语问得很直接。

　　"我……"顾清狄不知道自己该怎么回答，他觉得自己脑子有点乱，事实上是最近一直很乱。他不喜欢任何脱离掌控的事情，感情也是。他原本从未想过要在出国前谈感情，只是戚南的出现，让他频频失控，也让他不知所措。

　　"清狄哥，我知道有些话我不该说，但我还是觉得，戚南不适合你。"林俏语觑了一眼顾清狄的脸色，继续说道，"清狄哥你马上就要出国了，异国恋分手的概率你不是不知道。如果你为了她选择不出国，葛姨知道的话，一定也不会同意的呢。而且吧，我是觉得戚南根本就没那么喜欢你，你看你今天生日，她连礼物都没准备，还跟你室友眉来眼去的，我看了都生气呢！"

听了林俏语的话，顾清狄嘴唇微抿，心里烦躁。虽然他并不觉得戚南主动招惹过谁，但事实是她太招男生喜欢了。这样的她，让自己心动也很正常吧！

或许换了另一个时间，另一个地点，自己会选择和她在一起吧！顾清狄的眼神暗了一瞬。林俏语说得没错，出国是必然的，自己绝不可能放弃。而戚南，趁她对自己用情还不深，自己也能割舍，就继续保持朋友的关系吧。

顾清狄摸了摸口袋里的手机，手机屏幕上赫然躺着一条信息。就在今天，葛秋然女士给儿子定好了出国的航班，既是礼物，也像是一种鞭策。

不能再往前了，前进一步，也许对彼此都是耽误。就这样吧，顾清狄在心里对自己说。

顾清狄努力忽视此刻内心深处传来的、一小股撕裂般的痛，理智让他坚信自己的决定是明智的，也是正确的。而林俏语看着顾清狄沉默不语的模样，知道自己的话起了作用，于是她继续添油加醋，让事情朝着她想要的方向推进。

"清狄哥，趁现在还来得及，你放弃吧，这样对谁都好。你知道的，我会帮你的。"林俏语语调轻柔，声音听起来像是来自于另外一个国度，引诱着顾清狄一步一步地走入她编织好的陷阱。

而一无所知的戚南，还在洗手间清洗满是脏污的衣服。右手被烫伤的红痕依旧鲜明，左手指缝又满是黏腻的黄渍，戚南看着镜子里那个苍白的自己，她怔了几秒，心里觉得难过又绝望。

"戚南，你今天就不该来。清狄哥说，因为你帮忙拍照，他出于礼貌邀请了你，没想到你还真来了。人啊，就不该妄想自己得不到的东西，你说是不是？"

背后传来熟悉的讽刺的声音，戚南看了一眼镜子，倚在门边的果然是林俏语。

戚南没有回应，只是低头继续仔细清洗。眼角余光却看见林俏语从门口走到了她身边。林俏语一边慢条斯理地对镜补妆，一边继续说道。

"你都看到清狄哥把你送他的东西丢给别人了，怎么还没死心啊？我不妨告诉你，清狄哥很烦你，而且我和清狄哥早就在一起了，明年我还要出国找他，你凭什么和我争啊！"

林俏语的话半真半假，却字字诛心。

顾清狄竟然连礼物的事情都告诉了林俏语，戚南觉得难堪，觉得讽刺，更觉得失望。原来他们真的在一起了，原来顾清狄早就定好了要出国，从头到尾被蒙在鼓里的只有她。

戚南觉得，自己好像一个彻头彻尾的笑话，除了仅剩的自尊，她什么都没有了。她攥紧了擦手的纸，抬头定睛看着林俏语，面无表情地回应。

"顾清狄没有承认和你在一起，同时，他也没有当面拒绝我。你以为，我会相信你说的吗？"

"不见棺材不掉泪，戚南你等着看吧！"林俏语狠狠甩出一句，转身便出了门，留戚南一人在原地失神。

戚南苦笑一声，林俏语言语间那么自信，她没有理由不相信。她只是，悲哀地不想去相信罢了……

时间仿佛过了很久，戚南努力平复好心情，整理好仪态，最终还是回了包间。她呆愣地坐在沙发上，看着顾清狄和林俏语合唱情歌。林俏语声线甜美，顾清狄声音低沉，富有磁性。他用略带沙哑的声音哼唱着，有种复古的腔调和风流的韵味，很是动听。

周围一片叫好。戚南痴痴地仰着头看他，这是她第一次听见顾清狄唱歌，他唱得那么动听，那么好，却不是为她而唱。

在一片无人关注的喧闹声中，戚南流出了眼泪。

一曲唱罢，情浓意浓，众人又起哄让顾清狄和林俏语喝个交杯酒。顾清狄迟疑地看了一眼坐在角落的戚南，没有动作，林俏语却径直朝他扑了过去，想叫顾清狄抱个满怀。

周围人笑着闹着，欢乐的气氛达到了顶点。顾清狄垂着手想了很多，终于闭上眼睛，轻轻地、僵硬地环上了林俏语。

就在顾清狄伸出手的那一刻，戚南的心碎了，泪如泉涌。她站起了身，快步逃出了门。她知道，她的自尊、她的感情无法再容忍她继续坐在这里,去欢庆她喜欢的人和别的女孩亲密快活。

虽然下定决心要做戏,但在看到戚南夺门而出的那一刻,顾清狄的行动还是超越了理智。他禁不住追着戚南出了门,留下一堆人面面相觑。

林俏语在昏暗中勾起了嘴角,追出去又如何呢?有些事情的结局从一开始便已经注定了。

KTV外面的风很大,空气中带着厚重的湿意,吹在人脸上格外难受。戚南漫无目的地朝前走着,她没法思考,只想快点逃离这个让她心碎的地方。

顾清狄沉着脸,跑着追上了戚南。看着戚南失魂落魄的样子,顾清狄心里也不好受。他轻轻拽住了戚南的手腕。

"戚南,你停下,你现在的状态很不好。如果你要回去,我送你。"顾清狄的声音克制而沙哑。

他总是这样!他怎么能这样!他怎么可以这样绅士温柔地去骗取一个女孩的心,却又在得到后,那么无情地碾碎抛弃?

"顾清狄,你凭什么管我?你以什么身份管我?"戚南甩开了他的手,眼睛直直地看着顾清狄,眼里有泪,亦有火。

顾清狄看着戚南那双倔强却又愤怒的眼睛,心里被狠狠撞了下。他狼狈地转过头,机械地回答着。

"我……我们是朋友……"

"顾清狄,我从来没有把你当朋友!"戚南用力抹了一把眼角的泪水,疯狂而绝望地看着他,把自己最后一丝尊严踩在了脚底。

她看着顾清狄的眼睛,一字一句坚定地说道:"顾清狄,你明知道我喜……"

"戚南,别说了!"

顾清狄急忙打断了戚南的话。这一刻,他突然很害怕戚南说出那句话。他害怕她说出后,自己会动摇,也害怕从此和戚南之间再无任何回旋的余地。

顾清狄从没有这么痛恨过自己,他觉得自己的感情和肉体在这一瞬间剥离了。他像是一具没有感情的行尸走肉,面对戚南的勇敢,他是那么懦弱、虚伪和卑劣。

戚南呆呆地看着脚下,她未说完的告白就像遍地柳絮一样被风吹散,那么卑微而廉价。戚南曾经觉得和顾清狄一起的路还很长,但这一刻,她觉得自己已经走到了尽头。

她是一个干涸了的、得不到救赎的旅人。她累了。

戚南慢慢转过身,没有再看顾清狄一眼。她离开的刹那,顾清狄听见,她轻声说:"清狄,你曾有一刻喜欢过我吗?"

一滴水珠滴落到沾了灰的马丁靴上,大雨忽地倾盆而下。顾清狄闭上眼睛,他听见一个遥远的声音,那声音细不可闻,仿佛从心底传来,又仿佛耳语。

它说:"有的。"

第四十六章　伤别离

关于那一晚,最终谁也没有再提及。当戚南有力气从床上坐起来,看向窗外碧绿的梧桐时,她发觉早在不知不觉间,春天已经过去了。

戚南这一场病来势汹汹,把宿舍众人都吓坏了,又是买药又是送医院,折腾了好久。所幸诊断下来只是重感冒,症状看着严重,却不是什么大病,养养就好了。但饶是如此,戚南也好几天食不下咽,整个人瘦了好一圈。

看着这样虚弱的戚南,小雀心里担心又难受。她隐约能猜出是什么原因,心里恨不得揪住顾清狄揍一顿。但她也知道,这样做除了惹麻烦于事无补。她了解戚南,知道她是个感情内敛的人,她把很多心事都藏在心里,不让人去触碰。

戚南的心病,只有她自己能治。

相比小雀她们的担心,戚南自己却清楚,虽然病痛让她身体虚弱,但精神并没有真正垮掉。病中躺着的很多天,她前前后后想了许多,也看开了许多。人这一生,哪能事事如意,只要遵从本心,纵使求不到圆满，也不必后悔。

戚南有时候会想，也许没法再靠近顾清狄，对她而言并不是一件坏事。纵然她无法再品尝到爱情的喜怒哀乐，却可以收获成长的安宁与平静。她知道，自己入情太深，想要忘掉没有那么容易。所以她尝试着，每天只用很短的时间去想关于他的一切，其余的时间，她要用来好好生活。

都说失恋使人成长，在远离顾清狄的日子里，戚南努力做兼职，专心做学术。当戚南的毕业论文被评为优秀，而她本人也被选为校优秀毕业生代表时，时间猝不及防，一晃眼竟到了六月。

人这一生会有很多个六月，但对于即将毕业的 L 大学子们来说，这个六月格外特别。他们将用这短短的 30 天的时间，去完成对过往四年的告别。告别曾经教导自己的老师们，告别朝夕相处的室友和同学，抑或是告别一段无疾而终的爱恋……但最重要的是，告别曾经单纯的自己，然后，去拥抱未来现实的人生。

所有人都知道毕业的含义，所有人也都把毕业典礼当作离开前的最后一次狂欢。于是这一年的六月，当戚南穿着学士服戴着学士帽，坐在偌大庄严的礼堂时，看着周围拥挤却安静的人群，她觉得，毕业这一天真的到来了。

她看见了因在外地实习而许久未见的老同学，看见了整齐出现的院系领导、老师们，看见了四年前入学时也曾齐聚一堂的 20 个院系，看见了很多张她叫不出名字的曾经相逢一笑的面孔。当然，她也看见了大屏幕上依旧闪耀的顾清狄。

戚南一点都不意外顾清狄会以主持人的身份出现在台上。事实上她确实想不到有谁比他更适合。这一天，他穿着一身银白色西装，做了造型，还打了领带，显得俊美而庄重。

三个月未见，他依旧长身玉立，气质卓然，依旧是人群的焦点。他是镜头的宠儿，大屏幕上来回切换的画面都是他和会场，搭档的女主持被忽略得很彻底。

戚南看了两眼，不知怎的眼里有点酸涩。于是她别过眼，不再去看。

会场里空气有些闷热，戚南很想出去透口气，但典礼进行得很快,马上轮到了校优秀毕业生的颁奖环节。作为新闻系的代表,戚南和 20 个院系的代表们一起,站在台阶下,等待主持人报幕完毕然后上台领奖。

能获得这项殊荣,戚南本该骄傲,本该开心,但在顾清狄用官方的主持腔报出她的名字时,她还是不自主地感到一阵难过。她在心里惨笑,也许在他眼里,此刻的自己和陌生人根本毫无区别吧。

戚南木然地随着众人的脚步走上台,拍照的那一刻,戚南不用去看大屏幕,都知道自己的脸色有多丧气多难看。

但正因为戚南没有去看大屏幕,也没有关注照片后续,所以她并没有发现,出现在这张照片里的,除了她,还有默默朝她看着的顾清狄。

随着一个又一个颁奖仪式的结束,毕业典礼也走到了尾声。当满头银发、儒雅且慈祥的校长诚挚地向台下的每一位毕业生传递自己的期盼和祝福时,戚南发现,身边的不少女生都落泪了,她自己虽然强忍着,也依旧红了眼眶。

离别总是煽情而感伤的。典礼结束后,很多学生依旧留在礼堂,或悲或喜,留恋地和昔日的老师、同窗、好友合影留念。戚南在年级里虽不是风云人物,交际也不广,但她学业出众,人也安静善良,人缘一直不错,所以不少同学也来找她合影。戚南原本对这些很淡漠,但这个时候,她不想也没有拒绝。

顾清狄刚走下舞台,隔着很远便看见了戚南。她似乎瘦了,下巴尖了一点,学士帽的穗子垂落在她脸侧,看不见表情。顾清狄想起她在台上,目不斜视的淡漠样子,心里说不出是怎样一种滋味。他很想走过去,像朋友一样和她寒暄告别,却发现,自己没有勇气。

也许,无言的告别对他和戚南来说,才是最好的选择。顾清狄深深看了她最后一眼,朝台下熟悉的同学挥了挥手,便头也不回,朝门口等待的父母径直走去。

满载行李的小车缓慢开动,没过多久便彻底消失在绿荫深处。

戚南刚合完影,从更衣室出来,手上还拿着厚重的学士服,准备去和小雀她们汇合。她站在礼堂外的树荫下,面前人群络绎不绝,一幕幕悲欢离合在她眼前就地上演。戚南就这样看着,心中倍感无力。

个体是多么渺小啊，每个人都有自己的既定轨迹。当命运的大潮裹挟而来，又有谁可以抵挡呢？

礼堂门口不远处，小雀正气喘吁吁地朝戚南跑来，一脸纠结与着急。跟在后头的肖夏拽了她一把，两人脸色凝重，嘀嘀咕咕讨论了许久。终究，她们还是并肩来到戚南面前，告诉了她一个她们认为她有权知道的消息。

"南南，我们刚在礼堂里，听见商学院的人说，顾清狄的航班就定在今天晚上。他怕来不及赶飞机，典礼刚结束，毕业聚餐都没参加就走了。这个事情，你……你知道吗？"

戚南乍一听见，愣了一瞬，她觉得自己的听力似乎出了问题。她们说的是今天？怎么会是今天？！顾清狄今天就要走了？那她以后，是不是再也见不到这个人了？

心里忽地一阵剧痛。戚南闭了闭眼，嘴唇咬破的铁锈味顿时充满了口腔。和顾清狄有关的点滴一刹那疯狂在她脑海中回放，最后定格在早已被她深藏在最心底的那一幕。

那个画面里，20岁的她，初见顾清狄。她红着脸听他说："这个妹妹我曾见过的。"

戚南猛地睁开眼，用尽全身力气朝校门口奔去。她心里只有一个念头，让我再看他一眼！哪怕就只有一眼！

早知离别如此匆匆，又何必羞于往日相逢？

戚南用了整整两个小时的时间，才赶到了机场。她在偌大而拥挤的机场里来回奔走，着急又绝望地找寻顾清狄的身影。她从来没有这么失控，也没有这么害怕过。冰冷机械的广播声一遍遍在她耳边响起，她不敢停，只有疯狂跑动，才能让她觉得自己还有见他的希望。

戚南一刻未停，边跑边四下张望，终于在机场大厅的人群中，找到了顾清狄的身影。看见他的那一刻，她鼻子一酸，脑子里空白一片，只想拼命去到他身边。但在看到他身边簇拥着的人时，戚南的脚步顿住了，无法再向前一步。

是她傻了，她有什么资格出现在顾清狄身边呢？送他的有他的父母、同学，甚至女朋友，她戚南又要以什么身份出现他身边去自取其辱呢？

　　戚南不受控制地痴痴看着，原来顾清狄长得更像他的母亲，他们拥有同样明丽动人的外表。而他的气质，更多来源于他斯文儒雅的父亲。还有林俏语，乖巧地站在顾清狄父母身边，他们和美得就像一家人。

　　戚南失去了所有勇气，她只能远远地望着，望着顾清狄与他的家人、爱人、朋友做最后的告别。戚南看见，在顾清狄转身离开的那一刻，林俏语哭着上前抱住了他。他没有回头，只挥了挥手，转眼便消失在安检门后。

　　这一刻，戚南无比羡慕林俏语，起码，她有为他哭的资格。而自己，一无所有。

　　他走了，就这样离开了。他就这样彻底离开了她的世界，没有一丝留恋，也没有一句告别。

　　从此，所爱隔山海，山海不可平。

　　恍惚间，戚南听见有人在哼唱蔡琴的歌，是那首《情人的眼泪》。歌正好唱到那一句，也是戚南最喜欢的一句。

　　"好春才来，春花正开，你怎舍得说再会？我在深闺，望穿秋水，你不要忘了我情深，深如海……"

　　戚南缓缓蹲下了身子，把头深深埋进了胳膊里。

　　泪水涌出的那一刻，戚南知道，她的青春，结束了。

（上卷　完）

下

卷

第一章　今夕何夕

岁月匆匆留不住，桃红又是一年春。

要说 L 大最美的季节，不消多问便是春季。沉睡了一冬的草木在款款的春风中苏醒，又在绵长的细雨中滋润生发，探出或柔软或坚硬的枝蔓，不经意地装点自己。几场夜雨悄悄飘过后，L 大便桃红柳绿，娇嫩热闹起来。

只可惜，此时步履匆匆的戚南根本没有闲暇欣赏这番美景。只见她手里拿着厚重的文件夹，身上是一件淡蓝色收袖衬衫并一条黑色包臀鱼尾裙，脚下还蹬着一双黑色镂空高跟鞋。本已及腰的长发被她利落地束在脑后，光洁的脸庞尽数露出，颇有几分职业与干练。

嗯……如果不仔细看她的走姿的话，其实这架势还是挺能唬人的。戚南一边吃力地走着一边在心里暗叹，果然高跟鞋这种东西很难驾驭，也不知道小雀这些年是怎么做到踩着高跟背着相机满世界跑新闻的，难度系数简直爆表了啊！

而且该死的是她马上就要迟到了啊！戚南看了看表，真的欲哭无泪。如果时光能倒流，她真想回到昨晚打晕自己。她万般后悔在面试的前一晚禁不住诱惑和小雀窝在宿舍夜聊到半夜，早起还被这小妮子连骗带坑、忽悠着穿上了她的高跟鞋，以至于她现在心急如焚却步履艰难，简直不要太悲惨！

好在 L 大离省电视台大楼近得很，穿过西北侧的小门，没走多远戚南便到了省台门口。瞅了瞅时间还不算太晚，戚南舒了口气，整了整裙摆，这才抬步朝门内侧的电梯厅走去。

说起来不愧是省台，不仅装修大气雍容，连电梯厅都丝毫不输五星级酒店。金色镜面加黑曜色大理石地砖，配色端庄且高级。就是电梯上下的速度有些慢，时间滴答过去了好几分钟，戚南却连一部到一楼的电梯都没见到。

　　说不焦急是假的,此刻戚南的心早就飞到九楼面试厅去了。这可是她千辛万苦、过五关斩六将才争取到的终面。终面过了,她就是省台卫视频道根正苗红的小编导一枚了。面试不过,她就等着被导师收拾吧……

　　不管了,时间来不及了,不行就爬楼梯! 戚南决心不再守株待兔,正待冲向楼梯间,却见正中的一部电梯"叮"的一声,电梯门也随即缓慢打开。

　　救星到了! 戚南当真喜出望外,不假思索便闪进了电梯。迅速按了九楼,又关了电梯门,戚南这才长舒一口气,开始把注意力移到即将到来的面试上来。

　　"呵,这位……同学,你是来面试的,还是打仗的?"

　　一道戏谑的嗓音从身后传来,轻佻且随意。戚南皱了皱眉,转身朝身后望去,却在看见这人时愣了一秒,眼睛被惊得生生睁大了一圈。

　　这人……造型也太夸张了吧! 奶奶灰发色、极光色墨镜、钻石耳钉、黑红色朋克机车服加短靴,还有看不太懂但银光闪亮的项链,组合起来造就了他一股宇宙中心、唯我独尊的霸道气质,十分特立独行。

　　戚南默默转过身朝电梯门挪了一步,没有答话。直觉告诉她大白天这副打扮出现在省台,这人不是土大款就是审美有问题。又或许是什么不知名的十八线小明星? 总之,对于这样的危险人物,她还是离远点比较好……

　　"喂,这位大姐,我和你说话呢,你怎么不理人啊! 难道是被我帅得说不出话来了?"

　　戚南的沉默让身后的人更有兴趣了,他那墨镜遮蔽下的狭长凤眼眯了眯,不依不饶,继续言语骚扰。

　　戚南心里无语又气恼,过往中规中矩的 20 余年里她还没见过这号人物。果然即将走入社会,什么牛鬼蛇神都有! 还大姐嘞! 这人的嘴怕不是有剧毒吧!

　　戚南在心里翻了个白眼,打定主意不听不理。好在九楼一会儿就到了,她目不斜视、脚步飞快地走了出去,黑色裙摆只一晃便消失在了电梯门后。

九点一刻，距离面试只剩五分钟，戚南才堪堪赶到了面试厅门口。正巧前头一位女生刚面试完毕从厅内推门出来，戚南定了定心神，理了理思绪，又整理了下衣着，终于鼓起勇气向 HR 示意，推门走进了面试厅。

面试厅里静悄悄的，评议席依稀只有几个身影，戚南没有多看，心里有些紧张。她心里清楚，终面这一关的评委，起码都是副台或总监级别的人物，他们很少在最后一关刁难人，基本都是掌掌眼走个过场。这一关，只要自己足够镇定，不出岔子，并不难过。

"各位领导、老师大家好，我是戚南，目前就读于 L 大新闻传播硕士二年级，此次应聘的是省台卫视编导岗位，感谢各位莅临倾听。"

戚南朝座席深鞠一躬，有条不紊地开口介绍自己，声音坚定且温和。

"呵……戚南，果然是来面试的啊，有趣！"

几分钟前的戏谑魔音再次凭空响起，戚南吃了一惊，坐直了身子定睛一看，却发现电梯里的奇装异服的男子正赫然列席，还得意扬扬地朝她勾了勾嘴角。从他脸上的表情里，戚南仿佛读出了三个字："你完了。"

"怎么，小闻总你认识这位面试的女生吗？副台，依我看她的简历那是相当出色啊，小闻总身边果然藏龙卧虎，厉害厉害！"

坐席最左侧一位挂着总监头衔的中年富态男子状似满意地翻了翻戚南的简历，又朝座席最中间，也最为年轻的男人殷勤称赞，手舞足蹈间溢美之词不断。

戚南看见，他嘴里的"小闻总"也即电梯"墨镜男"并没有接话。哦，不对，现在已经不能称他为"墨镜男"了，他的名牌上写着硕大的两个字——闻琛。

好吧，虽然她承认，摘下墨镜后，这位……闻琛实在好看得过分，但也着实太年轻了些。戚南思索了一圈，还是对这位省台总监都毕恭毕敬的"小闻总"毫无任何印象和认知。

但显然这位小闻总是个记仇的人物，电梯厅里匆匆一会，看他那落在自个儿身上不怀好意的笑容，戚南心里就发毛，这厮指不定憋着什么坏呢!

很不幸的是,戚南所料不错。终面过程一开始很顺利,台里几个领导对她的印象都很好,问的问题都比较随和,她答得也不错。眼看就到最后一步了,闻琛这坏小子却不声不响引了个大雷。

"戚南啊,我们台里是很需要你这样优秀的学生的,你学的是新闻专业,不如毕业后就直接进卫视新闻栏目组吧,你看怎么样啊?"

副台周至语气和善,又最是惜才,看戚南的眼神就像看见一棵林地里的好苗子一样,迫不及待询问起戚南进台后的意向去处来。

"周台,谢谢您的安排,我很愿……"

"周叔叔,我觉得这位戚南年轻又很有想法,不如让她进台里做综艺吧,我们益盛集团最喜欢和这样有潜力的编导合作了,您看如何啊?"

戚南的话被闻琛截了一半,到手的橄榄枝眼看就要飞了。戚南急得不行,又不敢随意插话,只能在心里祈祷周台别被这个姓闻的坏蛋蛊惑,千万别让她去根本不擅长也不想去的综艺部门啊!

"唔……小琛你说得也在理,我们台的综艺一直不够强,确实也需要注入一些新鲜血液了。这样吧,戚南,你先去综艺吧,综艺缺人手也锻炼人,对年轻人来说是个成长的好机会啊!"

周台想了想,终是一锤定音。

……

戚南正待回应,却见 HR 小姐姐在旁边朝她使了个眼色。戚南想了想,心里很无奈,纵使脑子里把闻琛这个克星骂了千百遍,也只得躬身,接受了周台的这份安排。

算了,综艺就综艺吧,没被闻琛这个混蛋祸害到进不了台,已经算是烧高香了。大不了从头学起,她还年轻,怕什么呢!

面试完毕,戚南一边跟着 HR 朝外走,一边在心里给自己做建设,安慰自己。只是到底不甘心,又问了一嘴。

"HR 姐姐,这位小闻总,不是台里的人吧?"

"戚南,我知道你想问什么,我也很惋惜你做不成新闻,去了专业不对口的综艺。但这位小闻总可是益盛集团的太子爷,是省台最大的广告赞助商。咱们平头百姓,得罪不起,还是做好自己的事吧。"

HR 转了身，看着戚南的眼睛，语重心长地缓缓说道。

戚南点了点头，心下了然。朝 HR 道了谢，又填完入职申请表，她便径直出门，准备返回学校去了。

省台大楼外日光闪耀，道路通畅。戚南朝外走了几步，看着省台恢宏的大门，深吸一口气，终是轻笑出声。

终于，不负这几个月的努力与等待。终于，自己能够进心心念念的省台了。真好。

沐浴在这难得的春风和绿意中，戚南轻晃着手臂慢慢走远。她纤长的身影被日光包裹，显得出尘又美好。

当戚南的身影彻底被人流淹没，一张年轻酷帅的脸才隐入了车窗。他重新戴上墨镜，收敛了所有情绪与表情。一脚油门，酷炫的跑车瞬间飙出去很远，只在原地徒留几声轰鸣。

第二章　两　极

顺利被省台卫视录用的消息，戚南几乎是在第一时间告知父母和小雀的。远在家乡的父母虽不能亲至，却也为她骄傲，在长长的通话里表达了满满的开心和祝福。而同处一城的小雀，那叫一个风风火火，一下班便兴冲冲地赶来找戚南庆贺了。

"南南，南南，这下你终于可以留在 J 市了！我们可以做一辈子的好闺蜜，永远都不分开，我真的超开心！"

"哎哟，你慢点，别这么激动啊！"

小雀这妮子刚进宿舍门就飞扑过来，给了戚南一个拥抱。戚南充分感受到了她的激动，却也被她勒得差点没喘过气来。

"南南，南南，那我们以后是不是可以合租啦！我现在一个人住房租好贵哦，又经常见不到你，人家一个人超孤单！"

一想到可以和戚南合租，小雀两眼发亮，抱住戚南就是一阵摇，幅度大到戚南怀疑人生。

"停！停一下！"戚南努力挣脱小雀的魔爪，"美丽的孔雀女士，未来的大记者，你们报社离省台简直跨了大半个城，都过江了，我俩合租不现实，上班都不方便。我们啊，还是做一对周末情侣吧！"

听到戚南的回答，小雀嘟了嘟嘴，有点不开心。她一年半前毕业，当时想都没想，冲着名气和影响力直接就签了 J 市最大的报社，成为 J 市日报社会新闻版一名光荣的小记者。虽然跑民生新闻很苦很累，但因为热爱，她一直咬牙坚持。唯有报社离 L 大太远，和戚南无法频繁见面这一点，让她始终不能释怀。

但被戚南搂着轻声哄了哄，又冷静下来想了想，小雀觉得戚南的决定还是对的。两家单位距离遥远，南南刚进省台想必压力也很大，保不齐加班加点的，还是就近租个房子靠谱。而她自己赶起稿来也是几天不着家，合租意义也不大，还不如等空闲了两人再约呢。

见终于做通了小雀的思想工作，戚南松了一口气。她能理解小雀孤身一人在这偌大城市中打拼不易，对自己十分依赖，她又何尝不是呢？只是，人终究要学着成长和独立，不能总是依赖他人。

戚南怔怔地看着窗外，忽然觉得心里空落落的。一股难言的情绪裹着一个被她刻意遗忘在心底深处的名字席卷而来。明明天气在逐渐变暖，这一刻，她却觉得吸入的空气依旧很冰冷。

快两年了，顾清狄，你……还好吗？

遥远的北美东岸，北纬 40 度线穿过一座古老的城市。美利坚从这里发源，德拉瓦河在这里自由流淌，它有个简单易记的名字，叫费城。

尽管费城历史悠久，又是东海岸最繁荣发达的城市之一，来了近两年，顾清狄还是没有完全适应，或者说真正喜欢上这个城市。或许是这个城市太小，又或许是美式文化在这里太过浓郁，顾清狄总有一种不舒服的感觉，说不清道不明，却又驱散不掉。

但唯一可以肯定的是这里的饭菜真的很难吃！顾清狄一边皱眉一边往嘴里塞了片吐司面包，骑车出门的那一刻他还在想，自己上一次吃到好吃又便宜的中式早餐是什么时候？至少得有一年多了吧？

看着眼前路过的日复一日的风景和陌生的人群，顾清狄心里有些失落，也有些茫然。他想起自己初来美国时的万般期待和意气风发,在繁重课业和激烈竞争重压下的疲于奔命,到现在波澜不惊一潭死水般的机械式的生活,他感觉自己嘴里仿佛又被塞了几片硬梆梆的干面包,吐不出来也咽不下去,只能咬牙干熬着。

好在沃顿商学院确实首屈一指,教授们声名斐然,课程精练实用,往来之人又都是出类拔萃的人才,来这一遭十分受用。只是不知道为什么,顾清狄今天听课总也集中不了注意力,频频出神,直到Beverlyn 趴在他的课桌上,他才意识到原来已经下课了。

"嘿,顾,今晚要不要一起吃饭?我订了一家很好的餐厅,做的是中国菜,我相信你一定喜欢!"

室友兼同学,英国小哥 Neil 在顾清狄边上朝他挤眉弄眼,不断暗示他接受邀约。在他们看来,Beverlyn 不仅家世显赫,而且还是位不可多得的美人,顾就是太矜持,实在难以理解。

Beverlyn 却像是没注意到周围人的起哄,只笑意盈盈地望着顾清狄。从刚入学,她就注意到顾了。虽然顾是中国人,但他高大俊美,才华横溢,和莽撞直接的西方男孩相比,多了一种神秘又迷人的气质。打动顾,让顾为她倾倒,已经成为 Beverlyn 的坚持,或者说执念。

顾清狄慢条斯理地合上了书本,侧过身子朝 Beverlyn 看去。从他的角度,这位中美混血美女的上身伏得很低,胸前一大片奶白的肌肤和深深的沟壑几乎一览无余。顾清狄有些不自然地避开眼,却见Beverlyn 又直直凑到他眼前,桃心脸上镶嵌着的翠绿眸子就那么直勾勾地、妩媚地望着他。这份美丽侵略性十足,实在是勾魂夺魄。

作为一个正常的、血气方刚的男人,被这么一位堪比美国甜心的高智商美女殷勤追求,说不动心那是圣人了。这一年多以来,想和他约会的女生不在少数,但 Beverlyn 论相貌、身材都是其中佼佼者,且这女孩极为聪明,每一次接触或邀约都让他不反感,甚至很多时候,这种被人艳羡的滋味让他感到舒适、自得与满足。

学海无涯,长日漫漫,日子这么无趣,也许是时候谈一场恋爱了。顾清狄心里忽地涌上这个念头,而这个念头居然让他倍感新鲜,跃跃欲试。

"当然,美丽的女士。我愿意接受你的邀约。"

下定了主意，顾清狄绅士地起身，在 Beverlyn 手上印下一吻，笑容温柔又惑人。他的回应让 Neil 和 Beverlyn 都呆住了，几秒过后，前者痛心疾首，后者则喜出望外、心满意足。

无人知晓当晚的约会发生了什么，只不过之后的几日里，二人经常同进同出、形影不离。一周后，Beverlyn 便当众宣布顾清狄成为她正式交往的男朋友，数小时后，二人亲吻的照片被好事者偷拍发在了北美华人校友群里，一时间直接坐实了这惊天恋情。

同在群里"潜水"的肖夏一不小心看到这个大新闻，震惊之余又很愤慨。顾不上欣赏身旁新上任男友的欧式双眼皮和深邃眼眸，她赶忙将这个消息传给了戚南。冲动之后无法撤回，她又一阵后悔。

这都快两年了，也不知道南南现在心里还惦记他不？肖夏不安地绞着衣角，思绪乱飞，全然没注意到男友的衣服都快被她拧成麻花了……

"南南，戚南，你在看什么这么入神？是不是这里的咖啡不好喝？"

地球的另一端，咖啡厅内，杨柳的话将戚南拉回现实。她回过神，茫然地发现自己左手还端着一杯咖啡，而杯身倾斜，浓黑的咖啡眼见就要溢出。

像被烫了手一般，戚南匆忙将咖啡放下。见有几滴咖啡溅出，她又赶紧抽了纸过来擦拭。擦着擦着，手下动作渐缓，终是忍不住泪湿了眼眶。

戚南的反常，让杨柳有些不明所以。今天是她约戚南见面的，只因前几日她听闻戚南也入职了省台卫视，恰好和她在一个部门，都做综艺。她又一向欣赏戚南，得知这个消息，便诚心约了戚南，想给她提前打打预防针，说说台里的情况，也省得她入职后摸不着头脑，再不小心踩了雷。

"戚南，发生了什么事？可以和我说说吗？"

杨柳语气温和，却饱含劝慰的力量。她知道戚南虽然看着纤弱文气，却并不娇气，也不脆弱。她此刻如此失态，必然是发生了什么要紧事。

戚南深吸了口气，将手机递了过去，杨柳只看了一眼，便完全清楚了前因后果。

"南，姐有个道理必须要告诉你。人生有些事情是注定做不成的，有些人也是注定得不到的。就像当年顾清狄力排众议，推荐你演红楼宝钗一角，我当时还以为你俩有缘，却没想到最后……"

杨柳不忍，没有继续将话说下去，戚南却完全明白。她和顾清狄确因红楼结缘，可是那又如何呢？后来，他演了宝玉，而她没能出演宝钗。最后的最后，她终是连顾清狄也彻底失去了。

她一直想要知道的，那个懂她心性的人，原来就是顾清狄。但很多事情，开始得太晚，知道得也太晚，终究是都错过了。

几秒之后，戚南抬起了头。她收起了手机，坚定地拭去了眼角的残泪，还安抚地朝杨柳笑了笑。之后的交谈里，她没有再提起顾清狄，像是毫不在乎，又像是彻底遗忘。

第三章　清醒与放纵

距离研究生毕业还剩一个月，戚南的毕业作品，一部讲述当代抑郁症青年患者心理的纪录片，被院系选中角逐本届大学生微电影大赛。而戚南本人，在等待人生第二次也是最后一次毕业来临的时候，和当初本科毕业时一样，她选择了暂时离开J市一段时间。

戚南这一去，就是一个月。等她回J市的时候，繁花已尽，梧桐也已满目碧绿。春天终究还是逝去了，夏日已至。

戚南一回来，便去见了小雀。看着短发模样的戚南，小雀心里很不是滋味。曾经的戚南长发如瀑，发质发量好到让女孩们嫉妒不已，咔嚓一剪子就把这么美的长发剪没了，小雀都替她可惜。且戚南消失的这一个月，几乎什么讯息都没有，如同失踪了一般，若非戚南走前和她打过招呼，小雀都不知道要担心到什么时候。

但当小雀拥着戚南时，她真切地感受到了薄薄衣物下戚南凸出的肩胛骨。短短一个月，戚南竟瘦了这许多。小雀心里针扎似的疼，她悄悄别过头去，不想让戚南看见她掉眼泪。

虽然小雀自以为藏得很隐秘，但还是被戚南瞅见了。戚南心里咯噔一下，有些慌张地去给小雀擦眼泪。她从没想过要惹小雀哭，这一刻，她开始后悔这些时日的任性了。

也许，有许多爱着她的人，像小雀一样为她的煎熬担忧着，为她的伤心难过着。她本该成为她们的守护神，却因为一段无望的痴恋放纵自己，任由情绪将她吞噬。那些日子的她，是多么弱小可悲啊！那样的她，还是她自己吗？

这是最后一次，戚南默默下了决心。从前种种，譬如昨日死；以后种种，譬如今日生。

于是，在回校的第二日，戚南便调整好了状态，穿了一身得体的职业装去电视台报到了。由于毕业证还没发，戚南暂时无法办理入职，只能先以实习生的身份将就着，做一些杂事。好在台里清楚情况，先让杨柳带她，所以她这职业生涯的开端倒也还算顺利。

唯一让她不满意的，就是那位神出鬼没不按常理出牌的太子爷了。在没有遇到闻琛之前，戚南一直觉得自己的脾气还算好，自从遇见了闻琛，戚南觉得自己随时都处于被引爆的边缘，指不定自己哪天看不过眼就把这小兔崽子给揍了，然后被太子爷扫地出门。

真不怪她忍不住，实在是闻琛太爱搞事了，简直是一个移动的毒液喷洒机，谁沾上谁倒霉！戚南真的想不通，益盛集团难道要倒闭了吗，没有事务需要这位太子爷处理吗？

还有这位弟弟真的成年了吗？不用工作还不用上学了是吗？戚南盯着闻琛那一进门就四处转悠的显著身影，陷入了深深的沉思。

"南，拿上笔记本，二号会议室，快，选题会马上开始了！"

杨柳穿了身玫红西服套装，走路带风，朝戚南打了个招呼便跟着几个编导走了。要不是空气中掠过了一股熟悉的清冽香气，戚南甚至都要怀疑大早上的，自己是不是被闻琛这厮晃悠地出现幻觉了。

"喂，你们主任都去开会了，你还不赶紧跟上去？小心还没入职就被炒鱿鱼了哦！"闻琛冷不丁地蹿到戚南身边，又开始冷嘲热讽。

戚南这时候可没工夫和这位混世魔王纠缠，瞪了他一眼便赶紧跟上大部队去了会议室。

戚南入职时间短，这还是她第一次参加每周一次的选题会。选题会，顾名思义，是编导们群策群力为了新综艺节目讨论选题的例会。杨柳早就和她说过，选题会上要仔细听，仔细看，听的是创意想法，看的是人际关系。区区一个小会议，留心观察却能看出很多门道。

会议开始。戚南屏住呼吸，坐在杨柳身后悄悄地打量着场内众人。主持会议的是综艺栏目的副主任沈昀，沈昀年纪不大，肚子倒不小，名字听起来温文尔雅，本人却生得有些肥腻，据说还喜欢对年轻女员工动手动脚，风评不好。果然他一开口便是好一套官腔，戚南看了一眼，觉得有些倒胃口，便假装低头记录，只竖着耳朵细细听。

沈昀翻来覆去说了一大通，总结起来也不过几句话，无非是综艺频道计划暑期推出一档新节目，时间紧任务重，要求各位编导多提几个选题，最终选题被采纳的编导就负责这档新节目，其他编导择人辅助。

听起来倒是个不错的机会，戚南心里暗想。只是……她眼神转了一圈，却发现几个组的编导都没接话，连素来积极的杨柳也没吱声，倒像是都不想接这个活似的。

沈昀自然也发现了，他不自然地咳了几声。咳音未落，坐在他左手边一个 30 岁左右，满脸堆笑，颧骨和嘴巴略微有些凸出的女生主动发了言。

"沈主任说的是，咱们这两年的综艺来来去去就是那么几档，观众不烦赞助商都烦了。照我看咱们可以学榴莲台办一档明星竞技类的综艺，把当红的几个流量明星都请上，再炒炒话题，不怕没收视率。主任您说是不是？"

这女生刚说完，杨柳便轻轻嗤了一声，其他人坐得远没听见，戚南却听得很清楚。要说这个先发言的女生就是和杨柳一直不对付的陈佳，戚南来的这几天，总见陈佳鞍前马后地跟在沈昀身边，不像个编导倒像个秘书，再结合她今儿个看似积极却言之无物的表现，戚南基本可以判定她是怎样的一种人了。

"明星类综艺，花销大不说，雷同的也太多了，怕是很难出彩。倒不如做档素人综艺，成本低还新鲜，说不定能成为暑期黑马！"

跟陈佳不对付的显然不少，呛声的是个样子普通但看起来很沉稳的中年男子，戚南认得，这是综艺栏目编导里头资历最深但级别并不高的伍思奕。

陈佳被反驳，虽然不忿，但伍思奕说得在理，她也不好当面反驳，只轻轻朝沈昀投去一瞥。沈昀也不是个傻的，又点名叫了包括杨柳在内的另外两个编导说了说想法，但发言都不痛不痒，没什么新奇点。

当然，沈昀也没指望选题会开一次就能有成果，主要还是先把任务给布置下去。看着时间差不多了，他故作严肃地总结了几句，又告知大伙儿下周必须把选题交上来后，便挥了挥手表示散会了。

戚南默默跟在杨柳后头，准备回自个儿的临时工位。看她低头纠结的样子，杨柳大概也能猜到她在想什么。她示意戚南微信上聊，便径直回了工位。

【陈佳现在手里那档美食综艺，就是姐在去年的选题会上提出来的。南，你有再多的想法都给姐憋着，记住，这个事咱们别沾，沾了就是给别人铺路。明白吗？】

杨柳一言点醒戚南，戚南可算是明白会上几个编导不温不火的态度了。戚南叹了口气，她知道这里头的复杂，不是她一个还没入职的实习生可以掺和得了的。杨柳不会害她，不叫她参与，自然有她的道理。

只是，这真的是自己想要的、想做的工作吗？戚南看着笔记本上自己草草拟出的几个选题，陷入了入职以来的第一次迷茫。

远在大洋彼岸的顾清狄，内心也正陷入彷徨。彼时费城的时钟刚走过零点，室友 Neil 仍全身心扑在网游中厮杀，嘈杂的背景音声声入耳，吵得顾清狄耳膜一阵阵胀痛。他烦躁地翻了个身，企图用被子阻隔魔音，却发现隔壁越玩越嗨，声音大得简直整栋楼都要被震塌了。

顾清狄认命地睁开眼，在黑暗中抹了把脸，从床上坐了起来。原本按照他的脾性，势必要到隔壁动之以情，晓之以理，让 Neil 自觉消音或关机。但也许是因为最近烦心事太多，以至于顾清狄怔怔地坐了半天，都没挪动半步。

他知道自己的状态很不对，甚至比刚来美国时还要糟糕许多。人生初次实打实的恋爱，除了一开始让他感觉新鲜刺激外，竟逐渐显露出如此多的矛盾和烦恼，让他困惑，也让他疲累。

顾清狄一直自诩理智，他很不想承认这段恋爱是自己的错误决定，事实上 Beverlyn 也确实是个不错的女友。这个混血女孩性感、独立、聪明、直接，和顾清狄在一起的时间里，她总是很大胆、很直白地提出自己的想法和需求，作为男友的他不需要猜，也不需要讨好。这种简单直接的相处模式最初让他感觉很轻松，接受度也很高，只是越到后来，他越觉得事情失控，有些不对劲了。

最明显地体现在情爱关系上。虽说顾清狄是个成年男子，名正言顺的女朋友又很是性感可爱，他当然会滋生出对性的渴求。只是顾清狄到底出身书香门第，又有着东方人的含蓄，做事讲究一步一步来。所以初交往那几日，无论 Beverlyn 如何热情索求，他也总是发乎情，止乎礼。亲吻对他而言，已经算是很大尺度的接触了。

只是……顾清狄想起两周前那迷乱的一晚，心里一阵怅然。他早知道在西方女孩的眼中，情爱是最自然不过的事情，但他一直尽力控制他和 Beverlyn 在肢体方面的接触进度，轻易不肯那么快突破底线。也许是对这段感情有所顾忌，也许是对女友的喜爱没有那么浓，也许是心里某个角落还失落着，他说不清道不明，只是不愿意或者说隐隐抗拒着那么快走到那一步。

但人生有些时候既然选择了，便也由不得自己了。也许是那一晚的酒太醉人，也许是那一晚的 Beverlyn 太大胆、太热情，顾清狄终究是没能抵抗住那双在他身上四处点火的手，也没能抵抗住她那热情而饱满的红唇。顾清狄沉沦了，他第一次放纵了自己，成为欲望的奴隶。

年轻人初尝禁果，又有几人能适可而止呢？于是在之后的多个夜晚，顾清狄都迷失在 Beverlyn 的温柔乡里，由她主导，去探索，去享受。偶尔放纵过后，他也隐约感到迷惘和失落，却从未停下来细想。直到前两日，Beverlyn 引诱他吸食大麻时，他才蓦然清醒，断然拒绝后便径直离开了女友的香闺。

直到此时此刻,想起那一幕,顾清狄依旧心有余悸。纵使美利坚大麻泛滥,不少年轻人都沾过,但对他而言,毒品始终是决不能触碰的底线。而 Beverlyn 显然对此习以为常,甚至颇为沉迷,这不仅让他感觉不安,而且也感到有些失望。

也许 Beverlyn 只是一时好奇,又或者只是想拉他寻求刺激吧,顾清狄不愿一棒子将人打死。看着手机上这两日来数十个来自 Beverlyn 的未接电话,想着她那无辜的双眸,顾清狄烦躁地抓了抓头发,终究还是狠不下心。

改日找 Beverlyn 好好谈谈吧！顾清狄吐出一口气,听着隔壁传来的熟悉的咒骂声,他知道 Neil 今晚的战局已然再次以失败告终了。终于能安心睡会了,顾清狄将思绪抛开,仰倒在床上。月光斜照在他略显疲倦的脸庞上,不一会儿他便睡着了。

第四章　他住院了

顾清狄很少做这样的梦。这纷乱的一夜,他梦里遍布光怪陆离的强悍猛兽,追得他喘不过气来。醒来才发觉,原来是手肘压住了胸口,上头还盖着严严实实的一床被子,难怪在梦里都透不过气来。

掀了被子,定了定神,看外头天已大亮,顾清狄索性也不睡了。手机上俨然是昨天半夜女友的连环 call,算上前面几条,未接电话已有 20 多个了。顾清狄叹了口气,心知不理会也不是个办法。Beverlyn 终归是他自己选的女朋友,无论从哪个角度来说,他都应该和她好好沟通一次。

只是现在时间还太早,才六点多,又是个雨天,窗外阴沉沉的,连路上汽车的鸣笛都显得有气无力的。顾清狄想了想,迅速穿好了衣服,去厨房简单煎了个蛋,又弄了点牛奶燕麦,一边喝一边看股市,又翻了翻新闻,不知不觉大半个小时过去了。

算算时间差不多,顾清狄收拾完厨房,又装上两本书,骑着单车便出了门。临出门前雨还很大,本以为要打伞,谁知这夏日的雨去得这么快,顾清狄前脚上车,后脚雨便停了。

清晨的地面湿漉漉的,路边的植被也绿油油的,整条街显得干净清爽。顾清狄看着看着,心情忽地变好了许多,飞快蹬着单车,道路两旁的风景被极速甩在身后。

带着这份好心情,顾清狄一路疾驰,没多久便到了 Beverlyn 的公寓门口。

说来 Beverlyn 也算是天之骄女了,父母都是沃顿商学院的教授,还是好几家上市公司的股东。自打她入了学,父母便给了离校最近的一套精装公寓,让她自个儿住,还请了保姆照顾衣食住行。顾清狄笑着摇了摇头,这样的家境,也难怪 Beverlyn 任性骄纵。

顾清狄一边想着,一边停好了车上了台阶。按了几声门铃没人应,公寓里静悄悄的,顾清狄倒也没觉得奇怪。这个点儿,Beverlyn 多半还没醒。他略想了想,还是决定进去看看再说。

按了密码,又转了下门把手,门吱呀一下便开了。公寓里窗帘紧闭,光线很暗,顾清狄刚进门,就闻到一股糜烂的气息。他皱了皱眉,继续往卧室里走。

从客厅到卧室的地上,间或散落着女式外套、蕾丝内衣和带网眼的黑丝,甚至还有一两件男性的服饰。顾清狄脸色越来越难看,心里已然有了些不好的猜想,他快步上前,不假思索地推开了紧闭的卧室门。

纵使早有心理准备,门内的一幕还是让他勃然变色,怒气极速上涌,又几欲作呕。

顾清狄扶着门,眼神复杂难辨,他努力想要从眼前这个形容凌乱的女人身上,找到那个在他面前一直热情单纯又努力上进的女友的影子,却可悲地发现,眼前这个她看起来好陌生,却也好真实。

终日打雁,终被雁啄了眼。顾清狄自嘲地笑了笑,也许自己从未真正看清过 Beverlyn 吧。在他和她的这场爱情游戏里,他以为掌握主动权的是自己,到头来却发现自己才是猎物。

此时,床上的两人无意识地动了一动,掀起了被子一角,顾清狄只看了一眼,便觉得胃部和喉咙急剧收缩,几乎当场便要吐了出来。

他强忍着站直了身子,再未多看那脏污大床一眼,转身出了公寓。

出了门,顾清狄心里仍乱糟糟的,刚才的画面不断在脑中涌现,一遍一遍地刺激着他的神经和胃部。他木然地骑上了车,机械而缓慢地向前,理智和情感在脑中交织撕扯,顾清狄只觉得头疼欲裂,呕吐的感觉愈发强烈,几乎就要止不住了。

所以在被撞倒之际,顾清狄心中甚至还涌出了"受伤都比恶心到吐要体面得多"的解脱之感。于是,在摔下车的那一刻,顾清狄"顺其自然"地晕了过去,只留那闯了祸的金发少年握着车把手在雨中目瞪口呆。

愣了好几秒,少年才哆哆嗦嗦地拿起了手机,电话那头接听很快,严肃的女音从电话音筒里传来。

"Hello,911,what can I do for you?"

戚南并不是个多热爱音乐的人,她不像很多同龄女孩,音乐,或者说流行歌曲并没有在她的青春期占有过多少篇章。但近两年,她开始逐渐感受到音乐的魅力,开始逐渐领悟那些隐藏在曲调或歌词里的心事和情感。

正如现在,戚南正站在省台九楼茶水间的落地窗前。她看着晚高峰川流不息的马路,突然想到了这些天发生的一些事,想起了很久前她听过的一首歌。那是李行亮的歌,有一句歌词是"这座城市的风很大,孤独的人晚回家"。

这两年来,戚南不止一次感受到孤独。距离毕业的日子越近,这感受越深。偌大的城市里,离了L大,她该何去何从?这城市的灯火如此璀璨绚丽,又有哪一盏是特意为她而留?就连她原本满心期待的工作,竟也进行得磕磕绊绊。这城市,谁真切地需要着她,而她又眷恋着谁呢?

戚南的心很乱,脑子里一团乱麻,神情也带着几分沮丧。路过的杨柳盯着她看了看,摇了摇头上前一把揽过了她。

"南,小南?想什么呢,出神这么久,是不是还在纠结选题的事?"

"学姐……我们真的不去争取这个机会吗?我来台里这么久,每天干的都是杂事,能学的东西很有限。而且前两天陈佳找过我问选题的事,我……"

"什么？那个女人找你干吗？该不会想借花献佛、假公济私吧，你可别被她下套了！"

一听到宿敌陈佳的名字，杨柳就眉头紧锁、心生警惕，赶紧拽着戚南开始细细盘问，生怕她吃了亏。好在了解到陈佳只是打探情况，并没有真正伸手做些什么，这才松了一口气，不放心又嘱咐了戚南一句。

"南，你这回可一定得听姐的，这个选题咱们不能碰，别傻乎乎给人作嫁衣裳。而且这个选题陈佳势在必得，让她自己折腾去，我倒要看看就凭她那个脑子和能力，能折腾出什么来！哼！"

只可惜世事无常，是福不是祸，是祸躲不过。杨柳这话嘱咐了没两天，咣当一个晴天霹雳，当场砸得戚杨二人半天都没缓过神来。

"杨柳啊，你也是咱们台的青年骨干了，又给你配了这么个好苗子，我看就依小闻总说的，这新节目就你们组负责出了！"

沈副主任办公室内，一股尴尬而诡异的气氛持续蔓延。一分钟前，戚南还在跟着杨柳和后期讨论视频剪辑，一分钟后，二人不仅莫名其妙被叫到办公室而且迎面砸过来好大一口锅！杨柳看着挤在沈昀身边欲言又止、眼里像是要冒火的陈佳，可谓一脸蒙。唯有戚南瞅了眼端坐在沙发上朝她挑衅式扬眉的某人，心里顿时跟明镜似的，却又忍不住怒火上涌。

又！是！闻！琛！真是够了！她进台里短短这些天，这位小太子简直是噩梦般的存在，但凡出现必定对她冷嘲热讽顺便找碴儿。些许小事，她忍了就忍了，就当他是幼儿园小朋友吧。但涉及工作，这可不是闹着玩的，更何况选题这事还扯上了杨柳和陈佳之间的恩怨。戚南下定决心不由着闻琛瞎闹，必须替杨柳站出来正面反击一波。

"沈主任，我们觉得……"

"我们觉得主任您的安排很合理，我这就和戚南商量选题去！"

戚南没料到，自己刚开口就被杨柳截住了话头。看了看杨柳的示意，戚南到嘴的话又吞了下去。虽然她不明白杨柳为什么突然又愿意接手了，但作为杨柳的下属和朋友，这种时刻她必然是要和杨柳站在同一战线上的。

"好,既然你们有这个意愿,就好好干,这是个好机会,不要辜负台里和小闻总的栽培,懂吗?"沈昀一边讨好闻琛,一边看了看陈佳的脸色,又赶忙补了一句,"陈佳也是台里的老人,经验丰富,经手的节目不计其数,你们要多和她交流,明白吗?"

"哦,主任。"杨柳是真厉害,看都没看陈佳一眼,敷衍了一句便拉着戚南离开了。

见到杨柳这副模样,陈佳脸都绿了,在暗处使劲揪了沈昀好几下。闻琛见事情办成了,没心思去管这些弯弯绕绕,跟沈昀打了个招呼便也离开了。

他一路跟着戚南回到工位,想到刚才她那气鼓鼓却又憋着说不出口的样子,心里觉得得意又好笑。他一边轻哼着歌一边朝戚南踱步靠近,从没觉得用权势压人的感觉是这么棒。接下来的日子,他真的有点迫不及待了呢!

闻琛径直走到了戚南身后,她背对着他,似乎在接电话,丝毫没感受到他的靠近。没有预想中的交锋画面,他撇了撇嘴,倒也没说什么,只静静地倚在她身旁的空位上瞄她。

短发的戚南看起来干练又麻利,她端坐着,背脊挺直,手臂纤细修长,就像一只孤傲优雅的白天鹅。闻琛看着看着,耳朵不自觉红了,他赶忙侧过身,心虚地咳了两声。

这通电话,戚南接得很小声,声音若有似无的,闻琛听得并不真切,唯独有一句,戚南的语调有些变化。而在这一句里,闻琛听到了一个他长久未闻却并不陌生的,男人的名字。

"……肖夏,你说谁住院了?顾清狄?他……他怎么了?"

戚南还在自顾自通话,并没有注意到闻琛的眼神已越来越冷。等她结束通话,身边早已空无一人。只是此时,她的心绪有些乱,没心思去管其他人。她脑海里不受控制反复循环的,是肖夏刚和她说的那番话。

顾清狄出了车祸,他,住院了……

第五章　蜕　变

　　宾大医院消化科住院部，左手拎着大袋水果、右手提着盒饭、腋下还夹着电脑包的金发少年 Peter 再一次气喘吁吁地撞开了房门。房内靠窗的病床上，原本正怡然自得玩着手机的某人，在少年破门而入的那一刻，冷静又迅速地将手机塞回枕下，又习惯性地放低了身体，捂着胃，做出了适当痛苦却强忍的表情。在隔壁床熟悉而鄙视的白眼中，"影帝"顾清狄再一次贡献出了自己奥斯卡殿堂级无懈可击的演技。

　　于是，当善良正义的好少年 Peter 大包小包地站在顾清狄面前时，映入眼帘的便是一个虚弱却坚强的病美男。看着顾清狄包容而期待的眼神，Peter 觉得感动极了。

　　这一刻，数日奔波的疲累被悉数忘却，取而代之的，是对这个被他撞倒却毫无怨言的东方青年与日俱增的愧疚与好感。这一刻，Peter 觉得自己做得还远远不够，每日驱车几十公里去唐人街购餐算什么！前日买书、昨日带衣、今日扛电脑，又算什么！这一刻，顾，不仅是自己的责任，他还是自己的朋友！作为新世纪的好少年，他怎么可以和自己的朋友计较付出和得失呢！

　　Oh，跟顾相比，我真是太差劲了！少年 Peter 在自己的幻想中又一次羞愧地垂下了脑袋，只额前一束金色乱发在晨光中顽强而耿直地竖着，给少年更添几分稚气与可爱。

　　"姓顾的，你天天坑这傻子，你的良心不痛吗？"隔壁床实在看不下去了，翻过身幽幽地来了一句。

　　"亲爱的麦克白夫人，您的双手也并不干净。"顾清狄似笑非笑地看着散落在床头、被隔壁床吃空的中式饭盒，戏谑地回了一句。

　　可怜的 Peter 既听不懂中文，又沉浸在巨大的羞愧感中，丝毫未发现这显然已在他眼皮底下进行了很久的"非法"交易。他手忙脚乱地对照着清单,把物品一样接一样地掏给顾清狄,虔诚而专注的模样就连拿药进来的护士大婶都感动了,还一个劲地安慰 Peter 说顾清狄的病情并不严重,休养休养很快就会好的。

护士大婶的鸡汤很好地抚慰了单纯的 Peter,虽然他还是不太明白为什么顾会被自己撞出应激性进食障碍,但顾却是因为自己受的伤。从刚住院时的呕吐不断,到现在日渐痊愈,甚至自己带来的盒饭他多少也能吃点了,想来康复出院已是不远。

顾是个大好人,一定要早点好起来哟! Peter 心里很激动,一抬眼,看到的又是顾清狄虚弱却温和的笑容。这个熟悉的笑容让他的心里充满了力量,他无比自觉地接过了顾手里满满一张新的清单,斗志昂扬地离开了。

"姓顾的,这傻孩子你从哪拐来的,居然真的相信你这病是被他撞出来的? 这智商比金毛也高不到哪儿去吧?"隔壁床"好病友"颜朔一边习惯性讽刺,一边又直接捞过盒饭,无比熟练地用筷子分走一半。

"你以为谁都像你 IQ150 吗?"顾清狄皱着眉看着被颜朔扒拉过的饭菜,眼里露出几分嫌弃,"还有,你嘴里的傻子,可是出自盖瑞特家族,别看着像个青铜菜鸟就真以为人家是愣头青了。"

"盖瑞特……吉尔菲·盖瑞特?"想到这个可能,颜朔的眼神变了,若有所思。原来这小子来头这么大,也难怪姓顾的这只小狐狸甘愿在他身上用这么多心思和手段了。

果然姜还是老的辣,姓顾的也太会算计了! 颜朔不自觉地挪了挪身子,想要离隔壁这位天使外表魔鬼心肠的损友远一点。

但显然天下没有白吃的午餐,顾清狄根本不打算放过他。颜朔眼前那么一黑,一台厚重的笔记本已经入怀,差点没把他的肚皮砸出一个坑来。

"别光顾着吃,帮我看看电脑,我邮箱被黑了,论文资料也全没了。"顾清狄正了颜色,有些疲累地捏了捏眉心。

"这都第几次了? 你说你这是做了多少坏事,叫人这么锲而不舍地打击报复。"嘴上不饶人,颜朔手下一点不慢,十指翻飞间代码嗖嗖的,不一会儿就把资料找回来了,还顺手装了个自写的防御程序。

见颜朔脸上毫无难色，顾清狄心里松了一口气。他知道他得罪了谁，也知道对方的目的是什么。好在有颜朔这个天才黑客在，不然还真棘手得很。

也不知道对方想纠缠多久，顾清狄想到几日前 Beverlyn 摔门而出的背影，自嘲地苦笑了一声。罢了，终归是自己招惹的是非，只是心里已经有了选择，再难也只能面对了。

阳光沿着窗帘铺满了大半个房间，顾清狄抬起头，迎着光去看窗外的风景。天气这样好，好得就像很久之前他离开 L 大的那天一样。也许是记忆的阀门突然打开，被尘封了很久的一些片段断断续续涌现，想着想着，他忍不住低下了头。

长长的睫羽盖了下来，在他的脸颊投下两道阴影，叫人看不清表情。顾清狄呆坐在日光中良久，药效逐渐起了作用，意识开始涣散，迷迷糊糊间，他问自己，为何这一刻，他的心空落落的，好似连阳光也照不进来呢？

在彻底睡去之前，顾清狄终于尝到了背井离乡，所谓孤独的真正滋味。

生活，很多时候都是戴着镣铐跳舞，腿可以疼，但姿态一定要漂亮。戚南表示自从接下了从天而降的"选题锅"之后，她开始渐渐体会到这句"毒鸡汤"的精髓了，甚至有时候她还会主动埋头来两口，续完命的她觉得自己还能原地再蹦跶几下……

杨柳倒是一反常态，每天干劲十足的，选题策划了一个又一个。戚南私下也问过她前后转变的原因，但直到看见闻琛一次次出现在选题会上的身影，才渐渐明白杨柳说的"陪太子读书，书童的书读得好不好没关系，太子高兴最要紧"的道理。

戚南知道，如今自媒体日新月异，传统媒体如纸媒和电视台受到极大的冲击。注意力经济的时代里，英雄不问出身，谁能抓住观众的眼球，谁就能好好活下去。以往对于电视台而言，做出观众喜欢的节目，收视率高，就意味着源源不断的广告赞助。但在媒介愈加发达，收视份额日益被新媒体瓜分的今日，广告商的地位也发生了翻天覆地的变化，甚至摇身一变成为节目走向的掌舵人了。

虽然戚南很不想让节目受到资本的摆布，但她也知道，一档节目拉不到广告赞助,就是再好的点子也发挥不出来。更何况这个新节目她打一开始就想参与,再难再苦也比天天在工位上无所事事来得痛快。虽然闻琛是歪打正着给了她机会,但看在工作的份上她决定先忍忍。

五分钟过后,闻琛还在批判杨柳和她的选题。哦,这已经是他这一周否掉的第十个选题了。戚南听着他嘴里那些千奇百怪的理由,深深怀疑闻琛以工作为名,行找碴儿之实。这小子,小小年纪这么挑剔,话多脸还黑,真不知道从哪个星球来的!话说外星不好吗,为什么要来地球祸害人呢?

其实沈昀也有口难言,如坐针毡。先前要不是看在钱的份上,到嘴的肉能生生从小情人嘴里抢下来让给杨柳吗?这段时间看闻琛挑了杨柳组不少错儿,沈昀还以为能有机会把陈佳换上去,明里暗里吹了不少风。但这位小闻总看着情绪化很任性,却是个有主意的。嘴上虽对选题不满意,却一直不松口换人,弄得他现在骑虎难下,既不知道如何主持工作,也不知道该怎么和小情人交代。

我太难了!一时间会议室里除了闻琛,所有人都在心里默默哀叹。

"这几年明星类综艺大热,看似花团锦簇,实则江河日下。现在几乎每个电视台都在靠抢占流量明星蹭热度,不仅制作成本高,而且节目内容雷同,制作也并不精良。我们倒不如另辟蹊径做一档素人综艺,只需要将部分明星出场费花在节目制作和话题推广上,激发观众的参与度和新鲜感,说不定可行。"

素人综艺这个想法在戚南心里盘旋了许久,眼见选题一个接一个被毙,她终究还是忍不住,看着闻琛缓慢说了出来。

"往流量明星身上砸钱好歹能听个响,素人哪里有什么热度,这钱花下去不就打水漂了?戚南啊,你还是太年轻,要多跟台里的前辈学学啊!"

沈昀看着戚南满脸不赞同,赶忙插了句嘴。心里直道年轻人就是不懂套路,哪有主动帮赞助商省钱的,那不是自断财路嘛!

"这么多天,总算听到些不一样的话了。素人,是个值得探索的方向,过两天把素人方向的选题都拿出来吧,我等着看。"

出乎意料的，一贯挑剔的小闻总竟然附和了一个实习生的想法。沈昀和陈佳面面相觑，心里有些摸不清这位太子爷，面上却只能尴尬含笑迎合。

戚南也吃了一惊，未曾料想竟能得到闻琛的支持。她心里有些激动，见闻琛一直定定看着她，眼里有种跳跃的火热的温柔。这一瞬间，她顿时隐隐感觉到了什么，她迅速低下头，不再言语。

想起很久前的那一幕，记忆与眼前重合，闻琛的心忽地又陷落了一大角，他无力阻止，却又心甘情愿。

闻琛想到，也许人的一生，总会遇见那么一个人，叫你一见钟情。她是那样好，就像一束永不熄灭的光，叫你就算有可能被灼伤，也宁愿飞蛾扑火。

第六章　往事浮现

戚南之于闻琛，就如同林徽因在《记忆》里说的，记忆的梗上，谁没有两三朵娉婷，披着情绪的花。

16 岁前的闻琛，含着金钥匙出生，一落地便得众人宠爱，一路顺风顺水长大。16 岁上了高中，许是叛逆期，又或是热血萌动，总爱幻想自己身披金甲从天而降，匡扶正义成就大事。于是书本习题成了他眼中的枷锁，学校也成了牢狱。老师们却总是耳提面命，反复说着大学多好多好。闻琛一半好奇一半怀疑，在一个初夏的清晨，干脆利落地翘了早自习，骑着单车溜进了 L 大的校门。

L 大的一切，对他而言都是新鲜的，却又很快就腻了。三五成群的学生、嘈杂拥挤的食堂、并肩而行的情侣、热火朝天的球场，大学的生活仿佛和他现在所经历的并无多少区别。他骑车飞速在校园里转了几圈，觉得也就些古建筑还不错，有些小景可堪一看罢了。

逛了一早上，他有些无聊，口也有些渴，于是就地停了车，走到对面林荫处的小卖部去买水。接连灌了几大口冰水，他顿觉神清气爽许多。出了小卖部,他看见隐在林荫里有一处长廊,鬼使神差地,他走了过去。

后来闻琛一直告诉自己,看到戚南,或许就是上天在那一刻给他的指引。但实际上,闻琛那天并没有和戚南本人见面,他遇见的仅仅是戚南的作品,以及,她的一张照片。

其实每所学校大抵都有那么一个长廊,廊上铺满紫藤,两侧遍布橱窗,橱窗里是发黄的剪报抑或几句没营养的宣传语。L大的长廊十分普通,只橱窗却有些特别,里面贴着的,是春季摄影展的一些作品。虽都是学生们业余拍的,但也琳琅满目,各具风采。

作为此次摄影展的头名,戚南的作品占据了好大篇幅。和她那浩浩荡荡的作品集相比,摄影师本人的介绍则简短得可怜,只有寥寥数语,再加上一张像素不高的照片。可偏偏这只字片语,却让闻琛驻足良久。

橱窗里展出的,署名戚南的几幅照片在闻琛看来都很具有视觉冲击力。有漫天云彩下肆意招摇的金黄色油菜花田,有青苔森森的水井旁肃然而立的一排排马头墙,有田埂上劳作归来的悠闲老农和他身后跟着的、嘴里尚在咀嚼青草的"老伙计"……纵使闻琛从未去过皖南,却也被这些意境深远的画面所吸引,沉醉在了这一方山水中,这一番人情里。

但最吸引他的,还是和作品本身张扬风格显著不同的作者本人。闻琛看见,作为摄影金奖得主的戚南,并没有如旁人般洋洋洒洒的介绍,她只写了一句话。

她说,照片里呈现的是我看世界的方式,它不一定对,也不一定一成不变。余下便是大片的留白。

她的照片十分简单敷衍,没有任何修饰,就是一张普通的生活照,即便闻琛仔细辨认,五官也很模糊。但闻琛已然先被戚南那直白单纯却又理性的留言震慑住了,以至于后来见到面时,被她的才华加颜值双重暴击,他脑子里那根名为情窦的弦就那么崩断了,他也一步步陷落至今。

好在和几年前相比,他已经不是个小屁孩了,他有了站在她身旁的资格。闻琛深深看着此刻就在他眼前,仿佛触手可及的戚南。他知道,这一次,他不仅要做个强大的追逐者,更要做她的保护神。

所有她想要的,所有她期盼的,哪怕荆棘遍地,哪怕披星戴月,他也会为她一一实现。

虽说名字里带着个夏字,夏天却是肖夏最讨厌的季节。更别提费城的夏日,终日炎热潮湿不说,还经常伴有大雷雨。而作为热门旅游城市,费城一年里大多数的庆典活动竟都放在夏季,所以即使在异国他乡和一群同根同源的留学生、亲友们聚会逛街,肖夏表示,她的最后一点耐心也快要被这闷热的天气给弄没了。

何况这些人里还新进了个林俏语,据说是来宾大做为期半年的交换生,一水儿的名牌加身且巧笑嫣然的,看见肖夏,竟还装作不认识,抿嘴笑得很矜持,硌硬得肖夏当着她面翻了好几个白眼。

肖夏心里门儿清,她可不信林俏语此时来费城只单单为了学业。要说这林俏语还真是看重顾清狄,一传分手立马就凑上来了,还真是千里赴会、郎情妾意。

看她那矫情样,肖夏心里憋着火,不说为着戚南那点苦心,就说林俏语前些年干的那些破事儿,肖夏都觉着是可忍孰不可忍。就算是个无足轻重的 NPC,她也要发光发热一把,必不能让这两人顺风顺水、成其好事。

要不怎么叫肖大王,肖夏的性子还真叫一个说一不二、雷厉风行,林俏语前脚刚出医院,肖夏后脚便进了顾清狄的病房。

这所医院的设施有些老旧,病房里又闷又热,林俏语又聒噪,顾清狄早已有些不快。因此即便肖夏一头复古波浪卷美艳逼人,前脚刚送走林俏语的顾清狄对着这位不速之客,照样冷着一张俊脸。

肖夏跟他本就不熟,除了之前同在 L 大,也就刚来费城那几次聚会打过照面,点头之交而已,她并不期盼顾清狄给她什么好脸。何况她今儿个还是来找不痛快的,心就更宽了,顾清狄的不假辞色,可丝毫影响不了她的发挥。

"哎呀顾校草真是好艳福呀,养个病还不忘左拥右抱。都说只见新人笑不见旧人哭,不知道这次的新人又能新鲜多久呢?"

肖夏脸上挂着笑,语气娇柔,说出来的话却尖利得像刀子。顾清狄皱了皱眉，他心情本就不爽，此刻胃也开始有些不舒服。虽有些不明所以，却没有心力来理会肖夏的冷言冷语，只淡淡地回了句"身体不适不便待客"便侧过身子假寐了起来。

这般不给面子，肖夏也不恼，只脸色僵了僵。顾清狄是个厚脸皮的主，她也不指望能在面上给他难堪，言语上占两句便宜已是很好了，关键今天的重头戏可不能忘。她想了想，下定了决心。

"既然顾校草不方便，那我也不好在这杵着了，你看我来得匆忙也没准备什么礼物，就送个小玩意给顾校草病中赏玩，我这就走了，顾校草笑纳哦！"

肖夏话音刚落，还没等顾清狄回应，便脚底抹油出了门。那模样着实有些心虚，连颜朔也不禁狐疑地多看了她两眼。顾清狄虽有些摸不着头脑，但见人走了，便也翻过身子，重新仰面躺着，舒了口气。

他不知道自己是怎么了。这段时间以来，探病的人不少，其中不乏各色靓丽的女孩子，正如林俏语和肖夏，可他对上她们，耐心越来越少，反感越来越多，完全不复以前游刃有余的自得和享受。他隐约觉得自己像是得了"恐女症"，却又在心底哂笑，他可是顾清狄，这怎么可能呢！

顾清狄烦躁地侧过身，目之所及，是肖夏留下来的"小玩意"。那是一个缎面的小方包，四四方方简单小巧，像香囊又像零钱袋，是手工做成的。顾清狄拿起来来回看了几遍，除了配色素雅和刺绣精美外，并未发现这物件有什么特别。

顾清狄感到有些无趣，这也不是第一次有女孩子给他送这些精巧却不实用的物件了。但看着小包右下角那簇鲜红夺目的刺绣玫瑰，顾清狄隐约又有种熟悉感，似乎很久以前，他在哪儿也见过类似的绣法图案。

是在哪看见的呢……记不起来了，也许只是巧合吧。顾清狄甩甩头，想把脑子里混乱的思绪清出去。肖夏的到来算是一个提醒吧，病了这么些时日，有些事情是该做个了结了。

顾清狄望向窗外，不远处黑云翻涌，云层压得很低，高大的树木在急促的狂风中顽强挺立，一场大雷雨正在酝酿中。

顾清狄翻开手机通讯录,拨通了一个电话,嘟了没几声,对方便接通了。

"Hello,Gu? Are you ready to explain something to me?"

第七章　秋意浓

未觉池塘春草梦,阶前梧叶已秋声。这个夏天过得飞快,不知不觉间,已是八月的最后一周了。

戚南和小雀合力把行李箱抬进后备箱,她直起了酸痛的后腰,看着不远处的校门,有些恍惚。六年的时光就这么过去了,周遭万物包括她都在改变,唯独这古朴雄伟的校园,还似她当年初见时的模样,那么四时有序,优雅从容。

就这么离开了吗? 校门近在咫尺,戚南却知道一切都不同了,哪怕往后她再踏入校园,也不再是受校园庇护的学子,不论是从心理上还是现实中,她只能独自向前,再不能回头了。

小雀一贯粗放,还沉浸在戚南搬完家后请吃大餐的期盼中,并未察觉到戚南的情绪。倒是闻琛下了车,默默陪戚南站了好一会儿。

这些时日,戚南跟着杨柳一起忙活选题的事,闻琛多有参与,和她们也渐渐熟悉起来。走近之后,她才发现闻琛只是有些幼稚,本性并不坏,这不一听说她要搬家,这位太子爷居然也自告奋勇嚷嚷着要来帮忙。

"走吧,南南,以后还多的是机会回来,我陪你。"最后几个字闻琛说得很快很小声,脸上还泛起了可疑的一抹红。可戚南此时心绪沉重,并没有注意到这些,只朝他浅笑着应了一声,便随着他钻进了车。

车子缓慢开动,小雀依旧叽叽喳喳,闻琛低着头不知道在想些什么。窗外掠过的风景依旧熟悉,戚南有些傻气地伸出手,想要抓住些什么。

只是当时已惘然啊,戚南轻轻叹了口气,终是把手抽了回来。

车子在小巷里拐了几道弯,不久便到达了目的地。张罗着让搬家师傅把一应行李物件搬上了楼,站在新住所的阳台后,戚南才真切地感受到,她已经走出校园了,而新生活就这么开始了。

"南南,南南,你这儿的环境可真好呀!有种上海滩租界的感觉哎!"小雀里里外外好奇地转了几遍,咕咚咕咚喝了一大杯可乐后,咂吧着嘴羡慕地说。

戚南不置可否,实则心里有些赞同。这公寓楼属于省台,地段是真好,离她上班的地儿只有一街之隔,离L大校园也很近,又是老市区,绿化没的说,生活也极方便,闹中取静。因而虽只分得一个带阳台的独立小单间,戚南还是觉得先住着挺好的。

"旁边的小洋房和公寓大多是省台领导和L大教授们住着,治安很好,出入很安全。"闻琛踱步过来,缓慢补充了一句。

戚南闻声,朝他笑了笑,心里也有些高兴。搬完家总算松了口气,比起散乱的家具和行李,现在最要紧的,是填饱肚子。

"今儿个二位辛苦啦,为表谢意,请允许在下招呼二位用膳。公主殿下,闻大少爷,二位赏个脸,咱移步走嘞!"

戚南难得这么表情鲜活,言语搞怪,闻琛定定地看了她好几眼,戚南察觉了,有些不自在。好在小雀急吼吼地欢呼着要去吃火锅,倒给她解了围。

在新家的第一晚,戚南因劳累而早早入了眠。临睡前的那一刻,闻琛的面容忽地闯进了她的脑中,想起过往几个月的一幕幕,她似乎明白了些什么。她朝着天花板上微微摇曳的灯影失神了好一会儿,最终还是关了灯,在一片漆黑中睡去。

窗外风声依旧,一室寂静。

伴随着顾清狄出院,他和Beverlyn正式分手以及他的导师由Beverlyn的父亲罗伯茨教授更换为专攻金融投资的安德鲁教授的消息,如同秋风中的落叶,被席卷至费城乃至北美留学圈。一时间,烈火烹油,众说纷纭。

男孩儿们多被顾清狄的光芒压了许久,出于各种不可言说的不甘或嫉妒,更愿意相信是顾清狄被Beverlyn甩了而罗伯茨教授爱女心切终于出手整治了他。女孩儿们倒不信这个说法,既然爱慕不能

宣之于口,为男神正个名却不难。于是一时间风头扭转,倒变成了
Beverlyn 偷吃被抓现行,男神怒而与她一刀两断的说辞了。

许是八卦这事儿女孩儿们天赋异禀,又许是 Beverlyn 在其父办
公室门口对顾清狄苦苦纠缠而男神不为所动的消息,不知被谁说得
有鼻子有眼。于是事情传来传去,听众们倒有十之八九信了后头那
个说法。

不过,甭管消息怎么传,制造风暴的当事人却如同商量好了一般
通通远离了风暴中心。Beverlyn 急匆匆地赶赴欧洲去参与罗伯茨教
授的一个科研项目,顾清狄也一反往常的低调,开始深居简出,昼伏
夜出。各项活动、宴会都瞧不见他的身影,反倒在图书馆被人撞见了
几回,也都是步履匆匆,神情严肃。

"清狄哥,你都看了一下午的书了,先歇会吧。身体还没好就这
么拼,小心我和葛姨告状哦,让她来说你,哼!"

和全英文课本大眼瞪小眼了一下午的林俏语实在受不住了,紧
身裙勒得她腰酸背痛,高跟鞋蹬得脚也酸了,还得保持优美的坐姿,
关键是还不能说话,这都是什么事啊!

而且还是在这么没情调的地方! 林俏语侧过身子,有些嫌弃地
看了看陈旧且冷清的图书馆,这和她想象中的约会场景也差太多了!
林俏语撇了撇嘴,身上不舒服,看哪儿都不顺眼,也只有瞧见对面的
那个人,她的心情才好些。

顾清狄难得没有理会林俏语的撒娇,只紧盯着手上的大部头书,
手指翻飞,不断敲击键盘搜索加记录。他鼻梁上架着一副金丝眼镜,
身上随意穿了件白色套头衫。许是因为这些日子太忙的缘故,头发
有些长了还未修剪,显出几分凌乱。但这样随性简单的装扮,在林俏
语及图书馆的寥寥数人眼里,却是一分极简、两分不羁、三分书生气。
虽和他往日卓尔亮眼的模样不同,却意外得好看。

享受着身旁女孩们艳羡的目光,林俏语心里舒服了许多。其实
她来费城的这些日子,顾清狄总是很忙,也并未对她另眼相待。甚至
在她想要靠近的时候,她都能感觉到顾清狄对她的排斥和疏离,但她
就是忍不住跟着他,黏着他,即使是借了葛姨的名头,她也甘之如饴。

"清狄哥,看了一下午书,人家肚子好饿哦,我们一起去吃大餐好

不好?"林俏语蓦然将身子凑近,涂了闪亮眼影的大眼睛朝顾清狄扑闪扑闪,煞是好看。

林俏语心里清楚,一天天就这么在图书馆坐着,怕是凳子都坐穿了,也坐不软顾清狄的心。换个环境,吹吹风、喝喝酒、散散心,说不定顾清狄能多看她几眼,她再巧言安慰,抚慰他分手的伤痛,拾一拾旧情,不怕走不进顾清狄心里。

可惜她如意算盘打得再精,也敌不过铁石心肠的顾清狄。顾清狄吃食堂的建议一出,林俏语顿时想起了这些天被简陋西式快餐支配的恐惧,只能脸色扭曲地找了个理由撤了。

看着林俏语不甘遁走的背影,顾清狄藏在镜片后的眼睛弯了弯。食堂是不可能吃的,这辈子都不可能,他也就诓骗林俏语而已。见她走远了,顾清狄慢条斯理地收拾了物品,骑着车回了家。

顾清狄到家时,橘色的晚霞席卷了黄昏的费城,四处耸立的城市建筑被这艳丽的背景色衬成了一幅画卷,镌刻着悠远和复古。这个时间,英国小哥 Neil 一般都不知所终,整个房子空荡荡的,显得有些落寞。顾清狄倒不在意这些,他手脚麻利地给自己煮了碗挂面,炒了个肉末茄子做浇头,三下五除二淋上去,就这么吃净了。

肚里暖洋洋的,这一天的疲累都舒缓了许多,果然美食最能抚慰人心。顾清狄拿下眼镜,坐在餐桌边舒了一口气。

旁人都以为他换导师不过是区区小事,只有他自己知道,和护短的罗伯茨教授纠缠谈判有多辛苦,而安德鲁教授对他这个送上门的"意外"又有多质疑和严苛。想要顺利地从安德鲁教授手下毕业,他不仅要熟悉这位新导师的研究与专业知识,还得在短时间内融入团队甚至变成导师手下主攻课题的骨干。纵使顾清狄双商奇高,应付起来也并不容易。

不过好在事情已经告一段落,一切都在慢慢变好,也该打个电话回家和葛女士报个平安了。几经沉浮,始终牵挂他的,其实还是家人。

电话通了的那刻,顾清狄收起了所有的情绪,语气如常地问候兼逗哄自家母上大人,只在眼光流转到柜上的一只缎面小包上时,迟疑了一瞬。

"妈,你帮我翻翻,看看我毕业搬宿舍那年,带回来的杂物里,有没有一个锦帕?对,绣着花……"

夜色铺天盖地卷来,有些秘密,纵使长夜漫漫,终于将明。

第八章　玫瑰人生

戈德曼曾说:"宁愿桌上有玫瑰,不愿颈上缀钻石。"每当戚南从繁累的工作中脱身,回到家中从阳台向下遥望,看见那一簇簇盛放的玫瑰时,她都觉得,此言甚是有理。

不知从什么时候起,戚南喜欢每天抽点时间,一个人在阳台上静坐片刻。戚南在阳台上放了一把摇椅,铺了软软的毛毯,她最爱在晴日的黄昏,像个老人一般,就那么静静地躺上一会儿,或由思绪翻飞,或放空身心。只要一睁眼,便能瞧见不远处小楼院子里的玫瑰丛,别管之前心情怎样,都会变好许多。

大抵在这个并不温情的成人世界里,烦恼多多的打工人都需要找点慰藉吧,有的人寄情网络,有的人钟爱猫狗,有的人迷恋运动,不管怎样,情绪都需要一个宣泄口。尤其在电视台这种分秒必争的地方,纾解压力是戚南学会的第一课。

只是想到台里,戚南未免又觉得有点头痛。折腾了几个月,虽说定了素人的方向,但选题还是被毙了一个又一个。临近年尾,各项任务与考核纷至沓来,别说她这个新人疲于应付,就是杨柳这种有资历的"老人",都不免头发薅掉了好多根。

"南啊,你说这可咋整啊?早知道这个山芋这么烫手,姐就不会为了跟陈佳那女人争一时之气而接过来了呀!一个不好还得连累你陪着挨骂,哎,你说我做什么破编导啊,当初听我妈的考个公务员多好,这会儿也轻轻松松过冬了!"

下午四点有选题会,杨柳望着逼近两点的时针,脑子里除了一团乱麻还是一团乱麻,一个靠谱的选题都没想出来。想到今儿个又得吃瘪，纵使衣着再光鲜，此刻的杨柳也像上了岸的鱼一样，连呼吸都困难了。

编导？公务员？戚南突然灵光乍现，有了主意。她赶忙凑近杨柳一阵耳语，直说得杨柳两眼放光，一个鲤鱼打挺，瞬间原地复活了。

四点还差一刻，陈佳踩着高跟鞋甩着新烫的头发，手里握着杯咖啡，假模假样地朝杨柳工位踱去。当看见杨柳和戚南还在噼里啪啦改文稿，一副手忙脚乱的样子时，她才算彻底放下心来。

让你们编！改一万遍也是被毙的下场！陈佳似乎对结局早有预判，在心里啐了杨柳一口，便扭头进了会议室。为了看杨柳出丑，她可不介意先进里头多等几分钟。

等等，等等，这是怎么回事？说好的结局呢？半小时后，当陈佳看着前头一扫颓势、侃侃而谈的杨柳时，她心里有点发慌了。该不会，这次真给杨柳顺利过了吧！

"……人们生来，便过着各式各样截然不同的人生。因为无法真正设身处地，所以对旁人有着肤浅的判断，或羡慕或同情等诸多情绪。同样，因为自身经历的局限，对自己的人生也未必有完整的认知。我们这档节目，目的就是让对自己人生不满的、不同身份地位背景的人们互换人生，从别人的生命轨迹里体会生活，从而真正了解他人、认知自己。没有一段人生不经历苦难，没有一朵玫瑰不长满刺，我们将这档节目命名为《玫瑰人生》，又名《假如我是你》，最根本的用意，就是希望每一个参与者，最终都能通过这一段历程，收获自己的瑰丽人生！"

讲完最后一段，杨柳松了口气。她望着会议桌旁，包括沈昀在内的几个领导交头接耳又接连点头的样子，尤其是看到陈佳扭曲嫉妒的神情时，她知道，这选题多半能成了！

果不其然，几个台里的领导和益盛集团高管简短商议后，最终由闻琛一锤定音，按目前这个选题深化推进，争取年前先上线一集试录版看看反响。如果话题性和热度还可以，年后益盛集团还可以追加投资，把节目做强做大。

散了会，人还没出会议室，杨柳便兴奋地嚷嚷要请大家伙儿喝酒庆个功。沈昀借口晚上还有会，扯着满脸不甘和嫉妒的陈佳径直走了。倒是闻琛和益盛的几个高管留了下来，和杨柳一行人，吃了顿不早不晚的夜宵。

城市的夜晚霓虹璀璨，杨柳选的夜市摊又烟火气十足。几口啤酒几串烤肉下肚，纵使辣到满嘴发麻、满脸发烫，戚南却飘飘然感到很满足。这种放松自得的心情，似乎好久都未曾有过了。

恍惚间，戚南想起，好像几年前也曾和某个人一起，在小摊上吃得满嘴红油却无比满足。那情景，和今日好像啊。戚南不自觉地笑出了声，听得闻琛有些心痒。忽地一阵冷风吹过，戚南打了个哆嗦，等闻琛再扭头瞧过去时，却见她满目清明，脸上并没个笑模样，倒像是有些发抖。

许是听错了吧。闻琛摇了摇头，随手将外套递给了戚南，大伙儿笑着闹着又喝起酒来。忙了一年，今儿个难得高兴，谁醉着谁醒着，忘了谁又念着谁，重要吗？

康卡斯特中心大厅的高清巨幕正上演着本地芭蕾舞团新排的《胡桃夹子》，城市大会堂附近的圣诞灯展和风琴音乐会人潮涌动，皑皑白雪与各色灯影交相辉映，费城人民正在欢庆这数十年难遇的白色圣诞节。

这场席卷了北美东海岸的圣诞寒潮一番堆银砌玉，虽说增添了节日氛围，却给出行的旅人带来了极大不便，以至于顾清狄多般辗转，花了比平日足足多两倍的时间，才一身风霜、满脸疲惫地在Ｊ市机场落了地。

在出口等了一下午的葛秋然夫妇二人，几乎在见到儿子的第一眼，便看出顾清狄瘦了不少。而顾清狄，在见到自家母上大人泫然欲泣的样子时，眼神瞬间柔软了许多。他觉得有点好笑，也有些无奈，但在这一刻，心才踏踏实实落了地。

时隔两年，他，终于回家了。

记忆中古老的Ｊ市在不知不觉中竟也有了这许多变化，从机场一路奔驰到家，窗外城市变迁的一幕幕给了顾清狄不小的震撼。国外老旧的公共设施和Ｊ市日新月异的基建在他脑中交替对比，以至于他在梦中还在感慨这绝尘的中国速度，殊不知自家母上大人已经推门探头探脑好几次了。

顾教授手上的报纸刚翻了页,抬头便看见葛女士端着一碗汤蹑手蹑脚地下楼。这已经是大早上第三次了,又瞧见她愁眉苦脸的模样,顾教授忍不住摘了眼镜咳了两声。

"儿子要睡就让他睡嘛,睡醒了再喝也没事,一顿两顿的饿不着。"

葛女士听见这话不乐意了,倒还怕吵醒楼上那位,压低了嗓音回了句:"你没见他都瘦成啥样了,前段时间还生了场病,也不知道好全没,不吃早饭对胃更不好,我这不也是为了他好吗?"

说着说着眼里又泛起了泪光,顾教授一辈子都是个宠老婆的,见她这样哪还能端坐着,叹了口气揽过她安抚了起来。

"秋然,咱儿子的个性你不是不知道,从小要强,多大的坎他都能自己迈过去。出国留学,难免有些不顺心,我向我老同学打听过了,没有大事。人是瘦了点,精神还好,他回家这几天,你多给他补补,不怕补不回来。你看每年过冬,我这一身膘,不都是你养出来的吗,放宽心啊。"

顾教授向来斯文,这会儿一边说一边还夸张地朝自个儿的肚皮上拍了拍,那难得促狭的模样惹得葛女士破涕为笑。见她情绪好转,顾教授又补了一句。

"以后咱不在儿子面前这样了哈,儿子大了,看着会伤心。这趟回来,我看他沉稳了不少。"

葛女士只是有些小情绪,并不是不讲道理,听自家顾教授这么一说,也只微微叹了口气,再没多说什么,端着汤回了厨房。

一觉睡到大中午的顾清狄,对自家父母这些嘀咕自然全然不知。等他穿戴好下楼时,顾教授已然外出上课去了,而自家母上大人,一边哼着歌招呼他洗手吃饭,一边还不断瞟着客厅里的电视机,俨然一副心情不错的样子。

门外小院阳光正好,客厅里头电视的欢声不绝,厨房里自家母上大人手忙脚乱地盛汤热菜,碗筷叮咚作响。这样温馨却平凡的场景恍如隔世,顾清狄深吸了一口食物的香气,觉得有些陶醉。

回家的第一顿饭,顾清狄吃得很慢。葛女士一边陪他吃饭,一边叽叽喳喳地谈论着电视节目。顾清狄不怎么看电视,对综艺更是没兴趣，没承想一顿饭的工夫，便被自己母上强行推荐了个综艺节目，说是最近很火的一档素人综艺。

"儿子，我跟你说这个节目可好看了。就上一集那个想去中介卖房的公务员，还有这一集那对想丁克的小夫妻，上了节目可都变了不少。哎，你母上我，当初要是没当老师去了省歌舞团，说不定现在也是个大明星了呢！"

葛女士向来想法多多，一会儿一个点子，没两天就没影了，顾清狄没把她这闲话当回事。只是多看了几眼节目，发现这个节目确实拍得不错，真实平凡却发人深省，不像别的综艺哭哭笑笑就过了。

这档节目的编导有点意思，也不知道是个久经风霜的老人还是个涉世不深的毛头小子？这个念头一闪而过，顾清狄并没有真在意。这一集播到片尾，他便起身走开了。

他没有看见，院子里玫瑰正美，正如他也没有听见节目的片尾曲。那首倔强而充满力量的《玫瑰少年》这样唱道："哪朵玫瑰没有荆棘……别让谁去改变了你……"

以及那一句，"玫瑰少年在我心里"。

第九章　　依稀故人（上）

戚南这个性格，说好听点叫特立独行，说难听点叫不太合群。她这个性虽说工作后略微改了些，但每到一些特定的时间点，那种格格不入的孤独感又会突然爆发，让她手足无措，智商欠费。

节日，尤其是越盛大越全民欢腾的节日，戚南的"症状"就会越严重。有人说，节日本身没有意义，有意义的是这个时间点让大家从各自的事务中抽身去做同样的事情，从而感觉彼此是一体的，这也是群体凝聚力的来源。传播学专业出身的戚南即使深谙此理，依旧轮番拒绝了闻琛、小雀等人的邀请，决定独自宅家过圣诞。

这回圣诞，其实还是个工作日，只不过相较于往常，大家伙儿下班都早了些。这不八点未到，台里的人几乎走光了，除了几个频道值班的同事，也就还剩戚南猫在桌子上专注写台本，连香风浓郁的陈佳面带不屑地从她背后走过并哼了一大声，她也没注意。

《玫瑰人生》网播两期了，每期人物独立，时长为两个小时。说实话，这种小成本制作的素人综艺，戚南并未抱过大红的期望。也不知是运气好，还是正好迎合了当下社会人的喜好，这节目从第一期开始便收视高涨，还一路走高，收视率一度让台里众人跌破眼镜。随着益盛集团主动追加第二笔投资，台里紧急决定《玫瑰人生》网播、卫视一起上，争取线上线下两开花。

节目的火爆对于戚南这个编导班子主力成员来说，虽然是天降大运的好事，但无形中也给了她这个职场新人很大的压力。经手的第一档节目，瞬间变成了香饽饽，不仅同事眼红，领导的关注度也更高。眼看着第三期下周就要录播，而第四期的台本还迟迟未定稿，杨柳和戚南这几日都熬红了眼，天天加班改台本。

要不是加班加得恋情告急，杨柳也不会撇下戚南去过什么劳什子圣诞，谁知道在这当口会不会有人横插一脚，把这得来不易的果实给抢了吞了。

戚南当然理解杨柳的焦虑。过去两年，新媒体、新渠道与新消费群体等因素合力驱动了大量新节目的上线，乍一看花团锦簇，但高度重合的竞争和信息的快速迭代，让不少节目花无百日红，开播几期后热度全无，更让一些盲从者投入巨资却连响声都听不见便消弭无踪。《玫瑰人生》目前的成功，无非是创新迎合了当下受众的需求，且与他们产生了"三观共情"，才在这一片红海中杀出重围，成了一匹人人艳羡的黑马。

但人性是贪婪的，电视台里大把习惯不劳而获的人想要掺和，例如陈佳之流，因此戚南知道杨柳扛得有多辛苦。戚南本不在乎这些名利之争，但既然卷了进来，且不想自己辛苦做出来的节目被旁人弄得面目全非，她只能陪着杨柳一起扛，拼命扛，扛到扛不住为止。

是人总有文思枯竭的时候，连日加班的劳累加上自己本不在状态，圣诞夜加班也是事倍功半。戚南对着多次涂改的台本苦笑了一声，终还是认命地关了电脑提了包离开了。

　　走过一楼大厅时，戚南被值班的前台小姑娘叫住了，小姑娘还一脸艳羡地递给了她一个袋子。戚南忙得头晕脑涨，稀里糊涂打开一看，才发现是某大牌新出的限量款圣诞女包。

　　戚南之所以一眼就认了出来，还得感谢陈佳这两天日日背着这包招摇过市，夸张得连杨柳都咬牙切齿给她普及了一番这包的款式价格。鉴于这包是戚南税后月薪加个零都买不起，她也只当八卦一般听了便忘了。

　　这样一只人民币堆起来的富婆包，无异于冬日里头的烫手山芋，激得戚南瞬间清醒了。袋子里花里胡哨的贺卡看不出什么线索，戚南拿出手机翻了翻，才发现和台本较劲的这几个小时，闻琛给她打了好几个电话，还给她微信留了言，只说等了她一会儿不见她下楼，人先走了，留了个圣诞礼物，朋友们都有，不值什么钱，叫她务必收下。

　　戚南不知道闻琛说的是真是假，也不管他是否对朋友一概大方，只是依照她和他的关系，收这样一份礼物实在很不妥。她静静地想了会儿，在前台小姑娘诧异的目光中，重新将包装封好，叫了辆车便去了益盛集团J市总部。

　　出租车的空调开得很热，车上电台又咿咿呀呀唱着旧时的老情歌，听得戚南直打瞌睡。这司机倒也体贴，一路平稳驾驶，到了益盛集团大门口才轻声叫醒她，嘱咐她别忘了随身物品。

　　戚南累得很，一心想回家睡觉，但这烫手山芋总该先还了才行，她只得强打起精神和益盛的前台交涉一番。起初人还板着脸不愿意保存物品，直到戚南留了闻琛的名字和电话时，这前台才一脸恭敬地把袋子接过放好，又满脸热情地目送戚南出了大门。

　　戚南已经没有力气计较她这番变脸，既已交托完毕，她便脚步虚浮地出了旋转门。临出门的时候走得太急又不稳，还撞到了什么人。不过撞得并不重，戚南只略微抬了头冲着人肩膀说了声抱歉。对方修养也好，并不在意，低声"唔"了声便走了。

　　两人就这样擦肩而过。谁也不知道这是圣诞老人的礼物，还是命运开的又一次玩笑。

第十章　依稀故人（下）

　　虽说大病一场后的顾清狄，因着某些特殊原因，主动卸下了"社交达人"的光环深居简出，但这并不意味着他变得不再受欢迎。相反他一直认为，只要他想，他依旧还可以是那个无往不利的万人迷。这个观念在他内心从未撼动过，可惜他没想到，回国后的第一天，他风度翩翩的绅士面具就被人无情地撕下了。

　　从顾清狄和闻琛打照面的那一秒钟开始，直到两小时后两人大眼瞪小眼结束，顾清狄都没有停止反思到底是他今儿个踏进益盛的哪只脚错了，还是闻琛脑子有毛病。没道理这位小时候跟在他屁股后头一个劲儿喊"哥哥"的小屁孩一朝成了益盛的太子爷就对他横眉冷目，不像发小倒似仇敌。

　　闻琛心里也抓狂得紧，憋了一肚子气没处发。眼看着圣诞到了，他和戚南又熟稔一些了，他天天想的都是变着法儿邀她出去，找机会培养培养感情。

　　这下倒好，戚南工作忙、出游计划泡汤就罢了，把他精心挑的礼物退回来也罢了，忙活了几天连心上人的面儿也没见到，这些统统都罢了，怎么消失了这么久的头号情敌还突然出现了，而且据前台说两人进出益盛也就前后脚，谁知道他们是不是又金风玉露一相逢，他此生只能靠边站了啊！

　　更可气的是，不仅顾清狄想起了童年，闻琛也一并回忆起了数年前某些可耻的画面。那时候天真幼稚的他并不曾料想到眼前那个自家爸妈交口称赞的"学霸哥哥"不仅在学业上，更在爱情上成为一座他至今无法跨越的大山，让他追赶、仰望、嫉妒得想要发狂。

　　但他不得不承认，即使过了这么多年再见面，顾清狄身上的气场和风度依旧让他折服，更别提他那愈加成熟英俊的面容。他悲哀地想着，诚然自己成长了，有了一搏之力，但顾清狄似乎也变得更好了，这样的他，戚南忘掉了吗？能忘得掉吗？

闻琛心里没有答案，顾清狄脑子也嗡嗡的。他这次回国，探亲、休假是一方面，更重要的是安德鲁教授的课题。这位常年疾言厉色的教授在两人第一次会面的时候，就非常坦白地告诉顾清狄，想从他手里毕业，没有真材实料不行。想要在他手里提前毕业，除非主责的项目价值达标，否则免谈。

原本出国之初，顾清狄给自己定的时限就是三年。三年读完硕博，在沃顿商学院并非没有先例，但绝对是凤毛麟角，人才济济如沃顿，几年也出不了一个。但这个目标再难，经历过那些糟心事的顾清狄只会越发坚定早日学成回国的决心。

光鲜亮丽的美利坚早对他卸下了温情的外衣，而他，也逐渐丧失对它的新鲜感和耐心了。

因此和益盛的合作，就变得尤为重要了。顾清狄从小和闻家打交道，知道闻家的野心有多大，实力有多强。所以在他刚听闻益盛有想法拓展地产相关不良资产收购与管理这一块业务时，顾清狄知道他的机会来了。能一笔拿下资产数千万元，甚至上亿元的项目，在国内，房地产是最佳选择。

只是今儿个他出师不利，老闻总正巧有会，让小闻总先接待，本以为是发小又是同龄人，两人之间肯定更有话题，可以先暖个场。没想到闻琛乱拳打死老师傅，搞得顾清狄坐也不是，走也不是了。

两个小时过去了，显然老闻总那边的事情也比较难缠，闻琛的赶人态度又都写在脸上，顾清狄知道今天没有继续等下去的必要了。和老闻总发了信息留了言，顾清狄重新挂上那种精英式的假笑，和闻琛道了个别便抬腿离开了。

平白外出受冻一场，又坐了冷板凳，回到家，顾清狄的心情相当不美妙。临上楼时，顾清狄还被葛秋然女士叫住。自家母上挤眉弄眼神神秘秘地说了声"儿子长大了"，便塞了个小盒子给他，又做贼心虚般偷笑着快速溜走了，弄得顾清狄尬在原地还一头雾水。

真是魔幻的一天，不过这一趟也不是毫无收获。顾清狄自嘲地捏了捏自家母上塞过来的小玩意，却发现稍稍用力，这盒子便扁下去大半，恍若无物一般。

"搞什么名堂？圣诞礼物？"顾清狄一边嘀咕一边回到卧室，打开盒子一看，才发现里头是一方锦帕。

这锦帕有些泛黄，但还算干净，散发着清香。一看便知是塞在哪个角落的旧物，封了几年后被取出来重新浆洗过的。

顾清狄刚拿起它时，有些疑惑也有些不在意，把玩了好一会儿，才想起来这个应该就是先前他让母上帮他找的那条帕子。这帕子上的绣法果然和肖夏留在医院里的方包如出一辙，只是他手上的更精致、更用心。

这似乎是哪一年生日他收到的礼物吧？他模糊地想到，好像一同送来的还有个耳机，耳机挺贵的，当时就被室友薅走了。礼物倒不错，可惜没署名，过了这么长时间他也忘了。

难道这礼物和肖夏有关系？是肖夏身边的某个人送的？

从肖夏对他的态度看来，顾清狄可以下论断这个送礼的绝对不是肖夏本人。所以肖夏来医院演这么一出是为了替她这位朋友出口气？

那么，她的这个朋友曾经爱慕过自己？

顾清狄一路抽丝剥茧，瞬间把事情的来龙去脉理了个七七八八。只是他不知为什么，并没有真相大白的快感，抑或是被人仰慕爱恋的得意，他心里有些焦躁，也有些难受。

这份爱恋太过婉转，太过小心翼翼了，他已经好久没有感受到这种被珍视、被认真对待的心意了。

这个人，会是谁呢？顾清狄望向窗外，心事重重。他知道今夜他绝不可能有答案，却不知道，这个答案与他相距甚近，堪堪目之所及。

有时候，认真抬头仰望久一些没什么不好。也许你能看见的并不只有茫茫的夜空，还有曾照亮心里的那束白月光。

第十一章　他、她和它

当闻琛想着怎样赢得戚南芳心的同时，顾清狄也在思考怎样和他这位发小"重温旧情"。于是在闻琛打探了一圈年轻女孩儿们的喜好后，顾清狄也恰巧从老闻总那获悉了闻琛的最新动向，两人不可避免地在"猫与少年"相遇了。

闻琛第一次踏足这家店时，就明白为什么这家小小的咖啡店会常年走红，成为 J 市年轻人争相打卡的胜地。灵秀英俊的少年，天真可爱的猫咪，扑面而来的热闹和幸福感，让置身其中的人们元气满满。

继圣诞送礼失败后，闻琛深觉自己犯了一个普通富二代会犯的经典错误。显然戚南并不拜金，送奢侈品只会将两人的关系推得更远。他恨恨地将几个出了这馊主意的富二代哥们一一拉黑，又礼贤下士各处搜罗建议，最后才制定出了又一套作战方案。

他，决定用它，攻陷戚南。

这个它，指的就是萌宠猫咪啦。都市快节奏的生活中，越来越多的年轻人喜欢养些爱宠来分散压力，不用遛、不吵闹的猫咪成了都市白领们的首选。

来之前，闻琛还对买只猫送戚南这事有些不确定，来了"猫与少年"后，看到一群群的女孩子们因怀里的猫咪柔情满怀、双眼放光，还不时地嬉笑尖叫，他觉得这法子有门，多半靠谱。

只是，他该买温顺美貌的布偶呢，还是可爱憨厚的加菲，抑或是神秘高贵的暹罗……看着满屋的小可爱们，他顿觉患上了选择恐惧症。每一个看起来都不错，每一个都想要，这该怎么选啊？闻琛抓了抓头发，真的很头疼。

"想买猫吗？要不要我带你转转？"

顾清狄的出现可以说是非常贴心了。闻琛顺着声音看去，只见顾清狄面带诚恳，一副恰到好处的邻家大哥模样，再配上他那轻柔却透着可信的话语，让闻琛一时间竟也放下戒心，忘记"宿仇"，跟着他的脚步，一步一步落入了顾清狄的圈套。

"闻琛，你想送的人是什么性格？猫咪就像人一样，性格很多样。宠物的脾气如果和主人相似，就能更快融入主人的生活，相处就会很合谐。"

顾清狄带着闻琛转了一圈，最后停在店后的小庭院，指着一排排猫咪售卖柜，循循问道。

闻琛的脑子恢复运转了，听闻顾清狄提到那个人，他不自觉地瞳孔一缩，脸色也板了起来，甚至别过脸去不想接顾清狄的话茬。

顾清狄没和他计较这些，只觉得有些好笑。听老闻总说闻琛现在对谁都这样，没个好脸色，只要不是真有什么事私下结了仇，顾清狄也只当闻琛是叛逆期，哄着他就行了。眼见和益盛的合作刚有点眉目，顾清狄不希望出什么岔子让他前功尽弃，哪怕这个事再小，他也要尽量化干戈为玉帛，大家和气生财。

就在顾清狄思索着怎么继续话题时，正巧店员抱着一只布偶经过。这小猫原本在店员怀里乖乖的，不知看到了什么，忽地纵身一跃，恰好扑到了二人脚跟前。闻琛初时吓了一跳，没过多久便蹲下身抱起猫咪仔细端详起来。

"新手养猫，布偶是最佳选择。它们多数性格温顺，身体也比较健康，不费时也不费力，你看这儿的小姑娘都喜欢。"

顾清狄慢慢靠近闻琛，一边柔声说着，一边伸手轻抚着小猫咪。闻琛见怀里的小东西又踩又嗅，最后在顾清狄的手中滚成一团还露出了粉嫩的小肚皮，不自觉地笑了，反应过来却又有点嫉妒，哼了一声抱了小猫便往外走。

"就它了，怎么付钱？"

闻琛叫住抱小猫来的那名店员，想让他带路去收银台。却见那店员抬头看了顾清狄一眼，在顾清狄的点头示意下什么也没说便离开了。

"几个意思？还收不收钱了？"

闻琛再愚钝，也看出来这店员完全是听顾清狄指令做事。虽然很不想和眼前这人打交道，为了美人芳心，闻琛也只能勉为其难开了尊口。

布了这么一局，鱼儿总算上钩了，虽然闻琛语气不好，顾清狄还是很好脾气地笑了笑，他跟着走了几步，靠闻琛更近了。

"这店我有些股份，收钱什么的太见外了，猫咪你一会儿就可以带走，只是走之前我们先带小猫去做个检查，我给你把东西备齐，你回去送人也方便。你看好吗，小琛？"

　　从他进门开始,顾清狄这一番流程做下来可以说是滴水不漏,让人如沐春风。闻琛捏着手里小东西软软的肉爪,知道今天这人情他怎么都得承了。

　　人家这一声"小琛"叫出来,他今后还能不在他老爹面前给个面子吗?

　　大包小包地被店员送上车,闻琛捏着鼻子瓮声瓮气地朝顾清狄道了谢。踩上油门前,他望了一眼志得意满的顾清狄。他知道顾清狄这么待他是为了什么,他也知道自己的心没有那么大。他不是顾清狄那种走一步算三步的人,未来尚不可知,此刻他想要的,想抓住的,只有那个或许早就被顾清狄遗忘了的,却长在他心上,怎么也拔不掉的戚南。

　　闻琛透过猫包的透明盖子,朝懵懂的小猫咪咧嘴一笑,脚下一个使力,"猫与少年"逐渐变成一个小点。

　　"带你去找你主人! 坐稳咯! 出发咯!"

第十二章　重逢序曲

　　有时候,时间就好像小女孩旋转伞沿后飞速掉落的雨点,你只听见那么滴答一声,时光就不知溜去了哪里,回想起来,脑子晕晕的,似乎只有茫茫的空白。戚南已经很久没有这种类似失忆的感觉了,但从圣诞到月底这几天,她过得简直"水深火热",以至于思想跟不上脚步,产生了这般错觉。

　　一切的罪魁祸首就是闻琛! 戚南实在想不到,闻琛小小年纪套路这么多,硬的不行就来软的。说实话,任谁突然被塞了一只软趴趴、毛茸茸的小东西在怀里,也得惊得跳起脚吧!

　　"呐,从今天起,他就是你'鹅子'啦! 我就是他名义上的'粑粑'! 戚南'麻麻'你可要好好照顾他哟!"

　　闻琛这下弄得戚南好几天没缓过神来。戚南从未想过养宠物,自己工作太忙了，还没学会好好照顾自己、平衡自己的生活，而且性格太孤僻不适合养宠物。

但事实上，她知道最根本的原因只有一个，一个没有准备好再次去爱的人，情感上尚且自顾不暇，又拿什么去温暖他人呢？

不能说闻琛处心积虑，只能说歪打正着吧。虽说这几天忙着照顾及适应"小盼球"，戚南快要累瘫了，但从完全陌生到一点点收获"小盼球"的信任和亲昵，戚南的心里突然就像被注入了一股力量，这股力量有点熟悉，它是一种说不清道不明的东西，微弱却在戚南心里发着光，让她一度想要落泪。

小小的"小盼球"，从第一天被戚南带进公寓里，路还走不稳，就开始莽撞地探索这方小世界。它的适应能力很强，完全不像别的小猫咪那样胆小娇气。每当戚南拖着沉重的步伐下班归来，它总能在第一时间扑到她的脚下，用柔软灵活的小身子蹭啊蹭啊，蹭得戚南痒痒的，心里却软软的。

虽然"小盼球"是一个意外，但从戚南拥有它的第一天开始，就努力地照顾它，努力适应自己的新角色。同样，"小盼球"也在改变她，让她打破自己刻意构筑的与世界疏离的那层外壳，变得主动，变得温暖，也变得勇敢。

因此，当闻琛用插科打诨的态度不经意地试探戚南，是否可以一同参加益盛广场千人跨年夜活动时，戚南一反常态地爽快答应了。闻琛本来准备了一肚子说辞等着被女神拒绝后上阵，突然用不上，真心有点蒙。

更蒙的是为了避免自己的狼子野心太过明显而被戚南一口回绝，他还邀请了小雀一同帮忙打掩护参加跨年夜。早知道这次通关这么轻松，他就不该给自己招个电灯泡啊，还是巨亮巨有存在感的那种。

我太难了，爱神对我太残忍！小小年纪就情路坎坷的闻太子十分郁闷，西子捧心般去小角落做心理建设了。

被闻琛视为"大电灯泡"的小雀丝毫没体会到闻太子的心情，还一路蹦跶着去了益盛集团，一副哥俩好的模样，让闻琛给她开个后门采访下老闻总。闻琛差点吐血，但还是认命殷勤地去给女神的闺蜜安排采访事宜去了。

能怎么办呢！弱小、可怜又无助的闻琛，再次为了讨好女神（的闺蜜）选择卑微。

闻琛的父亲，益盛集团的创始人兼一把手老闻总，在业界名气斐然却低调神秘。他在商界翻手云覆手雨，创下了无数神话，却又热心慈善四处捐款。这样一个在 J 市甚至于全国都响当当的大人物，却在小雀面前像个亲切而温和的邻家大叔。他不仅耐心细致地回答了小雀的提问，还透露了很多自己创业早期的一些不为人知的趣事，让小雀连连点头却又惊叹不已。一趟采访下来，收获颇丰。

两人难得相谈甚欢，以至于快结束的时候，老闻总还想给小雀加个餐，说是要给她介绍个年轻有为的业界新贵来采访。

送上门的好事，小雀笑还来不及，哪可能驳了老闻总的好意和面子。于是乎，当摆着一张职业假笑脸的小雀看见那个八竿子能打到一棒的"旧人"时，啪叽一下，面具立马掉在地上，无情地摔了个稀碎。

小雀印象中顾清狄穿西服的场景，只有毕业典礼那一次。那时候的他，虽然耀眼，却有着少年感，即便穿着正装也显出几分稚气和活泼。而现如今的他，头发理得有些短，整张脸立体而深邃，眼睛像是一潭深水，整个人沉稳许多。剪裁得体的西装包裹着他高大的身材，倒显出几分成熟的味道来。

他现在是个男人了！

短短几年，顾清狄竟然成长得这么快，小雀有些吃惊。如果说几年前的顾清狄，是个走到哪儿招摇到哪儿的花孔雀，现在的他，已经藏起了华丽的羽衣，蜕变成了一头年轻强壮的雄狮。他学会了披上伪装的外衣，光华内敛，却更加复杂强大。

顾清狄一开始没认出小雀来，只是他察言观色的本事着实厉害，看着小雀神色有异，略微一想便叫他翻出几段往日的记忆来。

没想到曾经咋咋呼呼的红楼社团宠，也变成了今日干练的小记者。顾清狄有些想笑，但在老闻总面前，他并没有多说什么，只是好脾气和小雀握了握手，寒暄了两句。

稀里糊涂客气互吹了一番就被请出总裁办的小雀后知后觉地疑惑了，顾清狄到底认没认出她？还是说今儿个通通都是她的幻觉？

毕竟顾清狄现在应该远在大洋彼岸，又怎么会突然摇身一变出现在她跟前呢？

"幻觉，这一定是幻觉！"小雀一边摇头晃脑，一边机械地朝外走，差点把迎面走来的闻琛撞了个倒仰。

"哎，学姐，你这是怎么了？"闻琛看着小雀有些不对劲，生怕自家老头子不给面子导致采访出了纰漏，一着急直接上前拦住了小雀。

对，这还有个闻琛呢，她今儿个脑子不好使，难道闻太子对自家地盘还不清楚吗！于是乎，两个人在走廊里悄声进行了一番交流，完事后小雀脑子清醒了，闻琛心里又开始犯嘀咕了！

他千算万算，愣是没料到小雀和顾清狄能碰着面。这段时间，顾清狄帮老头子一起收了几个项目，在益盛待的时间是有些多。但偌大一个益盛，那人的办公室又设在投资处，和总裁办隔着好几层，怎么小雀来一次就给碰上了呢？

闻琛的心情有些复杂，他知道小雀作为戚南多年的同学兼闺蜜，虽然戚南和顾清狄的过往并没有闹到满城风雨、众人皆知，但小雀不可能不清楚内情。他盼星星盼月亮般盼着顾清狄走了这么几年，他也眼看着戚南的心逐渐变淡，甚至开始愿意亲近自己，万一小雀不小心说漏了嘴，那不满盘皆输了吗！

在他和戚南感情发展的关键节点上，他不允许任何人、任何事搞破坏。对着小雀，闻琛难得严肃硬气，直截了当地要求小雀对今日之事，尤其是顾清狄回国一事务必保密。

小雀怎能不知"顾清狄"这三个字对戚南意味着什么，正是因为知道，所以对于与顾清狄的碰面，她才这么在意，这么失常。

顾清狄，对戚南来说就像一场已经碎过的梦，那梦里曾经五光十色，也曾鲜血淋漓。她看着戚南满身伤痕地从那梦里一步步醒来，她不想戚南再次重蹈覆辙。

只是她在答应闻琛的那一秒，心里有些不安，她不自觉地想到，几年前的顾清狄，已经让戚南难以自拔了，如今的顾清狄，若是再出现在戚南眼前，又会是怎样一种光景呢？

小雀挠挠头，叹了口气。八方俱红尘，尘埃何迷茫，命运的齿轮已然开始转动，一切只能交托于命运。

第十三章　那一眼

看着满目的绿桐，顾清狄知道自己又在做梦了。这段日子他忙得连轴转，几乎倒头就睡，今儿个也不知怎的入了梦，还梦到了旧日的校园。

其实他已经很久不做跟 L 大有关的梦了，但以清醒的视角观察着自己这个梦境，他觉得有些趣味，也有些期待。

只是虽然脑子清醒，他却无法控制自己的行动，就像一个思想自由行动受限的傀儡，他的灵魂只能跟随梦里那个年轻的自己穿梭在校园里。

那个"他"似乎漫无目的，在人群中四处游走。因为被禁锢在那个"他"的身体里，顾清狄能够清楚地感知到扑面而来的热浪。一群群年轻的男男女女从"他"身旁掠过，有时候近得甚至于擦过了"他"的手臂。但那个"他"却丝毫不知躲避，只麻木地走着。

几乎在这一瞬间，顾清狄便开始觉得难受了。他努力想要拿回身体的控制权，却发现自己无能为力。他只能一遍遍地忍受，忍受这些嘈杂的人流，尤其是吵闹的女孩子们，跟"他"一次次擦身而过。那湿腻的触感，厚重的香水味，都让顾清狄浑身冷汗，几乎想要呕吐，但那个"他"却无知无觉，只顾机械生硬地往前走。

身体和灵魂割裂开的滋味很不好受。但也许正是在梦里，顾清狄只是一团虚无，不像现实中那样可以精准控制自己的身体，所以潜意识里隐藏的问题暴露得更加严重。

顾清狄第一次清楚地认知到，自己似乎真的得了"恐女症"，而且病得并不轻。

哈，多么好笑！他，顾清狄，一个曾经在感情里游刃有余的"王者"，突然退化成了"青铜"。仅仅是轻描淡写的触碰，就让他焦躁反胃，身心不安，恨不得立马退避。原先引以为傲的资本顷刻间荡然无存,顾清狄不得不承认,自己的心真的生病了。

也正是因着在梦里,自信崩塌的顾清狄更加惶恐不安。此刻的他已经毫无游玩的期待和乐趣,他迫切想要脱离眼前这个梦境,却只能眼睁睁看着"他"穿过南园,穿过一排排教学楼,一步一步不知疲倦地来到了北园钟楼跟前。

顾清狄以为"他"还会继续往前走,却发觉"他"突然间停了下来,缓缓抬头看向了前方。

梦中的一切从未这么聚焦过,透过"他"的视线,顾清狄看见正前方不远处的草坪上,并排走过来三个女孩子。左手边叽叽喳喳的是他今儿个见过的社团旧识孔雀,右手边神色倨傲、眉眼艳丽的是曾经在费城来探过病的肖夏,而中间那个女孩子,那个女孩似乎是……

很神奇的一种感受,即使无法掌握身体的主动权,顾清狄也觉得自己的瞳孔瞬间缩紧了。他和"他"看着中间那个女孩子,根本无法移开视线。

那个女孩穿着长旗袍散着乌发,面庞姣好却神色冷淡。她婷婷袅袅地朝"他"走来,未置一词,步履安静。在她走过"他"身边的时候,顾清狄甚至看见她腰侧别了一方精致的锦帕,锦帕上的图案莫名地眼熟。

她就这样带着一身冷香,从"他"的视线里渐渐走远。一时间诸多回忆冲开心门尽数涌来,在顾清狄的脑海中炸开,顾清狄可以看到很多个不同瞬间的她,有些曾经看不懂的画面在他的脑中逐渐连成一线。

顾清狄觉得自己似乎明白了什么,又觉得脑子里乱糟糟的,头疼欲裂。喉头发紧憋了一肚子话,偏偏那个"他"又是个木头,只知道停在原地痴痴望着不肯走。

眼见着那个身影越走越远,顾清狄也越来越急躁,所有理智早已抛诸脑后,他此刻唯一想要的,就是让那个身影停下来,转过来看他一眼,哪怕就一眼。

庞大而复杂的情感终于在这刹那冲破了一切,顾清狄终究还是让那个"他"喊出了声。

"戚……戚南!"

　　顾清狄猛地从床上惊起，喊出那个名字的那一刻，他也冲破了梦境回归了现实。只是梦里的感觉太过清晰，以至于他一身冷汗，几乎是哆嗦着下床开了灯。

　　他反复在嘴里咀嚼着那个被他刻意淡忘了快两年的名字，呼吸沉重，心里久久无法平静。

　　这个对他来说惊心动魄的夜晚，就像是命运的神来之笔。他隐约感觉到，有些东西不一样了，却无法向人言说。这个孤独的夜里，他只能惆怅，也只有沉默。

　　与之相反，戚南丝毫不知自己曾经入过谁的梦，搅乱过谁的一池春水。也许是"小盼球"助力，这一年的最后一天，戚南早早地就完成了工作，和最近爱情事业双丰收的杨柳一块儿有说有笑、身心愉悦地按时下了班。

　　冬日的天色黑得早，虽说才刚过六点，省台门外的街道上已是灯火通明。难得心情好，时间又早，戚南顺手刷了辆小黄车，一路慢慢朝益盛广场骑过去。

　　自从入职以来，戚南一直战战兢兢，加班是常态。而直到今天，J市才终于向她秀了一把冬夜的温情和浪漫。当她骑车穿梭在一条条小巷子中时，糖炒栗子的甜腻、烤红薯的焦香、烧烤摊的烟火气，都在缓慢而坚定地将她包围。

　　戚南感受到了久违的放松和幸福，甚至于她在一处卖花婆婆的摊位前停了下来，给自己和小雀各买了一束玫瑰花。

　　那红玫瑰铺满了车篮，戚南带着它在风中肆意，它摇曳在这个浪漫的夜里，也荡漾在戚南的心头。

　　这个夜晚真美妙呀！戚南带着这种微醺的快乐到达了益盛广场。这快乐太过真实绵长，即使戚南不得不奋力在人山人海中找寻同伴，她也没觉得有丝毫烦躁。

　　好在闻琛站的地点好，他人又生得高大耀眼，戚南没费多少工夫就在人群中央寻见了他。不一会儿，小雀也找过来了，三人便在广场中央的喷泉边，一边搓着手，一边聊天等敲钟。

　　闻琛还很贴心地给她们带了零食及热饮，算上时间还早，三人索性席地而坐，一边吃着喝着，一边天南海北地侃着，其间还玩了几次牌，倒也不算无聊。

只是戚南总有种感觉，小雀似乎有心事，好几次对着她都有些欲言又止。顾忌着闻琛在，戚南没有多问，只在心里留了个疑问，想着回头再问问小雀。

身旁的人群换了一拨又一拨，好不容易过了 11 点半，广场上的喷泉开始翻涌，五光十色的灯带也开始闪耀，人群里开始有人欢呼、有人唱歌。气氛好像一下子就热烈了起来，戚南三人也顺势起了身，准备开始迎接这一年最后一刻的到来。

"10、9、8、7、6、5、4、3、2……1！"

大屏幕突然亮起，倒计时出现，现场所有人的眼睛都盯着，无数个声音呐喊着。终于在最后一个数字被数尽的时候，人群中爆发出一阵强烈而热情的呼叫声。身边不少情侣都已经激动相拥，戚南也毫无例外心潮澎湃，激动地和小雀、闻琛抱在了一起。

"新年快乐！南南！"

闻琛悄悄凑过头，在戚南耳边轻轻说道。戚南莫名有些脸红，过了好一会儿才抬头去看闻琛，却吃惊地发现，闻琛和小雀都已转过身子，一动不动地看着大屏幕。

"怎么了，你们怎么都看……"

戚南感到不解，她从侧面绕过去，来到了两人身前。

她看见，大屏幕上正在播报益盛集团的近期动向。益盛用了很大的篇幅讲述了近期 J 市几宗大型地产项目的收购进展。如果在平时，戚南很可能会觉得益盛的新闻剪得不错，主持人也相当专业，但此刻的她，根本听不见、看不见任何外物，只有屏幕里那个身影，在她眼前无限拉近、放大。

那个穿着烟灰色西服的青年，身姿挺拔一如往昔。他很是英俊好看，只是神色疏离，即便在聚光灯下，也保持着矜持和冷峻。

戚南突然想起那一年，他在舞台上肆意大笑的样子，和现在眼前这个他，仿佛天差地别、判若两人。

"新年好！"身旁突然有人大叫了一声，戚南回过神来，她近乎慌乱地抹了下眼角，转过身拉着小雀走了。

闻琛看了一眼大屏幕，有些负气地踢了踢脚下的易拉罐，无奈叹了口气。不远处新年的钟声不断被敲响,气氛祥和而欢乐。

新的一年,真的来了。

第十四章　年会,他的回归(上)

跨年夜那一晚过后好多天,闻琛和小雀都紧张兮兮的,对待戚南就像对待一件易碎的珍宝,生怕她出一丝差错。戚南感动之余又觉得有点好笑,朋友们的心意如此珍贵,她不必戳破,只用行动向他们证明,自己真的很好。

难道戚南心中真的没有一丝涟漪吗?显然不可能。只是过往岁月经历的种种,都让她无比清醒地意识到,爱情只是生活的点缀品。一个人可以没有圆满的爱情,但绝不能放任自己经历糟糕的人生。

对顾清狄的执着和爱,就像一场漫长而痛苦的和青春告别的梦。在没有见到顾清狄之前,所有的一切都靠怀念,而在见到他之后,戚南才真正意识到,他早已不是记忆中那个少年了。即便一时间无法直接从那个梦里抽离,她也不能再逃避,不能再催眠自己了。

也许真的是时候,和过去的自己说告别了。戚南想起小雀、闻琛、小盼球,以及许多个与顾清狄无关的人或物给予的长久温暖与安心,其实所有的感情都应该是双向奔赴的。

小雀没想到戚南这次清醒得这么快,放心之余又开始担心她矫枉过正。在她试探性地说出顾清狄已经回去继续他的学业,不再驻留J市这个消息时,戚南只是微微一笑,并没有追问的意图,更没有落寞神伤。

放下总比放不下的好,大家都是凡人,太过用力的感情对于普通人来说是一种负担。小雀心想,只要戚南能开心点,哪怕最后那个焐热她的人不像顾清狄那般传奇完美,也已经很好。

见小雀大有从闺蜜变成为媒婆的意思,戚南有点哭笑不得。她没有制止小雀，心里却明白，在自己没有做好准备之前，她不愿也不会轻易再开启一段感情了。不然是对自己，也是对他人的不负责。

小雀其实也只是随口一说。一晃又马上到年下了，这正是各个单位一年中最忙的时候。小雀也没多耽误工夫，和戚南小聚后便马不停蹄回了报社。

节目逐渐步入正轨，杨柳也终于可以开始操办年后的婚礼，大部分节前的工作落到了戚南头上。戚南倒也任劳任怨，重新开始加班加点。忙碌的日子，时间总是过得格外飞快，不经意间便溜到了小年。

往年到了这个时候，台里的同事尤其是领导们大半都休假了，忙活了一年的同事们，就指着这几天休息。今年倒好，省台早早通知，年会延迟到小年夜开。又因今年年会是和益盛集团联手举办，算是庆贺开展全面战略合作元年，哪个大小领导不想趁这个时候露露脸。所以这回不仅领导没休假，带累着戚南这些小兵也没得清闲了。

以戚南在台里的资历地位，往年这种级别的年会，她还不能参与。但今年《玫瑰人生》这档节目的爆红，不说让戚南这个主创身价暴涨，却也给了她登堂入室的机会。当沈昀乐呵呵地通知杨柳带戚南一起跟着他参加年会时，杨柳坦荡脆声应了声好，特意无视了后头陈佳利剑一般扭曲嫉妒的目光。

也不怪陈佳咬碎一口银牙，这么重要的场合，群英荟萃，沈昀这个综艺台的副主任头衔也不够看。要不是《玫瑰人生》这匹黑马，沈昀尚且得靠边站呢，怎么轮得到他提携旁人。

所以说裙带关系在真正的实力面前不过是上不得台面的小伎俩。戚南眼见着陈佳缠了沈昀好些天，各种手段都用尽了，也没能把自己的名字印在那出席名单上，反而惹得沈昀冷落了她好几天。她不自觉地感叹了一番，深觉职场如战场，一个不留神可能就被边缘化了。

虽然不喜欢年会这种浮华高调的场合，戚南还是抱着敬畏职场的态度，把自己从头到尾拾掇了一番，确保不出错地出席了年会。但一到会场，她发现自己之前想得太简单了。

这哪里是年会，说是上流社会的豪门盛宴也不为过。要知道电视台里最不缺的就是美女，但一下子把这么多珠光宝气的美女集合在一起，也是够晃人眼的。戚南眼见着某个频道的当家花旦女主持穿着某大牌最新一季的走秀款，拿着镶钻的手包从她面前摇曳而过，那架势跟女明星走红毯也差不离了。

看来自己对这场年会重要性的判断还是有些失误啊，好在戚南一直保持着新人思维，习惯做两手准备。她不慌不忙地进了女宾更衣室，不过区区两分钟，出来的她已是大不一样。

原本戚南穿了身草绿色修身丝质礼裙，这礼裙是挂脖的，戚南保守，特意披了条丝巾。现在她把丝巾取下系在了手腕上，莹白如玉的双臂和秀美的天鹅颈都露了出来，格外好看。戚南个子本就高挑，今天难得还穿了双银色高跟鞋，更显得她盘正条顺，凹凸有致。最近她的头发长到了耳边，勉强够绾个发髻，她也毫不犹豫，借助定型喷雾和黑色发卡迅速完成了这项复杂的工程。

改造的时间虽然不长，效果却很明显。当戚南重新站在会场上时，她发现原本对她"漠视"的花旦们开始陆陆续续地往她身上瞟，更有少数陌生男士上前搭话，问她是不是哪个频道新来的女主持，之前没见过，等等。

戚南来年会前就有心理准备，知道这种场合不可能全程都让她自在舒服，总会有一些打扰和意外。所以她也没板着脸，略微和来搭讪的人聊了几句，气氛还是很融洽的。

不过这种状况持续不了多久，年会快开场时，杨柳就把她叫走了。在对她的着装好一番赞叹后，两人便来到了座席前。省台的领导和益盛的高管们也陆续进场，年会的前半部分仪式就这么开始了。

台长、副台长相继发言，对本年度的工作做了总结。大屏幕上各项指标都很漂亮，这一年硕果累累。戚南看着交头接耳却又态度满意的益盛高管们，心想明年的广告费应该大有着落了。台里这一出一石二鸟当真不错，年会钱省了，明年的招商会也不用办了。

重头戏开场就唱完了，接下来气氛轻松多了。表彰会和文艺表演交叉进行，戚南的位置比较靠后，看得有点吃力。好在出乎意料的，《玫瑰人生》得了个年度最佳新节目奖，看着杨柳捧回来一个金灿灿的大奖杯，还有过几天到账的不菲奖金，戚南觉得这趟年会很值了！

穿着礼服端坐着是挺累的，戚南感受到了女明星们出席各种盛典仪式的不易。但这次台里倒也没想把年会弄得太复杂，杨柳刚跟戚南抱怨饿的时候，上半场就结束了。一群人浩浩荡荡换了个宴会厅，自由酒会开始了。

戚南刚端着盘子找了个空位沙发坐下，后头便传来一声娇斥。节目拿了奖，戚南今晚心情不差，她好脾气地放下盘子转了身，却发现她今晚的第一个"意外来宾"，登场了。

夜色正浓，好戏，才刚刚上演呢。

第十五章　年会，他的回归（下）

两年半的时光虽说不长，但戚南觉得自己还是被时间改变了许多。但当她看着眼前依旧娇俏却也不改往日刁蛮的林俏语时，觉得即使是再公平不过的时间，也没法彻底改造一个人。

"哟，我当是谁，这不是我们戚南戚大记者吗？戚大记者没去跑新闻却来了综艺，也不怕堕了你大记者的威名呀？"

穿着玫红色紧身裙的林俏语，美则美矣，一开口却还是老样子。戚南想起几年前在"猫与少年"里，和她的那一番唇枪舌剑，觉得那些画面遥远却又有些熟悉，还有些好笑，倒也没反驳她的讽刺，只笑了笑自顾坐下。

戚南的这番不在意的做法，换做旁人也许便偃旗息鼓、止戈休战了，但林俏语则不然。她生平最讨厌的，便是戚南摆出这种冷淡的样子，那副表情明晃晃是在打她脸，说她蠢呢。

"有的人别以为运气好，跟了档好节目就能飞上枝头变凤凰了，职场可不比学校，在综艺界你只能算鸡头，我可在卫视等着看你能扑腾出什么花样！"

林俏语翻了翻白眼，临走还甩下这通话，像是嘲讽，又像是战书。

戚南并不在意林俏语去了无数人挤破了头都进不了的香饽饽卫视，她也不介意有可能会跟这个处处与她为难的"故人"同处一个屋檐下，她有些想不明白的是林俏语至今仍对她敌视的态度。

往日她和林俏语勉强能算是"情敌"，相看两厌也属正常。但明明在顾清狄这个人身上，她戚南栽了，林俏语也被那位美国甜心取而代之，过去的事都翻了不知道几篇了，偏偏林俏语还对她这么心存芥蒂，这么厌恶。

想到这些事，戚南忍不住苦笑，盘子里的美食也食之无味了。她叹了口气，放下了盘子，从服务生手里截了支香槟，推门去了宴会厅旁的露台。

露台很大，也很空旷。其实这次宴会的布置也算周到了，金碧辉煌的宴会厅不用说了，连露台都被装点一新。戚南慢慢穿过露台，在无数藤蔓和彩灯下，悬挂着几架秋千，它们在晚风中轻轻摇荡，在她经过的时候，偶尔轻柔调皮地撞一撞她的裙摆。它们是那么孤独，却又那么惬意和自由。

这里好安静啊，和里头相比就是另外一个天地。戚南觉得自己有点醉，身体还有点热。她眯着眼瞄着手里那支快要见底的香槟，觉得酒色真是惑人，明明看着像糖果般无害的液体，却有这样的后劲，给她这样从未体会过的感觉。

但正是这些罪恶的酒精，却让戚南快乐了起来。她甚至哼着小调在藤蔓间跳起了舞，任由那些藤蔓痒痒地抚过她的全身。她觉得自己似乎与这晚风和远处不知名的花香融为了一体，她像是不存在，却又无处不在。

直到她转到露台边缘，看着露台下迎来送往格外热闹的泊车坪时，她还是笑着的。她在晚风中肆意舒展自己的身姿，却惹得不少宾客抬头张望。他们眼中的她，就像一个凭空出现的精灵，那么美，却又那么不真实。

顾清狄同样也被这肆意却不经意的美捕获了。当他边整理袖扣边侧身下车时，仅仅只是一个抬头，他便望见了露台边的她。

她笑得和他记忆中的每一种样子都不一样，带着一种甜蜜的迷醉，一种白日梦般的空灵。她像是被夜空和森林献祭而出，蛊惑每一个原本各怀心思步履匆匆的路人,让他们眺望,让他们驻足,让他们沉沦。

身旁不少宾客窃窃私语,以为这是在拍什么电影或是画报,甚至还有人拿出手机开了闪光灯摄像。顾清狄一下子清醒过来,下意识地想要去阻止那个拍照的人,他无法分辨自己的心情,只冲动地觉得这样的美不应该被亵渎。

可惜,他还是晚了几秒,这短短的几秒,足以让戚南也从那个微醺的梦境中醒来并逃离。当顾清狄再次急忙看去时,发现那个身影消失了。如若不是自己慌乱的心跳和身旁宾客抬头吵嚷,他一定觉得自己又做梦了。

一股难言的羞耻和熟悉的不甘涌上心头,顾清狄深深看了一眼她刚刚停留的地方,顿了顿,收敛了神情和呼吸,转身跨入了大堂。

不小心惹了事的戚南则躲在秋千后捂脸,觉得自己真是丢脸丢到家了,刚刚她在露台上是在干吗?! 以为自己是爱丽丝吗! 才几个菜啊就醉成这样!

戚南赶紧找了个空桌子把香槟丢了,这玩意儿她这辈子都不敢碰了! 好在是在外面,好在天很黑,这要是在宴会厅上做出什么不当举止,丢工作都是小事,这辈子可能都得有黑历史没法做人了!

她后怕兼反思完又是一阵疑惑,如果,假设,她刚才没看错的话,那个人,是顾清狄?

不等戚南分辨完看见顾清狄是真实还是幻觉,想要再次躲懒的她就被抓包了。刚推门进宴会厅,她就看见杨柳一脸无奈加略微嫌弃地架着喝得满脸通红的沈昀。沈副主任这体型,可不是闹着玩的。这不刚看见戚南,杨柳就朝她大声呼救了,再没人搭把手,她明儿个就是独臂女神了。

即便戚南非常不喜欢和陌生男人接触,这时候她也得有点眼色和杨柳一起把沈昀扶稳了。综艺部门一贯在台里就是靠边站的鸡肋,沈昀这么拼,无非也是借着《玫瑰人生》为综艺露露脸,天知道这些年他都憋屈成啥样了。

因着陈佳,杨柳和沈昀一直不太对付,平时没少和他呛声抬杠。但今天,看着沈昀这副样子,她也有些心酸。往日沈昀被轻视,在台里靠边站，整个综艺部门的人也一样夹着尾巴不好过。其实大家心里都憋着一股劲儿想要扬眉吐气一回，所以即使不爱应酬，今儿个她也默许被沈昀拉着四处招摇找存在感了。

不过越是香车宝马、衣香鬓影的场合，越容易碰到些衣冠楚楚的"禽兽"。杨柳、戚南二人扶着沈昀还没走两步，就被卫视某领导喊住了，话里话外连捧带踩地恶心了人一番，还强势地要灌沈昀酒，人五人六的样子看得杨柳真想翻白眼。

沈昀酒量再大，喝到现在也到底了，不好拒绝，勉强喝了两口，整个脸都难受得扭曲了。那领导一边呵呵笑，一边还不放行，还拉着身边据说是益盛集团大股东的广告商一起劝酒，逼得沈昀进退两难，却实在无力再喝了。

"沈副主任要是喝不了，不如身边的美女代替吧，也是一样的。呵呵，一人一杯，怎么样？"

话音刚落，见杨柳、戚南二人没有反应，这人还阴阳怪气地补了一句："你们可别不给面子啊！老沈，你说，你们不给我面子可以，益盛可是你们的衣食父母，总不能连闻总的面子都不给吧！"

杨柳和戚南望着那个被称为"闻总"的中年男人，发觉对方不仅眼神不干净，才多会儿工夫已经把她俩全身上下来回扫了几遍了，而且油腻腻地笑着不说话，心知肚明对方和某领导是一路货色，不占点便宜那是不肯走了。

沈昀已经到了极限，说话都哆嗦，显然指望不上了。杨柳本就是个暴脾气，忍到现在也不想再赔啥好脸，正了颜色甩了一句"备孕呢喝不了"，就给戚南使了个眼色架着沈昀便要离开。

"哎，别急着走啊，这不还有一个呢嘛，你喝不了让她喝呀！"

油腻二人组真是绝了，不依不饶，把路挡了个严实不说，还企图伸手去拉杨柳和戚南，把两人恶心得只能停了脚步。

戚南心里也很烦，没见过这么没皮没脸的，明显找茬来着。杨柳备孕不能喝酒不假，实在不行也只能她硬着头皮象征性地喝几口。这不，刚立的再不碰酒的 flag 怕是立马就要倒了……

"这是……怎么了？"

一句缓慢低沉却格外好听的男声打破了尴尬的氛围。杨柳心里松了一口气,却在抬头望向来人时,变了脸色。她略微担心地朝戚南看了看,意外地发觉她脸色平静,没有慌乱,也没有丝毫激动。

"好久不见,学弟。"

杨柳反应很快,迅速挂上了笑容主动和顾清狄寒暄起来。短短几个来回,杨柳发现顾清狄变化不小。除了依旧俊美的面容,从发型到穿着再到气质,现在的顾清狄已今非昔比。

只是现在的杨柳没有心思细究这些变化。她借着与顾清狄的寒暄打岔,无非想把之前喝酒的事儿不经意地划过去,只是她心里还是有些担心,那油腻二人组不按常理出牌,一再让人难堪。

杨柳心里担心什么,戚南很明白。虽然眼前的顾清狄早已经不是她春闺梦里那个青年,但她就是莫名相信,只要他出现,他就能控场。她记忆中的顾清狄,是不会打无准备之战的。

事情的发展确实也如同戚南料想一般。她看着顾清狄从容自如地与油腻二人组攀谈,看着原本鼻孔朝天的那位"闻总"主动与顾清狄握手,看着油腻二人组对顾清狄连带着她们的态度都迅速转好。以至于到最后,油腻二人组主动拉着顾清狄,挨个儿要和大家碰杯敬酒,嘴里还说着喝不喝随意。这气氛,真是好不和谐欢快。

戚南全程未置一词,只淡笑着做个工具人。杨柳、沈昀自不必喝,她呢,笑着喝总比被人逼着喝强。眼见油腻二人组的酒杯递到跟前,她已做好了走个形式应付两口的准备。谁知香槟刚入手,便被突然冒出来的闻琛气急败坏地夺走了。

"你喝什么啊!"

闻琛难得在戚南面前吼了她一声,转头又冲着油腻二人组放了话。

"你们要喝是吗,冲着我来啊!三堂叔,你是觉得咱老宅的酒不好喝是吗?要不下次回老宅我让老头子给你开个十坛八坛,侄子陪你慢慢喝啊!"

被闻琛称为"三堂叔"的那位"闻总",肉眼可见在益盛正牌太子爷面前退缩了,老脸一时也挂不住,只嘴里重复嘟囔"你这孩子",又忙着朝周边人四处赔笑。

闻琛才懒得管他什么反应,径直和杨柳打了声招呼,便要把戚南拉走。戚南不想再生是非,知道闻琛是为她好,也不愿在公众场合尤其是在他亲戚面前驳他面子,便也软了下来,顺从地跟着闻琛离开了宴会厅。

闻琛这么一搅和,剩下的人都觉得尴尬,找了个理由就都散了。

顾清狄待在原地,看着那抹绿色身影被闻琛带走、消失。这些天闻琛对他的敌意瞬间有了缘由,原本他应该觉得好笑或恍然大悟,但事实上,他却感到艰涩难受,尤其是想到自己亲手为他挑了那样一件礼物,简直是蠢不自知。

顾清狄垂了眼,轻轻呵了一声。他晃了晃杯中的香槟,不假思索地一饮而尽。少量酒渍溢出,沾湿了唇角,他也只是慢条斯理地用湿巾擦干净。做完这一切,他便转身投入了人群中。

夜,还很长,有些闹剧刚刚结束,但有些故事才刚开始,不是吗?

第十六章　新年好

小年夜一过,除夕就不远了。和往年差不多,到了这个时候,台里休假的休假、回家的回家,已是空了大半了。加上今年年前这几天尤为寒冷,除了必须外出跑新闻的几档栏目,多数频道都停止出外景了。余下的留守员工们,不是窝在台里水吧喝咖啡,就是各部门间串门凑热闹,一起躲懒。

戚南所在的综艺部门,情况也是如此。一年忙到头,好容易到了年关,谁还有心思干活,都等着发年终奖呢。就是你想干活,其他部门也没人配合不是?好在戚南的台本攒了不少,足足拍到开春都有富余。她索性也随了大流,拒绝"内卷",年底摸鱼一把。

许是刚发了一笔不菲的奖金,年终奖也有盼头,今年综艺的办公室里气氛格外祥和热闹。戚南眼瞅着陈佳拉着这个、揽着那个的,从包包衣服聊到了年货,心里也有些感叹还是这位姐心态好。前段时间还为了选题和她们争得脸红脖子粗,现下沾《玫瑰人生》的光拿了不少钱,倒落落大方地只想着怎么花钱了。

不过陈佳倒是提醒了她,马上就要回家过年了,作为自己独立挣钱的首个新年,总要买些年货孝敬孝敬父母。年后就是杨柳的婚礼,她也该提前好好备份礼物,以表她作为好友的心意,以及作为徒弟的谢意。

戚南是个行动派,早早下了班吃了饭,搭晚高峰的地铁,去逛逛平日里不太去的几个商场。

逛街是个力气活,连逛了两个加起来十好几层的商场后,拎着两三个购物袋的戚南也觉得有点吃力了,于是她随意找了个中岛咖啡吧,想坐下来喝杯东西歇歇脚。

咕咚咕咚喝了一大杯果汁后,流失的体力回流了大半。力气是有了,只是意识上还有些犯懒,导致戚南还瘫坐着不想动弹,只一双妙目左右横扫,把这一层的四周端详了个大概。

越靠近年节,商场的喜庆色调总是愈发浓郁,人潮也更拥挤热闹,这个商场当然也不例外。只是色彩也好,人群也罢,都不是戚南关注的重点。她把目光投向了周边的品牌和业态组合,看着看着,倒觉出几丝兴味来。

这个商场刚开不久,相比于戚南熟知的那几个老百货,这个购物中心的客流目前看起来还不算多。但戚南发现,这个购物中心的品牌组合似乎有些不按常理。就像目前她所在的一楼,居然在一堆潮牌、彩妆、数码中间穿插了一个不小的美食广场,里面是琳琅满目的咖啡、甜品烘焙、下午茶甚至还有小酒馆,简直热闹非常,还有不少网红在里头打卡拍照。

戚南虽不是专业做房地产的,却也知道对于购物中心来说,一楼是门面、基调,也是寸土寸金之所在,一般都是重零售轻餐饮。一个敢在一楼花大面积做餐饮的商场,不是招商规划有问题,就是另辟蹊径在搞创新。

显然这个商场属于第二种了。戚南发现,虽说这是个美食广场,可是里面的品牌无一不是主打社交空间的网红品牌。这个商场很巧妙地把年轻男女们喜欢的购物场景和社交体验融合在一起,把通常高冷的一楼做成了流量高地,让商场显得活力满满,又年轻又高级。

　　天马行空地想了一通，倒也没有那么疲累了。眼瞅着过不了多久商场就该结束营业了，戚南理了理头发和衣服，重整旗鼓，决定再去逛一逛，给今晚的扫街收个尾。

　　不远处，一家赛博朋克风格的数码店里挤满了年轻人，好像是有什么新品发布，不时还爆发出阵阵尖叫声。戚南有些好奇，她慢吞吞地走过去，打算在门口张望一二，也凑凑 Z 时代群体们的热闹。

　　原来是 BOSE 家最新款无线降噪耳机问世了，店员一边卖货一边直播，直播间和门店里的粉丝们各种互动，好不热闹。眼瞧着这些粉丝们抢这小几千的耳机像抢白菜似的，戚南只能感慨自己的钱包太瘪。想当年她攒了小半年的零花钱才咬牙买了那一副耳机，即便到了今天要再买上一副，对她而言也依旧是个有些奢侈的决定。

　　戚南叹了口气，晃了晃手里的包，岁月匆匆也许增添的只是人的年岁，穷这种属性终究不是轻易能抛掉的。

　　这一晚上花费可不少，从明儿起还是得努力搬砖挣钱啊！被年轻一代的阔绰刺激到的戚南，只能灰溜溜地赶紧逃离。

　　灰溜溜遁走的戚南，刚一转身，迎头便瞧见了朝她这头走来的一行人。这一行人除了衣着正式些，和普通的白领倒也没有太多区别。只除了，中心是一只金光闪闪的，且戚南不怎么想看到的"海龟"。

　　是墨菲定律在作祟吧？不然如何解释为何顾清狄又再一次出现在她眼前？一个本该消失在她生命里的人，无意也好，有意也罢，再次频繁出现在她的生活里，难道真是上天跟她开的玩笑？

　　最近，遇见顾清狄的次数着实有些多了。戚南的心一次比一次乱。就像现在，她竟然有些慌不择路地冲进那家数码店，随手拿起一副耳机装作隔绝尘世，却又在看见顾清狄朝她微笑示意并大步走来的那一瞬间，脚步僵硬地被锁在了原地。

　　在这个商场遇见戚南，对顾清狄来说也是意外。原本和合作商相谈正欢的他，出乎意料地看见那个几天前消失在他面前却在脑海中纠缠他良久的故人时，行动又一次先于意识做了决策。他突兀地提前结束了和合作方代表的谈话，并且拒绝了对方的聚餐邀请，在对方惊诧甚至有些不解的目光中，直直走向了戚南。

"戚南，好久不见。"

酝酿了许多言语，翻腾了多少心事，最终见了她的面，却只道出这一句。不知怎的，顾清狄竟在心里叹了一口气。

戚南脸上挂上了笑，朝他点了点头，算是回应。只是那笑不达眼底，客气但疏离。被她那双清凌凌的眼睛看着，顾清狄觉得喉咙有些堵，心里莫名不是滋味。

"一个人来逛街吗？怎么没有人陪？"

冲动的话刚一出口，顾清狄就后悔了。虽然他也并不十分明白自己凑上来找她的目的，但绝不是为了要惹恼她，或让她不快。刚说的这句话，只有他自己心里清楚带了多少酸意，也明白在别人听来像是一种讽刺。

是他失言了，顾清狄抿了抿嘴，脸上迅速闪过了一丝不自然。

戚南心里像被刺了一下，虽不至于脸色难堪，说出的话也冷得很。她收敛了脸上的笑，对着他说："我素来孤家寡人，也不要人陪，比不得你。"

顾清狄的喉头越发堵了，戚南从没在他面前这样冷言冷语，乍一听见，倒让他呆了呆，不知道怎么接。

顾清狄的沉默，让戚南觉得自己刚才说的话有些太过分，话里又像对他还有心思似的，一时也觉得不妥，心里隐隐有些懊恼，还有点后悔。

空气似乎凝滞了。两人刚一见面，气氛就这么尴尬，并不是顾清狄所愿。他小心地觑了觑戚南，发觉她已不再看他。他怕她生气，急着想说些什么找补。只是嘴唇上下翻动了几次，终究不敢再轻易开口。

"算了。"

过了好一会儿，戚南叹了口气，她觉得自己已经没有必要再待在这里。顾清狄见戚南越过他就要走，一时情急，竟上前抓住了她的手。感受到她的挣扎，他觉出不妥，又立马松开。

"戚南，别走。"

这几个字顾清狄说得很轻，有些艰涩，又仿佛带着点难堪。不走？不走又能如何呢？戚南的心里由慌乱紧张变得空洞。她不知道他想做什么，却又觉得很累，不想去想。

"顾清狄，你到底想说什么？"

戚南平静地看向顾清狄，她没有上下打量，只对着他的眼睛淡淡地吐出一句。明明她在看自己，顾清狄却觉得她像是透过了自己在看向一片虚无，那么平静无波，又毫不在意。

对着这样的戚南，顾清狄再一次沉默了。戚南像是早有所感，不在意地扯了扯嘴角，径直越过他走开了。

这一次，顾清狄没有追上去。他僵在原地，看着自己刚拉住她的那只手顿了一会儿，然后负气般地踢了踢地面。那动作有些稚气，还带了一句嘟囔。

"新年好。我，我是想说，新年好，戚南。"

已然走远的戚南什么都没有听见。商场外的风雪渐渐大了，呼啸的寒风掀着耳后的头发不断扑打着戚南的脸，她的视线有些模糊。戚南觉得，这一刻，她看不清前面的路，也看不清自己的心。

第十七章　新年琐事

从年前到正月，仿佛就是一瞬间的事情。自那日过后，戚南有好几天都过得提线木偶般浑浑噩噩，等她醒过神来，被耳边噼啪作响的爆竹声再一次从松软的大床中唤醒时，才猛然发觉已经到初四了。

戚南老家的习俗是除夕团圆饭，初一守家门，初二拜岳母，初三才算开始正经走亲戚。初四这天，按惯例是要去姨妈家拜年的，只是除夕夜那一顿饭，吃得戚南心里有些不是滋味。所以初四她找了个由头偷懒，没随着父母一起出门。

除夕夜，长辈们的话言犹在耳，戚南想着想着，有些烦躁地翻了几次身。虽然她知道一旦工作的事情稳定了，接下来长辈们的注意力难免会放到催婚上，倒不是单独针对她。但真被大伙儿挨个问下来,她还是有点招架不住。那些反复且无营养的话在她脑子里翻腾来去,让她心里憋着一股气,却不知道散去何处。

思来想去无果,在床上躺着也是无趣,索性起床出门溜达溜达。虽说年节里欢聚才是常事,但怀着心事的戚南依旧选择了她最常用的排遣方式,在独处中和自我对话,尝试和自己和解。

戚南一路略过了红火热闹的大街小巷,在春节的喜庆和烟火气中走向了她此行的目的地——真应寺。

这个寺庙离她家不远,走路也就是两三公里的路程。真应寺说是个寺,不过是个坐落于县城后山腰的小庙。这庙小得很,总共才五六间屋宇,以前是戚家的祠堂和家庙,并不对外开放。只不过在风雨中浸润了百年,加上后山开发成了景区,便也由政府出资修缮了一番成了个小景点。

近年来,真应寺慢慢对外开放,有些游客或者遛弯的本地人偶尔会进去看看,赏个景,或上炷香。

戚南小时候被祖辈带着,来过这里几次,不过那都是很久远的记忆了。那时候的她太小,并不喜欢这种肃穆的地方,每次来心里总隐约有些害怕。不过这两年,但凡回家,她倒是常来这里。于她而言,这里已蜕变成了个温暖舒适的避世之地了。

这次隔了有些久,有大半年没来了,不知道那个假和尚还在不在?戚南心念一动,加快了脚步,连跨了几个台阶,抬头便看到了虚掩着的寺门。

明黄古朴的寺门刚被推开,戚南一眼便望见她此行要寻的人了。假和尚还是那副神神道道坐在树下冥想的模样,戚南心里松了口气,她也没出声,只放慢了步伐朝他走去。

"既然来了,就过来坐会儿,坐会儿,心就静了。"

假和尚还真是有点神通在身上,没睁眼就晓得是她来了。戚南有些吃惊,但也顺从地拿了个蒲团,和他一并在树下静坐了会儿。

耳边是簌簌的风声,空气中仿佛飘着些寒日下松柏的冷香,还夹杂着些好闻的香火气。戚南闭着眼放空了一会儿,觉得身上虽有些冷,但思绪确实平静了许多。

谁料想刚一睁眼,戚南就看见那假和尚不装圣人了。他不知从哪摸出个烤红薯在那里吭哧吭哧地吃着,闻着还怪香。虽说戚南曾在这寺中小住过,早已习惯了他不按常理出牌,但面对此情此景她依旧有些无语。

只是,还没等她发话,这人便朝她抛来个金黄滚烫的红薯。戚南手忙脚乱地接了,然后居然鬼使神差地在无语的氛围中默默随着他啃完了一整个红薯。

"吃饱了,整个人都舒坦了吧?人生在世,吃喝玩乐,别一脸苦大仇深的,年纪轻轻的把自己给熬老了,小心回头真没人要了啊。"

一开口就这么恶毒,一肚子邪门歪道的真不像个和尚,是戚南熟悉的调调。戚南翻了翻白眼没接话茬,只觉得这烤红薯还真好吃,吃完肚子里暖洋洋的。戚南有些不想动弹,难得没像往常一样顺着他的话再反驳一通。

也不知这红薯他从哪个山坳里摸来的,又是怎么烤的,竟比她这些年吃过的都好吃。戚南有些意犹未尽,虽不好意思开口问,但不得不佩服在吃喝一道上这假和尚也是有些本事的。两人从一开始的不对付到后来的相处融洽,这和尚一直宣称皆因戚南被他的佛法所折服,只有戚南心里知道,大概真正折服的,只有她的胃吧……

"我再没人要那我也有爸妈也有家,哪像你,家也不要了?大过年的还待在外头?"

戚南虽然嘴里嫌弃他,老喊他假和尚,但说这话真不是讽刺。两年多了,他一直都在这儿,平时也就罢了,大过年的,哪个游子不想回家团圆。他只身一人,难道不会觉得孤单?

前头问的,他没有作答,后头这一句,戚南也没有再问出口。

两年前,自戚南来寺里小住的第一天开始,她便得了住持的嘱咐,没有过问他的姓名来历。戚南只隐约知道,他比自己早来寺里几月,对外说是来挂单修行的,可戚南见他言行举止和样貌并不像个真和尚。一开始,戚南对此事也不是没有过疑惑,只是住持和他都讳莫如深,戚南便也知趣。毕竟她晓得,住持与戚家有旧,要真是什么危险不靠谱的人物,也不会放心把人往寺里领。

也许他也有不能释怀的苦痛埋在心里吧,这苦痛或许太深,或许太难解,以至于他避世在此足足两年多也未曾离开。

戚南从未奚落过这般气质、学识都不似常人的他，选择了一种逃避的方式"虚度"人生。因她感同身受，当一种痛苦到了极致，当人生到了无解的地步，躲到无人注意的角落，度过一段无人问津的岁月，或许能寻到另一种解法和可能。

两年前的戚南，深陷情网难以自拔。在她最痛苦的那段时光，在她近乎抑郁的那些日子，对顾清狄无望的爱和不甘成了她破碎的心中无法翻越的高山。她尝试了无数种方式想要越过那座嶙峋的高山，行至无路时，她选择了来真应寺避世。

那时候，所有人都劝她翻过那座山或放下那座山，只有假和尚一人告诉戚南，放任山在那里也是一种出路。

一开始，戚南并不赞同他的逃避，也不疑问他对自己经年累月的放逐。可后来与他的相处中，戚南慢慢体会到，如果人的一生注定有些障碍无法跨越，那么坦然面对，与自己和解，没有大刀阔斧的改变，却也是一种水滴石穿的修行。

"我又遇见那个人了，面对他时，我还是会不由自主地不安、心痛和欢喜，这么久了，我还是放不下。你说，我是不是很没有悟性？"

一口气把憋在心里好多天的话都在假和尚面前吐了出来，戚南不由得舒了一口气，虽然心中还是觉得无奈且无力，却也没那么堵了，瞬间好受了许多。

"人生本就有许多难解的事，只不过每个人的课题不一样。感情之事最为缥缈难言，你参不透，不能说悟性不够，只能说你对感情的需求或者企盼比平常人来得更多些。得到也好，失去也罢，只要你用心搏过，内心坦荡，就算没辜负这一场修行。"

假和尚难得温和地拍了拍戚南的肩，又出言以示鼓励。还没待戚南感动，这家伙又挤眉弄眼地调笑了她一句。

"本大师最近夜观星象，发现施主你红鸾星动，只是这次的红鸾星赤色大显，光亮四溢，恐怕施主所求之事会迎来转机哦！"

戚南没理会他这番"胡言乱语"，毫不客气地把他放在自个儿肩头的手掀了下去。假和尚倒也没说什么，拍了拍手便起身施施然地朝后山走去，背在身后的手还朝戚南招了招，示意她跟着自己一道去。

戚南毫不含糊地跟了上去，到了后山一处崖边，才发现假和尚是带着她来瞧风景的。

从这处山崖向下望，竟能将整个城镇的风光尽收眼底。戚南跟他一起驻足看了许久，看着短短几年她所熟悉的城镇也有了这许多变化，惊叹之余，多了些说不出的感慨，心境也开阔了许多。

"什么时候下山？"

每次告别前，戚南总会问这么一句，假和尚也总不作答，这一次也无例外。

只是当她步履轻松地下山时，她心里已隐约有些明白，她必须回归属于她的疆场，她的疆场在 J 市，在顾清狄。而和尚的疆场不在外界，只在他自己的内心。

而这一场仗，他和她能否都打赢，戚南不知道，却也觉得不重要。朋友一场，相互鼓励和陪伴，已经很好，此去一别，唯有相互给予的温暖及勇气，以及遥祝曼福不尽。

第十八章　同窗聚会

去过真应寺之后，戚南自觉心境舒朗，恰逢天晴日好，便随同父母亲友该逛逛该吃吃，抓着假期的尾巴过了个十足的好年。而远在 J 市的顾清狄，却没这么幸运了。

接连几日阴雨连绵，屋内屋外的潮气将 J 市年节的喜气都冲淡了不少，加上近日来烦心事颇多，顾清狄心情郁郁，没怎么出门，常在房中一待就是一整天。

这让葛秋然女士不免有些担心。以往年节里，哪场交际应酬自家儿子不是焦点人物，怎么今年突然变成闷葫芦了呢？不爱交际也就算了，怎么脸上的笑容也较往常少了许多，看起来心事重重的，问他也不说，真是愁死人了。

就在葛女士抓耳挠腮、挖空心思怎么把顾清狄骗出去热闹热闹时，却见自家儿子穿戴整齐地拿了车钥匙往外走。葛女士不明所以，赶上前去问了两句，得知他有个同学聚会，这才放下心来，又嘱咐了他两句注意安全、开车不喝酒之类的话，就放顾清狄出门了。

肯出门见人就是好事。葛女士深觉儿子变化很大，有些陌生感和距离感。不过，也许是刚回国还不适应吧，多见见旧友兴许就能把以往的活泛性子勾起来呢？惯常懂得安慰自己的葛女士转念这么一想，又开心地哼着小曲儿准备晚饭去了。

天色有些黑了，路面上泥泞得很，车也很多，顾清狄开得很慢，心里有些乱。眼看着年后又要启程赴美了，日子一天天逼近，项目进行得还算顺利，导师那头他倒不担心不好交差。唯独有一件事，梗在他心头，他得处理清楚了才能走。

顾清狄心里记挂着这件事，机械地一路缓行，直到把车子开到了他头几年惯爱去的那家饭馆，也就是此行的目的地，他才从恍惚中惊醒。

他在车里愣了好几秒，定了定思绪，熄火下车。到了包间推门一看，果然自己来得最晚，其他人都到齐了。

"老大你咋来得这么晚，这些年可把我们想死了哎，可怜我这些年独守空房、春闺梦断，又当爹又当妈……"

几年不见，还属方杨最可恨。他没等顾清狄看清人脸就冲过来，摇得顾清狄胸闷气短。正主还没开口就先被他这个丑角抢了戏，一下子惹得全场哄堂大笑。

顾清狄强忍着无语把方杨推开，快速环顾了桌子一圈，待到发现了那个他想见的人时，提着的心才稍微放松一些。

他快速调整了一下姿态表情，带着 520 寝室众人熟悉的那股气势，健步如飞地走向了邵平飞边上的空位。

都是同学，又兼室友，大家也没计较什么酒桌规矩，见东道主坐下了，便也呼朋唤友地把桌子围住了，大家伙儿一边寒暄一边等着上菜。

顾清狄依旧是话题的中心，寒暄了几句下来，毫无例外地收获了一圈或羡慕或崇拜的目光。而他也了解到了这些昔日同窗们各自的生活，感慨之余，内心也涌起一种久违的温暖的感情。

　　这种感情在一瞬间融化了他在美国那段生活里竖起来的坚冰，使他的面孔在夜晚的灯下柔和了几分。

　　菜上得很快，趁着大伙儿酒意正酣，顾清狄借着敬酒的由头和邵平飞轻声寒暄了起来。几句话来往，他便发现这个室友兼往日的头号跟班基本没什么变化，还是那么大大咧咧，也还是那么容易套话。

　　这不顾清狄没费什么力气，便套出来他关心的那件东西的下落来了。

　　"老大不好意思啊，那耳机被我用坏了，这不好几年了嘛，这玩意更新换代也快，我就没去修。"

　　邵平飞喝了不少酒，本就有点上头，提起这事更是羞赧，一边挠头一边支支吾吾地道歉。

　　"要不我重新买个给你吧，那玩意儿都旧得不行了，修了也不一定能用。"

　　见顾清狄脸色不好，邵平飞又想起那些年被顾老大支配的恐惧了。虽然想不明白顾清狄为何突然问起这件旧物，但还是想方设法开始找补。

　　"没事……不是什么重要的东西，你不用修，找出来给我就行。麻烦你了。"

　　乍一听见东西坏了，顾清狄心里咯噔了一下，有些失落，也有些莫名的愧疚。只是这事说到底赖不着旁人，何况邵平飞都这么说了，东西也不是找不着了，他便也缓和了脸色，找了个别的话题把这事揭过去了。

　　大伙儿你来我往地喝了不少酒，加上久别重逢，这一桌又都是男孩子，气氛逐渐热烈了起来，说话也没了什么禁忌。

　　不消说那几个名花有主的，各自的感情、婚姻生活被扒了个彻底，就连单身的都一个个被起哄地说了不少心底绮事，什么难以忘怀的初恋啦，往日校园的白月光啦。偶尔蹦出几个大家伙儿都熟悉的名字时，更是你一言我一语，气氛跟说书似的极为热烈，就差拍桌子敲板凳了。

　　要真论起来，少年情事一类的话题，顾清狄绝对是八卦的焦点、风暴的中心,要说起来那可能几天几夜都说不完。但兴许是隔了几年,又都境遇迥然,再见着面时,顾清狄的气场强大又略显疏离,倒弄得大伙儿不敢轻易把话题往他身上带,只能从旁人身上聊起,想着先抛个砖再引个玉。

"来来来,晓白白,这么多年哥们看你也没谈个正经恋爱,是不是心里有啥忘不了的美人啊,快跟大伙儿说说,大伙儿帮你参谋参谋!"

这一群人中,秦晓白为人最低调,和顾清狄玩得最少。但即便不熟,大家也是一个寝室的,是以顾清狄知道在学校那会儿,秦晓白确实是没谈过恋爱的。

要说他长相也很斯文,不至于没有女孩子喜欢,到底因为什么一直单身,饶是对这类事情一贯不太上心的顾清狄,也被激昂的气氛烘托得八卦了几分。

看得出来,秦晓白不太能喝酒。几杯下肚,整个脸烧得通红,又被问及心底最深的隐秘,更是整个人哆哆嗦嗦,就差头顶冒烟了。禁不住大家问一句话劝一杯酒的套路,没几个回合他便坚持不住吐露了干净。

"你们还记得新闻系那个气质很清冷的女孩吗,就叫戚南那个?她很符合我的审美。毕业后其实我也谈了两三个,但都没有她给我的那种感觉。其实说起来,我跟她连话都没说过几句,那种感觉我也说不上来,但就是忘不了……"

秦晓白说着说着有点恍惚,像是陷入了某段记忆里出不来。大伙儿乍听见戚南这个名字,感觉陌生又有点熟悉,反应了一会儿才都想起来。几年前顾清狄的生日宴,那个女孩也来过,只不过像是有事,没待一会儿就走了,后来便再没出现过。

"哈哈哈晓白白,没想到你这么痴情啊!来,再喝点酒,和大伙儿说说那女孩儿的事,哥几个也发动发动资源,说不定能给你把人找着,让你们再续……"

"好了方杨,没看晓白快醉了吗?别折腾他了!"

顾清狄不知道什么时候,走到了方杨和秦晓白身后,他不声不响地说了这么一句,又笑着按了按秦晓白的肩,示意他坐下歇会儿。方杨看着顾清狄的侧脸,不知为何觉得老大的笑有些阴飕飕的,就像有一股冷风绕着他身边刮。他不由地缩了缩头，溜回自己座位喝酒去了。

这一场聚会闹到半夜，宾主尽欢。曲终人散之际，当倒霉催的方杨被顾清狄安排了送喝醉的小伙伴回去时，他看着倒在自己车后座不省人事的秦晓白，不知怎的心里感觉有些诡异，仿佛哪里被他漏掉了串不起来。

只是酒后的劲上来了，他也昏沉沉的，想不了这许多，眼瞅着代驾到了，便也晕乎乎地钻进了副驾。

车子扬长而去，徒留一地泥泞。

第十九章　春心莫共花争发

桃花落处无人见，濯手唯闻涧水香，春日正盛，杨柳的婚期也临近了。

在迟迟春光里办婚宴，是杨柳早就想好的。先不说她是个白羊座，心心念念想在自己的生辰月办这件大事，就说这个时节的天气，也是清爽宜人，又处处是景，能在这样一个浪漫的天气里办一场草坪婚礼，光是想想都让人觉得万分美妙了。

杨柳拿定了主意，她家里那位是个脾气好的，又宠老婆，自然是没意见的。整个婚礼，大到婚宴选址，小到伴郎伴娘的礼服捧花，一应流程和细节都是杨柳操办的，新郎就出了个人头，啥都不用操心，白赚了个美娇娘，简直省心地躺赢到让戚南都暗中艳羡不已。

说起来圈子真小，也是缘分使然。杨柳从大学到职场一路走来，谈了几个男朋友最后都不成，几乎要对爱情绝望的时候愤然投入相亲大军，却和王瑞这个校友一见如故，相处下来更是日渐情深，不过一年双方便决定要结婚了。

所以当得知杨柳的秘密男友竟是和自己关系也很铁的学长王瑞时，戚南不由得感叹了一番命运的奇妙，也由衷为他俩高兴。

而当杨柳向戚南抛出伴娘的橄榄枝时，内心不喜张扬的戚南毫不犹豫便答应了她。能为这场婚礼出一份力，戚南觉得理所应当且心甘情愿。

但直到戚南伴着杨柳从草坪的这头走到那头，看着眼前这一对新人交换完戒指，又笑着拥吻在一起时，她内心闪过的第一个念头不是为这美好画面而感动，而是真心地舒了一口气，结婚真的太累了！

天知道这几天她是怎么过的，简直一个囫囵觉都没睡过啊！杨柳要强，又是个细节控，把结婚当作项目来做，以至于戚南从认领了伴娘身份被拉进婚礼筹备群的第一天开始，就感受到项目排期一般的压力。杨柳力求完美，势必要呈现一场旷古烁今，哦不，美妙绝伦的婚宴，结果呢，婚宴是挺美妙的，但戚南这些人也快累瘫了。

不说旁的，就说戚南身上这套伴娘礼服吧，本来嘛，婚宴上的女主角是谁大家心里都很清楚，听说过对婚纱要求高的，没听过对伴娘服力求完美的。可杨柳倒好，偏偏很自信，说她的伴娘团也得是一水儿仙女的顶级伴娘团，拍照都不用加滤镜的那种。

以至于，戚南穿了件杨柳精挑细选的，不仔细看都不会认为是伴娘服而是主角团礼服的绝美仙裙，还踩着一双精致的细高跟，美美地拖着小裙摆陪杨柳去这去那。美则美矣，戚南的内心加肉体却是又累又崩溃。

高跟鞋这种反人类的凶器，戚南这么多年能不碰就不碰，毕竟之前穿高跟鞋面试的惨痛经历她还历历在目。可是小雀也好，杨柳也罢，偏偏都逮着哄着要她穿，这俩人平日里又特别热衷于打扮她，这下倒好，从头到脚被杨柳改造了个彻底，又被今日的御用摄影师小雀拍了个彻底。

戚南想起来就满脸无奈，这段被当作洋娃娃的黑历史怕是以后都洗不掉了。

好在婚礼流程过了大半，杨柳也终于大发慈悲地放戚南加一众伴娘自由活动休息休息。戚南委婉地拒绝了几个伴娘团的小姐姐打卡合照的邀请，拖着"残躯"随便找了个安静处坐着歇歇脚，恢复恢复体力。

戚南一边揉脚一边吸气，这种绑带细高跟看着仙气，一圈走下来脚跟脚背都能勒出几个红印，更别提来来回回逛这么大半天。戚南松了松绑带看了两眼，得，脚跟是早就磨破了，红肿了一圈，但好在没怎么出血。

这种情况是该立即去消个毒再抹点药，不然隔天脚非肿得更厉害不可，但戚南一坐下，便觉十分懒怠，只想着多坐一刻。

这时节的风，吹得人痒痒的，风中还带着不知是花香还是香氛的甜美气息，令人闻之欲醉。这本是个偏僻静好的地儿，却总有那恼人的蜂蝶扑面而来，叫她不得清净。

"小姐姐你好，我是杨柳的朋友，我姓钟，我注意你很久了，很想认识你，冒昧问了一下杨柳得知你还是单身，不知道方不方便加个微信，给我一个了解你的机会？"

戚南看着眼前第三拨问她要微信的蜂蝶，心中感慨这个倒是个知情识趣的，没有贸然在她身边坐下，也没有不问过主人家便胡乱攀熟人。因他态度恳切，风度倒也不差，戚南还多看了两眼，发现这位钟先生长得倒也斯文干净，像是自己曾经会喜欢的那一款。

只是曾经沧海，戚南的心境也不似从前，此刻并没有心力去经营一段新的关系或者情感。戚南略想了想，还是以伴娘服没法带手机为由，婉拒了他。这位钟先生也确实为人体贴，没多说什么只笑了笑道了歉便走开了。

戚南的心里有些怅然，也有些无力。对顾清狄的情感本就像扎根在她心底深处的藤蔓，即便流年偷换，稍有牵扯便刺痛苦闷，更别提连根拔起移就他人。她试过酩酊大醉，也试过修身养性，却无一不是鲜血淋漓、作茧自缚。

而最可悲的是，那些经年的隐忍与痛楚，在重新见到顾清狄的那一刹那，喷薄而出，仅一小缕欣喜与思念，便胜过了所有。

也许世间万物都有理可循，偏偏爱情不讲道理。戚南知道，只要顾清狄还在自己心里一刻，那她眼前所有的人都将沦落为背景板。背景板没有温度、没有颜色，只有他才是唯一的，灿烂的，鲜活的。

戚南几乎是在喜欢上顾清狄的瞬间，便明白了这个道理，时间与阅历又反复为她印证了这一点。而对顾清狄而言，这一点一直是模糊的，是被他曾经刻意忽略的，而直到现在，直到此刻，他才顿悟明晰。

顾清狄本可以不来参加这一场婚宴的，毕竟他已经以身在美国、诸事缠身为由拒绝了杨柳的伴郎邀约,再舟车劳顿赶过来赴宴,未免言不由衷、小题大做了。

可回美国的这些天,顾清狄总是心绪不安。每每看到案桌上那一方洗净的锦帕时,脑海中也总是浮现戚南的一颦一笑。他总能在梦中看见那一双湖水般沉静却又盈盈动人的眼睛,而那些他曾经以为可以深埋的回忆也报复般地纷至沓来,让他时而心焦,时而心动,让他不得安睡。

顾清狄在经历过那一番变故与挫败之后,不可避免地情冷了、心硬了,已经很少有人有事可以真正牵动他的心绪了。可自从与戚南重逢之后,他已屡屡失态。年会再见时的惊艳心动,得知闻琛、秦晓白心意时的嫉妒不平,明白锦帕缘由后的后悔心痛……种种复杂的情感,那些比上一段恋爱更激烈的心跳与战栗,都叫顾清狄反复思索一个问题,也是几年前他可能就解错的一个重要问题。

这些天,他反复问自己,戚南,对他顾清狄而言,是可以随意放弃或者逃开的三千弱水,还是那命中注定、独一无二的一瓢饮呢?

现在,他站在这里,看着窈窕动人的满庭芳华,眼里却只容得下戚南一人。她那样美,顾清狄眼睛不眨地看着她,四周寂静无声,唯有轰鸣强劲的心跳,在真实地提醒他,那个他早已知道了的答案。

岁月经年,终有了轮转。此刻好风好水,美景无限,一切都变得不一样了。

第二十章　落花时节又逢君

一声孩子的欢呼尖叫,把远远近近的风景与人声重新拉回顾清狄眼前,他迅速眨了眨眼,这片草坪又变得热闹起来。他顺着声响,发觉脚边是莽莽撞撞、泫然欲泣的小男孩,面前是手里还拿着创可贴佯装要打的年轻母亲。

被猛然扑了这么一下,顾清狄倒没生气,只扶着孩子的手臂将他提溜了起来，顺手还给了他母亲。

　　婚宴上宾客来往不绝，没人会注意这个小插曲，戚南自然也无例外。懒坐了这么久，她心里也有些担心杨柳那头还有事情要忙，想了想还是深吸了口气，挣扎着把依旧红肿的脚跟再慢慢挤进那要命的鞋子里去。因这过程实在不好受，她低着头咬着唇，也没注意身旁站了人。

　　"脚肿成这样，直接穿怎么行，先贴个创可贴吧。"

　　戚南眼前突然伸过来一双修长宽大的手，指节分明，指盖干净圆润，看起来斯文又贵气。

　　只不过有些突兀好笑的是，他的食指和中指间夹了两张带有猫咪图案的创可贴，因这创可贴上的猫咪表情实在稚气生动，和捣乱时候的小盼球简直一模一样，戚南不自觉地多看了几眼。

　　许是因为联想到小盼球的缘故，戚南抬眼看到顾清狄时，眼神除了惊讶，还有几丝柔和，倒不似上回那般剑拔弩张。

　　气氛相比上回好了许多，顾清狄心里松了口气，眉眼也更为舒展。他见戚南并未出声反对，索性蹲下身子，想要伸手去扶戚南的脚背，直接帮她贴上创可贴。

　　戚南未料到他竟这般直接上手，心里又惊又羞，脚背直往后缩，忽然涨红的脸也偏向一侧不去看他。顾清狄扑了个空，倒也没站起来，只轻轻叹了口气，把身子稍微往后退了一步。

　　一时间，两人心思各异，都没有说话。戚南想起几年前，在葛老的课上，他也是这样不由分说地带着她去了校医院。还有之后与他相处的那几次，他总是那样直接霸道，那么理所当然、不容拒绝。

　　戚南骨子里是个相当独立的人，以前是情窦初开、不晓人事，现在反应过来，隐约能明白，不论他俩是何种关系，这种相处模式并不是正常的、对等的，也不是她想要的。

　　只是，她每每面对眼前这个人，总是忍不住自卑，忍不住羞怯，忍不住示弱。就像刚才她一听见那声叹息，心便揪了起来，竖起来的防线也塌了大半。

　　顾清狄倒没想得这么深，他只是有点担心是否自己的肢体行为太过直接，吓到了性格矜持的戚南。他知道自己在戚南面前多少是有一点莽撞的,只不过他并不后悔。

相反,他心里还有些甜。因这种莽撞也佐证了戚南对他的意义,以及他再次真实地感受到,戚南对自己而言是不一样的。只有与戚南的肢体接触,是他不排斥甚至是期待的。

戚南就像他落水后遇到的浮木,也是荒芜内心里开出来的花朵,是惊喜,是意外,更是他想要重新拾回的珍宝。

"你,把创可贴给我吧,我自己来。谢谢。"

脸上热度下去了一些,又不好一直叫他蹲着等,戚南想了想,还是伸手拿走了那两张创可贴。顾清狄见戚南伸手接了,又贴得很仔细,心里涌起一股满足。

顾清狄的唇角一直弯着,直到她穿好了鞋,才慢条斯理地随着她起了身。

"怎么样,能走吗?"

顾清狄走近前,更为关切地问了一声。时隔几年,他第一次离她这么近,他的话语是这么温柔专注。戚南看着眼前这张愈发立体俊逸的脸,觉得一切仿佛在梦中,她有些恍惚,却又有点心酸。

只是这次,她清醒得很快。她把手隔在胸口,迅速往后轻移了两步,然后微微含笑朝顾清狄道谢。

顾清狄见她突然拉开了这么一段距离,笑得又客气疏离,心里有些失落,但又不知道该怎么开口。戚南却深深地看了他一眼,开口说道:"顾清狄,谢谢你。谢谢你的关心和好意,只是时过境迁,我想我们都没有必要再出现在彼此的生活里了,你觉得呢? 我不知道你再来招惹我是为了什么。但我不是你召之即来、挥之即去的玩偶。你前程远大,身边簇拥无数,实在并不需要我这样一个无用之人来装点你的门面,不是吗?"

这些轻柔却尖利的话语,就像一把利刃刺破了顾清狄要想绕开过去、重新开始的侥幸。顾清狄知道,这一次,戚南是真的做好了心理准备,她不会再像以前那样,允许一段不清不楚的感情,与其这样,不如一开始就断个干净。

她这是在将军! 也是在警告!

顾清狄静静地看着戚南,眼前的她依旧如同几年前那般清丽空灵,依旧弱质纤纤,却不再是一朵可以随意攀折的稚嫩的花。岁月让她长出了尖刺,但即使它们此刻刺痛了他,他也并不觉得难堪,只增添了几丝心痛和悔意。

"顾清狄,到此结束吧。你不经意的善意,对于有些人来说不是蜜糖,而是砒霜。因为有些人,她很笨,会自作多情,会当真的……"

这最后一段,戚南说得很慢,一边说,一边朝他走近,声音也越来越轻。那最后一句话,顾清狄几乎是读着她的唇语才听明白。

戚南在突然间向他释放完自己的尖锐之后,又近乎温柔地看着他如此轻声呢喃。这前后的反差,让顾清狄的心里一阵慌乱,他生怕这一次看到的,便是戚南对他展示的,诀别前的最后一丝温柔。

"戚南,你听我说,往日种种,是我处理得不好,让你受到了伤害。我今天重新出现在你面前,绝不是轻薄戏弄,请你相信我。"

戚南一股脑儿说出了心底那番话,虽然有些报复的畅快,却也有些后悔。她并未指望顾清狄有所回应,但当他看着她的眼眸,急促却郑重地说出那番话来,尤其是那句"让你受到了伤害",戚南这几年的委屈和辛酸还是刹那间化作雾气从心头喷涌而出,随后迅速弥漫了眼眶。

戚南不想在他面前没出息地哭,只能狠狠吸几口气,将那眼角的酸涩咽了回去。

此刻的戚南,离顾清狄仅有一臂之距,她所有的情绪表情在顾清狄面前一览无余。看着向来要强的她这样,顾清狄心里很不好受。

他第一次真切地感受到,他是多么混蛋,辜负了她的心意,叫她伤心难过了这么久。他很想上前拥着她,替她擦掉眼泪,却又被巨大的愧疚拦拦,他像被施了定身咒,只得呆笨地僵在原地。

"戚南,对不起。给我一个机会,我们重新开始,可以吗?"

真的可以吗?戚南也在心里问自己。从遇到他开始,这些年的并肩与擦肩,究竟上天早已默许给了她一个想要的结局,还是一次次地捉弄让她痛苦沉沦呢?

眼前的这个人,这个给她带来无尽痛苦和欢欣的人,这个仅仅站在她面前,就能俘获她所有心神的人,还值得她信任,值得她放手一搏再去开始一次吗?

　　戚南久久没有作答,顾清狄也没有再问。他知道今天自己突然出现,先是惹她伤心,又提出了那样一个要求,念及过往,换做其他人,恐怕都没法轻易原谅及相信。只是这次,他内心坚定,他愿意付出时间和耐心,让戚南看到他的真心。

　　不远处,伴娘团的小姐姐们已经在呼唤戚南归队合影了,戚南没再说什么,只顿了顿便转身向她们走去。顾清狄有些狼狈地低下了头,默默跟在她身后。

　　因他实在恐慌,如果戚南决意放弃,如果这次见面是最后一次,那他还剩多少与她共处的时光? 也许一分,也许一秒,也许再错过一次,便是一生。

　　正是江南好风景,落花时节又逢君。于顾清狄,他已不能再等,也不想再错过。

第二十一章　青青子衿 悠悠我心

　　春光总也不老,还能在丝丝晚风中与夕阳和霞光不期而遇。年少时意气风发的顾清狄,最爱早起追日出,许是出国后不知不觉间失了那份少年心境,一次都没再看过日出,更遑论落日晚霞。但此刻,当漫天拖曳的粉和紫撞进了他的瞳孔时,他不由得有些痴了。

　　晚霞温柔,风也醉人,景色恰恰好。

　　顾清狄发自内心地感叹,与日出的冲动和朝气相比,落日之景更显成熟温柔。她给人一种缓缓爱抚,一种安慰包容,一种鼓励重来的力量和勇气。

　　顾清狄将视线从遥远的天边拉回来,深深地看了一眼不远处人群中的戚南。她的肩头有金黄色的光在微微闪耀,每一次跃动,都像在他心头起舞。

　　戚南不是不知道顾清狄在看她,只是她心里很乱,不想去回应,也不知道该怎么回应。

　　在顾清狄面前，她总是容易行为失度，不是瞻前顾后、畏畏缩缩，就是用力过猛、冲动偏激，就像刚才，她明明可以不说出那番话，但她还是冲动地说了，她也明明可以忍住情绪，却还是没出息地像几年前那样，在他面前掉了泪。

　　戚南的性格一直都很独立坚强，她从小就明白，眼泪或许是武器，但前提在于眼前之人愿意容忍你的任性，愿意宠着你哄着你。所以这么多年孤身在外，她即便再苦再难，也从不轻易掉泪。

　　刚才发生的事情，让她不自觉地在想，是否自己都没有发现，即便时光经年流转，她内心深处对顾清狄还是有着一种天然的依赖和信任？

　　而顾清狄这次居然回应了她的眼泪，是否也意味着自己开始在他心里，占据了一席之地呢？

　　今天发生太多事情了，现下戚南又被一群小姐姐围着叽喳吵闹个不停，脑子嗡嗡的，理不清楚头绪。反正该说的、不该说的，她都说了，索性破罐子破摔，留待来日再看，今日先不去想了。

　　顾清狄在不近不远处偷偷痴望了佳人许久，连个眼神都没收到，他只能悻悻地摸了摸鼻子，认命地朝戚南那边走得更近些。他晚上还要赶回程的航班，能留在这里的时间所剩无几，他想和她待一待，再说说话。毕竟未来几个月，他就是想再溜回来，导师怕是也不让了，毕竟还给人家打着工呢不是。

　　婚宴户外场快结束了，趁着光线正好，杨柳夫妇招呼着在场的宾客朋友们一起拍个合影。顾清狄正愁没有理由靠上前找戚南说话，趁着拍照的机会，几步便挪到了戚南身后。

　　戚南和伴娘团挨着杨柳，从第一排中间靠右依次排开，前头是蹦来蹦去指挥队列的婚礼御用摄影师小雀。因为是集体照，女孩儿们都不想被比下去，因而戚南周围的小姐姐们都自顾自整理着装，戚南也只顾着看前头蹦跶得正欢的小雀暗自发笑，倒没人注意到她身后多了个顾清狄。

　　"戚南，我重新添加了一下你微信，你通过一下，好吗？"

　　耳畔忽地传来顾清狄低沉柔和的声音，身后传过来一股温热慢慢将戚南包围。戚南向来不习惯和男性靠这么近，一想到这个人还是顾清狄,虽然依旧目不斜视,两边耳廓却偷偷红了起来。

"在场的帅哥美女都看我这边！我们准备拍照咯！大家跟着我回答哦,准备好,一,二,三!"

"新娘甜不甜?"

"甜!!!"

"婚礼棒不棒?"

"棒!!!"

层层叠叠的人群,随着小雀的口号欢呼,灿烂的笑容被瞬间定格在单反里。戚南也被欢乐的气氛感染,歪头笑得很甜。

她没有关心过这张合影的后续,所以很久都没有发现,相片里的她,侧身的弧度就像刚好把头倚在顾清狄肩头一般。画面里的她和他,如出一辙的笑容,亲密的姿态,靓丽的装扮,看起来如同新婚夫妇一般。

杨柳这一天忙得团团转,顾清狄也特意低调,所以直到合影结束,两人才打了个照面。她心里清楚,这位学弟事务繁忙,又向来眼高于顶,且已提前告了假,若非特殊原因,他是绝无可能在此现身的。

杨柳心明眼亮,看了几眼顾清狄和戚南的情态,默默琢磨出了点门道来。她心想这倒是个新鲜事,也不全是个坏事。只是她作为两人共同的朋友,两人的过往她最清楚不过,她的心是早就偏向了戚南那边,此时她倒真不能不帮着戚南点。

"学弟,你来就来,怎么还一个人孤零零地来呢? 带伴了没,要不要学姐现场给你找一个?"杨柳揶揄道。顾清狄倒也没忧,声音坚定,好声好气地回了她。

"学姐自己花好月圆的,可别消遣我这孤家寡人了。学姐身边的,我要真看上了,你还未必舍得呢!"

顾清狄笑盈盈地应对杨柳,眼神却意味不明地朝戚南身上扫了一圈。杨柳捕捉到了这一幕,待去看时,却发现顾清狄早已收回了眼神,倒有些怀疑是自己眼花。

戚南虽然早听肖夏报告过顾清狄和那位美国甜心分手的八卦,但顾清狄从没在公众场合正式验证过这一传闻,众人也只是风言风语,并无实据。听到他亲口承认自己单身,戚南瞬间有点欢喜,那欢喜还挺浓烈，把戚南吓了一跳，赶紧抿了抿嘴把那突如其来的情绪压了下去。

"学姐放心，我要是交了女朋友，一定在朋友圈发个公告，届时学姐你自然知道。"

顾清狄又补了一句，不过这一句他说得正经多了，还有些严肃，不像玩笑倒像承诺。戚南没来由地心头陡然跳了一下，觉得他像是特意说给自己听，又觉得自己有些自作多情。

戚南想起来，那一年他的生日聚会，他也曾经说过类似的话。所以这是否意味着，那位美国甜心在他心里并没有被算作真的女朋友？

那，那女孩算什么呢？他们之间发生过的又是怎么回事呢？戚南的心里有很多疑问，但她知道，还不到她了解这一切的时候。只是一想到这些，她还是有些不安，也有些怀疑和失落。

杨柳见他说得诚恳，不似往常，倒有几分真切，便也不再难为他。只给了戚南一个"自己小心"的眼神，在向顾清狄介绍完她的新婚丈夫之后，夫妇二人便携手走开了。

戚南还没做好和顾清狄独处的准备，她也不知道该说什么，气氛有点尴尬。顾清狄看她那局促的样子，觉得有点可爱，又有点好笑。他情不自禁走上前，想离她更近些。

谁知还没等他迈步，就先被一个女孩拦住了要微信。这女孩戚南认识，也是伴娘团的，是王瑞的表妹，长的明艳大方，还有一份和王瑞一样的爽朗豪气。这种气质在南方女孩身上并不多见，却别有一番风情。

戚南好整以暇，想看看顾清狄怎样反应。

"很抱歉，我心有所属，不想惹她不快，微信就不加了，谢谢抬爱。"

顾清狄落落大方，语气温和，却不像面对杨柳那般带着笑了，礼貌却颇为冷漠地拒绝了那女孩。

戚南还注意到，他甚至往后退了两步，刻意和女孩拉开了一段距离。这举动让女孩很是失望，她倒没说什么，点了点头便径直离开了。

戚南正大光明地听完了墙角，见女孩离开，第一反应自己也要溜。顾清狄见她转身离开，又想起刚才她竖起耳朵偷听的样子，心里微甜，却又有点无奈。想到自己该出发，只能追上去再说两句。

"戚南，别忘了加一下微信！"

戚南听见他的声音，走得更快了。他此刻不依不饶的样子和刚才的冷漠淡然形成了鲜明对比，戚南忽然觉得自己的心里原本鼓鼓胀胀的，却像被他戳了一个洞，有东西从里面咕咚咕咚扑腾冒出，就像是酒里的气泡，颜色诱人，闻之欲醉。

顾清狄在原地站了许久，直到快看不清戚南的背影，直到他觉得今日再无法收获她任何回应时，却突然看见远处的她伸手摇了摇。她并未回头，只将手举过肩头飞快挥了挥。

她手上似乎，好像，也许拿着的是个手机？顾清狄一阵狂喜，就在他拿出手机的那一刻，微信的提示音响起。顾清狄有些慌张地点开了微信，新提示赫然是他心心念念的那一句。

【你已添加了南国正清秋，现在可以开始聊天了】

在离戚南最近的一个黄昏里，顾清狄遥望暮色。他曾在梦中和戚南一起看过星星，饮过晚风。那梦太过美好，让他久久不愿醒来。

他想，这终于不再只是梦了。

第二十二章　分离与变故

从 J 市到费城，即便直飞也要将近 13 个小时，如果运气差需要转机，那还得再耽搁半天，实在不是一趟轻松的旅途。

但这回顾清狄的运气不算差，即便订票晚，他还是买到了直飞。没什么意外的话，午夜前登机，裹上毯子好好睡一觉，醒来便到美利坚的领空了。

舱内的灯早已经熄了，邻座大叔鼾声震天，显然好梦正酣。顾清狄翻来覆去好几次，还是毫无睡意。他知道在一片昏暗中亮起手机屏很不道德，但他内心躁动不已，总忍不住想去看看微信有没有消息更新。

　　都这个时间点了，估计那只叫小盼球的猫都睡了，向来作息规律的戚南还醒着多少有点不现实。顾清狄笑着摇了摇头，熄了屏把手机塞回毯子里。

　　他觉得自己有些犯蠢，却也为这种年少时也很少在他身上闪现的，初恋般的患得患失和急迫心情而感到新鲜，以及有些莫名熟悉。

　　都说成年后的长大往往从失恋开始，显然戚南成长的时机比顾清狄早得多，速度也快得多。整体而言戚南这次的心态还是不错的，心中有些欢欣，也有些悸动，却独独没有焦急。

　　感情的事，讲究缘分，讲究时机，讲究水到渠成，强扭的瓜不甜，心急更吃不了热豆腐。以上的每一条铁律都曾让年少莽撞的戚南撞得头破血流，所以她痛过，悟到了，也学乖了。

　　但那个人是顾清狄啊，是承载着她青春里所有的光与梦想的那个人啊，她心里怎么可能没有涟漪？她也许阻止不了自己再次沦陷，但她可以放慢脚步，降低期待。

　　顾清狄，如果你是真心的，那这一次请你多走几步，好吗？

　　顾清狄，若你来到我的小小世界，看清它的面目，你是否还愿意放弃那颗自由之心，为它驻足停留呢？

　　顾清狄，爱情，也是有时效性的。也许那并不是你的花，你只是恰好途经了她的绽放，便自以为那是爱情。所以你做好准备了吗，来继续当一个经过我世界的过客，还是笃定的归宿呢？

　　种种问题，种种顾虑，戚南的心里没有答案。她唯有抱着耐心和沉默，在时间的推移中一路找寻和验证。

　　想通了这点，戚南心中的不安也淡去了很多。婚礼折腾了一整天，加上顾清狄的出现，戚南确实已身心俱疲。紧张的神经一放松下来，巨大的睡意瞬间将她笼罩，伴随着床边小盼球规律的呼吸声，不一会儿戚南也睡着了。

　　戚南是被小盼球的小肉爪挠醒的。虽然她不是过敏体质，但洁癖心理作怪，戚南很少让小盼球上她的床。小盼球大多数时间也乖得很，只老老实实地趴在飘窗的猫窝里，偶尔一两次跑到床上，多半是因为那段时间戚南给的陪伴太少。就像这次，它也只是缩着指甲用柔软的肉垫蹭戚南的脸,是戚南自己睡眠浅,这小肉爪一搭上脸,立马就醒了。

虽然脑子还迷糊着,戚南还是有意识地轻轻拨开了小盼球肉肉的身子。毕竟这个小胖子的体重已经今非昔比,压在胸口已经让人喘不过气。戚南在晨光中皱着眉头翻了个身,一看手机时间还早,便想继续闭眼眯一会儿。

大概小盼球是真的寂寞了,一直锲而不舍地往戚南脖子上蹭啊蹭,蹭得戚南好生痒痒,忍不住抱着这个小捣蛋鬼笑着玩闹了一通。睡意是彻底消弭了,时间又还早,戚南索性起床简单煮了点稀饭,就着年后从老家寄来的咸鸭蛋,在柔和清澈的晨光中吃了个慢悠悠的早饭。

这一顿早饭吃得有些久,戚南一看时间,也差不多该出门上班了。快速收拾了下碗筷,简单化了个淡妆,再给小盼球开了个罐头,添了点猫粮和水,戚南就这样在小胖子埋头狂吃的无情背影里出了门。

戚南住的公寓离省台很近,她每天都是步行上班。这时节的J市,街头巷尾盛开着一丛丛、一簇簇蔷薇和月季,那么明媚和娇艳。

若非起得早,戚南哪有时间停下脚步肆意欣赏。既然看到了,不免又手痒拍了几张照。现在的手机高清镜头不输单反,照片里花枝招展,摇曳婀娜,实在好看。

无意中得了几张美照,戚南忍不住想要分享。打开微信,从上往下扫了扫,却又有些迟疑。想了想还是收起了手机,继续自己未完的行程。

到了办公位,大概时间还比较早,整个区域空无一人。杨柳还要休几天婚假,戚南倒也没觉得不习惯,整理了一下手头的工作,喝了杯水便快速进入了工作状态。

专注的工作可以让人注意力集中,而清晰的思维可以让手头的工作变得更加高效,高效又能让人的心情变得更好。戚南不是个工作狂,但她学会了从专注工作中获得力量,既能避免胡思乱想和内耗,又能有所产出,快速平复思绪和心情,从而让身心达到平衡。

不过工作不是爱好,顺心的时候并不多。戚南的工作也不是闭门造车,而是团队合作,戚南可以决定自己的工作状态,却无法左右他人。办公室人齐了没一会儿,沈昀便让陈佳通知大伙儿要开会,戚南也只能放下写了一半的台本,跟着大伙儿进了会议室。

杨柳不在,戚南原准备在后排随便找个座位当个旁听,顺便还能继续想想她的台本。谁知前脚刚踏进会议室,她就被沈昀点了名。

"戚南啊,来,你坐前排来,等会有事和你说,坐过来!"

戚南有点不明所以,只能听他吩咐坐在了他左手边,就挨着陈佳。

会议不痛不痒地开了一大半,没听出什么有营养的内容,戚南也已经习惯了。快结束的时候,沈昀话题一转提到了《玫瑰人生》。这节目现在依旧一路高歌,是综艺部门的摇钱树,实在没什么好置喙的。

戚南原以为他也就象征性地提提要求说说意见,没想到冷不丁炸了个雷。

"大伙儿也看到了,《玫瑰人生》这个节目的热度还有成绩实在是很不错啊。益盛集团那边也追加了投资,咱们台里呢对这档节目的重视度也是越来越高了。"

说到这里,沈昀顿了顿,摘下了眼镜,慢慢用纸巾擦拭着。其间他一直低着头,看不清表情,倒是旁边的陈佳有点活跃,颇有些急不可耐地看着他。

戚南觉得有点古怪,心里隐约有些不祥的预感。

"是这样啊,台里临时决定,给《玫瑰人生》加点人手,再组个团队,分两组一起干。这不杨柳正好休着假,就让陈佳带个队,先把工作承担起来。"

沈昀把擦好的眼镜重新戴回到脸上,藏在镜片后的瞳孔在会议室昏暗的光线下仿佛变幻了颜色,折射出一种扭曲而异样的光芒。

"戚南啊,你可要好好配合新团队,尽快多做几期节目备着。之前你们的效率可不够高啊!"

沈昀顺势还敲打了一番,他的话音一落,会议室里鸦雀无声,戚南心里的预感成了真。她不知道如果杨柳在场会怎么说怎么做,起码比她有经验得多。

她很想说些什么，却看到斜对面坐着的伍思奕轻轻朝她摇了摇头。

戚南努力克制自己，不被失望和愤怒裹挟。这种职场不公，杨柳早就给她打过预防针。只是口头谈论是一回事，亲身经历又是另一回事了。直到此刻戚南才真正理解杨柳曾经的自嘲和警醒，也有些心疼几年前的杨柳，恐怕她那时的难受和失望不会比她此刻更少。

而且那时候的她孤身一人，此时的戚南却还有杨柳这个队友可以商量和依靠。戚南不是个急躁冲动的人，并没有当场反驳什么，但她不卑不亢的沉默态度，恰恰昭示了她的立场和坚持。

许久都没有得到戚南的应声，沈昀有些恼火。旁边的陈佳见气氛有些尴尬，冲他使了个眼色，沈昀顿了顿，也没再继续为难戚南，挥了挥手散了会。

会议室里密不透风，老旧的吊灯忽闪忽闪，晃得人眼晕。吊灯的线也松了，布满灰尘的灯罩无力地耷拉着。人们心思各异，呼吸沉重，在昏暗的灯下逐渐向外散去。

第二十三章　他的主动 她的心动

戚南几乎是在第一时间站起身往外走的，她可不想被留下来开小会。人情世故戚南不是不懂，陈佳对她卖好她也清楚她的目的。陈佳可算是戚南进入职场后遇见的第一个实实在在的小人。

戚南知道也许自己未来还会遇到更多"陈佳"，但她内心是极不愿意和这些人为伍的。

职场中的小人就像一团驱之不散的迂腐之气，他们生命力顽强，见缝就钻，近了容易被污染，远着又会有灾殃，是职场生涯中不可避免，却又十分常见的坑。戚南内心厌恶，又缺少处理这事的经验，想了想只能将这事尽早知会杨柳。

时机有些不巧，杨柳正在国外度假，一时间联系不上。陈佳又一副假笑凑过来问这问那要些资料，戚南心里不耐烦，又不想应付，只能装作打电话去茶水间松口气。

杨柳那边一直没有回音，老躲在茶水间也不是个办法。戚南拿着手机来回踱步，一时间心里没了主意。她也不是这个节目的负责人，由她出面应对陈佳，个中尺度实在把握不好。戚南想了想，估摸小雀她们单位兴许发生过类似情况，问问小雀也许会有些收获。

她心念一转便拨通了小雀的电话，小雀接是接了，但也不知道她在哪出外景，周边声音嘈杂，信号又不好，根本听不清她说了什么。看着微信里小雀回的"现场很乱，晚点找你"，戚南有点泄气，却也无可奈何。

就在戚南一筹莫展之时，微信新信息的提示音打断了她混乱的思绪。她并没抱什么希望，却在看见那条信息时有些惊愕地睁大了眼睛。

严格说来，那并不是一条信息，而是一个表情包。那是一只咧嘴笑着说"hi"的跳跳虎，动作夸张滑稽，姿态扭曲，其实并不好笑。况且这表情包已经有些年头了，是微信刚出来时流行的，早就没什么人用了，戚南也已经好几年都没有再见过这个表情包了。

戚南的思绪飘出了很远。她记得，她第一次看见这个表情包，就是第一次和顾清狄微信聊天的时候。她那时候还有些诧异好笑，他怎么会发这个和他气质一点不符的表情包。现如今再看见这个表情包，发的人还是同一个人，她的心境却再不相同了。

他们都已不是少年，那些彻夜长谈互生情愫的日子终究已经远去。戚南看着那个熟悉又陌生的表情包，觉得一切好像又回到了原点，只是她此刻在意的、面对的、烦恼的、欣喜的，都和以前不一样了。

不过顾清狄终究还是那个八面玲珑的顾清狄，他总有办法化解尴尬。就在戚南纠结要不要回和怎么回的时候，他又传了一张照片，发了第二条信息。

一大片星空，隐约还能看到下方城市的灯火。这张照片清晰度一般，但构图巧妙，不知是凑巧还是有意为之，星空的浩瀚和烟火人间的世俗被他呈现在同一张画面里，一半是孤独，一半是温暖。

【难得云层不厚，刚拍到的夜空。有点可惜，要是你拍，肯定更加

完美。还有两三个小时我就到了，你今天忙什么，休息还是上班呢？】

戚南不知道他的回程这么赶，居然坐的红眼航班。要是换成她，累都累死了，哪还有心思拍什么星空。戚南略想了想，还是决定回复他。

【你已经拍得很好了，画面细节和情感冲突都处理得很好，只是不知道你究竟是想上天还是入地？我今天上班了，在躲懒。】

飞机上信号不好，顾清狄等了许久才看到戚南的回信。戚南和大部分女孩子不一样，面对他提出的观点，戚南总是会很客观地表达自己的想法，她的逻辑性很强，但也容易忽略话语中的情感。

顾清狄几年前就发现了这一点，他没有觉得她缺乏情趣，相反他认为这个特质非常可爱。所以他乐于和戚南讨论更多话题，她也总能令他有所收获。

几年过去了，她的这一点依旧没有改变，也依旧很吸引他。顾清狄看着她的那句问话，眼眸中光芒闪动，他知道自己在拍这张照片给她时就已经有了答案。

对无垠的宇宙而言，他曾以为自己会是闪耀在天空的那颗星星，但那星星太过孤独，他现在想抓住的，只有那一抹尘世的温暖，她那一颗凡尘的心。

戚南大概遇到了什么烦恼，不然她怎么会在上班时间躲懒。顾清狄掀开毯子，起身离开了座位，打算在机舱里走走，找个信号强的地方和戚南聊一聊。

【是遇到什么事情了吗？不然五福齐全的戚编导怎么会偷偷摸鱼？】

顾清狄还特意现找了个划水猫猫的表情包一并发了过去，戚南看到那个表情包，还有他说的"五福"，忍不住发笑，心情也瞬间好了许多。

【如果爱岗敬业的编导遇到了不诚信友善的同事想要抢夺胜利果实，该怎么办？】

【可以具体说说情况吗？咱俩一起分析分析。】

鉴于顾清狄和益盛集团千丝万缕的关系，戚南本不想透露太多有关《玫瑰人生》的事情，而且如果她想通过益盛这个捷径来处理这件事的话,她早就可以找闻琛了。但她觉得现阶段事情还没有发展到需要用魔法打败魔法的地步,还是一步一步来为好。

捷径走多了的人,双腿和脑子都会退化,一旦回到正道上时,反而连路都不会走了。她有自己的原则,不到万不得已,戚南绝不想学陈佳之流。

戚南挑拣着和顾清狄说了个大概,顾清狄处理起类似事情确实也如她所料经验丰富得多,不一会儿她便收到了顾清狄的回复。

【这事不用躲避,这其实是你树立自己职场人设的好机会。如果是流程方面的事,你大可以直接推说资料都在上级那边封存保管,让对方联系你上级就可以。上级发了话,你该怎么配合就怎么配合。至于你自己,手头上的事情该怎么做还怎么做,不用因别人打乱你的节奏,也不需要和对方说太多。】

一大段话戚南刚看完,顾清狄又发来了一条。

【他们要抢,也得有这个本事才行。】

这一句着实有些霸气,却又让戚南觉得很解气。戚南想象着跨年夜曾在大屏上看到的顾清狄,他那时的眼神是那么沉稳持重。和文人墨客的纸上纵情大不相同,工作中的切身经历,让顾清狄在诡谲的实战中培养了一种坚硬的男子汉气质。

戚南心潮涌动。他和她记忆中的样子不同了,却似乎更让人依恋了。

戚南脸红心跳之余,细细回顾了顾清狄的建议,发现他说得还是很中肯适用的,也决心采纳。

她并不知道,如果是顾清狄自己来的话,他一定会直接借益盛的手一次便厘清局面、树好规矩,从一开始就扼断有些人不切实际的幻想和贪心。只是顾清狄想了又想,大概明白戚南不愿意采用如此激进的手段和方法,强压着她做心里也会不安,所以即便文字都编辑好了,他还是一一删除,没有选择发送。

【顾清狄,谢谢你的建议,我会好好想想的。笑脸。】

顾清狄叹了口气,她终究是女孩子的软心肠,对掠夺胜利果实的竞争对手是如此,对他也是如此。但若非如此,恐怕他也不会再有机会能跟她像老朋友一样相处了。

【投我以木瓜，报之以琼琚。今早偶遇的街头小景，分享给你。】

【顾清狄，旅途愉快。祝你在美国一切都好。】

戚南将早上拍的照片发给了顾清狄，想了想又补了一句话。

她其实是有私心的，这句话当年他临走时，她曾想当面送给他的。时间过了这么久，久到他跟她开始重新认识，而她终于能够堂堂正正地对他说出这句话来。

信号有些不好，图片传得格外慢，顾清狄直到快下飞机时才收到了戚南拍的图。他一边拿着行李往外走，一边打开照片。

画面里花儿恣意生长，攀爬着向上，争相沐浴在晨光里。顾清狄看着这张照片，一种说不出的缠绵情意和想要占有的蓬勃欲望在他心里交织，在胸腔里膨胀开来。

顾清狄深深地望了一眼，最终将手机郑重地放回口袋里，大步穿过人群朝外走去。他即将回到属于他的战场，而此时支撑他驰骋万里的，不仅有野心，更有开在心头那朵含苞待放的玫瑰。

第二十四章　乌龙事件
与蝴蝶效应（上）

彼时戚南正和陈佳等人斗智斗勇，本应场外连线给她助攻的亲友团一号小雀却因一件乌龙事件掉了线。

这小妮子平时号称"阅尽世间百态"，入行以来还偷偷给自己加了一堆如"铁肩担道义、妙手著文章""用镜头传递真相、用笔杆描写民生""无私公正新闻小卫士"等等光环标签，却马失前蹄，在跑新闻时闹了个不大不小的乌龙，害得她扭捏纠结了好几天。直到戚南看见了她的朋友圈，特意问了问，她才支支吾吾地跟戚南说明了原委。

事情要从一位传奇人物"李老太太"说起。这位李阿婆，是土生土长的 J 市人。本也有些文化，早年在女子学堂读过，能在本地方言和普通话之间无缝转换，甚至还懂一些基础的英文。虽然她混迹于市井街巷讨生活,但几十年过去了,还是没能磨灭她那不甘泯然众人的傲气和野心,总想干点什么事出出风头,也好在一群老姐妹面前有谈资。

这不,北有朝阳大妈,南有李家阿婆。她曾经也提供了不少新闻线索给各大报社媒体,包括小雀所在的栏目,也算是个积极无私、风雨无阻,且不求回报的忠实线人了。

只是这些新闻线索的真实性和价值就另当别论了。而且现在网络和自媒体如此发达,获取新闻尤其是民生类新闻的渠道更多,李阿婆那走街串巷的老一套也就越发"失宠"了。

除了小雀等少数几个年轻资历浅,还热心肠的新人记者还愿意搭理她,她已经很难在报社再找到什么存在感了。眼瞅着自己广场舞第一排的位置都即将不保,李阿婆有点慌了,决定搞个大新闻,扬眉吐气。

这不,恰逢小雀在李阿婆家社区附近跑新闻,刚播完想着喘口气喝点水,就看见李阿婆慌慌张张地朝她跑过来,脸上一副出了大事的经典表情。小雀看她那着急忙慌的模样,一方面有些担心,一方面也是头条心理作祟,水都没喝便迎了上去。

"李阿婆,阿婆你别着急,有事慢慢说啊!"

"小潘西,你阿晓得啊,我那个屋旁边,有个鬼屋,住了个怪人赖!白天门窗关得死死,没个鬼人。晚上喊打喊杀的,声音大得一米,我心脏都要吓死掉赖!有时候半夜,还能听见敲门声,好像有人在我屋外头走来走去。等我出门看又没个鬼人,但有时候走廊上有血迹赖。你说阿是闹鬼啊,还是有人在那个屋杀人啊,搞不好还分尸赖。哎呦一乌尽糟,吓死个人了,你们赶快去调查一下赖!"

李阿婆越说越激动,语速也越来越快,好在不难听懂,小雀也明白了个大概。这附近是市区中心,治安一贯很好,小雀倒不担心突然冒出个什么"变态杀人魔"。

只是,联想到近期发生的几起流动人口失踪案,又想着李阿婆年纪大了,要是邻居真有什么不妥的,怕是反抗的力气都没有。思来想去还是叫了摄像一起,决定上李阿婆家一探究竟。

小雀见李阿婆所说的"鬼屋"确实大白天还紧拉着窗帘,房屋里也似乎毫无动静，不禁皱了皱眉，心里犯起了嘀咕。

这一段时间多半是晴天，天气又不冷不热，正是适合开窗通风的时候，有人住的话，没道理这么些天一直紧闭门窗。难道真有什么见不得人的？别是什么入户抢劫、鸠占鹊巢的贼人吧？

李阿婆在旁边越说越玄乎，小雀也越想越害怕，倒比刚来时更信了几分。

三人走到"鬼屋"门前。小雀大着胆子走上前敲了敲门，没人应答。她又被李阿婆拉着去看那地上的"血迹"，看起来确实颜色锈红，斑斑驳驳的，心里更慌了几分。

小雀赶忙和摄像小哥商量了一下，决定她二人先去李阿婆家避避，由摄像小哥去找物业带几个人和一些趁手的家伙来，实在不行就强行破门，看看里面到底有什么古怪。

黝黑瘦高的摄像小哥动作麻利，放了机器，几个跨步便消失在了楼梯口。李阿婆见状还夸了一句，顺便打探了一番，真的是吃着瓜，嘴都不带闲着的。

"这小杆子动作蛮摆的嘛！阿是你对象啊？"

小雀心里着急，只顾着拉李阿婆赶紧进屋，倒没理会她的八卦。李阿婆手却没嘴巴利索，找了半天才摸出一串钥匙，插了好几次都不对，小雀只能一边心急一边帮着她一起开门。

突然，"吱呀"一声，身后的木门开了。

李阿婆住的是老小区，门板的样式还是十几年前的旧式雕花木门，不仅脱了漆，连把手都松动了。小雀从裂开的门缝朝里望了一眼，发现屋内闪烁着幽幽的绿光，吓得她立马联想到了某些国产恐怖片里的情节，瞬间加重了手拧钥匙的力度。

李阿婆看热闹不嫌事大，一个不注意便窜到了"鬼屋"门口，还无所畏惧地大力推门。小雀见状不妙，赶紧上前拦住她。

拉扯间，隐约看见个漆黑的人影，戴着兜帽，脚下拖着长长的袍子，从黑暗的屋内飘到眼前。吓得小雀心都提到了嗓子口，赶紧把李阿婆拽到了身后，眼一闭，心一横，抄起旁边的三脚架就抢了过去。

"我去，什么玩意？！"

一道沙哑却年轻的声音从黑暗中响起，似乎还有重物撞倒柜子的声音。小雀大着胆子睁开了眼,看见屋内那个影子缓慢地从地上爬起来。他扶了扶腰,又摸了摸胳膊,似乎摔得不轻。

正巧摄像小哥带着物业保安风风火火地到了现场,还没等小雀开口阻止,一脸正气又五大三粗的保安大哥一个箭步便大力踹开了门。小雀看见屋内那个倒霉的人影再次被门撞得后退了好几步,不用想都能猜到他有多疼。

几个大男人瞬间冲了进去,光亮也即刻倾泻了进去。小雀躲在摄像小哥后面,看清了所谓"鬼屋"的全景。屋内横七竖八地堆了许多电脑和一些服务器,只门边散落着几个外卖盒,也并不太脏。除了窗帘拉得贼紧这一条,其他看起来就像个正常人家的样子。

就连那个"怪人",也长了一副斯文的模样。

小雀刚结束和戚南的短暂通话,那人从人群后探出了头,见他披着件魔法长袍,是"哈利·波特"里斯莱特林学院的样式。他摘了兜帽,脸庞意外得年轻,只几颗痘痘并两只熊猫眼,昭示他的青春,以及疲累。

"哎哟,是个好俊的后生赖!就是性子蛮古怪的,做啥子大白天关门闭户的赖?"

见屋内是人不是鬼,更不是什么犯罪现场,李阿婆胆子更大了,在屋里转来转去,又绕着这位"斯莱特林"品头论足,模样还亲热得很。

物业保安们显然没有李阿婆那么好糊弄,二话没说搜完屋子直接拉开了窗,准备"审讯"一番。小雀看见,窗帘被掀开的那一刹那,那位"斯莱特林"瞬间抬手遮住了眼。

黑绿相间的袖口从他的手臂滑落,近乎青色的血管因小臂蓄力而笔直凸出,他的手臂修长,稍微偏瘦,在阳光的照耀下,白瓷一般的肌肤微微发光。

"他可真瘦真白啊!"小雀看着自己比他黑外加因长期握话筒、拿设备导致的麒麟臂,默默地咽了好几口羡慕的口水,啊不,泪水。

第二十五章　乌龙事件
与蝴蝶效应(中)

"哎,你不要乱动啊。名字,年龄,职业,都,都报一下啊! 不要乱说啊,老实一点啊!"

保安大叔的"审讯"经验明显不足,不仅气势不够,就连电视剧里的话术也学得七零八落的。小雀见那位"斯莱特林"眼皮子都没掀一下,只懒懒地放下了举累的胳膊。他个子又很高,就那么冷漠地杵着,活像一根碧绿挺拔的青竹。

这副不合作的态度在颇要面子的保安大叔眼里就不那么美妙了。他也是个暴脾气,眼瞅着就要上手给这小子点颜色瞧瞧,小雀一见事态不对,生怕再起什么更大的误会和冲突,赶紧上前拦住了。

"大叔,咱有话好好说哈,不能动手,事情还没搞清楚呢。"

劝完了这一头,还有更糟心的那一头。小雀转头看着那位额头微肿、身上也挂了彩的年轻"斯莱特林",莫名有些心虚,只能尽力装作公正慈爱地对他说道。

"你好你好,我是《J市日报》的记者孔雀,这位是我的同事,还有咱小区物业的保安大叔们。我们呢是接到群众反映说你家总是门窗紧闭,半夜又有些暴力响声,而且楼道里也时常有些血渍,所以为了群众的生命安全来你家调研一下。请你说明一下情况,我们也好对群众有个交代。"

小雀看见他的手肘内侧划伤了一大块,隐隐有血珠冒出,赶紧又补充了一句。

"今天误伤了你实在不好意思,等情况了解清楚后,我们会带你去医院处理伤势的,你放心哈。"

"斯莱特林"倒没怎么注意手上的伤,只抬眼上下扫了一下小雀。不知为什么,小雀被他的眼神看得有些后背发凉,只能加深假笑,以表歉意和友善。

像是突然被小雀的笑容刺到，"斯莱特林"迅速收回了目光，等了半晌才缓缓开口答道。

"颜朔，22 岁，IT 工程师，自由职业。"

这句话生硬简洁，一大群人还等着他继续往下说，谁知道他就这么截了话头。问题没交代清楚，小雀见保安大叔隐隐又有发怒的趋势，赶紧替他打个圆场。

"颜朔同学，我理解下你的意思啊，你是说，你从事 IT 职业，所以家里有这么多电脑设备是吗？ 那为什么白天门窗紧闭，晚上邻居们听到的是什么声音呢？"

"游戏调试，有时差。"

颜朔随意坐到了一台电脑前，瘦直白皙的手指在键盘上飞速操作了几下，屏幕里亮起了游戏界面。小雀凑上前一看，莫名觉得游戏画面有些熟悉，好像在哪里见过，一时间却又想不起来。

"哎？ 这个游戏不是 steam 网站上最热门的'陷落绝境'嘛？ 这是哪一版啊，怎么没见过啊？"

保安队伍里最年轻的小哥拨开人群走上前，一边挠头一边对着屏幕里的游戏指指点点。小雀经他一点拨，突然想起这款游戏好像就是最近办公室里几个男同事茶余饭后，偶尔讨论和激辩的那款热门网游。据说全球市场占有率极高，游戏版本都被粉丝催着出了好几版了，好像近期还要发布新版呢。

"最新版，发售前调试。"

颜朔吐字如金，不过此时再也没有人觉得他态度嚣张欠揍了。人家有嚣张的资本，这不物业小哥看他的眼神就像看到了传说中的大神，就差上前要签名了。

"啊对的赖，这个声音就是我晚上听到的赖！"

在游戏激烈的背景声里，李阿婆默默补充了一句。

话说到这会儿，误会解开了大半，小雀觉得自己钝锈的脑袋也逐渐顺滑了。什么半夜敲门啊，估计就是颜朔昼伏夜出晚上饿了叫外卖了。至于血迹，没看见门边的外卖盒，还有他脸上的痘痘嘛，保不齐就是吃了啥重口辣口的啦。

趁着人群不注意，小雀挪到门边迅速用脚踢开了外卖袋。嚯，毛血旺、水煮鱼，猜对了不是！

误会彻底澄清，小雀的智商也重新上线，她只觉得又羞又愧。等物业众人和李阿婆撤出去了之后，小雀想了想，既然她自己判断失误闹了个大乌龙，总该要给人赔礼道歉顺带就医赔偿的。

"颜朔，不好意思啊，是我们误会你了，不过你放心我们会跟群众解释清楚这件事的，不会给你造成什么不良的影响。你看你的伤要不要紧，要不然我们还是带你去医院看看吧？"

小雀态度诚恳，就差点头哈腰了。颜朔没怎么理会她，只起身径直回了卧室，留下小雀和摄像小哥面面相觑。

就在乌龙二人组留也不是走也不是的时候，颜朔换了身衣服出来了。他穿长袍的时候不明显，等换了短袖小雀才发现他伤得不轻，大半个手臂都红肿渗血，颇有些触目惊心。他也没说什么，越过二人组直接朝外走去。

这是什么意思？小雀有点摸不着头脑，待在原地手足无措。直到身旁的摄像小哥捅了她一下，她才"哎哟"一声朝外边的颜朔望去。

只见颜朔单手扶着伤处，随意地倚在门边，明明是最随意的装扮，白T牛仔裤加凉拖，偏偏被他穿得腰是腰、腿是腿的，就像校园里最惹人眼的那种白衣少年。

小雀想到前段时间她在报社看到的那个被自家粉丝狂吹"白衣男神、标准校草"的新生代偶像，叹了一口气。想来后天假扮和气质天成的差距，大概不会比现在更惨烈了。

颜朔等得有些不耐烦，漫不经心地朝小雀扫了一眼，那清澈的眼神就像夏日里恰逢的清溪山泉。小雀打了个激灵，不知为什么心里狂跳了好几下，倒也没多想，只摸着小心脏赶忙跟了上去。

再后面的事，就是几天后戚南从朋友圈看到的那一幕了。

说来也是不巧，小雀顺手抢的三脚架已经脱漆生锈了，边角又有些锋利，颜朔的伤口需要清创，打破伤风针，加上撞击造成的软组织挫伤，要静养几天，少走动，多补充营养。

报社工资不高，大城市租房、吃饭、出行哪样不要花钱，小雀手上本就没什么积蓄。这又是个乌龙事件，医药费加上营养费，报社是肯定不会给报销的。看着小几千的医疗费,虽说小雀心里认定自己责无旁贷,到底有些犯愁为难,低头耷脑地没个精神。

颜朔看她那样,顺手接过单子准备直接去缴费。

"哎?颜朔,你干吗?缴费这事不用你,我马上去。"

"我不缺那点钱,你给我送几天饭吧,就当补偿了。"

颜朔晃了晃手里的单子,没等小雀答话,转身就去窗口交了费。小雀阻拦不及,心想送饭可比给钱麻烦得多,况且她要上班,哪有时间呐。

早知道就干脆一点把钱给了,也不至于落这么个苦差,看起来这尊大神就是不好伺候的。小雀心里埋怨自己不该一时抠门,倒给自己惹了个大麻烦。

但这件事颜朔绝对占据道德制高点,小雀也觉得自己对不住他,出点力实在非常应该。因此她起早贪黑,外加牺牲午休时间,一日三顿、风雨无阻地去给颜朔送营养餐,这小子还不吃简餐外卖,小雀只能就近找个熟悉干净的饭店帮忙做好,她再给他送去。饶是个铁人,几天下来也吃不消了。

【我好累,好想睡,今日份给工头送饭。】配图是她被大食盒和水果篮勒红的还流着汗的胳膊肘,看起来无比凄惨。

扛不住的小雀只能在朋友圈暗自叫苦,还忘了屏蔽颜朔。她也许还忘了,朋友圈是另一个社交圈和名利场,远比现实世界残酷。而由一个小小乌龙事件引发的蝴蝶效应,才刚刚开始。

第二十六章　乌龙事件
与蝴蝶效应(下)

小雀和戚南不同,她把自己的朋友圈经营得很好。她发朋友圈的频率很高,分享的内容生动有趣,也很喜欢与人互动。她又是天生讨喜的性格和模样,所以一直是朋友圈里的红人。即便像戚南这样一年半载都发不了一条朋友圈的隐形人,有事没事也喜欢翻翻小雀的。

她展示的那些平凡生活中的小幽默和小确幸,确实能够给焦虑的都市人带来一些温暖和安慰。

不过小雀很少在朋友圈诉苦,即便是这种自嘲式的。她已经好几天没找戚南聊天了,戚南十分了解她,一看到这条朋友圈,就知道一定是发生了什么事情。

因还上着班,戚南只能先按下不提,准备晚些时候再仔细问问,只在朋友圈回了条疑问加摸摸头的表情评论,便退了出来。

杨柳度假回来,和陈佳的正式交锋才刚刚开始,这正是忙的时候。杨柳不在的这几天,戚南按照顾清狄教的方法,跟陈佳打太极。陈佳吃了不少软钉子,又摸不准她的脾性,更顾忌着益盛,倒没敢逼得太紧,让戚南松快了几天。

戚南天生不是弯弯绕绕的性格,和陈佳的角力,不是她所擅长的,也让她偶尔感觉吃力和苦闷。

她曾经梦想成为像薛宝钗一样八面玲珑、人见人爱的人物,却发现人情世故太难把握,可能终其一生她都很难改变自己的性子。这几天,她也和顾清狄探讨过这个问题,顾清狄很好地宽慰了她。

他说,纵然我们年轻,不懂得人情世故,但即便最懂人情世故的人也一样会遭人非议,受过冷遇。

戚南想了想,讨人喜欢如顾清狄,也一样有对手,也曾与人红脸争执过,她在此事上本就不如他有天赋,又有什么不能释然的呢?

虽然只是短短几天,但两人还是重新熟络了起来。顾清狄找戚南的频率越来越高,时间也越来越固定。考虑到时差和戚南的作息,顾清狄基本每天晚上临睡前会和戚南浅聊一会儿,互道早晚安,或分享趣事。临近中午时他则会刻意空出一个小时左右的时间,和戚南文字或者语音,聊得更久一些。

顾清狄算得很清楚,如无意外的话,彼时戚南已经下了班在家歇着了,又还没到她睡觉的点。这个时间多聊几句,既不耽误她工作,也不影响她休息。

时差这件事,说大不大说小不小,一个处理不好,便成了压倒异国情侣之间爱情和耐心的那根稻草。在两人的关系还没有更进一步之前，顾清狄自然而然地解决了这个现实问题，戚南只觉得他十分体贴。

昼夜颠倒是爱，分享诉说也是爱。戚南知道，只要顾清狄想，他可以变得无比浪漫。而这浪漫于她，既有心动，又有酸涩。她带着对顾清狄的爱，从无数个失落的夜里醒来，却仍带着希望睡去。即便在最无望的那段岁月，也不曾有一刻真正忘却。

这种近乎偏执的恒久忍耐与坚持，不是人人都能做到的，她亦不敢期盼顾清狄也能如她一般。

因此戚南懂得克制，克制自己不去过多关注他的消息，克制自己不像几年前那样习惯性地重复去看他发的内容，克制自己不要斟字酌句地去理解他的用意，告诫自己别再一厢情愿。

她时刻提醒自己，顾清狄并不完美，他身上的光环都是自己给他的滤镜，而他最大的魅力就是自己加诸的想象力。

13 个小时的时差不是简单的加减法，顾清狄需要在有限的交集时间内尽可能多地占据戚南的注意力。他知道自己正在前所未有地投入在恋爱这件事上，哪怕是改变自己的生活轨迹追着戚南跑，他也甘之如饴。

毕竟只要想想和戚南恋爱的场景，就已经觉得非常美妙了。顾清狄靠在床头幻想着，不免有些心神激荡。即便戚南还没回复他的前几条私信，他也不觉如何，又兴致勃勃地翻开了朋友圈，一边刷着一边等戚南的回复。

顾清狄的微信好友密密麻麻，但他很少在朋友圈与人互动，更别提给人点赞了。倒是他之前偶尔发的几条，点赞数不可胜数，不过他也不太在意。他很认真地翻了翻戚南的朋友圈，发现追溯到几年前，她也不过寥寥几条消息。

顾清狄轻笑了笑，想想确实也是她的风格。他便很仔细地每一条都点开来看了看，还都点了赞。

等了许久还不见戚南回复，顾清狄估摸着她忙工作去了，也不灰心。只是他心里想着戚南，毫无睡意，只能翻翻朋友圈，打发一下无聊。

没刷多久，他便看到了小雀的朋友圈消息。早在红楼社时，他俩便加了微信，只是并不相熟，所以并没有什么互动。顾清狄看着小雀那惨兮兮的配图，以及戚南的评论，又想着前段时间小雀仗义地把她拍的婚宴合照全都发给了他。本着礼尚往来的原则，他倒也没多想，也接着戚南的评论回复了一条。

任何事物的发展均存在偶然和必然，原本预设好的轨迹也会因为微小的变数而全盘倾覆，可谓之蝴蝶效应。

对于闻琛而言，追求戚南，他奉行的是日久生情的恋爱策略。他知道戚南慢热，也了解她的过往，他愿意等，愿意等她放下，愿意慢慢地去占据她的工作、生活以至于情感。这种等待纵使漫长，却仍旧充满希望。

闻琛心里清楚，只要顾清狄不出现，他终归还有几分胜算。所以对于顾清狄的回归，他才那么警惕和气恼。但当他看着小雀朋友圈里戚南和顾清狄紧挨着的那两条几乎相同的评论，又看到顾清狄给戚南朋友圈一溜烟地补赞，他不由自主地慌了，同时内心升腾起了一股难言的愤怒。

一定有什么事情在他不知道的时候发生了！为什么顾清狄突然和戚南又重新联络了起来？是什么时候开始他们变得那么熟络了？他们是不是已经在一起了？

无数个问题在闻琛脑子里嗡嗡作响，他暴躁愤怒，已然无法思考，拿起外套便从家里冲了出去，他要去找戚南问个清楚！

嫉妒是一种不能忍受别人好运的愤怒，闻琛的内心俨然被名为嫉妒的火焰点燃了。年轻的他并不自知，这火焰无法填补他和戚南之间的沟壑，只能将她越推越远。

第二十七章　闻琛的告白

闻琛对自己有意，戚南能感受得到。虽不知他的情意从何而来，但一段时间相处下来，戚南了解到他的为人，表面飞扬跋扈，实则仗义善良，是个可以相交之人。不管是在校园还是职场，能够真心待她的人，着实不多，她很感激，也同样珍惜。

只是顾清狄重新出现之前，戚南未曾厘清自己的感情，不敢对闻琛有所回应。而当顾清狄真的站到了她的面前，她清楚了自己的内心，只能寄希望于闻琛能够随着时间的推移对她忘情。

说到底，她和闻琛一样，都在自欺欺人罢了。自我欺骗至少能以一种令人愉悦的方式，引领他们度过漫漫长日。但此时，当戚南看着眼前无比愤怒的闻琛时，她知道，她的希望破灭了。

闻琛几乎是以一种不可抗拒的姿态，不由分说地闯进了办公室，把戚南从座位上拉起来带走的。戚南虽有些不明所以，但看着他铁青的脸色，内心深处轻叹了口气，还是任由他把自己带到了楼顶的天台。

今天的风很柔和，云也松软，只是二人都无心欣赏。闻琛见戚南如此顺从，到了天台，反而不知如何开口。戚南见状，轻轻挣开了他的手，对着他先开了口。

"闻琛，这么急找我，是有什么事吗？"

闻琛看着戚南沉静的脸，听着她安抚似的话语，先前的愤怒消失了大半。他发现，他是怎么也没法真正对她生气的。更悲哀的是，他直到现在才发现这一点。

闻琛迟迟没有回应，戚南也不催他，只静静地望着他。闻琛看着她那双他最钟爱的蔚水秋瞳，发现其中没有责备，也没有不耐烦，只有不安和疑惑。他看着看着，一身气势尽数泻去，终是嗫嗫嚅嚅地开了口。

"顾清狄以前那么对你，你还……你和顾清狄，你们，是不是又重新在一起了？"

戚南未曾料到会从他口中听到顾清狄的名字。她想，闻琛一贯不大理会益盛集团的事务，应当和顾清狄是没什么交集的。可是听他的语气，好像对她和顾清狄的过往一清二楚。究竟是谁告诉他的呢？戚南有些不快，却也知道现在不是深究这件事的时候。

她想了想，还是决定开口和他解释清楚。

"我们没有在一起，只是旧友重逢而已。你怎么会突然这样说？"

闻琛见她真的好似蒙在鼓里，掏出手机点开了朋友圈。戚南乍一看到顾清狄的评论和点赞，有些吃惊，她着急地去摸口袋里的手机，却懊恼地发现刚才走得急，手机也忘带了。

戚南从未在闻琛面前失态，这一番情境下来，闻琛还有什么不明白？

顾清狄哪里好，不过就是发几条消息，也值得她这么紧张在意吗？他闻琛对她那么好，她就真的一点也不看在眼里，一点也不在乎吗？

委屈和不甘同时涌上心头，闻琛脑子一热，什么都不想了，走上前一把揽过戚南，将她紧紧抱在怀里，一刻也不想松开。

"南南，你不要再喜欢顾清狄了好不好？我才是最喜欢你的那个人，你喜欢我吧，好不好？好不好？求你了！"

戚南被他突如其来的拥抱吓了一跳，下意识地有些抗拒。只是当她听到闻琛小心而又难过地反复问她"好不好"时，她慢慢停下了挣扎，鼻子里也涌起了一阵酸意。

如此卑微无助而又执拗的闻琛，不就是曾经的自己吗？喜欢一个人是没有错的，努力追求更没有错。闻琛很好，他值得更好的，而她走过的路，不想闻琛再走一次。

"小琛，你还年轻，相信我，你对我的喜欢只是暂时的，你未来会遇到更好的更值得你喜欢的姑娘。"

戚南轻轻地将右手从他手臂里抽出来，转而绕到他的后背轻轻拍拂着。闻琛闻着她身上淡淡的冷香，安静地听她说着。

"不要像我这样，去爱一个也许永远也得不到的人，或者要非常辛苦才能得到的人。那太累了，也太可悲了，你不要学我，放弃吧。"

听到戚南说到"爱"这个字眼，闻琛像是突然被烫了一下。他负气地抽回了手臂，背过身子不去看她。

"那你为什么不放弃？你做不到的事情，为什么要劝我做到？"

戚南征了征，苦笑出声。是啊，她自己做不到的事情，又有什么资格要求别人做到。戚南垂下了眼帘，一滴眼泪从她眼角渗了出来。

可是，她不是不想做到，她是不能啊。她对顾清狄的爱已经深入骨髓,可以克制,可以忍耐,但她真的没有办法停止爱他。

戚南失神地笑出了声,原来,她爱顾清狄,她早就爱上他了。也许在过去她和顾清狄相处的某个时刻,也许是她思念他的某个瞬间,她早就爱上他了。

"你爱你的,我等我的,我们两不相干,你别管我。你也别再叫我小琛了,我不是你的弟弟,我已经是个大人了,我有追你的资格!"

闻琛转过身来,迫近戚南,一字一句地对她说道。戚南看到了他眼里的坚定还有认真,还想再说什么时,却见闻琛头也不回地直接走了。

戚南失魂落魄地在天台站了许久,努力调整好心情重新回去工作。剩下的时间,她把自己淹没在繁重的工作中,让自己忙碌到没有丝毫空隙去想感情这个剪不断理还乱的难题。

待戚南心神不定地回到了家,才发现时间已经很晚了。以往不管多晚,只要她回家,小盼球都会挪着胖乎乎的身子来迎接她,今天却丝毫没有响动。戚南觉得有些奇怪,开了灯走到飘窗边想去瞧瞧它。

这一瞧,戚南发现了不对劲。只见小盼球蔫蔫地缩在猫窝里,精神很不好,像是生病了。见戚南靠近,它虚弱地抬了抬眼皮,有气无力地喵了一声。戚南还看见猫窝旁边有些暗黄色的呕吐物,心里更加担心,赶紧伸手去摸了摸小盼球,想要看看他究竟怎么了。

戚南没有照顾生病宠物的经验,给小盼球喂了一会儿水也没见它转好,心里一下子急了起来。她赶紧搜了搜附近的宠物医院,却发现基本都已关门歇业。看着小盼球的模样,戚南不敢任由它这样熬到明天。她想拿起手机打给闻琛,却又犹豫了一下。

忽地微信提示音响起,惊破了一室的寂静。是顾清狄打过来的语音电话,戚南迟疑了一下,最终还是按下了接听。

窗外的月光雾蒙蒙的,星星也躲藏了起来,唯有风四处流动着。天变得如此之快,要下雨了。

第二十八章　感情升温

　　人总是会倾向于对帮过自己的人再次求助。如同此时,戚南仅仅犹豫了几秒钟便对顾清狄吐露了自己的困境。而顾清狄也一如既往地反应迅速,很快便给了戚南有效的指引。

　　"戚南,'猫和少年'现在还营业着,你带上小猫一起,打个车过去吧。值夜的店员会帮你照顾好小猫的,你不用太担心。"

　　顾清狄应该是在走路,他气息很平稳,只不过身旁声音嘈杂,人声车音交替不断。戚南心想自己是否有些耽误他做事,正犹豫着不知怎么开口,顾清狄又嘱咐了一句。

　　"时间太晚了,你打车注意安全,车牌号和信息分享给我,知道吗?嗯?"

　　最后这个尾音他拖得有些长,声调上扬,带着些不容抗拒的霸道,却又有些缠绵。戚南挂断语音的时候,心口直跳,心想如果顾清狄有兴趣发展第二职业的话,他做声优应该也蛮能让人心动的。

　　不过现在不是想这些的时候,戚南赶忙掐断绮念,手脚麻利地将小盼球放进猫包,打了个车直奔"猫和少年"咖啡馆。

　　将近午夜,道路上车流和人流都很稀少,仿佛整个城市的呼吸都变缓了。车子里烟味很大,司机也沉默不语,戚南抱着猫包,心里有些害怕。

　　大抵顾清狄也不太放心,戚南将车辆信息发过去没多久,便又打了语音电话过来。在光线昏暗的车里,戚南听着顾清狄沉稳有力的声音,身体渐渐放松,因紧张害怕而冰凉的手脚也逐渐温暖了起来。

　　顾清狄找了个安静的地方,陪着戚南聊天。戚南有些好奇,为什么他能笃定"猫和少年"这么晚还在营业,且语气口吻听起来像是对这个地方非常熟悉。顾清狄略想了想,也为了缓解她的焦虑,和她说了实情。

"大一那会儿院里面有个创业的实践课题,我手上有点闲钱,同学又有想法,所以就合伙开了个店。其实一直是他们在打理,我管得不太多,一年也去不了两回。"

戚南惊异地睁大了眼,她原以为"猫和少年"运营得如此成功,背后定然有一群商业精英,再不济也是商界大咖的玩乐之作,却竟然是一群初出茅庐的年轻学生的手笔。先不说这投资的眼光、管理的能力,单凭这创业的勇气,就已经让她这种只会一步一个脚印的凡人望尘莫及了。

顾清狄见她真的感兴趣,便又挑了几个创业之初发生的或有趣或乌龙的小故事说给她听。戚南听得津津有味,忘了时间,还是司机提醒她,才发现居然已经到了。

车刚在"猫和少年"街对面停稳,忽地大雨滂沱。戚南只能暂时结束了和顾清狄的通话,背着猫包,穿过风雨向那唯一亮灯的所在匆匆走去。

整条街已不复白日的喧闹繁华,店面漆黑一片,唯有"猫和少年"一灯如豆,坚定而顽强地为她绽放光亮。

一个服务生打扮的年轻小哥上前帮戚南开了门,又体贴地给了她一条吸水的长毛巾。戚南擦了擦头发和脖子上的雨水,见他非常熟练地把小盼球从猫包里抱出来,拿到诊疗室去检查,心里还是放心不下,急步跟了上去。

"不用担心,应该是卡毛球了,我检查过了,症状不严重。我先喂宝贝一些化毛膏,回去后可以定期再喂点化毛膏或者猫草,猫粮里也可以掺一些粗纤维,换着吃,应该不会再有什么大问题。"

他开了一管全新的化毛膏,凑到小盼球嘴边轻轻扬了扬。小家伙刚刚睡醒,许是恢复了些精神,闻到香味,伸出舌头试探性地舔了舔,而后欢快地站起身凑近了他的手,开始大快朵颐。

戚南见状,略微放下了心。但她实在缺乏照顾宠物的经验,又担心小盼球的身体健康,想了想,又多问了一句。

"小哥,我平常工作忙,疏于照顾。你看我还需不需要带它去一下专门的宠物医院,再检查一下,康复得快一些,也避免有什么后患。"

"我们店里平常是有宠物医生的,今晚正好有事临时来不了。虽然我不是医生,但干这行也很久了,你家小猫的情况我见过很多,刚也问过医生了。我心里有数的,嘿嘿,你放心,不会有事的。"

这小哥也是个实诚人,见了佳人,虽有些羞涩,但话匣子一打开还收不住了,又说了一嘴。

"小姐姐你别看我们是服务生,其实我们水平还行的。我们店里以前有个老颜,那水平可比店里的医生高多了,可惜他就做了一段时间兼职。要是他在,大魔王肯定让他来给你家猫治。"

"老颜"是谁?还有,服务生小哥口中的"大魔王",难道说的是顾清狄?

戚南脑海里又浮现起西装革履、商业精英模样的顾清狄,确实有些大魔王的气质,这种联想,让她的唇角不受控地弯了弯。

小盼球在不经意间已经秋风扫落叶般吃完了大半管化毛膏,服务生小哥怕它肠胃还没恢复,决定终止本次投喂。戚南看着小盼球扒拉他的劲头,想着小东西应该是没什么大碍了。时间也确实很晚了,可以带小东西回家了。

"这几管化毛膏,还有这袋猫粮给你打包好了。下次有空你可以带小猫过来洗洗澡,做个美容护理,我们这边都很方便的。"

服务生小哥麻利地把东西打包好递给了戚南,又把猫包擦拭了一遍,把小盼球抱了进去,临了又撸了一把胖猫猫头。

"今天晚上麻烦你了,我把账结一下吧,谢谢啦。"

戚南拿出手机准备去收银台结账,却被小哥一把拦住了。他说店里 pos 机坏了,也不让私人收账,不如攒着下次来的时候一起付。

戚南见他说得真诚,也不想破坏店里的规矩让他为难。她想着应该也没多少钱,大不了下次来付或者转给顾清狄都行,便也没再坚持,和他再次道了谢便带着小盼球离开了。

服务生小哥直到看着戚南上了出租车,才动手将门关上。他一边往里走,一边关灯,嘴里还不断嘀咕。

"我哪敢跟你收钱啊,大魔王还不弄死我呀!大魔王半夜把我叫起来还骗人家美女姐姐说 24 小时营业,压榨劳动力,垃圾垃圾垃圾……"

窗外风声渐小，随着咖啡馆内最后一盏灯熄灭，整条街又恢复了幽静。点点星子重新钻出了云层，正是好眠的时候。

第二十九章　　和他视频了

回程的车开得比来时快，不一会儿戚南便到家了。

进屋后，她先把小盼球的猫窝整理了一番，从飘窗挪到了床边，然后轻手轻脚地把小猫咪抱了进去。她还给它重新换了水，添了点新猫粮。一通忙活下来，发现身上不知是汗水还是雨水，黏腻得很不舒服，又赶紧去洗了个澡。

等戚南洗完澡、吹完头发从浴室出来，抬头一看墙上的挂钟，已经凌晨两点多了。明早还得上班，再不休息明儿肯定一整天没精神。她赶紧收拾了一下，准备关灯上床。

戚南站到了床边，习惯性地拿出手机准备设个闹钟，却发现手机静了音，有好几条未读信息，都是顾清狄发来的。

戚南懊恼地捶了捶头，暗怪自己忙昏了头没记性，居然忘了跟顾清狄说一声了。

也不知他等了多久！戚南心里愧疚，正准备回复，谁知一句话还没输完，顾清狄那边发来了通话邀请。她手忙脚乱地赶紧接通了，却发现他打了视频电话。

他居然打的是视频电话！手机画面由黑转亮的那一瞬间，戚南的心跳都差点要停止了。女为悦己者容，她怎么能在毫无准备的情况下让顾清狄看到她蓬头垢面的样子呢？这简直是灾难现场，不行，绝对不行！

戚南急得脚趾抓地，想也没想就将视频画面点了翻转。顾清狄看着她那一闪而过的身影，知道她肯定是害羞了，心里虽有些好笑，却也不点破。

"今晚事情还顺利吗？小猫有没有事？"

顾清狄对着画面里静止的床头和地板一本正经地发问，戚南尴尬得要死，既不好意思去看视频里的他，又不知道该怎么回答。

视频静默了好几秒，顾清狄也没催她，只拿起手边的咖啡喝了几口，很有耐心地慢慢等她。戚南咬着唇想了想，心一横，举着手机走了两步来到了猫窝前。

一只睡姿乱七八糟的小胖猫出现在顾清狄的手机画面里。看着它那四仰八叉的豪放睡姿和不断起伏的圆滚肚子，顾清狄实在很难将它和几个月前自己挑的那只娇怯软嫩的小东西联想到一起。他只能感叹戚南把它养得不错，以及岁月是把杀猪刀这条真理。

"店员说是卡毛球了，没多大事，谢谢你呀，顾清狄。"

戚南娇娇软软的声音从画面里传出，让顾清狄有一秒失神。他想起有一次她感冒，他带她去校医院，那一天她的声音也是这样的，让人听了有种想把她揽入怀中的冲动。

越洋视频有一些卡顿，戚南没有发现顾清狄的走神。画面里的他，应该是坐在一家咖啡馆的露天座上，旁边是三五成群，悠闲自得地享受下午茶的年轻外国男女。顾清狄身前的桌子上也放了一杯咖啡，看起来像是冰美式，已喝了大半。

戚南看着那杯冰美式，想起它的滋味，顿觉牙根有些发凉发苦。戚南将目光从咖啡一寸一寸地移到顾清狄身上，虽然顾清狄看不见她，她还是悄悄地吸了口气，企图缓解一下心跳和紧张。

距离上次见面，已经过去大半个月了。这段时间发生了很多事，包括和顾清狄的复联，一直都让她有种不真实感。直到此时，看着眼前画面里的他，她那颗不安的心才安定了下来。

顾清狄大约真的不怕冷，十几度的天气，他只穿着一件白色镶绿边的套头衫。戚南有些不赞同，好看归好看，毕竟太单薄了。

他的头发也有些长长了，不像上次看到的那么短硬了，这使得他的面部线条和气质也更柔和了一些。戚南唇角弯了弯，他毕竟还是个学生呀！

"小猫没事就好，时间不早了，你准备休息了吗？困不困？"

顾清狄看了看手上的 iWatch，皱了皱眉。往常这个时间，她应该已经入睡许久了。

"嗯,是准备休息了,不然明早起不来了。你是不是也要去忙了?今天的事谢谢你呀,我把钱转给你吧。"

顾清狄直接忽略了后半句,迅速回答道:"就去一下办公室,等会有个组会,时间还早,不着急。"

"噢,那我睡了哦,你慢慢忙,晚安。"

戚南想顾清狄今天跟着忙活了半天,一定耽误了他不少时间。现在也已经过了她睡觉的点,她其实并没有睡意,可以再和他多聊会儿,但她想了想,还是忍住了。

"戚南,等一等。"见戚南准备就这样挂断视频,顾清狄急忙开口阻止。

"嗯? 还有什么事嘛?"戚南有点不明所以,但还是移开了手,乖乖等他。

也许是戚南的错觉,她好像看到顾清狄脸红了! 她把手机移得更近些,想要看得更清楚一些。

"戚南,我发现你有点小气。"

啊? 此话怎讲? 戚南没想到顾清狄会这样说,心突然提到了嗓子眼。

"你看了我这么久,却一眼也没让我看,你说,你是不是很小气? 是不是很不公平? 戚老师不可以这样哦,我要抗议。"

戚南的脸刷得也红了。顾清狄怎么又这样叫她? 他真的太坏了,又像之前在图书馆那次一样,欺负她。

"戚老师,上次借的书,我都按时还了。我可是个好学生,你不能欺负我!"

戚南简直语塞,到底谁欺负谁呀! 她把头侧过去,不想看他那张笑意盈盈的坏脸。

"戚南,我开玩笑的。让我看你一眼,好不好?"

顾清狄也怕把戚南惹着了,赶紧切换语气,软了声调祈求道。

戚南慢慢地把脸转回去,她看着视频里顾清狄认真恳求的样子,心早已软了大半,脸也越发红了。她想了想,看了看脚边刚刚张开睡眼的小盼球,心里有了主意。

"hello,hello,小盼球和顾叔叔问好啦,谢谢顾叔叔今天的帮忙。"

顾清狄眼前的画面有了翻转,一双纤纤素手举着一只刚睡醒的还在扑腾的胖猫猫出现在画面里。手的主人把脸躲在猫咪身后,还握着粉嫩的猫爪向他挥了挥。

她穿着长袖条纹睡衣,身上毫无饰物,非常干净。虽然她把脸全藏在猫咪背后,顾清狄还是能看见她散落在肩头的顺直乌发,还有脸侧那一只红通通的小耳朵。

她那头灯光昏暗柔和,顾清狄不眨眼地看着,一股热意从他心底升起。这段时间的辗转反侧和彻夜相思都在这一刻被抚慰了,顾清狄已觉得很满足。

"戚南,晚安。现在费城的樱花正美,好希望你能来看看。"

顾清狄的声音忽然变得很低很温柔,带着诱惑力,让戚南克制不住地偏了偏头想要看一眼他。

顾清狄一直没挂断电话,就那么静静等着。当那双曾无数次出现在他梦中的羞红水润的眼眸再次出现在他眼前时,顾清狄终于心满意足地笑了。

而这一晚,本该因晚睡而失眠的戚南却意外地睡得很好。梦中尽是漫天的樱花,戚南穿过长长的樱花小路,顾清狄在路尽头向她伸手。

他说:"戚南,你来,我想你了。"

第三十章　迟来的回礼(上)

顾清狄和戚南的联系越来越多,两人的关系也越来越亲密。复联之初,两人之间还有些小心翼翼,现如今虽只在线上联系,但相处已经非常自然,可以畅所欲言而无需刻意顾忌对方心情了。频繁的对话及视频已逐渐消弭两人之间的安全距离,相比于几年前两人关系最近的时候,还要更情浓几分。

其实两人之间并没有什么轰轰烈烈的事,更多的是日常生活的分享和切磋。但就是这些由琐碎细节堆砌起来的小事,让戚南充分地体会到,她会因他而柔软,也会因他而坚强。

笑容越来越多地出现在戚南脸上,几乎每一天她都枕着顾清狄的信息醒来。那些来自他的关怀和问候,让戚南时常沐浴在好心情里,做事的动力更足,效率也更高。而这一切变化,也都被她身旁的人看在眼里。

杨柳每天与戚南相处的时间最长,自然是早有所觉。不过她新婚宴尔,工作上又遭遇陈佳横插一脚,每天忙得脚不沾地,还没有时间和戚南细聊这些。小雀和戚南的关系最为要好,她也发现了戚南的变化。戚南本以为她会劝说些什么,却发现她对此事反应良好,颇有些默许的态度。

"哎呀人都是会变的啦,我看顾清狄这次是真心的,你又一直喜欢他,你俩就处处看呗,说不定真能成呢?"

小雀一边舔着冰淇淋,一边挽着戚南在商场里逛,一副乐见其成、无所顾忌的模样。

"再说了,顾清狄那么帅,你俩要是结婚了,宝宝颜值得多高啊!不行不行,我得先把干妈的位置占好,哦对了,还有丈母娘的位置!"

戚南一脸无奈,赶紧制止了小雀天马行空、不着边际地发挥。她和顾清狄才哪到哪儿呀,这小妮子怎么连孩子这件事都计划上了呀!真是离谱!

不过,顾清狄如果有孩子,一定可爱爆了吧!小盼球都把戚南萌得不行,更何况是白白胖胖的小天使,估计得萌出内伤。如果那孩子是顾清狄和她的,那……

不行不行,不能再想了。戚南感觉自己脸红得像要冒烟了,赶紧手动扇风让自己清醒一下。

"哎,你们都要脱单了,就剩我一个孤孤单单的。我不仅天天被那个该死的颜朔奴役,我还长胖了!"

"苍天啊,大龄剩女的出路在哪里啊!"

小雀看着戚南纤瘦的手臂和腰肢,再捏了捏自己腰间软软的一层"游泳圈",满脸愤恨地盯着店内橱窗里陈列的漂亮夏装,恨恨地咬了一大口冰淇淋。

戚南看着小雀那可爱模样,无奈地摇头笑了笑。这小妮子也不看看从她俩见面到这会儿，才多大点工夫，颜朔这个名字已经在她口里出现无数回了。也只有身在局中的小雀才懵然不知吧。

算了算了，先不提醒她了，让她自己悟吧。戚南看着前头摇头晃脑还准备去拿下第二个冰淇淋的小雀，不由得感叹神经大条的人确实比一般人要快乐许多，这性格对小雀而言，未尝不是一件好事。

毕竟初恋的创伤是很难治愈的。小雀和前男友赵承相恋几年，却落得个被男友出轨背叛的结局，断断没有那么容易从这一段感情中恢复过来。

戚南不由得在想，是得到后失去叫人痛苦，还是从未得到更令人心碎。她看着小雀，再联想到顾清狄，冷不丁地打了个寒战，不敢继续往下想。

小雀的情绪来得快去得也快，不一会儿又拉着戚南开开心心地逛起精品店了。跟小雀在一起，快乐总是这么简单。戚南被她带着，不由自主地抛开了那一堆烦乱的思绪，也开始享受逛街的乐趣。

戚南虽然不如小雀那么少女心，但对于礼品店里琳琅满目、包装精致的小玩意，抵抗力也是不足的。尤其是那些陈列有序、主题各异的盲盒和摆件，更让两人两眼放光，扒着玻璃柜有些走不动道了。

"南南，南南，你看那个浴缸里的莫莉，造型也太可爱了吧！这个系列我就差这一个，呜呜呜，好想要，怎么办？"

戚南虽不是莫莉的粉，却十分能理解小雀的心情，此刻她正眼睛不眨地盯着橱柜里新款的"哈利·波特"动物系列出神。小雀见戚南没搭话，凑过去看了一眼。

"哎呀，南南你喜欢这个系列呀，我都集齐了，你缺哪个我回头送给你呀。隐藏款也可以哟，就当生日礼物了嘻嘻。"

距离自己的生日还有一段时间，小雀是第一个提起的。每年自己生日，小雀都不会忘记祝福和礼物，戚南觉得很感动。她摸了摸小雀的头发，露出一个温暖的笑来。

"这个系列你也收集了好久，多不容易呀，你自己留着吧。我再努力试几次，实在不行就算了呗。谁让我是个非酋呢，哎。"

小雀听她这么说，倒也没吱声。确实盲盒的乐趣有一半都在于拆盒的那一瞬间，如果把抽到的直接送给她，反倒剥夺了她大半乐趣。只是,戚南的手气真的太差了啊,小雀有些头痛,皱着眉头担心地看了她一眼。

戚南又何尝不知啊!手气这件事,当真是自己永远的痛。从小时候开始,五块钱的刮刮乐,发小们都能抽个一块两块的,只有她永远是感谢惠顾。还有饮料瓶盖,别人喝一瓶中一瓶,她喝一打都中不了一瓶。真的是运气绝缘体了。

"哎呀,运气这种事情说不准的啦,实力强的人运气都很一般啦,人家不用靠运气呀。南南你再抽一个试试看呗,说不定今天就行了呢?"

小雀的安慰和打气很好地鼓励了戚南,抱着不死心的态度,她又买了个盲盒。小雀又是祈祷又是作法,经了戚南的手,却还是开出来个最最常见的普通款。

这下没辙了,戚南小雀只能面面相觑。小雀还想再去买一个,却被戚南拉住了。

"算了,试了一个就行了,按照我的经验,再多买也是不会中的。盲盒而已,别浪费钱了。"

"哦,行吧。"

戚南都这么说了,小雀也就不上头了。怕戚南还在意盲盒的事情,小雀赶紧又拉着她逛这逛那,其间欢声笑语不断,倒让戚南没空多想什么不开心的事了。

逛了大半天,提着杂七杂八几袋东西回到家,戚南感觉自己都要累瘫了。逛街真是个力气活,小雀是怎么做到脚踩高跟鞋连逛几圈都不用歇的?戚南疑惑之余叹了口气,看来自己真的应该要加强锻炼了,总不能连逛街都跟不上闺蜜的步伐吧。

戚南瘫在椅子上屁股都没坐热,就听见有人咚咚敲门,这敲门声听起来,像是挺着急的模样。

这么晚了,会是谁呀?戚南放下手里的水杯,带着疑惑和小心上前开了门。

第三十一章　迟来的回礼（下）

戚南打开门一看，是快递小哥。小哥风风火火的，估计也很赶时间，把快递盒塞给戚南，就步履生风地跑远了。

这几天没逛网店，也没买什么东西呀。戚南一边关门，一边看着快递盒上的国际运单，心里有些疑惑。

她小心翼翼地拆了快递，包装越拆越小，最后躺在戚南手上的，只有一只小小的包装袋，一个精致的饰品盒子，和一张薄薄的明信片。

纵使不像电视台里的同事们一样对国际大牌如数家珍，戚南看到包装袋上那个 logo 时，她还是惊讶地瞪大了双眼。她知道这个牌子的手表很贵，她见过沈昀戴，那万分小心的劲儿给她留下了无比深刻的印象。

戚南没有选择先打开饰品盒，而是拿起了那张最不起眼的明信片。明信片的正面是一幅风景照，波光粼粼的湖面上无数天鹅和野鸭展翅腾飞，汽艇上的人们戴着墨镜、喝着啤酒肆意欢乐。两岸耸立着中世纪模样的古老建筑，与温柔的日光融为一体。这幅景象看起来很平静，却又那么自由。

风景照的右下角印着几个词，戚南不认得，她查了查，是德语，写着"苏黎世湖"。戚南想起这几天远赴欧洲游学的顾清狄，心中有些猜想，却又不太肯定。怀着忐忑不安的心情，她把明信片翻到了另一面。

【途径苏黎世湖，见湖很美，又想起了你。挑选了一个小礼物，献给我心头的玫瑰，愿她永远美丽。顾清狄】

这是顾清狄第一次说想念，也是顾清狄第一次夸奖她美丽。戚南看着饰品盒中那条镶嵌着钻石和彩宝的玫瑰手链，心情如同那耀眼的粉色宝石般甜蜜而焦灼。

戚南用手指摩挲着这条玫瑰手链，思绪万千。

这样一件精美的首饰，任何女人都会动心，戚南也不例外。只是从以前到现在，她从未期盼过顾清狄会送她礼物，这对她而言，是一种太过奢侈的幻想。

她想起那一年的冬天，她与顾清狄外出，遇见过一个卖花的小女孩。当时她想，即便是一草一木，即便只是一朵花，只要是顾清狄递给她的，她便会如珠似宝地珍藏。

她在意的，不是礼物的贵贱，而是他的心意。

戚南郑重地将明信片留了起来，夹在了她最爱的书里，而后小心地将首饰盒盖好，放回了礼品袋中。自重逢后，顾清狄已经帮了她许多，而这样一份礼物，太过贵重了。如果她堂而皇之地接受了，也不过是借着感情占他便宜罢了。

戚南不愿良心不安，她只想坦坦荡荡地面对她爱的人。

做完这一切，戚南舒了口气，拨通了顾清狄的电话。即便她决意拒绝这份礼物，她也想亲自和他好好解释清楚缘由。她不愿他有任何的不开心，也不愿二人之间再产生任何误解。

这是顾清狄游学欧洲的最后一天，航班时间临近，他正在酒店打包行李。看到了戚南的来电，顾清狄戴上耳机，毫不犹豫地接通了，只是更加紧了手上整理的动作。

"顾清狄，手链我收到了，很漂亮，谢谢你。只是这份礼物太贵重了，无功不受禄，况且你已经帮我许多。明信片我留下了，手链还是还给你，谢谢你的心意呀。"

顾清狄没想到她会说拒绝，皱了皱眉，直起了身。他拉开了窗帘，走到窗边的光影中，外头日光正好。

"戚南，是不是手链不合你心意？我第一次给女孩子买首饰，不清楚女孩子的偏好。你看你喜欢什么款式，我重新买一条送给你，好吗？"

这居然是他第一次买首饰给女生，戚南有些诧异，也有些欣喜。顾清狄误会了，而男孩子的思维惯常以解决问题为主，所以他有此一问。戚南想了想，温声和他解释道。

"顾清狄，我没有不喜欢这条手链，我很喜欢，但是我不能收。这份礼物太贵重了,这个价格现在的我也负担不起,无法回馈你同等价值的礼物。我不想因为这件礼物打破我们之间的平衡关系,你明白吗?"

顾清狄没有想过她拒收礼物的缘由竟是这般,他愣了愣,脑中快速思考。先前叫的出租车已经在酒店门口等他多时了,此刻正不耐烦地按着喇叭。顾清狄想了想,和戚南说了声抱歉,请她稍等。随后快速地将行李打包好,去酒店前台办理了退房。

戚南没有挂断电话,一直在耐心等他。直到顾清狄坐上了出租车,车子向机场疾驰而去,两人才重新恢复了谈话。

虽然只有一小会儿,顾清狄还是仔细思考过戚南的想法。戚南性格独立,不愿意依赖和攀附别人,他是知道的。但他送她那样一份礼物,仅仅是心念所动,想把最好的东西给她,以及这也是一份迟来的补偿和回礼而已。

对于顾清狄这样的人而言,承认过往的错误是很难的,主动去揭开往日的伤疤更难。但他知道,从前正是由于自己的自负和放任,才导致他和戚南之间误会重重,渐行渐远。现在的他,已经无法再经历一次放手和失去了。

"戚南,你并不是没有回馈给我同等价值的礼物,你早就给过了。你还记得吗,本科毕业那年,你送过我一副耳机,可惜当时我并不知道这是你送的,转手给了别人。这件事一直让我如鲠在喉,所以手链是我的回礼,也是我的补偿。对不起,这份礼物来得太晚了。对不起,戚南。"

顾清狄话语艰涩,这段话他说得很慢,脸上满是陷入回忆的自责与痛苦。

戚南没有料想他会说起那一段往事,更没有想过原来当年的他根本不知道自己曾经送过他生日礼物。戚南想,当时在包间里,她是多么难过啊。而她的难过,只是一场误会而已。

只是为什么她还是这么难过? 戚南用手捂住眼睛,屏住呼吸,她不想让顾清狄发现自己的异样。几息过后,她才重新睁开眼,将手机拿近一些。

"顾清狄,我已经不怪你了,但还是谢谢你告诉我这件事。"

明明自己错得离谱，一次又一次伤害她，她居然还对自己道谢。顾清狄觉得喉头发堵，心里胀得很难受。

"过去的事情就让它过去吧，手链我先还给你。以后我送你礼物前，都告诉你一声，好不好？"

顾清狄听着她柔和的话语，心里软得一塌糊涂，哪里还会说不好。手链她不愿收便不收吧，都随她心意。只是，究竟送什么礼物她才会开心呢？挂断电话后许久，顾清狄仍在思考这个问题。

前排黑棕色皮肤、混血儿模样的司机小哥已经观察顾清狄许久了，他实在很难想象，像顾这样一个高大英俊的帅哥居然还会有什么烦心事值得他皱眉苦思良久。小哥也是个爱聊天的，忍了许久终于忍不住了开口问了问，却在得知事情原委后扑哧笑出声。

"嘿帅哥，相比于珠宝，好女孩更在乎的是你的心意。你得知道她们想要什么，你看我的纳西莎，只要我每次出门回去都给她带她爱吃的贝果，就开心地抱着我啃。你得懂女孩的心思，知道吗？"

司机小哥得意地指了指挡风板上粘贴着的心爱女孩的靓照，俨然一副爱情导师兼胜利者的喜悦模样。照片中的女孩明艳漂亮，笑容极为自信灿烂。顾清狄只看了一眼，便收回了目光，在司机小哥漫无边际的哼唱声中陷入了沉思。车窗外一座座悠久古朴的建筑随着日光的消失渐渐失去色彩，却显出不同于白日的自然和温情。

山风漫漫，西欧古老的历史与丰富的艺术才刚展示在旅人眼前。可惜车上的人已失了朝圣的心情，唯愿早点离去。

第三十二章　终于见面了

随着五月末戚南生日的临近，杨柳与陈佳的竞争也到了白热化的阶段。两人的不和与冲突早已摆上台面，近日更因为节目排期的事情而多次在公共场合发生争吵，办公室的氛围很是紧张，夹在中间的戚南也已疲惫不堪，身心都绷到了极点。

何况这时节是雨季，每天淅淅沥沥的，简直要将外头那无序杂乱的音响一直延续到人的心头。

戚南不喜欢雨，每日步行上班，总要落得发丝湿润，鞋袜脏污。加上近日工作不顺，更是不堪烦忧，出一趟门总得叹一回气。

不过即便诸事烦忧，倒还有一桩好消息，顾清狄要回国了。

上次匆匆一见，已近两月。无论是顾清狄还是戚南，都已忍不住想要见对方一面的迫切心情了。

因顾清狄回国这天是工作日，加上他搭的飞机下午才落地，两人便约好了晚上见面。即便戚南很努力地克制情绪，想要把注意力集中在工作上，但眉宇间的紧张和偶尔的失神还是暴露了她的心绪，也被身旁的杨柳看出了异样。

近些日子，杨柳压力很大，心情也不好，但她终究是个好领导，更是个好朋友。在戚南有些不好意思地告诉她晚上加不了班，要去见顾清狄时，她也只是愣了愣神，还语气温和地安抚了她两句，嘱咐她别太记挂工作，好好享受相逢的时光。

"今天可是520，顾清狄选这个时间回来，是不是想和你约会，跟你表白呀？"

杨柳甚至促狭地用胳膊肘捅了捅戚南，把戚南问得羞红了脸。

顾清狄是否会选择今日和自己告白，戚南不得而知。经过这段时间的相处，两人离捅破那层窗户纸只差一步。但戚南还是选择将那一刻交给他，由他来决定。

而且相比于担心今夜是否会告白，戚南更在意的是与顾清狄的独处。这次没有旁人，只有他和她两个。这既是她梦寐以求的情景，却也让她担心，自己是否真的能够做到如他想的那么好。

无论感情里掺杂了多少焦虑和紧张，戚南明白，这一次的见面对她和顾清狄而言都是势在必行的。想要做出最准确的判断，任何事情和个人都需要多多观察。

更何况爱情这种事，需要远观，更需要近看。

她已不再是几年前那个可以为了爱情而不顾一切的少女，岁月流经了她，也塑造了她。她已经学会戴上隐忍的面具，静静等待最后的结果。

　　希望和忧虑密不可分,对戚南如是,对顾清狄亦如是。自卑之人有了希望,如同荒野有了火种。自信之人有了希望,却早已成燎原之势了。从决定回国的那一刻起,顾清狄心里只有一个无比火热的念头,就是见她。

　　他已经无法忍受只能从冰冷的电话和视频里听她看她。从美国到欧洲,所经之处越是繁华喧嚣,他越是寂寞孤单。他像是被人牵引的一只风筝,无论飞到哪里,线都在她手里。

　　一想到多日的相思终能在今晚述说,顾清狄便亢奋不已。这种兴奋让他一直无法入睡,即便经历了十几个小时的旅途辗转,他依旧神采奕奕。

　　飞机一落地,他便马不停蹄地先回了趟家。因此次未准备久居,他只带了少量行李,也没什么好收拾的。行李箱一放,他便钻进了浴室,认真地洗漱加收拾了一通,而后神清气爽地出了门。

　　顾教授夫妇二人下午都有课,还没回来。除了院子里的雨声,家里静悄悄的,但却温暖干净。因知道顾清狄要回来,不善家务的葛女士忙前忙后地收拾了好几天。

　　顾清狄拿着雨伞出门时,还能闻见餐桌上花瓶里歪着的几枝芍药吐出的芳香,当真清香扑鼻,叫人闻之欲醉。

　　顾清狄今日的心情一直很好。家和省台只隔了一条街,他打着伞,在雨中慢慢走过去,到和戚南约好的咖啡馆等她。他穿着一件印着银色暗纹的白衬衫,配了一条暗黑色敞口休闲裤。因要打伞,他把袖子卷上去一截,倒显出几分随意的干净来。

　　一路走来,雨还不小,打湿了几缕发梢。顾清狄索性把额前的头发都掀了上去,拿手随意抓了抓。只略微收拾归拢了几下,便露出一张立体俊逸的脸来。

　　从他进咖啡馆那一刻起,就一直有人看他。他挑了个靠窗的座位,从窗子望出去,街边另一头就是省台大楼。离约定见面的时间还早,他点了杯咖啡,不急不缓地静坐品尝。

　　这咖啡馆也算个网红店,今天这种特殊的日子,店内人流不少,小姐姐们居多。顾清狄那副模样,虽看着年轻,像个学生,却又满身气势,莫名叫人不敢接近。以至于盯着他交头接耳的人不少,敢上前搭讪的却还真没有。

　　戚南下了班便直奔咖啡馆，从她在顾清狄对面落座的那一刻起，她总隐约感觉有人在盯着她看。虽觉得怪异，她却没有多想。因从见到他的那一刻起，她已不由自主地全副心神都被他占据，完全没有多余的空间去想别的了。

　　顾清狄面前的咖啡已经见了底，他一定等了自己许久。戚南心里有点愧疚，正想着和他说声抱歉，却见顾清狄温声吩咐服务生给她先上杯热茶，让她喝一点暖暖身子。

　　顾清狄的做法让戚南心里有些暖。他今天和前几次的打扮都不一样，看起来格外年轻好看。因与他面对面，戚南忍住羞意，不敢多看，只抱着杯子小口啜饮着。

　　对面的顾清狄却丝毫未收敛，近乎贪婪地看着戚南。无数个梦境里的她与此刻眼前的真人相印交缠，顾清狄的内心觉得满足，却又滋生出更多的不满足。

　　一别两月，戚南的头发长长了，乌黑的发从肩头缓缓披散到胸前，连带着他的心都葱葱郁郁的。鬓发半遮半掩间，垂着一张白玉般的小脸，下巴好似又尖了一点。长长的睫羽下，有一抹淡青的阴影。

　　她这段时间工作一定不轻松，顾清狄看着看着，心头热意不减，却又生出些心疼。

　　"戚南，你饿不饿？要不我们先吃点东西吧。吃完我们再去学校里逛逛，听说今天有草地音乐节，你想不想去听听？"

　　戚南有些惊讶地抬了抬眼。咦？顾清狄准备今晚带她回学校吗？她本以为也就是找个餐馆吃饭聊天，没想到他有别的安排。不过，她确实好久都没回学校看看了。顾清狄一提，倒勾起了她不少回忆，心里也有些痒，便柔声答了句好。

　　她看起来真的好甜好乖，仿佛自己说什么做什么她都不会拒绝。曾经梦境里的些许片段又开始在脑海里闪过，顾清狄拼命忍住不让自己想得太多太歪，心虚地咳了咳，又赶紧别过了眼，叫来服务生给二人各上了一份蛋包饭。

　　这个咖啡厅的咖啡好喝，蛋包饭更是一绝，据说是老板的独门手艺。顾清狄以前上学那会儿，食堂吃腻了，又没有太多时间的时候，总会来这里打牙祭。好几年没再尝这熟悉的味道。

顾清狄温柔地看了戚南一眼，心中满是缱绻，他想让她也尝尝自己喜欢的味道。

"戚南，这里的蛋包饭有辣味的和不辣的，你想吃哪种？"

服务生上得很快，银盖掀开的时候，蛋包饭还冒着热气，颜色看起来也是暖洋洋的，让人很有食欲。

"我不太能吃辣，吃了总是肠胃不舒服，我就吃不辣的吧。"

戚南有些不好意思地冲他摆了摆手，挑了不辣的那一份。

顾清狄很意外，一时之间有些语塞。这里的辣味蛋包饭味道比不辣的要好许多，他本想推荐戚南尝尝。他只是礼貌性地问一问，从来没有想过戚南不能吃辣。

他回想起在度假村的那一次，还有生日宴那一次，他挑的都是辣味重口的馆子，戚南一直都默默地忍受。而他，竟然自负大意到，根本没注意到她吃了多少，吃不吃得习惯。

他做错了太多，也错过了太多。餐桌下，顾清狄握紧了拳。如果时间能倒流，他真想狠狠给自己几拳，不为自己，只为了此刻在他心上、却曾经被他无情地留在风雨中的那个她。

窗外的雨簌簌而下，夹杂着几丝冷风，催着行人快行快走。咖啡馆内，咖啡的香气和面包的甜腻在空气中交缠，男男女女们被暧昧的情丝牵引着，爱意在身体里流动。

第三十三章　携手夜游

因突然涌入的一段段记忆作祟，这顿饭顾清狄吃得有些慢。戚南见他胃口不好，还以为他是因为旅途劳累。想着他刚下飞机连歇都没歇就赶来见她，戚南心里又酸又甜。她刻意放缓了工作以来练就的快节奏，一边慢慢吃，一边等他。

等两人从咖啡馆离开的时候，雨突然急促了起来。顾清狄见戚南穿着束腰的长裙和单鞋，从这走去学校略微有点远，决定放弃原本的计划，打个车去。只是这正是下班的点，又临时雨大风急，一时间打车也不易。

顾清狄护着戚南退回到咖啡馆门外的屋檐下，他盯着打车软件，她却趁他不注意偷偷看他。

顾清狄的个子挺高，戚南也不矮，从戚南的角度望过去，正巧能看见他挺直的鼻峰，丰润的侧脸，还有那一点凸起的饱满的唇珠。既有干净的少年气，又有硬朗的男人味，真真好看得不行。

除却那对英气的剑眉和挺直的鼻梁，顾清狄的脸部线条其实一直很柔和。他的下颌线并不像大部分男人那般硬朗，且他有一双大而清澈的桃花眼，睫毛很长很密，所以笑起来的时候会显得深情温柔，仿佛他眼底心底只你一个，给人一种翩翩君子、温润如玉的感觉。

只是戚南也见过他疏离的样子，生气的样子。那时候的他，看起来完全不像平时那样温和好接近，眉眼深处藏着一种冷淡和强势，叫人一见便心生不安。

戚南及不少认识顾清狄的人都赞同，顾清狄是他们见过的五官身材组合得最为匀称和谐的那类人。无论是怎样的表情，或者动作，都能巧妙地和他融合，展露出不同的和谐和美感来。

顾清狄一直在低头摆弄手机，并没有注意到戚南的举动。戚南看了他很久，才心满意足地收回了视线，低头笑了笑。此刻的她倒有些感谢这场突如其来的"及时雨"。

只是雨越来越急促，渐渐从台阶外飘了进来。顾清狄看着略微打湿的裤脚，往后退了两步。这雨一时间还看不出要停的架势，打了好一会儿车都没人接单。该怎么去学校，顾清狄有点发愁。

此时，一辆覆着乌色雨篷的人力三轮车慢悠悠地从两人眼前驶过，顾清狄灵光乍现，高声叫住了车。又快速谈好了价格，约定好让师傅载他们去 L 大北门口。

这辆三轮车不仅是人力驾驶的，而且外观看起来也有些老旧，怕也是有些年头的老物件了。戚南小的时候，也曾和父母一起坐过类似的三轮车。这种车跑起来摇摇晃晃的，很得小戚南的喜爱。有段时间她还天天嚷嚷着要去坐"摇摇"，父母亲戚都以为是街头巷尾小卖部门口放着的摇摇车,后来才发现戚南说的是三轮车,都啼笑皆非。

不过戚南已经有很多年没有坐过这种小三轮了。不似小时候身材娇小,现如今的她和顾清狄挤在小小的雨篷下,两人的肩膀胳膊都靠在一起,甚至她有几缕带着雨水的发丝在转头间便拂过了顾清狄的脸颊。这下倒好,戚南可不敢乱动了,顾清底原本垂在腿上的手指也瞬间攥拳收紧。

一股微妙的暧昧和火热在这小小雨篷下的世界里升腾蔓延,顾清狄和戚南都没有说话。过了一小会儿,顾清狄轻轻将手向戚南的双手靠了过去。外面雨声湍急,却敌不过二人心头狂跳的轰鸣。

这段路明明很短,戚南却觉得时间漫长。下车的时候,她觉得自己一动不动的腿都快坐僵了,还有脸也一直烧得慌。趁顾清狄下车的间隙,戚南赶紧把头伸出去吹吹冷风,给自己降一降温。

顾清狄却嫌车走得太快,他差一点点就可以碰到戚南的手了。本来他瞧这师傅蹬得辛苦,还准备多加几块钱当作辛苦费。谁知他这么不解风情,气得顾清狄决定亲兄弟明算账,一毛钱也不多给了。

戚南哪知道他这些肚皮官司,她站在 L 大北门口,只觉得恍如隔世。看着眼前结着伴、相互撑着伞背着包从她面前经过的年轻学生们,感觉好像一瞬间回到了她上学那会儿,她也是这样和小雀,和独孤,和舒和,和好久未见的老师同学们一起就这样穿过北门,一次又一次,一天又一天。

当时的每一次都那么稀松平常,如今想起来却是再也回不去的一段时光了。

顾清狄见戚南看着前方有些恍惚,略想了想便心下了然。也许是因为他在这里从小长到大,所以不会有戚南那么重的别离感。顾清狄默默将雨伞朝戚南那头移了移,遮住那纷飞的雨丝。

戚南并没有愣神很久,雨渐渐停了,她让顾清狄把伞收了起来,两人一起从北门往教学楼走。戚南走得有些慢,顾清狄一直在调整自己的步伐,走走停停地等她。

身边的草木一茬一茬地更迭,早已不是当年的模样。戚南看了一眼身侧的顾清狄,心里有种甜蜜的满足和安心。幸好他还在。

这一路有太多回忆了,两人从北门口聊到了北大楼前,仍有些意犹未尽。临近夏日,北大楼前的树木郁郁葱葱,遮天蔽日。顾清狄在楼前的合欢树下找了条长椅,拿出纸巾将长椅上的落叶和水渍清理干净。然后,他朝不远处草坪上的戚南招了招手。

他说:"戚南,来,到我这儿来。"

第三十四章　顾清狄的告白

梦境里的那一幕与此刻的现实重叠,戚南摸了摸胸口,只觉得心跳得飞快。

顾清狄站得笔挺,离她只有几步的路程,戚南却站在原地,有些踟蹰。顾清狄接下来要做什么,她隐约有些感觉。而正是这种预感,让她既期待,却也有些害怕。

这一刻,戚南等了许久。从她这头走到顾清狄那头,脚下的这段路虽然看起来很短很近,却跨越了好几年。对顾清狄的爱,从她的学生时代一直延续到了今天。她很害怕这依旧是个梦,但即便是梦,她也还是会重复她曾做过的选择。

戚南深吸了一口气,向顾清狄一步步走近。即便被夜色笼罩,即便灯光微弱,戚南还是觉得顾清狄望着她的眼睛在熠熠发光。那眼里盛满了笑意和温柔,像一张春水般柔和的网,轻轻地,慢慢地,将她笼到自己身边来。

待戚南走到自己身旁,顾清狄和她并排坐在了长椅上。戚南刚过来时没注意,坐下了才发现,这里居然别有洞天。因这合欢树枝繁叶茂,已将她来时的通道挡了大半,而另一侧的凤尾竹竟也异常高大,将另一条通道遮盖得严严实实。

如果不是顾清狄带她来,她绝不会注意到这居然有一条长椅。而她和顾清狄坐在此处,就像陷入了一片无人问津的绿海,一方隐秘的小小天地。

戚南内心泛起了小孩子捉迷藏时意外发现新鲜藏身地的欣喜，忍不住用手撑在长椅上，四处看了看。顾清狄见她好奇，知道她和自己一样，一眼便喜欢上了这个地方，不禁心里有些得意。

"你是怎么找到这个地方的呀？我在学校这么多年，都没注意到这里。要早知道有这么个好地方，我也不用闷在图书馆里看书了。"

"你知道的，夏天的图书馆，气味有时候真的太难闻啦。"

戚南一边说，一边皱起了小鼻子。从她坐到长椅上的那一刻起，顾清狄的眼神就没离开过她。此刻见她难得有这么孩子气的动作，心里越发觉得她可爱，嘴角也不自知地开始上扬。

"小时候在学校里疯跑的时候发现的。后来快毕业的时候课题压力大，偶尔也会过来这里睡个午觉。这些树木，还有这个椅子，和几年前，和我小时候，看起来似乎没什么变化。不像我们，会慢慢长大，会变得和以前不一样。"

戚南从顾清狄的话里似乎听出了一点感伤，她不知道此刻在他脑海里闪过的会是哪几段记忆，也不知道这些记忆会不会与她有关。还是他想到的是美国的生活，又或者是之前的哪一段感情经历？

他的那段过往，他没有主动提起过，戚南也忍住了没有去探究。但此时此刻，她忽然有些想任性了，想趁着这隐秘的夜色，问问他。

"顾清狄，那你，你变了吗？"

顾清狄没有说话，戚南的心凉了下来，却也没有转头去看他的眼睛。雨后草木的清香慢慢地渗透进她的肌肤，戚南闭上眼，觉得自己的呼吸连同这空气一起，都像要化成虚无。

"戚南，你睁开眼，看看我。"

在顾清狄的柔声呼唤中，戚南睁开了眼睛。不知什么时候，顾清狄竟然蹲身在她身前。他缓慢而珍重地将戚南放在身侧的双手合拢，包裹在自己的手心里，然后他看着戚南的眼睛，一字一句地慢慢说道：

"戚南，树木有四季更替，人当然也会改变。大学时候，你心目中我的样子，也许看起来还不错，但那只是徒有其表。那时候的我，自大骄傲，却虚伪懦弱。以为一切选择都在自己的掌控中，以为自己选的是一条无比正确的道路。我让那些浮于表面的名利虚荣还有狂妄掩盖了内心真实的声音，我真的太蠢了。"

说到这里，顾清狄顿了顿，他的喉头有些发紧，却依旧鼓起勇气继续往下说。

"当年，我不是不知道你喜欢我，也不是不知道自己早就对你心动不已。出国也好，谈恋爱也罢，都是我躲避自己内心的借口。我自以为是地选了一条看起来容易成功的路，却发现到头来，只有和你在一起，我的心才是真正开心的，而我走的每一步，才是有归宿的。"

"你也许不相信，我唯一的一段恋爱，也就是上一段为了谈而谈的恋爱。我在那段感情里，做得很不好。当时我心里总感觉有个地方空落落的，没有人能住进去。前女友出轨，我不是没有责任。但我还是顺理成章地和她分了手，甚至觉得如释重负。你看，我是不是很渣？是不是也没有你想得那么好？"

顾清狄甚至自嘲地摇头笑了笑，却把戚南的手握得更紧。

戚南听他说了上一段感情的原委，心里知道多少应该责怪他在这段感情中不够负责，却又忍不住心疼。对顾清狄这样一个骄傲的男人来说，遭遇情感上的背叛，一定给了他不小的打击，所以，他是因为这个才生病住院的吗？

戚南有些想问，却又有点不忍心。这个当口，还是别提太多让他难受的事了。

戚南曲起手指在他手心里轻轻挠了挠，算是一种安慰。顾清狄本不愿在人前展示内心的不堪，此刻却内心柔软得一塌糊涂，不再去管那点可怜的自尊心了。

"戚南，其实我是庆幸的，我庆幸我的第一段恋爱，不是和你在一起。那时候的我，得到太过轻而易举，所以不懂得责任，也不懂得珍惜。"

"我庆幸，当我经历过生活的挫折和苦痛之后，在我找到真实自己的时候，我还有机会再去找回你。我确实没有办法回到过去，去弥补对你的伤害。但我现在可以，真真切切，无比笃定地牵起你的手，对你说。"

"戚南，我喜欢你，非常非常喜欢你，只喜欢你。你愿意，和我在一起，做我的女朋友吗？"

顾清狄虔诚而专注地看着戚南,看着那双他最爱的眼睛慢慢蓄满泪水。顾清狄有些慌,想要抬手去给她擦拭,却突然间被一片飘落的绒花遮住了眼睛。

这时候,一个吻轻轻地落在了他的眼尾。一股冷香慢慢朝他袭来,是戚南凑近了他的左耳,在对他说:

"我愿意。"

晚风簌簌,似乎有更多的绒花向顾清狄扑面而来。他不用睁眼,就知道,眼前的合欢,和他的心一起,开花了。

第三十五章　心心相印

那一晚,戚南和顾清狄在满目绯红的合欢树下坐了许久。戚南倚在顾清狄肩头,二人手指交缠,畅聊着过往,畅想着未来。在这无人知晓的小小世界里,脚下的土地不过方寸,思想的碰撞却远达万里,二人的内心既甜蜜,又充盈。

以往每次,当顾清狄与戚南聊至兴头,却因时差和地域的限制,不得不提前结束话题时,他都恨不得能够立刻出现在她眼前,与她秉烛夜谈,尽兴方归。而当此刻,二人之间再无任何阻隔时,顾清狄也终于能将她拥入怀中,在她额头印下深深一吻。

戚南于他,除了爱人,还有另一种身份。所谓灵魂伴侣,不外如是。

二人天高海阔地不知畅聊了多久,终于心满意足地起身,决定再随处走走。顾清狄看了看时间倒还不算很晚,想着音乐节或许还没结束,便想拉着戚南去碰碰运气。

顾清狄今夜美人在怀,得偿所愿。他二人来到操场旁的小草坪,见围着的人虽然不多,但仍有歌声入耳,音乐节果真还没结束。

顾清狄揽着戚南小心避过人群,绕到了最前面,想同她一起,听几曲民谣。

戚南是这两年来陆续开始听民谣的。民谣大多歌词质朴,情感却极为动人。听着听着,总能勾起心底某一缕绮丝,或一道乡愁,说不清道不明,后劲极大。

顾清狄背井离乡,又遭逢变故,偶尔也会听听民谣,让一遍遍循环的旋律洗涤思绪,平复记忆。也许是巧合,又或许是缘分,曾处于不同时空、不同境遇的二人,都感受过民谣的魅力,也曾被它治愈。而像《南山南》《鼓楼》等歌曲,也都为二人所钟爱。

此刻还在现场驻唱的,是一支年轻的乐队,他们正在唱改编过的《茉莉花》。这首歌脍炙人口,不少听众都在跟着哼唱。而主唱和乐手们似乎也很喜欢和观众互动,一首歌刚唱完,便开始邀请听众上台表演或合唱。

顾清狄和戚南二人站得靠前,模样又都极为出众,乐队的主唱小哥像发现了新大陆一样兴奋且热情地频频邀他二人上台。

戚南很少在公众场合唱歌,也羞于表现,所以笑着摆摆手以示拒绝。主唱小哥见姑娘害羞,不好意思多做为难,只能把希望寄托在顾清狄身上,甚至亲自下台抓人来了。

顾清狄见惯了这种场合,并不忸怩,大大方方地随他上了台。他倒不是想出风头,只是此情此景,突然很想唱首歌给自己的心上人听。

不出所料,他一上台,便看到了台下戚南的星星眼。他眼藏笑意,斜侧了下身子,慢条斯理地把麦克风插进了竖着的支架里。

这个动作他做起来格外潇洒好看,还激起了台下一阵骚动,戚南听见有好几个女生在推搡尖叫。

"真是蓝颜祸水!"戚南一边腹诽,一边又忍不住红着脸抬头看他。

顾清狄只唱了一首歌,是戚南最爱的《贝加尔湖畔》。早在 KTV 那次,戚南便知道顾清狄的嗓音很好,歌也唱得很动听。这首歌他唱得虽不像原唱那般空灵悠远,却清澈干净,且饱含温柔。即便周边嘈杂,戚南依旧听得入神。

她知道,这首歌是为她一个人唱的。此刻他和她之间,再没有旁人。

　　一首唱毕，连乐队众人都沉浸其中，觉得小看了这位"业余选手"的实力。主唱小哥还意犹未尽，想拉着顾清狄再合唱一曲。顾清狄大约心里有数，不等他开口，便拉着戚南小跑离开了。

　　等看不见舞台和众人时，二人才松开了手喘了喘气，却又忍不住相视而笑。等歇够了，顾清狄又重新拉回戚南的手，带着她慢悠悠地散步，送她回去。

　　顾清狄将戚南送至公寓楼下时，二人才发现原来彼此住得这么近。

　　曾让戚南流连的那丛玫瑰花，竟然就种在顾清狄家的院子里。而如果顾清狄愿意从他的窗子往上张望，也能瞧见属于戚南的那盏阳台暖灯。在未交错的不同时间线里，二人曾用不同的方式温暖过对方，却默默无言直到今日方被人知。

　　"说起来有好长一段时间，但凡下了班天还亮着，我都会泡上一杯茶，窝在阳台的躺椅上，一边看你院子里的花，一边等天黑。而且呀，我节目的灵感，也有很多是源自你家的花呀。"

　　戚南笑语盈盈，拉着顾清狄的手，扒着院墙的铁格栅栏往里看。见屋内有明灯亮起，又隐约有人声，她不敢靠得太近，只能悄悄地倚着顾清狄，踮起脚凑到他耳边轻轻说话。

　　熟悉的冷香裹着热气，断断续续地扑向他的左耳，顾清狄的心又跳又痒，忍不住别过脸轻轻在戚南脸上啄了一下。戚南有些意外地愣了愣，却在看清他眼里的炙热和情意时，红着脸移开了目光。

　　过了好一会儿，戚南听见顾清狄似遗憾、似不甘地轻轻叹了口气。这口气被他叹得矫揉婉转，听得戚南无比耳热。

　　这个人真是，太坏了。戚南满脸通红，狠狠地用手捶了他两下，却听他好夸张地哎哟喊痛。

　　这下戚南真不想理他了，扭了下身子就想要走。顾清狄哪里肯放，趁机一把抱过来，两人又在门口痴缠了许久。

　　戚南到家的时候，巷口的路灯都熄了。除了有时工作要加班没法子，再就是跨年夜那一次，戚南从没有这么晚归过。她从阳台看着顾清狄进了家门，随即做贼心虚地躲进屋内又拉紧了窗帘，生怕被他发现。

做完这些,她靠在墙边舒了口气,又摸了摸脸,发现脸还是烫的。

这一晚上,发生了太多事情了。好像稀里糊涂地她就成为顾清狄的女朋友,好像只要在他身边,她的思绪和情感都会被他搅乱。仅仅过了一晚上,她发觉自己好像更牵挂他,也更爱他了。

这种精神亢奋一直持续到了深夜。戚南闭着眼睛躺在床上,却毫无睡意。她脑子里不可避免地想到今晚的很多幕。和他的第一次牵手,第一次亲吻,以及他无时无刻不在看着她的那双温柔带笑的眼睛。

戚南越想越迷醉,清醒过来又暗骂自己花痴,内心交战不已,却最终只能哎哟一声捂着脸躲进被窝,为自己越想越深入的有色思想深深忏悔。

顾清狄也不遑多让,只因家里有人,他才伪装了几分。只是他那副一扫往日郁气的意气风发的模样,也让葛女士见了微微愣了愣神。

自从儿子从美国回来,她见他的眼里总是一潭深水,让她看不清却忍不住畏惧和担心。而现在这潭水像是跌进了阳光里,流光溢彩,叫人看了又是欣喜,又忍不住好奇。

他这是发生了什么好事?见夜深了,顾教授都已经休息了,葛女士便也没多问,只是心里多少存了个疑问。

不过这个疑问,她都还没问出口,第二天早上便知道了答案。而其他更早知道答案的某些人,可就不如葛女士这么幸运了,能安然一觉睡到天明。

第三十六章　送她上班

顾清狄的一条发言,在这一个晚上搅得朋友圈翻天覆地。莫说他自己,就连戚南也连带着被不少人微信轰炸,大晚上嘀里咣啷的,跟大过年抢红包一样热闹。

戚南初初看到那条朋友圈时,整个人也是蒙的。还没等她清醒过来,好几条手机微信接连响起,有小雀的,有肖夏的,还有杨柳和其他一些人的,都在询问顾清狄和她之间是否有新情况。

戚南艰难地看了一眼时间,凌晨两点,她简直要被顾清狄的神来之笔和群众的热情给彻底惊呆了。

但是等她静下心来细看了这条朋友圈,她又觉得很感动了。顾清狄果然如他先前所言,在朋友圈官宣了。他说:"所幸之事,是归来仍有你。你好,我的女朋友。"他很细心地没有@她的真名,只@了她的微信名,南国正清秋。

戚南似有所感地点开了他的头像,发现他果然将微信名也改成了"笛在月明楼"。

原来他知道这个有关于他们二人名字的小秘密呀。戚南的鼻子一时间有些酸,心里却有一种被珍视的快乐。

戚南费了好大劲,抑制住了想要立即联系顾清狄的冲动。时间确实不早了,明儿个也还要上班,一聊起来不知道要几点才能收场。何况……戚南用手绞了绞被子,这才刚确立关系,又分开没多久,现在找他,是不是显得自己太不矜持了呀?

戚南握着手机,思绪乱飞。一整天的高强度上班加约会,她也是累着了,不知什么时候便头一歪倒在枕头上睡着了。

第二天早晨,戚南被规律的生物钟叫醒,一看时间,也差不多到平时出门的点。虽然睡眠时间不足,但她心情愉悦,所以精神还好,于是像往常那般快速收拾了一下,便拎包出门了。

今天是周五,又是个晴天,戚南心情越发好。她几乎是哼着歌一路轻快地走到了巷口,却发觉昨晚霸占了她整场梦境的某人正好整以暇地拿着早餐倚在转角的路灯处等她。

顾清狄穿着一件松软的薄毛衣,简单搭配了一条浅色牛仔裤。戚南有点恍惚,她从晨光里望去,瞧着他依稀还像大学时的模样。

戚南倒没猜错,顾清狄这次回来带的行李不多,这一身是他早上起来时随手在衣橱里摸的。原因无他,顾清狄起得太早了。他几乎一夜没睡,只想早点出门去见戚南。又不想动静太大吵着父母,只好轻手轻脚地随意套了一身,快速溜出了门。

他的头发丝上尚有凝结的晨露,手上的餐食也并未冒着热气。

戚南想,他一定等了自己很久。戚南没笑话他傻气,只在心里暗暗责怪自己,如果自己能够抛却所谓的矜持,也不会累他等这么久了。

顾清狄却丝毫未生出不耐烦,能早一刻见到戚南,他便觉得很满足。见戚南走近,他很自然地迎上去,先是接过了她的包,而后将手上捂着的还有余温的早餐递给她,揽着她慢慢向前走,让她边走边吃。

戚南确实没来得及吃早餐,肚子里也有些饿,但叫她就这么大大咧咧地在顾清狄面前大快朵颐,她有些羞赧,也有些放不开。

顾清狄此时倒没觉察出她的心思,还很体贴地把鸡蛋壳剥了,又将豆浆插上了吸管,都喂到她嘴边,倒叫戚南一时间吃也不是,不吃也不是。

她最终还是在顾清狄热切的注视和期盼中败下阵来,在喜悦和羞涩中地将整份早餐吃了下去。戚南见顾清狄并未关注自己的吃相是否斯文秀气,只顾问她味道如何、吃不吃得饱,便也放开了原先的拘谨和顾虑。

只不过,她对顾清狄如此快地适应了男友身份这件事,有些吃惊,却又有些开心。

原来,在顾清狄眼里,他和她之间早已没有所谓的适应期,彼此之间也并不需要维持什么神秘感。她可以或者说应该在他面前做任何她想做的事情,而无需小心翼翼地顾忌对方的情绪或需求。

也许,在顾清狄心里,她和他的关系,远比自己想象中的还要贴近几分?这一点发现,让戚南觉得格外开心。

两人说说笑笑的,没多久便走到了省台门口。顾清狄当然不能跟着她去上班,但他不想就这么和她分开,且他知道她的工作环境一直不怎么平静,所以又像操心的老父亲般叮嘱了她几句,直到见她进了旋转门才不舍地转身离开。

戚南进了省台,嘴角的弧度一直没下来过。她默默回味了一会儿顾清狄黏糊唠叨的样子,觉得有些新鲜,也有些甜蜜。

原来男神下了神坛变成男朋友,是这个样子呀!好像和别人家的男朋友也差不多嘛!戚南想了想,觉得还是现在身边的这个他更真实可爱。

"哼,有什么好得意的,不要脸。"

一阵凌厉的香风从戚南脸侧刮过。她抬眼望去,发觉林俏语立在电梯口不远处,轻蔑而妒忌地望着她。戚南想,昨晚顾清狄发的,她一定也看见了。她到底和顾清狄是旧相识,戚南不想当着这么多人的面和她起冲突,便只冷冷地回了她一眼,跟着大部队走进了电梯间。

戚南不是软弱,只是不想让今天的好心情被不相干的人破坏,不然就辜负了顾清狄等了一早上又送她上班的好意。只是天不遂人愿,即便她再如何宽和忍耐,也禁不住林俏语的一再挑衅。

原本这事和林俏语并没有任何关系,事情的起因还在于杨柳和陈佳的竞争。任凭杨柳再如何不情愿,陈佳的节目在沈昀的支持下还是投放了两期。她的节目表演痕迹很重,真实性不足,但容易引起话题,所以节目热度并没有降下来。陈佳又一直宣扬流量制胜,黑红也是红,这个观点乍一看没什么错,但无论是杨柳还是戚南都不赞同。

《玫瑰人生》之所以出彩,除了天时地利,更重要的是人和。正是因为这档节目贴近现实,所以才能激发观众内心深处的共鸣。像陈佳这样走捷径,引来的只能是猎奇的眼球,失去的却是口碑。

所以当陈佳想再上一期完全由她的团队制作的节目时,杨柳一看那夸张烂俗的内容和台本,实在忍不住发怒了。好好的一档节目,不能再被弄得这么乌烟瘴气,就这么播下去,三期都撑不住,观众该全跑光了。而且,这也实在违背了她和戚南办这档节目的初衷。

所以这一次,杨柳态度非常坚决,无论陈佳如何软硬兼施,她就是寸步不让,坚决不同意陈佳的团队再插手节目。两人从沈昀办公室吵到公共休息间,事情依旧没有任何定论。

戚南全程陪在杨柳身旁,杨柳战斗力非同一般,很少有她能够帮得上腔的时候。但她见杨柳和陈佳团队争得面红耳赤、青筋暴出,心里知道她也快到极限了。这么多天的拉锯战,最煎熬的一定是她。而如果从此失掉了这档节目的制作权,最难受自责的也一定是她。

杨柳和陈佳吵的动静不小,不可避免地引起了一些路人员工的关注。但大部分人也只是围观,看两眼便走了。只有得知了消息的林俏语,第一时间便赶了过来。她觉得这是个好机会,想趁机借着陈佳踩戚南几脚。

本来吵到现在,无论哪方都知道今日必然没有结果,也都累了,想歇一歇。谁知突然加进来个林俏语,煽风点火之余又翻起了不少旧账。新仇旧恨一起爆发,这下陈佳众人看杨柳和戚南的眼神已经不是恨,而是怨毒了。

"这是我们部门内部的事,你怎么了解得这么清楚?你一个外人,在这上蹿下跳的,你有什么目的?"

戚南已经受够了林俏语一次次的挑拨和针对,私事也就罢了,扯到公事,已经触动了她的底线。于是她说话也没有很客气,简单明了地挑明了林俏语的小人用心。

陈佳嘴上不说,但心里对戚南是有几分另眼相待的。她知道戚南平时看起来不声不响,却是个有心人,偶尔说几句话都很在理。可惜去了杨柳阵营,不然她倒可以收为己用。

就像这次,戚南的话也提醒了她。这件事闹大了对整个部门都不好,要解决也应该是关起门来,让别的部门看了笑话,沈昀知道了她可落不着什么好。

林俏语一看便来者不善,别正中了她的下怀,再惹出点麻烦事来。陈佳面色不善地盯了林俏语一眼,便一言不发,拉着身后仍气愤不平的几人率先走了。

而林俏语的这番做派,杨柳看都懒得看一眼。她嘱咐了戚南一声,便也神色郁郁地回工位了。偌大的休息室只剩戚林二人,相对而立。

就在林俏语觉得戚南不会再对她做些什么的时候,戚南缓步向前,凑到了她眼前,只轻轻地对她吐出了一段话。

"我知道顾清狄出国前,是你说了谎,欺骗了我和他。我也知道,是你对我送他的生日礼物做了手脚。你做的所有坏事,我都知道,而现在,你猜我要不要把这一切都告诉顾清狄?"

戚南说完了这些话,没再管林俏语的反应,便径直离开了。因而她也没有看到,林俏语的脸色顿时变得僵硬而扭曲,她的眼神里呈现出一种审判来临前的不可置信、绝望以及深深的恐惧。

"她,她怎么会知道?!她怎么敢!"林俏语的嘴中呢喃不断,早已失去了来时的高傲和神采,看起来竟像有些疯魔了。

当原本美好的事物被欲望遮蔽,生出了疥疮,任凭伪装多么鲜亮,被揭穿的那一刻,只会愈加丑陋可怕。

世间万物如此,人心亦如此。

第三十七章　甜蜜约会

戚南虽然在林俏语面前那样说,也只是想灭一下她的嚣张气焰,吓唬吓唬她而已,并不打算在顾清狄面前嚼什么舌根。所以当下班后与顾清狄碰面时,她也只是将工作上的事略微说了说,这件事压根没提。

若不是顾清狄追问,其实她连工作上的琐事也是不想说的。说了也改变不了什么,反而徒增他的担忧,又何必呢?

戚南的工作处境,顾清狄多少知道些内情,见她刻意说得云淡风轻,猜想她并不想深谈,便也没有抓住不放。她现在不想说也罢,终归不管发生什么事,他都会站在她身后支持她,保护她的。

而此时最重要的,是抓住她在身边的每一分每一秒,让她快乐。顾清狄一想到这次回国也只能在她身边待上几天,不多久就又要分开,只觉得胸闷不已,连眼神都黯淡了一瞬。

戚南见他那样,还以为他仍在为自己忧心,便捡了几个工作上遇到的小趣事说给他听。顾清狄看着眼前傻傻的她,忍不住用手摸了摸她的脸颊,紧紧将她抱在怀中。

这可是在座无虚席的餐厅里!戚南脸红得不行,悄悄推了推他,用眼神示意他坐到对面去,别叫旁人误会他俩是没有公德的"连体婴"。

顾清狄知道她脸皮薄,只能暗自苦笑,乖乖地坐到了对面的餐椅上。今晚他选了一个口味清淡却很出名的本地餐馆,特意带戚南试试。吃饭期间,他一直很殷勤地给戚南夹菜,见她吃得高兴,他心里也很满足。

酒足饭饱,一看时间还早,顾清狄不愿就这么与戚南分别,便又提议要去看电影。戚南很久没看电影了,何况是和他一起,略微想了想便同意了。

去柜台结账的时候,顾清狄习惯性地掏出钱包想要刷卡,在收银员的轻笑声中才回过神来这是在国内,早已是手机支付的时代。他笑着摇了摇头,把钱包塞回口袋,掏出手机完成了支付。

戚南一直跟在他身边,在他掏卡的时候,她眼尖地发现,似乎他在钱包里夹了一张照片。因离了有段距离,戚南没有看清,但她莫名觉得那照片像是杨柳婚礼那天的合照。

顾清狄在钱包里夹那张合照做什么? 戚南心里隐约有些猜想,却又有点不敢相信。她暂时将这疑团按在了心里,打算回家后问问小雀,看她是否知晓些内情。

顾清狄挑了个附近的影院,戚南一看地点,竟是年前她和顾清狄"狭路相逢"的那个商场。戚南想起那时候,她遇到顾清狄的心境只有满腔愤懑,而如今那些纠结和痛苦正日渐被他的温柔和耐心抚平。

不过大半年光景,一切都不一样了。

时光啊,真是可爱又可恨的魔法。它既能积淀苦痛,又能铭刻爱意。也许冥冥之中很多答案都藏在时光里,只等我们慢慢发掘。

"南南,南南,在想什么? 还没想好要看哪部电影吗?"

顾清狄买完饮料回来,见戚南有些出神,以为她还在纠结要看哪部电影。他刚才瞄了一眼,除了有一部科幻片看着不错,其他的文艺片也好,爱情片也罢,他其实都不是很感兴趣。但他还是希望能陪戚南看一场她想看的电影,哪怕电影本身并不吸引他,只要戚南喜欢,他也有足够的耐心看完。

学习尝试她喜欢的食物,学习欣赏她想看的电影,都是他未曾宣之于口的爱意。

戚南如何不懂得他的心意? 和几年前相比,他更懂得尊重她、在意她。虽然只是些许小事,却能够实实在在看到他的改变,和他愿意付出的决心。

顾清狄是真的很认真地,很努力地,想要做好她的男朋友。戚南心里很暖,她朝顾清狄甜甜一笑,几乎没有犹豫地选了那部他想看的科幻片。

这下换成顾清狄感动了。南南真的时时刻刻都在以他为先,永远都在对他好。顾清狄心头微酸,却也热得发胀,他一直紧紧握着戚南的手,到了影厅座椅,仍不愿放开。

戚南却在心里偷笑,原来有的时候,顾清狄也很好哄呀! 谁说女孩子一定喜欢些风花雪月的电影,科幻片什么的,一直也是她的心头之好嘛。

难得骗过他一回,戚南心里有些小得意。

顾清狄和戚南并排坐在影厅最后一排中间的情侣座上,等着电影开场。他们来得有些早,厅里人还不多,都还在交头接耳地聊天。两人之前都没坐过情侣座,顾清狄有些好奇,这翻翻那看看,果真叫他把两人中间的隔板和扶手抬了起来。

嘿,这下好了,他和戚南可以靠得更近了。顾清狄见他忙活了一通,戚南却还在正襟危坐,离他远得得有一个宇宙的距离。他不由得眼带笑意,手下一用力使坏一拉,便叫戚南跌在了他的胸口。

戚南轻呼了一声,这下两个人都脸红心跳的,却也老实了,乖乖坐着等电影开场。过了一小会儿,顾清狄又把戚南的手摸过来,交叉握在自己身前。

戚南心里有甜意翻涌,却又忍不住在心里啐了他一口。

哼! 坏蛋!

电影不知不觉演过了大半,荧幕上的男女主正激情拥吻,戚南看了看,有些不自然地别过了眼睛。

她心虚啥? 戚南反应过来,又有些唾弃自己。她可是美剧专业户,美剧里的镜头尺度远比电影里高几个等级,她照样平静看完心里不留一丝波澜。怎么一和顾清狄在一起,她就看不得这些了? 稍微看两眼便心脏扑通扑通跳,脸上热气也瞬间上涌。

还不都怪顾清狄! 戚南有些埋怨地瞪了身边人一眼,却发现他坐得笔直端正,正一动不动无比认真地盯着荧幕。他长得高,座椅间空间有限,他只能叉开腿直着腰坐,却显得肩宽、腰细、腿长,张力十足,就像一尊完美的古希腊雕像。

他穿着黑色风衣,立着的衣领更衬得他侧脸白皙立体,非常好看。戚南看着看着,心中涌起一股怜爱,忍不住侧身在他脸颊啄了一下。

顾清狄握着戚南的手瞬间收紧了。他立马报复性地在她手上咬了一口,他的力度不大,警告的意味却很浓。戚南现在可不怕他,知道他不敢在公共场合闹,便也拉过了他的手,却只在手心里轻轻舔了一下。

戚南这一下,让顾清狄整个身子都绷紧了,甚至已经要磨牙了。这可恶的小东西,越发胆子大。先让她得意片刻,等电影播完了,叫她见识自己的厉害!

电影的配乐越发宏大响亮,看客们都知道,高潮要来了。

第三十八章　初　吻

每个人的身体里,都住着一条江河。大多数时间,顾清狄的江河都只是暗流涌动,表面依旧云淡风轻,波澜不兴。但此刻,他觉得身体里的河流沸腾着,从他的心里流向身体的每一寸血液都化为了炙热的岩浆,向眼前的她奔涌而去。

她看起来如同无数次在梦里那般无知无觉,只是很乖地躺在他的臂弯里,任由他亲吻采撷。只不过这次终究不是梦境,她那不断颤动的睫毛,让他觉察出了她的害怕,还有紧张。

戚南当然是紧张的,她没有想过顾清狄会这么大胆,居然敢在刚散场的影厅里"胡作非为"。本来观影完毕后她已经起身,准备跟随众人朝外走去,却没料到被他突然拉了回去,跌坐在他的腿上,还困在了他的臂弯里。

顾清狄好像又恢复了从前的强势霸道,他眼里的幽深和灼热看得戚南既脸红又不安。等到他渐渐将嘴唇靠近时,戚南更是紧张地瞬间闭上了眼。

戚南曾在心中描摹过无数次初吻的场景,应当先是有一双温柔的手轻轻拂过她的脸庞,然后是一个圣洁的吻轻柔地印上她的嘴唇。她从没有想过她的初吻会发生在这种情境下,真的会是和顾清狄在一起。

慌乱、紧张和不可抑制的激动让戚南的大脑一片空白,她不自觉地抿了抿唇。戚南的唇色向来很浅,只要适当加一些颜色便会显得鲜活好看。今天和顾清狄约会,她特意抹了一层淡淡的水红色唇蜜,看起来唇型饱满,又鲜红可爱。

此刻,她的唇如同一颗红嫩多汁的樱桃,这般诱人,偏她不知,还要做那样的动作来诱惑他。顾清狄脑子里的弦瞬间崩断了,他俯下身,完全屈从了内心的欲望,将唇叠了上去。

所有的感官仿佛都集中在了唇上,当他的温暖真正触上她的水润,两人的身躯都为之一震。那短暂的分离过后,迎来了更长久的相融,这是新一轮的品尝与厮杀。

她的唇好甜,从轻轻地吸吮到重重地碾磨,顾清狄心头的火越烧越旺,他也越发不满足。扶在她腰上的手掌微微用力,戚南忍不住嘤咛一声,贝齿松动,新世界的大门向顾清狄打开了。

顾清狄长驱直入,卷动她的小舌同他一起恣意起舞。她口腔里的津液只会比唇上的更甜,顾清狄贪婪而肆意地掠夺,她的甜美在他的热烈中颤巍巍地向他悉数绽开。

这一场唇齿间的拉锯战旷日持久,久到戚南觉得自己嘴巴酸了,人也快要无法呼吸时,顾清狄才略退一步,放她中场休息。

戚南在满是顾清狄气息的怀抱中睁开眼,待看到他那像是熔着火光的眼睛和略微肿胀还带着一抹水渍的嘴唇时,戚南本能地有些害怕,她略微动了动身子,企图逃离这个看起来就还有无数后招的险地。

真的是羞死人了! 此刻戚南既不敢去看那人,也不敢再胡乱动了。只能可怜巴巴地挤着坐在顾清狄的膝盖前侧,一点一点小心翼翼地往外挪动。

顾清狄见她那可怜兮兮的模样,知道她还是太害羞了。顾清狄在心底叹了口气,心想还是得缓一缓,慢慢来。

顾清狄的腿略动了动,戚南又重新掉回到他怀里来。戚南惊呼一声，以为他又要使坏，却见他只轻轻地抬起了她的下巴，像她曾幻想过多次那般温柔地吻了她。

这个吻并不急促，不含一丝情色与掠夺，只有珍视和甜蜜。戚南的身体开始放松，她情不自禁地开始迎合回吻。顾清狄感受到了她的变化，便也由浅入深地带着她慢慢摸索，品尝自己。

这个美好的吻似乎无穷无尽，让顾清狄和戚南无比投入，沉浸其中，直到门外传来声响才不情愿地被迫终止。

顾清狄想着这毕竟是影院，又是在国内，要是被人当面瞧见了，恐怕戚南会有心理阴影，反而破坏了这份美好。他安抚地摸了摸戚南的脸颊，起身给她整理了一下衣领和头发，便带着她离开了。

从影厅走到商场，这一路上戚南都在回想刚才的种种。她有些不敢相信刚才那个无比投入甚至主动索吻的人会是她自己，却又不得不承认顾清狄带给她的新体验实在刺激美妙。

这个吻和她想象的初吻一点都不一样，却远比想象中更令她沉迷，以及回味。

顾清狄见戚南一直低着头，也不言语，以为她还在害羞，他便淘气地挠了挠她的手心。戚南果然嗔怒地抬了抬眼，却是唇红眼润，满脸红晕。顾清狄一见便有些明白，禁不住得意地朝她眨了眨眼。

"怎么样，我的吻技不错吧？"

戚南简直被他的厚颜无耻折服了，哪有人比这个的呀？再说，吻技这个东西，指不定磨炼了多少遍才练出来呢！戚南想到这里，心里有些吃醋，却也知道前事已矣，不可追也。

对戚南而言，这是她的初吻，她如此青涩，顾清狄却轻车熟路，乍一看的确不公平。但她知道，有些事情，发生了就是发生了，即便再如何懊恼，它也是改变不了的过去。何况顾清狄并没有错，只是他交往的第一个女生不是她而已。

从身体到灵魂，她无法成为过去温暖顾清狄的第一个，却可以努力去做未来的唯一。

戚南相信，这世间一定存在美好的爱情，但几乎没有完美的爱情。过度追求感情的纯净，只会把感情变成薄而易碎的玻璃器皿，看着玲珑剔透，却极易破碎伤人。

她和顾清狄走到现在，并不容易，现在她只想多一些宽容，少一些苛责。

顾清狄还沉浸在他的"优良战绩"中，笑闹着非要戚南回答他的问题，丝毫没注意到他那一反常态的幼稚模样早已被另一双眼睛收入眼底。

"顾总，好久不见。这位是？"

一道利落清脆的女声从身后传来，顾清狄转身看去，发现来人是前段时间合作过的这个商场的招商总监，业内知名的女精英姜莹。

这是一个很耀眼也很精干的女孩，她的气场很强，事业上一定也非常优秀。

戚南判断得没错，她看着顾清狄收敛了神色，从容自如地和那个女孩寒暄交谈。从两人的对话中，她能够感受到他们对彼此的欣赏。

戚南想，过往他们也一定合作得非常愉快。

"城西那个项目，下次我们再详谈。姜总，我先给你介绍一下，这位是我女朋友戚南。"

顾清狄并没有和姜莹聊很久，介绍完戚南，又简单寒暄了几句，二人便离开了。姜莹一直看着他们的背影，她突然想起来上一次顾清狄在她面前匆匆走掉，好像也是因为这个女孩子。

原来，他喜欢的，是那样一个清丽温婉却又眼神坚毅的女孩子。原来，他并不是一直都像她看到的那样疏离而强大。他在他爱的女孩子面前，竟然那样孩子气，那样肆意而快活。

姜莹笑着摇了摇头，心底的那缕绮丝瞬间消散了。她理了理衣摆，自信从容地继续她未完的巡场工作。

顾清狄没把刚才的小插曲当回事，戚南却能看出那女孩瞧见他俩时的异样。大抵这又是一个芳心错付的故事，只不过女孩落落大方的态度并未让戚南有丝毫不快。况且顾清狄对她全然公事公办，这表现，实在乖得让戚南挑不出一丝错儿来。

算了算了，看他表现这么好的份上，就让他多得意一会儿吧！

"是很不错。"

戚南没头没脑地突然回了顾清狄一句，便急急地走开了。顾清狄在原地愣了几秒，才猛然反应过来。他脸上的笑容越来越灿烂，看着不远处那个纤瘦美丽的背影,他大步流星地追了过去。

"戚南,南南,既然你说好,那我们再来一次好不好?"

"不好。"

"你不要这么冷酷无情嘛?我们再来一次,乖。"

"不要……哎呀说了不要了……"

路灯的光晕将那两个身影拉得很长,在一片蝉鸣声中,两个影子逐渐融为一体。

初夏来了。

第三十九章　生日与别离(上)

从小到大,戚南对于生日总是兴致寥寥,不如旁人上心。相比于庆贺自己的生日,她倒更愿意感念母亲的伟大。她总觉得,这个日子从一开始就背负了痛苦和别离。

婴儿从母亲身体中脱胎而出,蹒跚学步后又从家人怀抱中分离,学有所成更是得背井离乡。因此,她也并不觉得这个日子有什么特别。

与其大张旗鼓地去庆贺一个生日,倒不如踏踏实实地过好每个平凡的一天。戚南始终怀抱着这样一种想法,因而即便已和顾清狄在一起,她也丝毫未提起生日一事。现在的日子已经很好,她既不想节外生枝,也不想顾清狄为了她破费,反而打乱了两人正常的相处。

这一回,戚南的生日正好是周日,她只想当个正常的周末来过。本来她打算约着顾清狄在自己的小屋里一起做一顿简单的晚餐,然后在月光下对坐,慢悠悠地吃完。酒足饭饱之余,再抱着小盼球依偎在一起看部电影。对她而言,就已经是非常圆满的一天了。

可惜天不遂人愿,顾清狄接到导师的催促,要他赶回去接手一个紧急项目。毕业在望,且现任导师对他还算器重,顾清狄思来想去,又和戚南商议了一番,决定还是得提前回去。

顾清狄回程的日子就定在周日。这个时间是顾清狄和她一起定的,戚南自然毫无异议,只是心里略有些失落。顾清狄又要离开了。

和过往每一次离别都不同,这一次戚南身在其中,自然感受更深。她和顾清狄刚定情,正是情浓之时,即便分离一刻,她都会心慌不安。何况这次分开,天各一方,又不知道要过多久才能见面了。

戚南所想,也正是顾清狄所虑。回来一趟不容易,他只想多陪戚南几天,哪能料到仅仅半周便又要离开。纵使心里再舍不得,他也只能态度淡定。他知道戚南敏感多思,他既然暂时无力改变这个让两人都无奈的决定,便只能尽力珍惜剩下的日子,不再叫她有任何顾虑或不快。

只剩下周六一天了,戚南有些头疼,不知该怎么安排。顾清狄看了看天气,又想了想,决定上午先带戚南出去逛逛,下午回家待会儿,晚上收拾收拾行李,连夜出发离开。

戚南觉得行程安排得有些满,怕他劳累,有点犹豫。顾清狄抱着她磨了好一会儿,只说出去半天,不会辛苦,也不会耽误很久。戚南见他坚持,便也顺着他的心意,由他去安排。

半天时间玩什么都不能尽兴,这种情况下,戚南没料想顾清狄竟会选择带她去游乐园。这个游乐园是这两年新建的,就在市区,路途倒不远,只是周末必定人满为患。

戚南有点犹疑地看了一眼顾清狄,他有这个耐心和时间慢慢排队吗?

不过话说回来,谁能想到外表看起来老成的顾清狄,内里居然这么有童心呢?戚南暗自偷笑,她想起来几年前那个飘雪的冬日,他也是兴致勃勃地带着她玩遍了度假村的游乐场。

那时候,他脸上得意爽朗的笑容,她到现在想起来,仍会不由自主地一怔,然后也跟着咧嘴笑起来。

游乐园十点才开始售票,顾清狄拥着戚南,跟着第一批撒欢冲进游乐园的孩子们一起入了园。戚南很少来游乐园,正在左顾右盼地找售票厅,心里还在为该玩什么项目犯愁。顾清狄却带着戚南直接奔向了摩天轮。

戚南站在高耸入云且样式新奇、壮丽的摩天轮下,抬头仰望着眼前这架名为"J市之星"的网红新宠。其高度早已超过了当年的"爱情之光",据说当它升至顶峰时,乘客几乎可以将整个J市收入眼底。看着这样一座巨大钢架支撑起来的庞然大物,向来恐高的戚南心里既有些许畏惧,却又有更多期待。

带戚南再坐一次摩天轮,是顾清狄长久以来的心愿。在得知戚南恐高后的很多个夜晚,他都能在梦中看见她那和当年摩天轮里如出一辙的苍白却明媚的笑容。他也终于明白当年的她,鼓足了多大勇气来到他身边,而那些隐藏在每处细节里的爱意,又是多么浓密而珍贵。

她对摩天轮的期待,何尝不是对他的期待。上一次,他没能回应她想要的爱情童话,这一次,他想在蓝天白云下,在这个城市最接近天穹的地方,真真切切地再告诉她一次。

他,顾清狄,对戚南同样抱有最热烈的爱。无论何时何地,他的爱情只属于她。无论天涯海角,他永远会是她最坚实的依靠。

顾清狄深深地看了戚南一眼,确认过她已准备好,便坚定地握着戚南的手踏上了摩天轮。

他们来得早,排队时身旁只有一对带着孩子的年轻夫妻。小孩儿看着还不到上幼儿园的年纪,圆嘟嘟的身子,粉嫩嫩的脸庞,叽叽喳喳地围着父母说着稚言稚语。戚南见那孩子兴奋又急迫,便示意他们先上。顾清狄见戚南看那孩子的目光温柔,心想她大概十分喜欢孩子,便也礼让了一番,不去争那头筹了。

戚南原本还有心思想别的,等摩天轮真正启动了,她又开始有些害怕,一动不动地僵在座位上。顾清狄正站在窗前观景,察觉到了她的情绪,立刻坐到了她身边,很自然地揽着她的双肩安慰她。

顾清狄的声音很温柔,怀抱也温暖,戚南过了一会儿也缓了过来,由他扶着站在窗前,在他坚实的怀抱里,和他一同欣赏这难得的风景。

古人云登高望远,则心境舒阔,果然颇有几分道理。若非站在这至高处,戚南根本不会发现原来自己所处的城市是这么宏大规整。这儿是梅花山,那儿是趣宝阁,原先脑子里的地图被实景一点一点串联起来。戚南觉得,当年哥伦布发现新大陆,大抵也和她一样新鲜激动吧。

可惜今天的天气有些阴沉，乌云密布之下，再远处的地方就很难辨别了。戚南觉得机会难得，有些可惜，正准备叫顾清狄帮忙一同再看看，却在转头间，收获了一个轻吻。

那是一个印在戚南眼角，却像烙刻在了心里的一个吻。

顾清狄在她耳边轻轻地说："不只是平安夜，愿我的宝贝每天都平安快乐。今后的每一天，我们都会一直在一起。"

原来他记得！一层热雾瞬间涌上了戚南的眼眶。顾清狄看着她那双又微微沾着泪露的眼睛，心中满腔情意翻涌，最终他低下头，深深吻了上去。

不远处隔间里，小孩儿看到这一幕，正指着他们尖叫好奇。恩爱的父母看了一眼，对视着笑了笑。怕小孩儿吵闹，父亲把他小小的身子扳了过来，捂了眼睛不叫他看，却又偷偷去拉身旁妻子的手。

摩天轮升至顶峰，忽得云破日出，金光四射。这日光恢宏浩大，仿佛就在一瞬间，以不容拒绝的姿态冲破了过往一切艰涩苦难。

往后余生，尽是光明。

第四十章　生日与别离(中)

和上次坐摩天轮的体验完全不同，身后有顾清狄坚实的肩膀做依靠，戚南不再为高度的攀升而恐惧，也不再为下降结束而失落。这趟摩天轮之旅虽只有短短的 30 分钟，却是一趟圆满而新鲜的旅程。

心定了，才能发现高处自有高处的开阔，而低处也有低处的怡然。

二人从摩天轮下来，不可避免地又碰到了那对小夫妻。那对夫妻眼含笑意、友善亲切地和他们打了招呼，小孩儿甚至大胆地跑过来揪着戚南的衣袖塞给她一支棒棒糖。

戚南有些惊喜，也有些害羞，但还是在顾清狄鼓励的目光下接过了小孩儿的馈赠，又摸了摸那孩子柔软的头发表示感谢。

小孩儿牵着父母的手开心满足地一蹦一跳走远了，戚南看着他们的背影有些感慨和羡慕，顾清狄的目光也有一瞬间留恋凝结。

成家，这个对他而言似乎还很遥远的字眼忽然蹦到了他的心头。他看着身旁的戚南，目光柔软而悠远。

或许，建立一个有他、有戚南，还有个像刚才那小家伙的家庭，也是一种不错的选择？

戚南倒没像顾清狄想得那么远，看着那对父母和孩子，她也想起了自己的童年和远在家乡的父母。曾经，她也一样被两双温暖的大手牵着，领着她摇摇晃晃地走向未知和成长。而现在，她长大了，牵引她的人，换成了顾清狄。

戚南看了看二人交握的手，又抬头悄悄望了顾清狄一眼。无论经历过或即将经历怎样的分离，无论是父母还是他，其实她一直很幸运，因为爱从未真正间断过，不是吗？

不过是消灭一支棒棒糖的时间，二人便回到了戚南的住处。戚南还沉浸在刚刚顾清狄毫不在意地吃完了她吃剩一半的棒棒糖这件事带给她的震惊中，而顾清狄已经满心好奇地开始游览探访起她的小屋来。

小屋不大，却简约温馨。一道素色的帘布将房间分隔成两半，一半是明厨和饭厅，另一半是卧室，再就是卫生间和阳台，布局小巧，却都很干净整洁。

房间里没很多装饰物，也没有女孩儿们普遍喜欢的毛绒玩具或织物，就连生活用品也都简简单单，且都是必需品，无一累赘。如果说这间屋子里唯一会让人觉得稍显杂乱的，就是床边那一架子书了。

顾清狄走到书架前，看着那满当当且翻阅痕迹明显的书籍，墨黑的眸子不禁染上了笑意。果然如他所料，戚南对生活的要求很简单，物欲也极低。他看了看书的品类，倒是各有涉猎，还不乏一些幽默诙谐的漫画或图集。

他心想，好歹还有这些书撑着，不然她可真像是要住到山上或者道观里去了。

顾清狄看得兴致勃勃，戚南心中却有些惴惴。虽说她的屋子一贯整洁，她也不怕给顾清狄留下什么邋遢的印象。但就像小雀说的，这里干净是干净，但太单调了，看起来冷冰冰的，没有情趣。戚南一个人住时倒不觉得如何，顾清狄会不会也觉得自己单调无趣呢？

得亏顾清狄此刻不知道戚南的所思所想，不然一定在心里好一番笑。他自诩审美出众，又偏好摆弄和打扮，无论房子或人，他总有归置拾掇的心思和劲头，无非是有没有空闲罢了。戚南这一点，恰好和他互补，若是这些以后都由着他摆弄决定，他高兴都来不及，哪里会嫌弃。

当然他这一点正是完美遗传自他的母亲，于是乎在今后的很多年里，无论是戚南的住所还是穿着，都被这对母子争抢着包圆了，戚南既落得清闲，又讨了二人欢心，可谓一举两得。不过，这都是后话了。

此时戚南又开始为午餐发愁了。顾清狄逛着逛着，倒没对屋里的摆设品头论足，却转头问起戚南午餐怎么安排来。吃什么，怎么吃，这一贯是中国人交际中的头等大事。民以食为天，既然到了她的地盘，顾清狄又发了话，她少不得得想想怎么先解决胃肠里的这一顿官司。

刚从外面回来，戚南不想再出去折腾，只想和顾清狄两个人静静待会儿。看了看冰箱里倒还有些余粮，她便想着在家做顿饭。这屋里满是戚南的气息，让顾清狄莫名留恋，能在这里多待一会儿，正合他的心意。

已经过了午饭的点，先前又吃得甜腻，两人都不觉得很饿，索性把做饭当作一件享受的事情慢慢来。

戚南本以为顾清狄十指不沾阳春水，顾清狄也以为戚南不食人间烟火，在下厨一事上，都不对对方抱很大期望。结果从洗菜、切菜、配菜再到下锅，一通流程走下来，却发现两人都还做得有模有样，配合得也十分默契，于是相视一笑，心里都有些惊喜。

但是细算下来，终究是顾清狄更胜一筹。三菜一汤，有荤有素，除了一个清炒西兰花是戚南做的，其他都出自顾大厨的手笔。原本提议要做饭的是戚南，结果最躲懒的倒也成了她。

公寓里不通燃气,也没有吸油烟机,戚南只在门旁的小窗户边垒了个小灶台,放了些锅碗瓢盆和电磁炉。做顿饭的工夫,戚南大多是在灶台旁,给顾清狄递些葱蒜调料,看着顾清狄忙活。偶尔顾清狄卷高的袖口滑落了,也会叫她帮着卷上去。

戚南从没见过,也未曾想象过顾清狄做饭的样子,所以眼前的一切对她而言都新鲜无比。灶台有些低,顾清狄个子高,所以大多数时间他只能弯着腰。他的衬衣被围裙束紧,掂勺时,宽阔坚挺的后背以及线条清晰的手臂便凸显出来。匀称的身形让他的腰线也很流畅完美,而他挺翘的臀和瘦直结实的大腿更让戚南看得眼热,却又害羞心慌。

很难说现在的顾清狄对自己秀色可餐一事是否知悉明了,但却实打实地起到了勾人的效果。酒足饭饱之余,也不知是为了感谢这顿美味的餐食或别的什么,戚南竟主动抱着顾清狄献上了一个爱吻,叫顾清狄又是惊讶,又是喜欢。

因着这个香吻的蛊惑,顾清狄自告奋勇地去洗碗。戚南则抱着小盼球窝在床边的小沙发上,在电视机里搜寻他爱看的电影。

彼时窗外鸟声,穿透窗帘,咿呀婉转,窗内一片温馨祥和。

第四十一章 生日与别离(下)

虽说已入夏,这几日天又阴雨,气温骤然转凉。顾清狄洗了很长时间的碗,戚南怕他受凉,赶忙给他泡了一杯热茶。

顾清狄却根本不觉得冷,他示意戚南摸摸他的手,果然滚烫热乎,仿佛积蓄了蓬勃朝气和满腔力量。戚南顿时放下心来,又伸手将他额前溅上的水渍一一抹去。

戚南擦拭的动作缓慢而轻柔,顾清狄看着她,心中满是怜爱和柔情,却又平添了几丝火热。

这份火热一直从顾清狄额间蔓延至全身,连惯爱的科幻巨制也不能缓解他内心的躁动和渴望。现下的他，开始有些后悔拉着戚南一起躺在床上看电影了。

戚南家的沙发太小，本也坐不下两个人，戚南又心思单纯，便把床铺整理了一下，放了两个靠枕，权当体验新近流行的床厅式观影。顾清狄本来也没朝别的方面想，但躺着躺着，情况便变得不太一样了，也不由他掌控了。

戚南身上的冷香一点一点地侵蚀和浸润他的五感，他的身体本就燥热，这下越发难忍了。一直以来对戚南肌体的渴望，在这张满是戚南气息的床上被无限放大了。而她就近在咫尺，舒展而乖觉地躺在他的臂弯里，被他笼罩着，包裹着。

内心的绮思开始疯狂滋长，顾清狄忍耐不住，把火热的唇印在戚南香气最盛的脖颈，一路蜻蜓点水般试探着攀爬向上。戚南感受到了他的蓬勃欲望，内心有些迟疑退缩，却又忍不住随着他的侵袭沉迷，而反射性地扬起了柔嫩的脖颈。

顾清狄像是受到了鼓舞，他的喘息声越来越重，原本交缠在戚南小腹前的双手也在迷醉间顺势上移。

"唔……别……"

未等顾清狄的手真正触上那对微微起伏的饱满，娇软的拒绝从戚南口中溢出。顾清狄瞬间清醒过来，见戚南面色潮红却眼神微闪，身子也有些向后缩，便知道她心里还没有准备好。

箭在弦上，却要遏制强忍，这滋味并不好受。但顾清狄心里没有失望，只是暗怪自己一时失智。

戚南对他而言，是如此珍贵重要。这次是他鲁莽越界了，他从没想过在如此仓促简单的情况下和她拥有彼此的第一次，他也有的是信心和耐心等到她准备好。因为在他心里，戚南值得最好的。

戚南也并没有想好，要在哪一种情境里将自己交付给他。刚才的拒绝，更多的是一种下意识的行为，以及进展太快给她带来的不安。戚南非常坚定，也非常清楚，从身到心，她对顾清狄的渴望，绝不会比他少。

爱一个人，怎可能纯洁无欲；爱一个人，是连一根头发丝都想占有。戚南的冷心冷情，从遇上顾清狄那一刻起，便化作了一潭春水。

而顾清狄的每一次亲近,每一次与他的呼吸交缠、耳鬓厮磨,都叫那潭春水生出一条小溪,涓涓地从她身体里流露出来。

她的身体是如此欢喜他的接近,戚南瞒得过顾清狄,却骗不了自己。所以顾清狄乍一停下,难受的并不是只有他一人。两人都各自平复了好一会儿,才又重新靠近拥在了一起。

这么一闹,电影剧情错过了不少,两人都不打算继续看了,而是相拥着在这静室里说起话来。顾清狄从童年趣事说到国外经历,他的声音充满磁性,又温柔醉人,戚南十分放松,不知不觉间,竟在他的怀里睡着了。

等戚南醒过来时,发现天已经黑了。屋内的灯都熄了,唯余阳台那盏透着微弱却足够为她照明的光亮。戚南掀了被子赤着脚下了床,有些着急地转了一圈,发现顾清狄并不在屋内。

墙上的时钟显示已经将近午夜,原来她睡了这么久。戚南有些泄气地瘫坐在椅子上,心中一片茫然。

都这么晚了,顾清狄,他,他是不是已经走了?

一瞬间,巨大的失落和难过排山倒海般向她袭来,戚南觉得浑身的力气都被抽干了,她什么也想不了,什么也干不了,只能僵坐在椅子上。

时间仿佛停滞了,不知过了多久,一阵缓慢却有序的敲门声响起,戚南被惊得起了身,却一个趔趄差点摔倒,原来露在外面的脚趾头已经无比冰凉僵硬了。

戚南的心扑通扑通地跳着,她怀抱着一丝微弱的希望,挣扎着大跨步奔过去开了门。当她看到神兵天降般的顾清狄,鼻子瞬间一酸,整个人扑过去扎进了他怀里。

戚南抱得很紧,心里一阵后怕。感谢老天,原来他还没有走,刚才她真的好怕就这样见不到他……

顾清狄实则只离开了一个小时,他见戚南睡得很熟,便想着先回家取完行李,再回来同她告别。因离开时间不会很久,便也没想着留条。看着戚南这个模样,他晓得自己还是考虑不周,让她担忧不安了。

他见戚南急得连鞋袜都没有穿,心里越发心疼。双臂一用力,便将她抱了起来，慢慢地放回到床上。他正准备起身去拿湿巾帮戚南擦拭脚底，却被她揽住了脖颈，再不叫他离开。

"刚才我以为你走了。"戚南的眼里满是不安，语气也有些委屈。

"只是回去拿行李，我要走怎么会不和你说呢？南南，别怕啊。"顾清狄温柔地摸了摸戚南的脸颊，慢慢地安抚她。

戚南这才注意到，顾清狄是换了衣服的，他穿了风衣，背着双肩包，俨然一副装备齐全即将出行的模样。他还没有走，戚南心里很欢喜，但她知道，这欢喜持续不了多久，因为真正的别离就在眼前了。

原本戚南攒了一肚子的话，但真到了这一刻，她却一字一句都说不出口。她只是很仔细、很认真地看着顾清狄的脸，像是要将他的每一寸都深深刻在心底。

顾清狄亦是此刻才知道离别之心真正痛起来，是可以叫一个男人也想要落泪的。只是这个时候，这个时间，他不应该哭，他也不能哭。他很温柔地吻了吻戚南的眉眼，然后将手中之物系在了戚南的手腕上，随后他尽全力扬起一个笑，对戚南说道：

"宝贝，生日快乐。"

戚南怔怔地看着腕上那条镶着红色宝石的素简银链，好几秒后才知道要抬头看看时钟。此时，时间刚过 12 点，她的生日来临了。

"上次送你的礼物你没有收，这条手链是我在欧洲的时候，跟一个银匠学着做的，有些简陋，也没花什么钱，是送你的生日礼物，祝我的宝贝永远平安喜乐。"

顾清狄摩挲着那条手链，将戚南的手合拢握在胸前，轻轻印下了一吻。随后他去屋外取了一束花，捧到了戚南面前。那是另一份礼物，一束盛放的红火玫瑰。

若放在几年前，顾清狄定会觉得红玫瑰俗气，送女孩儿玫瑰实在不是一种高明的方式。可如今他思来想去，终究发觉唯有这浓艳到极致的红与火，才能稍稍代表他内心对她的炽热和挚爱。

这是他第一次送女孩儿花，顾清狄难得羞涩，还有些紧张。他不知道，这也是戚南第一次主动伸手，从男孩儿手里接过那象征爱情的玫瑰。

这束迟来的玫瑰，是如此芬芳娇艳，它盛放在两人交握的手中，也盛放在戚南心头。

戚南想，人心大抵都是不知足的。她有了礼物，有了玫瑰，也得到了他的爱，可她此时此刻最想要的，却是他能够一直一直陪伴在她身边。

千言万语不消说，顾清狄都懂。最终，他将戚南紧紧地揽在怀中，郑重地在她额前印上承诺般的一吻。

"南南，离别是为了更好的重聚。再给我半年，最多半年。等我回来，我们再也不分开。"

顾清狄还是走了。夜色下，恋人分别的苦痛和对戚南爱的思念，都化作了乡愁，被他带在了身边。

戚南则留在孤寂的屋子里，呼吸着空气中残留的属于他的气味。过了好一会儿，才想起来顾清狄临走前的嘱托。他说上楼的时候见楼下有几个她的快递，他便都帮她取了堆在屋外，让她记得拿。

戚南心里空落落的，只机械性地一件件地将那些快递拆了包装拿进了屋内，有爸妈寄来的，也有小雀、杨柳、肖夏等一些朋友送的。满满当当地占了小半个过道，竟都是送她的生日礼物。

这些礼物里，有她在家时最爱吃的妈妈牌菜酱和蛋饼，也有被擦拭一新、装帧精致的她从没抽到过的盲盒手办，还有全套的珍藏版书籍，不一而足。

戚南看着眼前的礼物，眼眶湿润，久久不能言语。她将它们和摩天轮的票根、顾清狄送的花儿放在了一起，然后任由那些来自家人朋友，还有他的澎湃爱意和祝福一点一滴，缓慢而坚定地将心房填满。

这真是一个再好不过的生日，戚南在心里对自己说道。

戚南想，也许以前的她，误解了离别的意义。离别，并不可怕，它之所以频繁地在我们的生活中上演，恰恰是为了提醒我们，真正的爱和牵挂从未远离。

就像顾清狄说的，离别，是为了更好的重逢。那些来自远方的爱和思念，将源源不断地鼓励我们勇敢地继续走下去。因为戚南相信，人生漫漫，终有山花烂漫、你我相见的那一天。

第四十二章　再见闻琛

人生好比季节轮换，总要学会接受落叶和降温的时节。不经意间，夏天已然翻到了尾页，而戚南和顾清狄的热恋期，也不得已就这么靠着每日的越洋视频和语音度过了。

顾清狄走后，戚南的生活仿佛又恢复到从前。有限的人际关系，有秩序感的生活，两点一线的简单行程。不知情的都瞧不出来她在恋爱，唯有日夜不离系在手上的那条银链，和不知何时养成的一歇下来便抱起手机的习惯，都叫戚南知晓，她的生活里多了一个他。

他，虽在远方，却时刻都在她心底。

好长一段时间闹得沸沸扬扬的，被其他部门戏称为"玫瑰之战"的《玫瑰人生》栏目的制作权，终究还是回到了杨柳手里。这并不是因为沈昀良心发现或是省台发了话，而是益盛集团，准确来说是闻琛亲自出面，拍板了此事。

自从天台一别后，闻琛已将近小半年没有出现了。戚南心里愧疚，又怕他出事，给他打过电话也发过语音，他一次都没有回复过。闻琛此时出现在省台，戚南始料未及，却也略微放下了心。

他看起来黑了，也瘦了，但精神还不错。他拒绝沈昀换人提议时的声音硬朗坚定，说话条清理晰又不容拒绝，看起来竟有几分老闻总年轻时大杀四方的模样了。

对上这样的闻琛，沈昀自然不敢多说什么，也不敢再糊弄什么，最终嗳嗳嚅嚅地应和了，又十分殷勤地将人送走了。

闻琛此行非常利落果断，全程一个眼神都没给过戚南，像是完全为了公事而来。戚南心里有些失落，却也明白这样的相处方式也许对他二人都好。

她既然给不了他什么，不如从此离他远远的。只要他好好的，作为曾经的朋友,她也会为他感到欣慰和祝福。

闻琛前脚刚跨出省台,后脚就开始后悔。他不理会戚南,一方面是生她的气,一方面也是不知道该如何面对她。他早知道戚南终有一天会和顾清狄在一起,却没想到这一天来得那么快,快到他连心痛都来不及,就已经失去拥有她的资格了。

闻琛从来没有如此痛恨过自己的年纪,因为年龄的差距,他永远比顾清狄晚一步。晚他一步认识戚南,晚他一步长大变强,最终只能眼睁睁地看着戚南投入了他的怀抱。看起来他只是输掉了结果,事实上却是输得彻头彻尾。

他颓唐了许久,又花了很多时间想明白了这个道理,但他不甘心。他像一只见不得光的老鼠一般鬼祟地追到了美国,日复一日地躲在顾清狄看不见的地方盯着他,不肯放过任何一丝可能证明他不够好或不足以匹配戚南的线索。

很长一段时间里,他都不敢联系戚南,因他知道此刻的自己内心有多阴暗,多嫉妒。

然而更可悲的是,他汲汲营营了那么久,从顾清狄的生活起居到人际交往,甚至连他和前女友分手一事的前因后果都被他翻了个底朝天,最终却不得不承认,和顾清狄相比,他差得不是一星半点,他曾以为自己有和他一搏的实力,却实在是太高看自己了。

在专业领域,顾清狄显然无可指摘,他的同学对他交口称赞,他的导师也以他为荣。他一个华人,在群英荟萃、藏龙卧虎的沃顿商学院能取得如此建树,其天分之高,可见一斑。

最关键的是,顾清狄如此炙手可热,却从未骄傲自满。他深居简出,专心学术,身上没有沾染一丝留学圈里公子哥儿们的纨绔气息。就连人际关系,也简单干净得可怜。

他甚至很少笑,尤其是在面对女性朋友时。闻琛一度以为自己探听错了,那个占据了很多人高中、大学记忆中浓墨重彩的"风流才子",实在和眼前这个光华内敛、低调沉稳的顾清狄搭不上边。唯独只有在他接听电话时,闻琛才能稍稍窥见那个传闻中谈笑间便使得众人为之倾倒的旧人影子。

而一想到顾清狄之所以如此情态,皆是因为电话那端的那个她,闻琛便辛酸不已。经此一遭,他原本的骄傲溃不成军,信心和自尊更是跌落到了谷底。

他失魂落魄地回了国,又回了家,把自己封闭了许久。直到老闻总实在看不过眼,一把将他提溜到了董事长办公室的座位上,他才蓦然清醒。

"小琛,爸爸不知道你发生了什么事,但你要知道,你是益盛集团未来的掌门人,是我的儿子,无论什么时候,你都不能轻易倒下,也不该倒下。"

老闻总看着已初长成人的儿子,心里一半欣慰一半辛酸。随着闻琛年纪渐长,尤其是这几年进入了叛逆期,父子之间的话越来越少。就像这个时刻,他明明很想把熊孩子痛骂一顿,却只能克制怒气,好言规劝。因他知道,闻琛已经不是个孩子了。

闻琛闻言,慢慢地抬头,他突然发现不知从什么时候起,向来儒雅俊秀的父亲已有了白发。他看了看眼前这个男人,又盯着桌面上的旧相框许久,问出了一句他很久之前便想问的,却与此刻显得有些风马牛不相及的问题。

"爸,我妈过世十年了,你还年轻,为什么不再找一个?"

见儿子提起了亡妻,老闻总紧绷的脸先是一怔,随后陷入怀念。他拿起桌上的相框小心翼翼地擦拭了一下,见照片里的女人依旧笑靥如花,才缓慢对儿子说道。

"儿子,你妈是我见过最好的女人。她虽然走了,但把你留给了我。她给了我最美好的回忆,又给了我继续往下走的动力。我这辈子,有你们,就够了。"

"可是她不在了,你再也没法拥有她了,你不难过吗?"闻琛盯着父亲的眼睛,继续追问。

"我难过,可是我不能一直难过。你大概不记得了,你妈刚走那会,你高烧浑身抽搐,我照顾你都来不及。后来公司几次遇到危机,你爷爷奶奶外公外婆又相继生病。"

回忆这些不免令人伤怀,老闻总顿了顿,才继续往下说。"儿子,你还年轻,你要知道,感情只是人生的一个部分。你首先要活下去,其次要活得好,才有能力、有资格谈感情。其实你比爸爸幸运，你的人生还有无限可能，但我的人生最好的部分，已经被你妈妈带走了。"

这么多年，闻琛很少和父亲谈起母亲，幼时的很多记忆都模糊了。但此刻他看着相框里搂着小时候的自己的清秀女人，一种熟悉却又陌生的被抚慰的情感袭上心头。

闻琛知道，那是记忆里母亲的手。那一种奇幻却温暖的抚慰，让闻琛从身到心都卸下了防备，也放松了。

这一天，由闻琛开始，父子俩敞开心扉畅聊了许久。闻琛知晓了父亲独自支撑家业的不易，也感受到了他的疲倦、他的孤独。闻琛想，未来的路还很长，只有当他真正准备好，真正强大起来，他才有资格去守护他的家人，去追求他的梦想。

自这一天后，闻琛像是突然间真正长大了。他不再自由散漫，开始跟着老闻总参与集团里、家族中的事务。他的生活变得忙碌而充实，少了些自怨自艾，多了许多思考。

他还是会经常想起戚南。他想，无论未来如何，他终归都是感谢戚南的。戚南的出现，让他向往美好；戚南的拒绝，让他懂得思考人生。从头到尾，戚南都未曾伤害过他，反倒是他，做了不少对不住她的蠢事。

最要紧也是最叫他愧疚的一件，便是他的随口戏弄，将戚南从新闻弄到了综艺。于是当他知晓了《玫瑰人生》最近的纷争时，在征得了老闻总的同意后，他便第一时间赶到省台厘清了局面。

戚南不知道，这是他出国前的最后一天，也是他出国前能为她做的最后一件事。

在夏末的蝉声里，闻琛只身一人踏上飞往伦敦求学的班机。他并未携带什么行李，因他知晓，最重的行李不在身外，而在心中。

暂别了，父亲。暂别了，戚南。暂别了，曾经的我。暂别了，我的故土家园。

第四十三章　选择与争吵

闻琛的离别悄无声息，戚南过了好几天才从杨柳口中得知这个消息。虽然闻琛十分难缠，但没少帮她们说话，所以杨柳对他并没什么恶意，对他的离开还稍有些惋惜。戚南倒觉得是件好事，毕竟他这个年纪，先把书读好才是正事。能去那样的学校深造，对闻琛而言，也是一种难得的机缘。

只是自从闻琛离开，益盛集团便不再过多关注《玫瑰人生》的事了。陈佳心思活泛，见杨柳她们的"靠山"走了，便又开始撺掇着沈昀想再插一脚。沈昀却是个胆小怕事的，一心只想保住自己的位置，便没再怎么"作妖"。一时间倒也风平浪静，日子就这么波澜不惊地过下去了。

戚南撕着桌台上的日历，数着日子，发觉自己来综艺也一年多了。这一年风风雨雨，职场诡谲，她经历过明争暗斗，也忖度过手段人心，有过荣誉，也有过落寞。她咬着牙含着泪走过许多无人问津的日子，却发现到头来，她与自己的初衷渐行渐远。

戚南看着隔壁工位的伍思奕，很担心有一天自己也会变成他的模样。明明曾经才华横溢、踌躇满志，十几年的热血和青春的付出，却变成万事不敢出头、凡事只求交差的打卡机器。没有创新，只有内耗，没有成绩，只有指标。这，是她想要的吗？

这个答案其实一直在戚南心里盘桓，但却越来越明晰。只是当她看着身怀六甲却依旧不辞辛苦，全身心扑在《玫瑰人生》上的杨柳，有些话她却不知道该怎么说出口。

再等等吧，她对自己说。

既然决定先将此事搁置，戚南便想起另一件事了。这也是一件棘手的大事，其困难程度和工作相比也不遑多让。古人说成家立业，在父母眼中，不管如何，戚南的工作算是稳定了，那么还差的就是她没给自己筑个窝了。

城中居，大不易，为女儿未来着想，戚南的父母一早便开始催她买房。从数九寒天催到了炎炎夏日，戚南这头还没什么动静。看着房价日渐上涨，向来温和的父母也有些着急了。

戚南不是不愿意买房，只是她有自己的顾虑。首先她的收入不高，不仅凑不出首付，房贷也很难说能负担多少。其次她能买得起的楼盘，地段一定不会太好，那她以后的交通出行便又是个大问题了。

戚南思来想去，想着自己还年轻，吃吃苦，第二个难题总能解决。但第一个，凭她现在的收入，实在是有心无力。父母虽还没退休，但年纪也大了，身体也不如之前硬朗，拿他们辛苦一辈子攒下的积蓄甚至是养老钱去给自己买房，戚南心里很不是滋味，她过不了心里这个坎。

她踟蹰了很久，最终将心里的想法和担忧和爸妈悉数说明了。爸妈一方面欣慰女儿长大了懂得孝顺和体谅了，一方面又觉得她还是孩子气、想法不够周全。在日益兴盛的准一线城市买房，既是为戚南打算，也是抵抗货币贬值的一种投资手段，于情于理，都是一举两得的选择。

戚南父母语重心长，掰开了揉碎了和戚南分析了利弊。戚南见他们说得有理，又已然做好了全部打算，便也下定了决心，利用空余时间好好研究一下房市，顺便先看起来。

买房是件大事，顾清狄又是土生土长的J市人，戚南免不了要向他请教。谁知顾清狄知道了戚南的想法，心里却并不赞同。

J市的房价不低，他不想戚南年纪轻轻便背负那么重的经济压力。如果戚南不想住现在的公寓，他手上也还有几套闲置的大一些的房子可以给她住。她完全没有必要为了房子劳心劳力，只要她想要，随时向他开口便是了。

顾清狄的经济状况，早在他和戚南刚开始在一起时，他便全盘托出了。戚南有需要，明知他有，却不向他开口而是另寻他途，顾清狄心里不舒服。这让他有种像是她想要离开他的不安感，加上联想到闻琛前段时间的举动，他心里就更酸了。

所以每逢戚南提起这个话题，顾清狄不是顾左右而言他，便是拖拖拉拉不给个准话,有时还会侧面介绍一下自己手里现成的地段、装修还不错的房子。几次之后,戚南也品出来了顾清狄的意思,她有些生气却又有点好笑。

顾清狄惯来是个要强的性子,在这件事上,他又认为自己是在为着戚南好,所以一直不表态不支持。但他没想到戚南居然在买房一事上异常坚持,而且丝毫不让。两人有了矛盾,又远隔千里,反复几次达不成共识不免言语不合,小吵了一架。

戚南认为顾清狄大男子主义,还对她耍心机,赌气不想理他。顾清狄却觉得戚南太过倔强,竟然为了房子这种事和他生气,说话间一点也不在乎他的感受,于是也不想先低头。一来二去,两人便僵在了那里。

戚南后来想了想,顾清狄的初衷也是为了她好,而她也不是真的有多生他的气。这件事由她而起,顾清狄既然和她意见不一,她应该做的是好好和他说清楚自己的看法,而不是任由情绪发酵。

然而戚南虽想清楚了,也有心主动破冰,却碍于时差,不能第一时间找顾清狄坦白沟通。这个当口,偏偏又出了另一档更着急的事,因实在事关重大,戚南也没时间犹豫耽搁,只仓促地给顾清狄留了言,便随着台里的抢险新闻队一起出发了。

戚南和几个平日里只打过几次照面的新闻频道的同事,一同坐在夜间疾驰的中巴里,满腹心事地赶往500多公里外的皖县。两个小时前,皖县传来消息,因连日暴雨加上上游泄洪,短短半日,这个矗立千年的古城便成了汪洋水域。道路被阻,屋舍良田被淹,民众流离失所,洪水肆虐,满目疮痍。

已是入秋的天气,谁也没有预料到会有这一场天灾。戚南是土生土长的皖县人,皖县是她的故土,更是她的精神家园。看着曾无比熟悉的水墨徽州在洪水中艰难飘摇,看着她曾走过无数次的400多岁的老大桥被冲塌摧毁,看着微博上传来的一个个不甚乐观的消息,戚南的心揪得很紧,恨不得立马生出一双翅膀,带她飞回那蒙难的故乡。

手机里父母的电话一直是忙音,戚南一遍一遍地重拨,五内俱焚。车窗外的夜色越发浓郁,整片天地仿佛都被笼罩在凶戾喧哗的雨声中。戚南描摹着窗上映照出的自己的脸,发觉是那样萧瑟苍白。

她看了许久,最终慢慢把头低了下来,把整个身子都埋进了阴影里。车厢内鼾声四起,间或夹杂着微弱却断续的手机拨号音。

戚南知道,有时候,人们的悲喜并不相通。

第四十四章　惊情二十四小时(上)

这厢戚南刚到皖县,顾清狄也刚从一夜乱梦中苏醒。这一夜他睡得很不安稳,醒来时不仅头有些疼,身上还有些发冷。

他用力揉了揉眉心,将尚且陌生的屋子环视一周,发现对床的窗子正开着,原来竟是吹了一整夜的凉风。

顾清狄披了件外套,头重脚轻地下床去关了窗。窗外不远处,几个流浪汉在树下裹着衣服蜷缩着。一连几天的大雨,纽约温度骤降,竟提早透出几分冬日的凛冽寒凉来。

顾清狄到纽约已经一周了,前几日随着导师忙前忙后,不是在合作的公司开会,就是在酒店写报告。一行人忙得脚不沾地,连吃饭都是叫的简餐,吃得顾清狄满嘴发苦,有口难言。好不容易忙活得差不多了,导师也终于肯放他们几天假,同伴们早在昨晚便欢呼着投入纽约的海滩和派对了,唯有顾清狄兴致不高,只同他们聚了个餐,便徒步回酒店休息了。

算起来,这是两人在一起后第一次吵架。即便大多数时间都是异地而处,顾清狄和戚南还是感情很好,每天语音、视频电话一个不落,心有灵犀、甜甜蜜蜜。所以这突如其来的争吵,不仅让顾清狄觉得很不适应,而且异常烦躁不安。

他们两人都企图用自己的观点说服对方。本来买房嘛,就没有什么对错,只在于买或不买。顾清狄没想到戚南会在这件事上这么坚持,那毫不退让的态度,倒显得他这个男朋友无足轻重了。

不错,归根到底,顾清狄还是在吃醋。戚南越表现得独立,他心里越不安。顾清狄知道自己有些大男子主义，但他的初衷也仅仅是想将戚南笼在羽翼下，给她护卫和安宁罢了。

戚南的态度一直未曾软和下来，顾清狄心情不好，昨晚喝了一点酒，消息也没回便早早回酒店睡了。清醒后，他又忍不住挂心，赶忙拿起手机，想看看戚南有没有主动和他联系。

这一看，才知道戚南居然外出跑新闻了，去的还是她的家乡皖县。她那短短两行字的简单留言，看得顾清狄眉心直跳，头也越发痛了起来。

戚南说，皖县突发洪水，台里要去采访加抢险救灾，她熟悉当地情况，便申请跟着一起去了。她还说会照顾好自己，小心行事，叫他不要担心。

他怎么可能不担心？顾清狄沉着脸色，迅速打开了微博，搜索关于皖县洪水的消息。皖县的灾情已经上了热搜，微博上的消息越传越多，却也越传越乱。

关注新闻的人太多，评论里说什么的都有。顾清狄看着看着，脸上的肌肉越发紧绷，不自觉地握紧了拳头，因太过用力，手背上的青筋都鼓了起来。

过了好一会，顾清狄才深吸了一口气，他慢慢放松下来，发现手心里全是冷汗。他强忍着不安，一遍遍地拨打戚南的电话，但电话那头始终是忙音，到后面竟然关机了。

他联系不上戚南了！她会不会出什么事？顾清狄心里充满担忧和恐惧，他开始不受控制地在屋子里走来走去。他知道恐惧是思维的杀手，他也尝试强迫自己冷静下来，坐着等戚南的消息，却发现此刻的自己连双腿都有些微颤，根本坐不下来。

地狱般煎熬地等了一个小时，戚南那边始终没有任何回音。顾清狄不想再等了，他将护照和钱包往怀里一塞，随手招了辆车便赶去了机场。

他入住的酒店离机场不远，交通还算畅通，顾清狄没过多久便到了。他想定最早一班航班回国，却发现今日的票都售罄了，而他一路上竟也慌乱得忘了用手机查询了。

顾清狄在机场餐厅随便找了个靠窗的座位坐着，想吹吹冷风让自己的头脑和身体冷静下来。他一遍遍地刷新各种订票软件，即使遍寻无果也不愿离开机场。只要待在这里，他总觉得还有一线希望。

希望对现在的他而言，是最宝贵的东西。

时间一分一秒地过去，戚南那边始终杳无音信，而订票一事也依旧毫无进展。顾清狄的耐心已经消磨殆尽了，他想了想，快速编辑好了一条消息，同步发了自己的朋友圈以及留学圈的几个微信群。

顾清狄这个名字，一直是留美圈的传奇。虽然这一年顾清狄一改常态，变得深居简出，但想结识他的人从未减少。顾清狄的求助信一发，一石激起千层浪，顿时四散，迅速传了开去。

消息发出去没多久，便有位张姓男同学主动来加顾清狄微信，自称家里在几家航空公司有些股份，可以帮他临时加个座位。

有的留学群还在闲聊，八卦顾清狄临时回国的事情，还有人爆料说是微博上看到顾清狄一直在刷皖县洪水的消息，可能有什么家人出了事或者被困了才急着赶回去。

闻琛恰好也在这个群里，留学无聊，平时他也偶尔会活跃着说几句话，可当他看到这个消息时，却长久地沉默了。

阴绵秋雨下的伦敦，仿佛带了灰黄滤镜，走在其中，就像走在一本厚重沧桑的文学著作里。这种和历史，和往事交错的感觉，让向来只爱晴天的闻琛也开始喜欢上雨天。

这里曾经有莎士比亚，有狄更斯，有伍尔芙，都是戚南喜欢的。如果有一天她能来，也一定会很喜欢的。

雨越下越大，手机上那条顾清狄已经登机的小道消息逐渐被雨滴浸泡得模糊不清。闻琛知道，从这一刻起，他已经真正地输了，输得彻彻底底。

她不会再来了，现在和未来，他能拥有的，也只有这场雨了。而她不来，雨，也仅仅只是雨了。

第四十五章　惊情二十四小时（下）

顾清狄刚踏上飞机的时候，戚南正在经历人生中最惊险狼狈的时刻。

时间退回到四个小时前，省台的救援车一到皖县，戚南便带着一个摄像和一个记者去了灾情最严重的老城区，其他同事则四散去了其他抢险点。老城区水深路窄，车子完全开不进去，导航信号也是时有时无。没办法只能摄像大哥摇橹，记者小哥打灯，戚南作为人形导航，缓慢而艰难地驶进老城区。

戚南记忆中的老城区，虽然街巷弯绕，路窄难行，却一年到头都是干净整洁，家家户户热热闹闹的。现在不仅漆黑一片，而且道路上满是漂浮的杂物和垃圾，隐隐散发着腥臭。

戚南看着，心里不好受。摄像大哥一边划船一边宽慰她，说是虽然损失些财物，但大部分群众都已经转移到安全地点去了，只有少量几户住得远、家里又只有老人的，还在等待救援。

记者小哥也是个敬业的，一路行船艰难，暴雨也还未停，他还是坚持边走边报道。每到一处有群众求援或者被困的地点，他都会让摄像大哥把画面拍下来，然后及时播报出去，以求得更快的救援。

物资都分出去了，戚南他们只拿到几件薄雨衣，穿在身上早就破了。雨下得实在太大了，雨水顺着发丝流下来，连眼睛都睁不开。路过老高中的时候，戚南一行人决定先进去避避雨，休息一会儿再继续出发。

老高中是在一处古书院的基础上建起来的，颇有历史，但地势狭窄，交通又不方便，所以前两年戚南就听说高中已经迁了新校址。她本以为里头应该早就空无一人，却发现有一处教室还闪着灯光，隐约还像有人声。

戚南让摄像大哥加速靠近了，原来教室里真的有人！大概有 20

个学生，神色慌张，因水已没到教室，他们胡乱地站在窗台、课桌上，用手机的手电筒互相照明。看到戚南一行人，他们以为来了救援，开始欢呼雀跃，有的女生还开始小声啜泣起来。

记者小哥上前了解了一下情况，原来这些学生是来老校区参加高考竞赛班考试的。学生们七嘴八舌，倒豆儿似地把情况说了个明白。原来他们上午就在这里考完试了，但因为水涨得太快，又没有交通工具，所以被困在了这里。监考老师已经出去求援了，暂时还没有回来。而他们已经饿了一天了，午餐和晚餐都还没有吃。

戚南把身上带的吃的分给了他们，记者小哥和摄像大哥也都贡献出了余粮。只是他们带的东西不多，远远不够学生们分。有些没有吃到的学生开始抱怨，那些本以为他们是救援船的学生更是担忧泄气，教室里开始响起叹气和哭声，一时间场面混乱吵闹，有些失控。

戚南也几个小时没吃东西了，肚子很饿，湿衣服贴在身上很冷，整个人都很不舒服。但她看着眼前这班年轻、恐惧的学生，心里却没有丝毫的烦躁。

这都是些优秀但还未成年的孩子呀！她叹了一口气，要是换做高中时候的她，未必会比他们表现得更好。

进了教室后，戚南全程都没怎么说话，但此刻她却站了出来。她先是以同校学姐的身份和学生们拉近了距离，然后拉着记者小哥给这里做了现场直播让学生们安心，最后还引导着大家一起唱了高中校歌。唱歌的时候她神态放松，情绪积极，不少学生被她带着也开始乐观起来。

见教室里情况好多了，戚南心里松了口气。外面雨势稍微小了一点，还有几户被困的人家还没有找到，他们打算先离开。戚南想了想，还是不太放心这些学生，于是几个人商议了一下，决定由记者小哥待在这陪护，戚南带着摄像大哥先走，等救援来了再去找他俩汇合。

摄像大哥把重机器留在了教室里，只拿了个轻便的相机便载着戚南离开了。船太小，夜也渐渐深了，他们想趁着天还不算太晚，能多找到几户，也能多带几个老人出去。

　　拿着台里从居委会拿到的名册和大致标好的地图,戚南他们在街巷里缓慢穿梭寻找,一刻都未曾停歇。

　　小小的船只在浑浊的水面上航行,有时船轻轻的,里头只有他们两人;有时船重重的,里头满是挤挨在一处的老人。船轻时,戚南的心也是飘着的;船重时,戚南的心也是沉甸甸的。即便衣袋里的手机一直未曾收到来自父母的回音,看着他们帮到的那些人,她的心里总算有些安慰。

　　来来回回多趟,还剩两户没有找到。这两户都是高龄老人,戚南和摄像大哥已然累得不行了,但谁都没有选择在这时候放弃。两人的手机早就没电了,戚南只能一边和船上的老人打听消息,一边凭着残存的记忆艰难地一条街一条巷地摸索找寻。

　　总算他们运气不算太差,戚南回忆起来老城区靠近外围新区的地方有一片洼地,那里的地势要低一些,有一些旧房子掩在老城区的房屋后,行人很少会路过那里。戚南打着手电,看着手里的地图,确认剩余的两户应该就在那片区域。这个发现让两人都有些振奋,身上也仿佛一瞬间充满了力气。

　　戚南的判断果然没错。他们到了那之后,看见有两户挨着的房屋透出了光,有一对老夫妻和一位老奶奶分别站在各自二楼的窗口朝外眺望。

　　这个地方地势很低,房屋的一楼都被洪水淹没了。摄像大哥和戚南费了很大的劲,才从二楼的窗户爬进这两户的屋子里。

　　双双了解完情况,才发现事情还有些复杂。原来这对老夫妻中的丈夫因为想救一楼被淹的电视,去搬的时候不小心被砸伤了,手臂歪折着,伤势比较严重,需要尽快送医。而戚南他们的小船空间狭小,按目前的情形,只够负载伤者再加两个人,是不可能一次性将所有人都转移掉的。

　　这两户都是老年人,这一户有伤者,那一户的老奶奶年纪看着更大,谁的命都是命,该让谁先走,戚南和摄像大哥都很为难。这时候,那位老奶奶主动提出让邻居两夫妻先走,说自己身体还硬朗,再撑个一两天没什么问题。

　　对老奶奶千恩万谢的老夫妻跟着摄像大哥先走了,戚南见老奶奶的住处很是简陋陈旧,担心水漫上来再发生什么意外,决定陪着老奶奶一起在屋里等待救援。老奶奶一直摆手说不用,但戚南很坚持,老奶奶没办法,只能嗔怪着拉戚南去里屋坐坐,让她歇会儿。

戚南从交谈中得知,老奶奶姓汪,已经80多岁了。她这个年纪本该有家人看顾,但她说她只有一个女儿在外地工作,家里也是一大家子人,房子都不够住,她身子骨还算硬朗,可以照顾自己的衣食起居,便没想着搬了。

汪奶奶态度温和,又轻声细语的,但戚南听着,心里还是有些不忍。

汪奶奶这里显然平日里很少有人来,简陋的卧室里连张多余的椅子都没有。卧室的窗开得很小,里面黑乎乎的,只有一支快要燃尽的蜡烛在微微闪烁发光。戚南愿意留下来陪她,汪奶奶显然是很高兴的。听说戚南大半天都没吃东西了,她不知从哪摸出两个还有些热乎的鸡蛋,招呼戚南坐在床上慢慢吃。

这鸡蛋,不知道汪奶奶攒了多久,一直舍不得吃,却都给她了。戚南紧紧握着手里的鸡蛋,它们是热的,就像刚才汪奶奶牵着她的手,虽然干瘦粗糙,却也是热的。

这种久违的热度,有些陌生却又很熟悉,让戚南想起了过世很多年的外婆。

小时候的戚南,非常喜欢吃鸡蛋,无论是水煮蛋、茶叶蛋或者是摊的蛋饼,她都喜欢。但她最喜欢的,还是外婆煮的鸡蛋。那鸡蛋的蛋白弹性十足,蛋黄却松软,吃起来好像还有淡淡的甜味,是只有外婆才能煮出来的味道。

外婆过世那年,她正好大一。和外婆见的最后一面,就是上大学离家前的那一面。那时候,外婆的病已经很重,几乎不能下地了。但外婆还是瞒着外公,一个人拄着拐杖,怀里揣着她费力煮好的两个鸡蛋,还有一些钱,颤巍巍的,一步一步走到戚南家来送她。

那段路足足有一公里,不知道外婆当时走了多久,走得有多难。戚南后来每每想到这里,心里都如刀割般钝痛。因为外婆对她的爱,对她的好,她再也没有机会回报了。

两行眼泪从戚南的眼里渗了出来,她低着头很仔细地慢慢吃起了手里的鸡蛋。鸡蛋的味道很好，她也不再觉得饿，觉得冷了。

只是，她想外婆，也想爸妈了。如果此刻，他们都在她身边，那该多好。

第四十六章　他来了

云雾中平稳疾飞的航班上，顾清狄头脑昏沉地从浅眠中被唤醒。他定了定神，发觉自己身上有些发冷，脸颊却在烧，而一位面孔亲切的空姐正站在他身前关切地看着他。

"先生，您还好吗？是否哪里不适，需要我为您联络一下医生或者拿个厚毛毯来吗？"

顾清狄活动了一下僵硬的身体，伸手探了探额温。他知道自己在发烧，好在温度不是很高，暂时也没有其他明显的症状。于是他谢绝了空姐的好意，只请求她拿了个薄毯子和一杯热水来。

喝完整整一杯热水，他觉得好些了。随意将毯子盖在了身上，他侧身打开了遮光板。窗外的云层阴翳而沉重，看不到什么风景，他只能凭着时间和感觉判断，此时飞机应该在缓慢下降，大概已经进入中国境内了。

被他贴身放在内兜的手机没有给他带来想要的讯息，顾清狄有些害怕，更不敢去思考，只觉得越来越累。他把头靠近窗户，窗外茫茫一片，好似没有记忆的无根之海。

后座的美籍小女孩一直很闹腾，见顾清狄打开了遮光板，便开始踢起椅背来。年轻的父母及时喝止了，又探身上前和顾清狄道歉，只是连说了几次，都没有得到前座的任何回应。

真是个怪人！孩子的父母努了努嘴，悄无声息地交换了个眼神，便将注意力转回女儿身上了。孩子的情绪来得快去得也快，又开始叫嚷着问父母中国有什么好吃好玩的了。

"宝贝你看，中国有这么多好吃好玩的，所以宝贝要乖乖吃饭，快快长大,这样就可以和爸妈经常来中国旅游啦!"

"嗯!我要快快长大!长到比爸妈还要大!然后玩遍全世界!"

顾清狄闻言,无力地扯了一下嘴角。长大?长大有什么好?此时的他如果可以选择,他会毫不犹豫地回到童年。

Childhood is the kingdom where nobody dies. 童年,是没有死亡的国度。所有的事情在死亡面前,都变得不堪一击。而只要没有死亡,都不算真正的失去。

有些事情,他终究是明白得太晚了。顾清狄闭上了眼睛,却不敢睡去,因为即便在梦中,他也无法再承受失去戚南。

而远在皖县的戚南,也经历了一整晚的辗转反侧,久久无法入眠。她陪着汪奶奶一直等救援船回来,等了好几个小时,见汪奶奶实在撑不住了,便让她先去睡会。而戚南自己,则在窗边的长椅上对付了一夜,时不时还要起身去看顾一下汪奶奶,以及观察一下水位。

身旁没有任何可用的通信工具,这一夜对戚南而言真是无比漫长。她感觉自己的心好似被分成了几瓣,一瓣飘去了父母亲人那边,一瓣落在这间屋子里,还剩一瓣,被心底那个默念了无数次的名字包裹着,在她的心头隐隐作痛。

不知道顾清狄是否收到了她的信息?不知道他是否还在生气?经历了这一天一夜,戚南只觉得恍如隔世。那些心口不一的言语和反复拉扯的情绪消散得那样快,在此刻的天灾困境面前,是如此幼稚可笑。

天渐渐亮了,时间一分一秒转至午间,也未见太阳透出云层来,是一个水汽弥漫的阴天。好在雨渐渐停了,只是一直未见有救援过来。戚南有些担忧地望了望窗外的水位,似乎也并未降下去多少。

水一直没有漫上二楼,汪奶奶倒不像戚南那么担心。她是个乐观且热心的人,知道戚南许久没有正经吃饭了,一直强忍着肚饿看顾自己,便想着再找点吃食给她。家乡的老一辈们总觉得吃饭天地大,惯常是不遗余力地投喂小辈们的。戚南见汪奶奶忙前忙后、翻箱倒柜的,便上前搭把手,和她一起翻找起来。

汪奶奶的箱笼里藏着不少旧物,每翻到一件,便会停下来和戚南说说往事。汪奶奶的方言口音有些重,戚南并不全都听得懂,但她能感受到乡音的亲切情感,因而没有丝毫不耐烦,只是静静笑着听她念叨。

气氛一直都很好,谁知汪奶奶翻着翻着,却突然哎呀一声停了下来,腰身都直了起来,神情也有些着急。戚南赶忙安抚她,问了才知道,原来前段时间汪奶奶将一张全家福拿下楼擦拭,却忘了拿上来。这相框还在楼下的碗橱顶上摆着,也不知丢没丢,浸湿了没有。

"这是我刚生女儿的时候,老余带我一起去照相馆拍的。这是唯一一张他年轻时候的照片了。"

汪奶奶说着说着,竟流下泪来。戚南看得很不忍,想着已经过了大半个白天了,楼下的水位也降下去了些,决定下楼看看东西还在不在,能不能帮汪奶奶拿回来。

汪奶奶家是旧式木楼梯,楼梯很窄,屋子里也很暗,戚南打着手电淌着水很小心地往下走。走到最下面一级楼梯时,水已经没到了戚南大腿根,往前走一步,她都能感受到被水流包裹的巨大阻力。楼梯上汪奶奶一直很焦急地唤她小心些,戚南也只敢扶着墙壁,慢慢朝橱柜那头走去。

浑黄脏污的水浸透了戚南的下半身,向来爱干净的她强忍着心中的不适,咬着牙一步一步向前挪。待看到那还安然无恙立在橱柜顶上的相框时,她才略停了停,长舒了一口气。

汪奶奶家的碗橱并不高,此刻水刚漫过橱顶,差一点就要淹到相片了。戚南很小心地扶着旁边的高柜伸手去拿相框,相框到手的那一刻,却出了意外。

大概是戚南扰动了柜子周遭的水流,且这木头高柜本就有些摇晃不牢靠,柜顶的瓶瓶罐罐一下子倾泻下来,悉数砸到了戚南身上。戚南还算机灵,瞬间侧了侧身,脑袋是没受伤,肩膀却被砸得不轻。

待在这里显然是不安全的,戚南稳住了身子,便拿起相框倚着墙,开始原路返回。肩膀的钝痛一阵阵地发作,虽是短短的一截路,回程却比来时更加艰难。

为了不让汪奶奶担心,戚南没将自己受伤的事对她说。她趁汪奶奶不注意，靠在拐角处轻轻活动了下肩膀。她摸到胳膊和肩膀的连接处肿了好大一块，只要稍微动一动，便痛得冷汗都要冒出来。

这里没有任何医疗条件，又判断不了伤势情况，戚南不敢再动了。刚才的辛苦探险已经用尽了她一身的力气，她现在又累又饿，加上肩膀传来的钻心般的痛，她觉得头晕眼花，意识也有些模糊，一个没站住差点栽倒在地上。

耳边忽然传来几声扩音喇叭的叫喊声，这声音有些远，也很微弱，戚南还以为自己幻听了，恍惚了好一会儿才晓得打开窗子去看看。窗外的水流已经退下去一些了，只是还没到人可以行走的程度。昏黄的阳光斜照下来，越发浑浊的水流裹挟着泥沙和污物，无知无觉地流淌着，俨然一副毫无生气的末日景象。

窄窄的巷口，救援船还没出现。戚南知道那船就在不远处，也许只隔着几条街，也许只隔着几栋房子。她屏着呼吸，一直在等。扩音喇叭的声音由远而近，戚南的心也随之提到了嗓子眼。

就在那声音离得很近，近到仿佛就在耳边时，却忽地一下消散了。戚南心里好似有盏灯也扑地一下熄灭了，万籁俱寂。戚南的耳膜里，唯独充斥着的，只有自己的心跳声，扑通扑通，那么沉重，那么恐惧。

戚南从来没有这么害怕过，她有太多不能失去的东西，有太多还没有去见的人，有太多没有说出口的真心话，她不能就这样停在这里。戚南用力扒着窗户，紧紧盯着巷口。她的力气使得太大了，连指甲盖陷进了木屑，几乎要被扎破了，都不自知。

时间好像过了很久，又好像只在一瞬间，一只橘黄色汽艇的尖角从巷口露出。戚南激动得想要流泪，正想大声呼救，却在看见救援船头站着的那个身影时，阻止了所有言语。

她是不是看错了？还是这一切都只是一场梦？为什么她会看见一个不可能出现在这里的人？这太不真实了，戚南自我怀疑地摇了摇头，牙齿一下用力，瞬间咬破了舌尖。

出血了，也会痛，这一切都是真的！戚南眼也不眨地看着那个人慢慢向自己靠近，他的目光像隔着千山万水，却只为她一人而来。

戚南再也忍不住，眼泪从她的脸上大颗大颗地滑落，她却舍不得将目光从那人身上挪开分毫。就在这时,她看见不远处船上的顾清狄,朝她摇了摇头。

他的嘴唇飞快地动了动,虽未发出声,戚南却能读懂。

顾清狄在对她说:"戚南,别哭。"

第四十七章　戚南的示弱

顾清狄这个人,绝大多数时间里给人的感觉都是如沐春风、温文尔雅的,虽然这一两年他不像从前那般总是言笑晏晏,但相处起来仍叫人很舒服。似此刻这般脸色板正,周身散发着"不爽,勿扰"气息的时候当真不多,戚南也算开了一回眼。

戚南紧紧挨着顾清狄坐在窄小的救援船中,小心翼翼地觑他的脸色。从把她和汪奶奶接上船开始,顾清狄就没再同她说一句话。戚南知道他还在生气,但他握自己手的力气有点太大了,扯得她手都麻了,胳膊和肩膀也开始作痛。于是她非常小心,非常缓慢地想要趁顾清狄不注意把手抽回来一点,好松快一会儿,结果却出师未捷身先死,反倒被他握得更紧了。

得,握着就握着吧,痛一会儿也不打紧,谁让自己理亏呢! 只是她确实还有要事要做,也有些话要对他解释,所以戚南想了想,硬着头皮,嗫嗫嚅嚅地向顾清狄开了口。

"顾清狄,我手机昨天下午就没电了,找不到地方充电,所以看不了信息也打不了电话。你能不能把手机借我呀,我给家里打个电话?"

入耳的声音软软糯糯的,还带着撒娇。此时的她,和前几日那个同自己据理力争且寸土不让的"女斗士"相比,模样气质可谓大相径庭。顾清狄虽腹诽自己的女友还有两副面孔,却还是软了心肠,叹了口气,然后把自己的手机乖乖递了过去。

他这次这么好哄,戚南本还有些小得意,却在解锁手机密码后瞬间愣了愣。她看见了顾清狄的手机界面还停留在几个月来自己和他的聊天记录上,而她,也是第一次发现原来自己和他聊了那么多。这些串联了彼此的微信记录简直就像一个小型的生活照相机,记录了那么多鸡零狗碎的小事,却又充满平凡和温馨。

原来在找寻自己的时候里,他都是在看这些吗?在那些找不到彼此的时间里,他心里是不是也曾像自己一样害怕,一样孤单呢?

戚南忽然觉得很难过,也许这件事她并没有错,可是却实实在在地伤害到他了。既然决定了两个人在一起,为什么不多考虑一下他的感受呢?

顾清狄虽未转头去看戚南,但他能感受到她在接过手机后沉默了很久。而后,他听见戚南拨通了家里的电话。而从她的语气里能听出来,家里人都还健康平安。

平安就好,顾清狄心里松了一口气。他有些不敢想象如果她家里出了事情,她该有多难过。

"戚……"

"清狄,让你担心了,对不起。但是你能来,我真的很高兴,谢谢你。"

顾清狄本想安慰她两句,谁料戚南主动将头靠在了他肩上,几乎是贴着他的耳朵,轻轻柔柔地说出了那番话。

顾清狄没有作答,但他微微低头,在戚南额上印了一吻。感受到了他的亲近,戚南很满足,她实在太累了,不多久便在他怀里睡着了。顾清狄紧紧揽着戚南,又调整好了坐姿让她睡得更舒服一些。

做完这些,他望向天边那颗橙黄可爱得好像戚南最爱吃的蛋黄模样的夕阳,露出了这么多天来第一个笑容。

戚南这一觉睡了很久,梦里五光十色、场景更迭,以至于她醒来发现自己睡在挂满香包、古色古香的白纱帐中时,还疑心自己尚在梦里。直到她看见了趴睡在床边气息匀称的顾清狄,才敢确认原来自己真的已经从那场劫难中走出来了。

她已经很多天没有离这么近看他了。戚南尽量不让自己发出声音,很小心地挪到另一侧去看他。顾清狄睡得并不沉,整张脸有些微微发红,在梦里竟也是一副担心的样子,一直紧锁着眉头。戚南看得有些心疼，忍不住伸手想要将他的眉头抚平一些。

只是顾清狄太警醒了，戚南的手还没碰到他的脸，他便醒了。见吵醒了他，戚南有些懊恼，想着让他上床再睡会儿。顾清狄却揉了揉眉心，朝她摇了摇头，示意自己不再睡了。

"清狄，我们这是在哪，现在什么时间了？"

"在你舅公家里，你爸妈也在外面。现在是下午，你已经睡了一天一夜了。"

顾清狄给戚南掖了掖被子，见她听到父母也在便想要下地，他想都没想便将她按了回去，有些不赞同地开了口。

"你自己受伤了，不知道吗？要不是阿姨给你换衣服，我们都不知道你伤了这么一大块。当时见面的时候为什么不说？嗯？"

顾清狄的语气有些严肃，戚南知道他大概开始秋后算账了，于是低下头往后缩了缩。不过顾清狄一提她才发现，她肩膀上应是搽了药油，虽然感觉凉凉的，但确实没之前那么疼了。

戚南快速瞄了一眼顾清狄的脸色，知道这事躲不过去。想了想，还是朝他慢慢地开口说道。

"我不是故意伤到自己的，下次我会注意的。怎么现在已经下午了吗？为什么天这么黑？"

戚南没说两句便转移了话题，顾清狄早猜到她会轻轻揭过此事，倒也没指望她能有多悔恨上心。况且，他也早从汪奶奶处把事情的前因后果弄了个清楚，加上她也就是皮外伤，伤不重，便也任由她去，不再揪住不放了。

"外面又下大雨了，所以天黑得很。你再睡会吧，晚点我叫你起来吃饭。"

只是，他对她受伤一事总是心有芥蒂，直到看见戚南听话乖乖躺下合了眼，才略微放松了神色，心里真正有些满意。

"那你，可不可以先不走？"

一截灵巧秀气的小拇指从被窝里钻出来，勾住了顾清狄的衣摆。顾清狄的眉心跳了跳，眼里染上了一丝笑意。他有些无奈地握住了那调皮的小手，用手心暖了暖，才轻轻将它塞回了被窝。

"嗯，不走。睡吧。"

得到了他的承诺，戚南这才心满意足地把身子缩进被窝。她打了个哈欠，在这云雾一般的帐中安心地睡着了。

窗外雷声渐收，雨点噼里啪啦地打在老房的瓦片上，好似鸣金收兵前的最后一次冲锋。顾清狄凝望着戚南的睡颜，心中一片安宁。

他想，一切终于都过去了。不用去看天气预报，他也知道明天一定是个大晴天。

第四十八章　心　门

这场洪水比人们预想的消退得更快。第二日清早，当顾清狄出门时，街道巷口的路面上，仅余浅浅的坑洼了。家家户户也都开始拿起扫帚和簸箕，趁着晴天日好，赶忙收拾晾晒起来。

这场灾祸虽未造成人员伤亡，但大部分家庭还是蒙受了财物损失，这里的人们能那么快恢复正常生活，顾清狄有些吃惊，也有些佩服。但当他看着眼前幢幢气派恢宏的黑白建筑时，转念想到这里是徽商故土，便又觉得理该如此了。

顾清狄熟读史书，又身在金融领域，对中国经济发展脉络自然十分了解。他一直对徽商颇有好感，徽商既吃苦耐劳又仁厚重学。最难能可贵的是，皖南人口繁茂，却自古多山，道路难行，可耕作或发展经济的土地很少。偏偏这些徽州的商人，宁愿在外辛苦跋涉，挣得一席之地，也不愿留在家乡倾轧百姓，可谓仁商之典范了。

不过他虽心向往之，却一直没找到机会来这边游玩。此次机缘巧合，趁戚南还在睡，他和戚家父母打了个招呼，一个人出来逛逛。

那些名胜古迹今日多半也是闭门整扫，进不去的。顾清狄倒觉无妨，前日他见戚家挂着一些平安符，想着周边应有庙宇，若正好在山上，亦可一边爬山一边赏游，也算不辜负这秋日盛景了。

顾清狄脚程很快，没过多久便已经到了后山脚下。从山脚遥望，见半山腰立着一个亭子，还披着一层深深浅浅的绿荫，很是清雅。他十分好奇,几个箭步,便到了亭子阶前了。

他一路拾级而上,见这亭子虽不大,却比想象中更坚实气派。亭柱上还刻着对联,字迹颇有风骨。一个歇脚的亭子尚且如此,也无怪乎人人都说皖南处处皆景了。

这座山不算高,从亭子到山顶仅用了一刻钟的时间。走到山顶时,他的身体微微出汗,正是运动后最舒畅的时候,一抬头又见到了旭日下古朴明黄的真应寺。寺前有清风拨弄古槐,寺旁有清泉奏涌清韵,而真应寺则沉着幽静地安享这天地物化,岿然自得。

以往,顾清狄并不相信神灵,但当他拼命找寻戚南的时候,有无数个瞬间他真的祈祷满天神佛能来回应他的祈求。万幸,他最终找到了她,万幸,她还好好的。只是这一路走来,想起来终归是后怕,所以他想应该要进去看看,哪怕求个心安也好。

寺门虚掩着,里面没什么人,干净清幽。顾清狄先进大殿拜了拜,又在寺庙内院转了转。除了有两三间落了锁的屋子进不去,其他地方他都参观了一番。

他在寺里倒也见到了一个住持三两个小和尚,只是他们都自顾念经或清扫,并没有很热情地上前攀谈见礼。顾清狄也不反感,倒觉得有些可敬。想来这里的师父们已经习惯了自给自足,对他们而言,礼佛修心才是正经事,其他的都是身外之物了。

只是他终归有些好奇这里的运营之道,好奇他们究竟以何为生,于是叫住了一个看起来年纪尚幼的小和尚,和他交谈了几句。小和尚心思单纯,三言两语便说了个干净。

从言谈中顾清狄得知,原来这真应寺曾是戚家家庙,所以日常戚氏族人会供奉一些钱米粮油,政府也有少量拨款。后来来了个挂单修行的客人,见他们只靠救济,过得实在窘迫,便教他们在寺里的后院、后山种了一些茶树和花草,又给寺庙接了一些商业合作,他们的日子才好过起来。

小和尚还带他去看了寺里出产的作物和产品,顾清狄见礼盒包装很不俗,盆栽盆景更充满艺术风韵,心里对那位客人已有些佩服。得知那位此时还在寺中,便央求了小和尚引荐着去见他一面。

顾清狄是在后山的花圃里见到那位客人的。他看起来比自己想象的要年轻许多,头发理得很短,穿着素色的长衣长裤,正躬身修剪花木。他中等身材,气质也很温文,但身形挺拔,显然是经常锻炼的。

他转过身来时,顾清狄见他面容深邃,五官硬朗成熟,笑起来又添了几分儒雅,是个一瞧见便知心性坚毅果敢,却又可以亲近的人物。

顾清狄打量他,他也在观察顾清狄。真应寺庙小地偏,本地人来得多,外地人很少见。像顾清狄这样样貌出众的,这几年他还是头一次碰见。顾清狄不卑不亢,又龙章凤姿,与他相谈甚欢。只是他总觉得这个年轻人看起来有些眼熟,却想不起究竟在哪见过。

直到交换过姓名之后,他才恍然大悟。他从头到脚又将顾清狄端详了一番,暗自在心底感叹,戚南那傻姑娘心心念念的人,原来是这番模样啊!

也合该他是这番模样。他咂咂嘴,觉得戚南眼光不错,心里也有些满意。和戚南相处了那么久,他心底里早就把她当作妹妹了,看着戚南为了姓顾的痛苦挣扎,他也曾心疼气恼。既然顾清狄来了这里,他少不得也要替她找补一些回来。

能在这样一处僻地遇到知音,顾清狄既意外又惊喜,于是当这位新友提出要带他再逛逛时,顾清狄毫不犹豫便答应了。没承想他竟然直接带顾清狄去了一间落了锁的屋子,将门打开后也不进去,只推说让顾清狄一个人进去瞧瞧。

他这行为有些古怪,顾清狄有点迟疑,却也又有些好奇。能看出他眼里并无恶意,顾清狄想了想,还是推门踏进了这间屋子。

来都来了,看看就看看吧。

这屋子不大,和一般的禅房也没有什么不同,布置很简陋,看起来像是不常住人的样子。不过倒没什么难闻的气味,也是整扫过的,可堪一看。书架上有一些旧佛经,顾清狄只扫了一眼便移开了目光,直到翻到书桌上的书纸时,他才定住了脚步。

在一本旧书下,压着厚厚一沓手抄纸,纸上是一手整齐的簪花小楷,抄录了篇篇佛经。这字迹看起来有些眼熟,他便上手拿起来一页一页地翻看。越往后翻,他的神色越发凝肃,先是不可置信,随后又心神震动,不能言语。

"你看出来是谁写的了,是吗?"

一声沉缓的叹息从身后传来,不知何时,那人也进了房间。顾清狄低着头深深凝视着每篇佛经末尾处小小的几不可见的,"唯盼顾安"那几个字,心口像被巨石击中,花了很长时间,他才慢慢找回自己的声音。

"戚南,她,她是什么时候来这里的? 她在这里住了多久?"

"长住的话,算有两次吧,一次是三年前的夏天,还有一次是一年前。"

他从顾清狄身后走到了面前,定定地看着他。顾清狄一直没有抬头,他也不在意,只自顾着继续说。

"她是很傻的人,即使在最痛苦难受的时候,还在为你祈求。不是每一种感情都配称为爱的,爱到极致,无关占有,甚至连嫉妒也不会有。能拥有这样一份爱,你真的很幸运。"

顾清狄一动不动地任由他说着,过了很久,他才慢慢抬起了头,哑声且艰涩地问道。

"你为什么要告诉我这些?"

那个人本想嗤笑一番,却在见到顾清狄眼里的湿意后,放下了心里的不平。他深深地看了顾清狄一眼,便拂袖离开了。

临走前,他说:"别多想,我要下山了,我把她当妹妹,希望她能幸福。"

他走了之后,顾清狄独自在这狭窄的屋子里坐了许久。他看着窗外飘过的每一朵云,感受着拂经他的每一阵风,想象着那些沉默的时光里戚南和它们对视的样子。他不知道她是如何独自背负着沉重的爱意一步一步走到今天,走到他面前,但他知道,从此以后,她都不会再是一个人了。

顾清狄的眼里有泪光,却又带着笑。他很庆幸今天他叩开了这扇门,而她,或许比他想得更早些便叩开了他的心门。他重重地握拳贴近自己的胸口,那声声心跳如擂鼓,在不断地提醒着他,有些爱,今生他已无法放手,也绝无可能放手了。

第四十九章　顾清狄的转变

小时候的戚南，很喜欢睡懒觉。上学后，父母管束得严，渐渐便习惯了早睡早起。像这回一觉睡到大中午才来叫的，一年里也没几回。戚南知道，多半是父母心疼她的伤了。

戚南肩膀上的伤虽然不算严重，但也算是工伤，更是为了救人，所以台里体恤，放了她几天假。都说睡觉是最好的疗愈，戚南睡了个饱，醒来后觉得精神焕发，连肩膀上的疼痛也减轻了许多。只是没见到顾清狄，她有些疑惑，也有些不安。

戚南母亲一边帮她抹药穿衣，一边笑着同她聊。说是顾清狄一大早便出门，午饭前回来了，还带了很丰厚的礼物，此刻正坐在堂前和戚南父亲聊天呢。

戚南眨了眨眼，有点意外。虽然徽州很讲究礼数，但顾清狄这次并不算正式上门拜访，是不需要送礼的。他这么做了，戚南抿嘴笑了笑，心里有些高兴。

戚南母亲平日里不是个多话的，今天也异常高兴，还嗔怪了女儿两句，怪她不早和家里人说交了男朋友的事。说完又称赞顾清狄，还催促戚南快些洗漱，好早点去陪陪人家。

戚南也不慌张，笑眯眯地慢慢洗漱整理，她总感觉这次顾清狄来之后，好像对她更在意也更紧张了。以往都是她追着他跑比较多，这次让他等一等也好。

戚南到饭厅时，桌上已经摆完菜了，父亲正在和顾清狄笑谈，母亲正在摆筷。戚南陶醉地吸了一口食物的香气，想去厨房帮母亲布筷，却被顾清狄按着坐了下来，他自己挽起袖子，主动接过了那些碗筷，有条不紊地摆了起来。

戚南父亲见了，心里越发满意。从见顾清狄第一面开始，他就知道这是个做事有章法、心里有主见的孩子，只是这孩子样貌气度太过不凡,自家女儿再好,恐怕也不一定能握得住。直到见到顾清狄对他们恭敬有礼,席上又对戚南照顾颇多,才真正放下心来,由得他们小儿女自己交往去。

戚南父亲一高兴,不免拉着顾清狄多喝了几杯。戚南却是知道顾清狄自打生病后是不碰酒的,此时见他杯杯都应,难免有些担心,也想劝阻。

她偷偷拉了拉顾清狄的衣袖,却被他安抚性地握了握手。她见顾清狄面不改色,眼神清亮,确无任何不适,这才松了眉头,慢慢吃起菜来。

席间笑语不断,吃了许久,饭菜都见了底,这才撤了桌。戚南和顾清狄本想一同收拾,却被手脚麻利的戚家父母赶出了饭厅,笑着吩咐戚南去泡一壶好茶,和顾清狄一起在庭院里喝喝茶,消消食。

戚南脆声应了句好,笑着去泡茶了,顾清狄则坐在庭院中的竹椅上等她。

这院中春有竹,秋有桂,还有一方小池塘栽了半塘的莲花。虽莲花已谢,但院内清净且有情致,已丝毫看不出前几日被淹过的模样。顾清狄转头看了一眼厨房,见戚家父母正言笑晏晏一同干活。他便晓得这是一个夫妻和顺、知书达理又勤恳能干的人家,难怪能将戚南教养得这么好。

戚南泡了一壶毛峰,还撒了点母亲晒干的金桂,一端上来,顾清狄便闻见一阵清香。这茶甘甜清爽,又极解渴,顾清狄续了好几杯,还犹觉不够,回味良久。

顾清狄已经好久没有这么悠闲地坐在庭院里喝茶了,他侧身看着戚南,发觉她也是一样的享受和自在。金黄色的日光洒在她微微扬起的脸上,虽不施粉黛,却细腻精致,清辉玉润。乌发长掩,如雾如云,隐隐散着香气。

顾清狄似是有些看痴了,情不自禁地伸手,想去掬那捧秀发。快要触到她脸颊时,又忍不住只是拿指尖蹭了蹭,转而轻轻地握住了她的手。

戚南从放空中惊醒,顺势捏住了他的小拇指晃了晃,歪着头朝他眨了眨眼,眼里像是在问他怎么啦。

"戚南,对不起。"

顾清狄突然道歉,戚南有些疑惑地"嗯"了一声。但她没有追问,依旧耐心地等他开口。顾清狄移了下椅子,坐得离她更近些,这才缓缓开口说道。

"这些日子,我想了很多,尤其是之前吵架的事情。我发现作为恋人,我做的不如你,也不够好。"

顾清狄见戚南摇了摇头,皱着眉想要反驳的样子有些可爱,不由得放松一笑,顿了顿才继续往下说。

"在买房这件事上,不管你我的想法如何,我对你的尊重和支持都是不够的。你是独立完整的个体,不是我的附属品,我不该掺杂私人情绪,去阻拦你的决定。"

"宝贝,对不起,以后我会注意,也会改进的。"

顾清狄说这一句的时候,言语里不再带着笑了,而有一种珍重的承诺,带着让人安心的力量和决心。

戚南怔住了,她看着眼前这个她从学生时代就一直爱着不曾有一天遗忘的男人,眼里慢慢浮起泪雾。她朝他重重地点了点头,她知道,他一直在慢慢改变。诚然她一直选择为他付出,但他也从未停下向她奔来的脚步,不是吗?

"只是,你也要答应我,尽量不要再单独去做危险的事情了,好吗?"

顾清狄轻轻抹去了戚南眼角的泪珠,任由她将肩倚靠在自己身上。戚南轻轻"嗯"了一声,抱他的力道却更大了些。顾清狄心里叹了口气,苦笑一声。她大约也是害怕的吧?而对他来说,那种恐惧,他恐怕也没有力气再承受第二次了。

"清狄,陪我在这待几天吧,我想家,也想你了。"

戚南好似困倦了,在他怀里嘟嚷了几声。他又何尝不是?他想她,想得心都疼了。顾忌着戚家父母,顾清狄忍住了吻她的冲动,只避开了她的伤处,将她抱得更紧些。

接下来几天,顾清狄果然没有走,他陪着戚南一边养伤一边在县城的周边游逛。家里伙食好,顾清狄又照顾她无微不至,戚南几乎每一天都过得快乐似神仙,伤也好得飞快。临出发前,她肩背处只有微微疼痛了,连药油都不需要抹了。

顾清狄不愿戚南去挤高铁,便租了辆车,打算带她慢慢自驾回去。戚南父母见他做事妥帖,很是放心,只在临走前大包小包将后备箱塞了个满。那里面不仅有给戚南的吃食、用品,还有给顾清狄及顾家父母的礼物,就连文房四宝也备了两套,一套给顾清狄父亲,一套给他外公。

那份用心,顾清狄深受感动。越接触戚南的家人,越能感受到他们的善良和真挚。他们对他是无所求的,若说有也只有一样,盼他能对他们的女儿好一些罢了。

很多话,顾清狄现在不方便说,但很多情意,他已深记心底。再一次谢过了戚南父母后,他便带着戚南出发了。离开县城前,他陪着戚南去给她外婆扫了墓。墓碑照片中的老人慈眉浅笑,温和宽厚,让他想起了自己的外婆。

亲人的离去,不仅是一时的暴雨,更是余生的潮湿。但他们留下的爱,也成为记忆的蜜糖。其实他们从未真正远离,而是用另一种方式陪在我们身边。

"走吧。"顾清狄揽着戚南,二人相伴,慢慢走远。彼时深秋的风吹在身上,也不觉冰冷,只余下温暖。

第五十章　温存蜜爱

顾清狄载着戚南,一路走走停停,游玩采风一般。没有戚家父母在侧,顾清狄放松多了。只见他一副墨镜横于鼻梁,衬衣的扣子解到了第二颗,嘴里哼唱着民谣小调,整个人慵懒而潇洒。

他这样鲜衣怒马神采飞扬,好似大学时踏青出游,叫戚南见了又心动,又欢喜。

身侧佳人目光灼灼,顾清狄又岂会不心猿意马? 这些日子在戚家,他发乎情止乎礼,连戚南的手都没能多碰一下。若不是斯文克制惯了,戚南哪敢用这样的眼神瞅他。怕是他再忍下去,旁边的小女人都快忘了他是头狮子,不是她那团任由她搓扁揉圆的小盼球了!

顾清狄也不声张,只慢条斯理地将车停在了路边。戚南透出窗外看了看,见这路旁虽有些红枫惹眼,却远不到需下车特意一观的程度,顾清狄忽然停车,是怎么了吗?

戚南刚想转头,话没问出口便被顾清狄堵在了唇舌间。他解了安全带,整个身子倾了过来,将戚南拘在了怀里。他先是温柔地将她唇齿间的领地探寻了一番,随即越战越勇,几乎如暴风雨般要将她的肉体和精神尽数吞没。酣战到尾声,他还意犹未尽地舔了舔唇,扑在她颈间重重呼吸。她却泪眼婆娑、喘不上气,腰腿也软了一大截。

戚南小心翼翼地看了一眼身侧的顾清狄,他脸颊微红,额发簇乱,呈现出一种她从未见过的情欲中才有的妖异俊美,就像是神话里诱人犯罪的堕落天使。这样的顾清狄,让戚南理智上有些害怕,身体和情感却又极渴望靠近。

何况他还很贴心,戚南偷偷抿嘴笑了笑,她可没忘记刚才顾清狄亲她时,手一直都牢牢地托着她的头,不让她磕到碰到。这样的顾清狄,即便那最后一刻真正来临,她相信他也一定会对她很温柔很温柔的。

不过戚南可没大胆到跟顾清狄主动说这些。这种事,就让它顺其自然吧。两人各自平复整理好之后,车子便重新上路了。

离戚南上班还有几天的时间,顾清狄想着既然要买房,那宜早不宜晚,趁他还在国内,可以帮她参详着早点定了。有顾清狄的帮忙,事情进展得异常顺利,短短两天时间,便已敲定房源,只等戚南父母来看过后便可以下定了。

戚南和顾清狄商量过了,既然她对房子的诉求是交通便利、生活方便、能早些入住,那就不要苦等新房了。现在新楼盘要摇号,又都是遥遥无期的期房,要等很久不说,有限的预算也很难买到称心如意的房子,不如看看现成的二手房。

顾清狄先前投资房产时,认识了不少可靠的房产经纪,有一个还处成了哥们。知道顾清狄要帮人买房,忙不迭地便送上门来好几套。有一套两居室的次新房,小区就在 L 大边上,又便利又清净,戚南去了一次便瞧上了。

这房子是 L 大一位老师前几年买的，自住了没多久人便出国了，基本等同于新房。房子虽不大，但户型规整，卧室、客厅都朝阳，装修也简单清雅，最重要的是地段好。这是顾清狄那个哥们手里藏着的新单子，还没来得及挂牌出售，因他和顾清狄关系好，便想着带他们先来看看。

这房子可以说哪哪都好，除了要价不便宜，高出戚南的预算一截，首付的钱怕是不够。戚南有些犹豫，顾清狄想了想，暗中托哥们去和房主商议将首付降了下来，又去相熟的银行拿了个贷款的最低折扣，两相算下来竟还很划算。戚南带父母看过后，商议了一番，最终还是咬咬牙敲定了下来。

等到付完了定金，要付中介费的时候，戚南才知道顾清狄还托他哥们走了个私单，中介费省下来大几万。且这房子所在的小区，物业马上要升级归属到本地最有名的一家房产公司，政府也着手规划在小区周边再修一条地铁线。戚南此时买下，可以说是坐等房产升值，包赚不赔的买卖。

顾清狄为何坚定不移地劝她买下这间房子，其中种种，戚南现在才明白。而其中他做的努力，帮的忙，他都掩去了。他知道戚南不会愿意用他的钱，便用其他她能接受的方式帮她达成心愿。就连戚南父母也夸赞不断，说他实在是一个极有能力却又能将事情办得妥帖漂亮的人才，这个年纪便能有这样的心智，确实难得。

他们还说，一段感情，若不是真心付出，而是以物换物，那即便是天大的恩惠，也叫她学会拒绝。

父母的担忧，戚南何尝不知。但诚如顾清狄所说，他一直在努力学着尊重她。他的付出，他的克制，他的温柔呵护，一点一滴都被她放进眼里。顾清狄为了她，一直在学习让步，而她，也是时候开始主动向前了。

戚南垂着眼摸了摸锁骨，那里的红印还没消退，风一撩来，仿佛还带有那日他唇间扫过的痒意。戚南的脸慢慢红了，眼睫毛不断抖动着，心里做了决定。

柔情似水，佳期如梦，秋夜露浓思君甚，莫叫萧郎空枕衾呀。

第五十一章　一进一退(上)

　　这一觉,顾清狄睡得很畅快,除了偶尔感觉像是有人在他脸上挠痒痒。醒来后,他发现原来是自己的一簇头发遮住了眼睛,而戚南正双眼晶亮、一脸纠结地看着他,一只手还扬举着,看起来像在犹豫要不要帮他。

　　也不知道她看了自己多久,样子还这样傻气。顾清狄心头一软,一把将戚南揽了过来,在她可爱的鼻尖上轻轻咬了一口。

　　戚南没设防,被他偷袭成功,不由得"哎呦"一声。戚南斜睨双眼,狡黠的光芒忽得一闪,双手迅速挣脱反攻,在他身上开始挠起痒痒。挠了半晌他居然不为所动,惊奇着抬头去看,却见他眼眸深黑,眼底似又泛起了火热。戚南不由地瑟缩了一下,低眉顺眼不敢再乱动了。

　　她如今竟也这么调皮了,顾清狄心里怜爱更甚,欲念大动,只是想了想她终归是初次,别真伤到了才好。刚燃起的欲望被他硬生生地压了回去,顾清狄叹了一口气,只得搂紧了戚南,深吸了一口她颈间的香气。

　　戚南心里很满足,身上也懒洋洋的,躺在他怀里不想动弹。这样安稳和乐的日子,正是顾清狄所期盼的,于是他也未动,两人又静静抱在一起歇了会儿。

　　"宝贝,我马上就要回去了,今晚我想带你回家坐坐,你愿意吗?"

　　戚南闻言,闭着的眼睛瞬间睁开了。顾清狄也停了停抚着她长发的手,静静等她回答。

　　戚南心里是有些惊讶的,虽然顾清狄见过了她父母,但那只是意外的不得已,并非计划内的。她虽心悦他良久,也早已认定了他,但真正在一起的时间也不过才几个月。他,现在就愿意带自己见父母了吗?他,考虑好了吗?

自上次争吵后,戚南不愿意和顾清狄之间再有误会和猜疑,所以她想了想,还是把自己心里的疑惑说了出来。顾清狄见她犹豫了这么久,还以为她心中不愿,觉得节奏太快,没想到居然是因为他。

他舒了口气,把她抱得更紧了。

"傻宝,傻宝。"

顾清狄心里五味杂陈,嘴里却只喃喃念出这几个字。他很想告诉戚南,自从认清自己的心之后,他对她的爱就没有不认真过。他是年轻,和她谈恋爱也不久,婚姻对现在的他来说确实不是必选项。但如果婚姻能让她尽早合理合法地属于他,如果婚姻能避免她受到一切可能的伤害,那他也甘之如饴。

他有把握,也有信心,他对她的爱情会一直持续。他仔细地想过了,即便未来爱情有可能被生活磋磨而淡去,那也一定化为了其他更深重的感情。戚南对他而言,是爱人,是挚友,是灵感,也是救赎,是他独一无二的珍宝。

这些话,顾清狄现在仍羞于启齿,但他更想用行动替代言语。这日黄昏时分,天还未黑,他便手提礼物,牵着穿戴整齐、略微装扮的戚南,来到了自家庭院门口。

一楼的灯亮着,显见是有人的。顾清狄推了院门进去,却听见屋内似乎有争吵声,声音不大但有些激烈。顾清狄皱了皱眉,安抚着让戚南在院里等一会儿,他先进去看看。

戚南也不想第一次拜访就撞见他家人的隐私,她把顾清狄手里的礼物都接了过来,看着他进了家门。屋内的人都没想到顾清狄会在这个时候回来,一时间都惊讶地看着他,暂停了争吵。

顾清狄所料不错,除了他父母,果然外公也在。老头子看起来气得不轻,坐得离他母亲得有几丈远。他的母上大人难得抹起了眼泪,脸上挂满不忿。最叫他惊异的是,向来宠爱妻子的父亲竟也和外公站到了一起,紧皱着眉,面带不满地看着他母亲。

"这是,怎么了?"

顾清狄在门口站了站,然后面带微笑地朝几人走近。他先给自家父亲递了个眼色,却见他轻微地朝自己摇了摇头。

顾清狄的脸色瞬间收敛了,心中猜到了几分。果不其然,他的回归让母上大人葛女士的情绪更激动了，不仅劈头盖脸地训斥了他一顿，连带未露面的戚南也遭了殃。

不过这样一来，他也大概了解了情况。原来他突然回国，没回家而是去了危险的灾区，这件事本就让葛女士担心又不满了。加上林俏语添油加醋了几句，葛女士便知道自家儿子全副心肠都被那个沽名钓誉的电视台编导给勾走了，不仅冷落了青梅竹马，连父母的叮嘱和自身的安危都不管不顾了。

葛女士是个肚子里藏不住话的，被林俏语激了一回，见顾清狄又彻夜不归，便在家里发起火来。正巧葛老过来了，听见女儿言辞难听，言语间又涉及那个曾给他留下很好印象的小女娃戚南，不由分辩了几句。

葛女士自小被宠着长大的，见现在儿子不听话，老父亲居然也胳膊肘往外拐，又心痛又难过，一个激动更是说出了"只要我活着，除了小语，别的女孩都别想进我家门"这种话来。

此话一出，不仅把葛老给气到了，连自家丈夫顾教授也不赞同地开了口。顾教授虽然没有见过戚南，但他了解儿子，也了解葛老，相信他们的判断。以前儿子还小，老婆大人喜欢撮合，他也不在意任由她玩闹。现在儿子大了，总归要先听听儿子的想法，见见戚南本人，再来做决定。

顾教授的建议是非常中肯的，只是葛女士带了情绪，不想听也不愿听。顾清狄知道自家母上大人有时候心软又感情用事，很容易被人撺掇。这件事虽然不大，但一旦处理不好，以后受罪的就是一大家子人了。而让戚南还没进门就受委屈，是他最不愿意看到的。

顾清狄叹了口气，反省了一下，知道这些日子太忙，是自己疏忽了，没有照顾到家人的感受。他先是软了面孔，跟自家母上请了罪，安抚好了她的情绪。然后把外公也请了过来，一家人坐在一起，把事情的原委还有他和戚南的种种都说了个清楚。

葛女士被儿子哄了一通，心里的郁气消了一半。听他说起了戚南，虽竖着耳朵一直在听，对她的观感也没有先前那么差了，奈何心里先入为主，总还是觉得林俏语更好，于是依旧不甘心地驳斥了几句。

"秋然，早前我就想同你说，林家那女孩虽然嘴甜，但心思不单纯，每次来找你都是有目的的。你喜欢不要紧，但你不能强迫儿子，或者所有人都喜欢。你我都是自由恋爱，什么年代了，你居然搞起了父母之命这一套吗？"

顾教授这一番话，说得直接，语气也很严肃，是没打算给妻子留什么情面的。葛女士的脸一阵红一阵白，丈夫多少年来都没有跟她说过这么重的话了，这次显然是铁了心不赞同自己插手儿子感情的。

眼瞧着老父亲也接连点头不肯站在她这一头，儿子领的人又已经到了门口，她只能暂熄了心里的念头，听了丈夫的话，有些不情愿地将那女孩迎进了门。

顾清狄心里略松了口气，但还是给戚南打了预防针，说是他母亲今天心情不好，如果说了什么不当的话，叫她不要在意，一切有他。又说如果戚南今天不想进去，也可以换个日子，一切都看她的想法和意愿。

戚南虽然不清楚里面发生了什么，但她觉得既然他父母都知晓她在院里，现在悄然离去也是很没有礼貌的行为。不如进门简单拜访一下，即便他母亲真的说了什么难听的话，左右就当陌生人第一次见面，她也不会真的介意。

林俏语曾在她面前耀武扬威多次，戚南知道她大约是有人撑腰的，看来这个人大概就是顾清狄的母亲了。自古婆媳关系都是难题，既然决定了要和他在一起，早一点面对，努力去改善解决，才是正理。

戚南想通后，朝顾清狄安抚性地笑了笑，在他的指引下，第一次踏进了顾家的门。夕阳的最后一缕亮光没入了地平线，夜幕升起的暗影里，是走在她前头顾清狄步履坚实的高大背影。

戚南的心瞬间安定了。她想，千难万险，只要有他在，她就不怕。

第五十二章　一进一退(下)

　　所有人都没有想到,戚南的第一次拜访竟然会这么顺利,可以说是宾主尽欢。当原本神色勉强的葛女士见到落落大方的戚南时,第一反应是惊讶,随即很快放松了心情。她不仅拉着戚南聊了半天家常,还亲自下厨做了几个拿手小菜,风风火火地招呼戚南多坐会儿,叫她吃了饭再走。

　　这怎么能叫心情不好? 戚南狐疑地看了顾清狄一眼,却见他也很意外,无奈地朝她耸耸肩。因席间气氛实在很好,戚南只能按下心里的疑问,在顾家人的轮番劝说下,吃得肚皮浑圆,心满意足。

　　酒足饭饱之余,见天色有些黑,顾家父母担心戚南的安全,坚持让顾清狄送她回家。顾清狄前脚刚出门,顾教授便摸着满足而初显双层模样的敦实下巴,朝妻子走去。

　　妻子坐在沙发上,手里摊着一本相册,愣愣地在发怔。他不由自主地坐到了她身边,他实在很想知道,是什么造成了妻子前后的转变,这实在太突然了一些。

　　"老公,你还记得清狄本科毕业时,咱们一起去参加毕业典礼的事吗?"葛女士陷入了回忆,眼神也有些迷茫。

　　"当然记得,怎么了吗?"顾教授有点担心,轻声安慰着妻子。

　　"那天,清狄是主持人,有个优秀毕业生的颁奖环节,大屏幕上,我看他一直在朝一个女孩看。当时,我还和你打趣他,说那个女孩又漂亮又优秀,配得上咱儿子,说不定儿子就动了心。"

　　"现在你看,那个女孩是不是很像戚南?"

　　顺着妻子的手指,顾教授看到了那张毕业典礼的照片。满场子黑压压的人,他只看见台上的清狄,侧着脸专注地看着一个方向。而那个方向里,最出众的那个女孩子,虽年纪小一些,但面容清丽,削肩细腰,她那清亮坚定的眼神和戚南简直如出一辙。

　　什么像啊,那就是戚南那孩子吧。顾教授叹了口气,替妻子合上了相册,带她去休息。一路上,他还一直听到妻子不断念叨"缘分"这两个字。

　　顾清狄则一路护送戚南回了公寓,见她心情愉悦但面色困倦,知道今天她也累着了,便嘱咐她早点休息。刚见完家长,实在不好留他太久,戚南招呼他过来,踮脚亲了他一下,便送他出了家门。

　　可顾清狄并没有像戚南想的那般径直回家。从戚南家出来后,他便拨通了一个电话。这个号码他已经很久没有联系过了,拨通后,号码的主人接得很快,似乎很惊喜。没说两句,便欣喜地答应了顾清狄约她见面的请求。

　　J市是个夜生活并不丰富的城市,妆容靓丽、衣着光鲜的林俏语孤身一人走在安静的街道上,若是平日里她一定会格外小心。但今日不同,她内心充满狂喜,又滋生了许多隐秘的期盼,迷茫的夜色在她眼中不再象征着危险,而是蛊惑人心的未知和迷离。

　　林俏语知道顾清狄并不是一个很有耐心的人,所以没让他等太久。走到约定的咖啡馆门口,她迅速往里望了一眼,确定顾清狄在后,她才松了口气推门进去。

　　顾清狄已经很久没有和她见面了,尤其他和戚南公布恋情后,更是连她的消息都不怎么回了。想到这里,林俏语的脸上闪过了一丝怨毒,抬头触及顾清狄的目光后,又迅速换上了一张甜美无辜的面孔。

　　顾清狄眼力好,没有错过她这一番变脸,他面上虽不动声色,心里却还是沉了沉。他想不通这个从小玩到大的女孩怎么会变成现在这副模样,想想她对戚南和自己做的事,他突然觉得眼前的女孩很陌生,很遥远。

　　但他还是面色如常地招呼她落座。大约是此时店里的灯光太过柔和,顾清狄的面色看起来并不很冷,倒让林俏语产生了一种他很温柔的错觉。

　　林俏语贪婪地看着眼前的顾清狄,她已经很久没有这么近地看过他了。因年纪渐长,男人的强硬取代了少年的青涩,他看起来越发英挺了。杀伐果断和斯文绅士巧妙地结合在一起,浑然一体,展现出专属于他的独特气质,让她心醉,也更加渴望靠近。

这样绝顶出色的男人,明明是她先遇见的,怎么就不能属于她呢?林俏语心里很不甘,又因少年时的情谊而始终抱着一种幻想。为了这点可怜的幻想,她明里暗里做了很多事。终于,他肯主动来到她身边了,可是,为什么他要那么残忍,来亲手打破她的幻想呢?

林俏语不可置信地看着顾清狄,看着他嘴唇一张一合,不带任何感情地吐露出他知道的所有事情。她想,完了,她的心里一阵抽痛。但既然他都知道了,今夜又为什么要来见她呢?

"我今天找你,是想请你停止你的所作所为。林俏语,我们都不是孩子了,不要再这么幼稚。"

顾清狄似乎知道了她的所想,索性直截了当地告诉了她。后面一句,他是盯着她的眼睛说的。他说得很慢,语气中带着警告。

林俏语怒极反笑,原来他竟是来给戚南撑场子的,自己的满心期盼都成了笑话。可是,那个女人,她凭什么?

"清狄哥,我到底输在哪里?我不服,你为什么非她不可?"

林俏语的脸上写满倔强,整个身子都傲然挺直了,她的眼中有愤怒的火光,有不满的控诉,却也有藏得很深的绝望和悲苦。

看着这样的林俏语,顾清狄的心里生出了一丝怜意。到底是曾经的发小,他的本意只是不想她再纠缠,再做出任何为难戚南的举动,并不想真的让她太难堪。

"不是你输给了戚南,是我心里自始至终只真心喜欢过她一个人,哪里来的比较呢?我对你,只有朋友间的友谊。如果因为我曾经的举动,让你产生了错觉,那我可以向你道歉。"

说完这些,顾清狄顿了顿,还是决定最后劝一劝她。

"小语,你是个聪明人,别让执念把我们之间最后的感情也给毁了。"

他终于又像小时候那样叫她"小语"了,她应该要高兴,可是为什么这么想哭?看着顾清狄转身离开没有丝毫留恋的背影,林俏语知道,她对他的痴恋,只能走到这里了。

顾清狄走后,林俏语独自在咖啡厅坐了许久,她一直在想他今天说的话。执念,若说没有,谁信呢?可是她对他的感情,终究还是爱恋更多吧！被她一直跟在身后叫哥哥的那个飞扬少年，也曾点亮过她整个青春的梦啊。只是现在纠缠这些，已经没有意义了，他已经对她的感情做了审判。

就像他说的，她是个聪明人，那她也只能选择接受，也只能放手。

不知何时，脸上已满是冰凉的泪水，林俏语深吸了一口气，她把眼泪擦干，将目光投向了窗外。她发现自己好像已经很久没有仔细地看过 J 市的夜景了，原来它这么安静，这么美。月亮大如圆盘，依旧明亮皎洁，无数灿烂的夜星也在努力地发光发亮。就连路上的街灯，也一盏盏温暖如豆，照耀着这座城市，和每个孤单夜行的人。

人生，哪里又只有一处风景呢。世间万物，原本就各有各的美，不是吗？

戚南回去上班的第一天，在办公桌上看到了一张明信片。明信片没有邮戳，也没有署名，只写了短短几句话。戚南拿起来看了看，只见那字体张扬中带着娟秀，结合留言的内容，她很容易便猜到这是谁给她的了。

林俏语说，她为之前对她做的事感到抱歉，如果未来有机会，她会尽力弥补。她已经从省台卫视辞职了，去从事自己真正热爱的事业。她还说，她已经从顾清狄的世界彻底退出了，并真心祝福他们永远幸福。

戚南看着这段话出神了许久，直到杨柳的到来打断了她的沉思。见她一直默默无言，杨柳凑过来瞅了一眼。因一直对林俏语印象不佳，杨柳只嘀咕了一声"奇奇怪怪的，她这是在干吗"便不感兴趣地走开去忙了。

戚南叹了口气，她明白，林俏语是在释怀，是在大大方方地把顾清狄还给他，也是在把她自己还给自己。戚南把明信片翻过来，看见了绮丽的千年敦煌。她曾经去过一次那里，知道那里有多美，也知道那些有多艰苦。

不知怎的，她莫名相信，林俏语去到那里，一定会像敦煌那些坚韧顽强的白杨树一样，在那片土地上拼搏出独属于她的明净灿烂的一片天。

戚南把明信片小心地收了起来，她的心里涌起一丝暖流，也生出来一丝敬佩。往事已矣，未来的每一天，她知道，她和她都会越来越好。

第五十三章　新的征程（上）

秋去冬来，顾清狄要毕业了。

冬日的费城，气候远比 J 市来的恶劣，不是阴雨连绵，就是浓雾漫天，还夹杂着呼啸的狂风。整个城市笼罩在寒冷的低气压中，失去了往日欢庆的氛围，显得格外安静和寂寥。

不过这些都影响不了顾清狄的好心情，因为戚南和他父母马上就要来了。他能这么快又这么顺利地从沃顿商学院拿到博士学位，即便在顾家和葛家那样的书香人家，也是件值得骄傲和高兴的大事。所以，顾家父母早就商量好了，要去参加儿子的毕业典礼，知道戚南要去，更是高兴地提前买好了机票邀她同行。

本来葛老也是要去的，因染上了感冒，众人怕他长途旅行太过劳累，轮番劝说了他才肯作罢。临行前，他还拉着戚南的手，嘱咐她好好玩，多拍些照片，回来拿给他看。

有杨柳的支持，戚南成功在年前最忙的时候请了长假。她陪着顾清狄父母一起踏上了赴美的旅程，顾家父母全程对她都很关照，很好地缓解了她第一次出国的不安和诸多不适应。整个旅程非常顺利，见到接机的顾清狄时，戚南神采奕奕、容光焕发，惹得他多看了好几眼。

毕业典礼要过几天才举行，顾家夫妻先结伴去拜访美国的老友们了。顾清狄则乐得逍遥，带着戚南一门心思过起二人世界来。

戚南和他都喜欢历史，也喜欢自然风光，所以除了纽约和华盛顿必去的城市，他们没有选择继续在大都市逗留。他们逛了海滨小镇，在森林公园徒步，还去了几个特色的葡萄酒庄园。一路上走走停停，纵情欢愉，假期过得充实又自由。

顾清狄实在是一个很好的向导，和他出行，该考虑的他都想到了，让戚南无比省心。一直处在陌生的异国环境，戚南心理生理上都格外依赖他，反倒让顾清狄愈发怜爱。

一行人由顾清狄开车带队，逛遍了费城。虽说是冬季，却也没有一派萧瑟。街道旁依旧可见红黄相间的落叶，天空下着小雨，意式风格、希腊风格等各式各样的建筑挨在一起，构成了一座安静祥和却又古典优雅的城市。

丰富的历史遗产和自然风光让费城至今仍是全美接纳游客最多的城市之一，只不过冬季不是旅游旺季，戚南他们反而玩得更尽兴自在。

游玩的最后一站，当然是宾大，顾清狄的大本营。宾大风光优美，哥特式的校园建筑很有特色，雕塑和小景也都内涵幽默，是个学术气息浓郁又充满自由浪漫的校园。

众人一路欣赏，走走停停，快到靠近沃顿商学院时，见迎面走来众多西装革履、自信干练的年轻男女。他们精英范儿十足，却又彬彬有礼，很是符合戚南对这个号称商界领袖摇篮的学校的最初想象。

顾清狄今日也穿了正装，因等会还要套博士服，所以他穿了一身修身的黑色暗纹西装，颈间束了一个鸢尾蓝的领结，庄重却又不失活泼。这一身当然是葛女士给他搭的，顾清狄本想穿得更随意些，只是一想到戚南看到那套衣服眼睛闪亮的期待模样，只能摸了摸鼻子，任由母上大人再一次得逞。

出人意料的，宾大的博士生毕业典礼并不隆重，会场也不豪华，只可容纳千人，场内气氛亲和自由，无拘无束。每位博士生都由各自的导师颁授毕业证书，然后和校长握手或拥抱合影。整个流程比想象中更快捷简单，轻松愉快的氛围一直延续到了典礼完结后的告别晚宴。

这年的告别晚宴别出心裁地在费城艺术博物馆里举行，无数脱下了制服的男男女女，穿着最能代表个性的服装或礼服，在冬季的雨夜齐聚一堂，欢庆毕业，互诉离殇。

顾清狄仍穿着那身黑色西装，带着戚南——和他的朋友们招呼会面。从他的介绍中，戚南知道有几位世界闻名的商界人士也受邀来到了这里，而他们的即兴发言也让戚南印象深刻，感受良多。

其中有一位非常优秀的女性校友，也是目前世界头部互联网公司的联合创始人发言说，她很荣幸能够在宾大，在沃顿商学院度过自己的青春岁月。这里贴近现实，鼓励创新，开放而包容。过去，她曾无数次失败过，却最终站了起来，还走到了现在，这和她在这里接受的教育经历，遇到的人和事有着密不可分的关系。

最后，她还说，人生最可怕的并不是失败，而是不够勇敢。如果可以，请把每一次选择的权利都握在自己手里。只有相信自己，生命才能迸发出最强大的力量。女性，尤需如此。

戚南和身边的顾清狄一起，和场内无数的年轻人一样，为她震撼人心的发言而经久不息地鼓掌。这一刻，她很感激顾清狄带她来到了这里。这一切无关虚荣，也无关爱情。只因在这里，她看到了各式各样优秀的人，看到了生命中各种各样的选择。她知道了，有时候，重要的不只是选择的对错，更是选择本身。

随着晚宴的气氛越来越随意欢快，人们开始觥筹交错纵情欢乐时，顾清狄却带着戚南悄然退场，去了印象派艺术展厅。那里展示着凡·高的《向日葵》，为戚南一直以来所钟爱。

两人在画前相拥着站立了许久，虽不言语，但淡淡的温情笼罩着他们。偶有校友经过看见，却是了然地笑笑又默默走开，叹一句神仙眷侣。

雨下了一整夜，第二天清早便放晴了，是一个冬日里难得的好晴天。顾清狄拥着戚南，携着父母，在室友小哥 Neil 的不舍目光中，打包完行李，踏上了回国的旅程。

临上飞机前，顾清狄才告诉他们，他已经拒绝了导师还有美国几家公司的 offer，决心回国发展。而 J 市政策利好，他有心入局创业。

戚南当然知道，顾清狄做这样的选择，有一部分原因是为了她，但更重要的，他是在顺势而为。商业是关乎城市发展和时代进步的宏大命题，乘着 J 市的政策东风，她相信顾清狄能够凭着自己的所学给这个城市带来一些改变。同样，顾清狄的回归，也将重新定义她的生活。

戚南并不害怕,相反,她从来没有像现在这样期待过未来。有句古话说得很好,虽有智慧,不如乘势,虽有镃基,不如待时。未来,不管是好的还是坏的,只要是他的选择,她都会和他共同承担。

她知道,他亦然。

第五十四章　新的征程(下)

时间依旧坚守着它匀速向前的脚步,改变却在不知不觉中一点一滴地发生。

五年前的 J 市,商业要与国际化标准接轨的论调仍如火如荼,五年后的现在,随着几个特色鲜明的购物中心项目的落地及开业,人们开始意识到商业本土化、个性化的重要性。仅仅大半年时间,顾清狄的手笔便渗透了这个城市几个重要的区域,J 市的商业面貌开始有了新的变化,人们的购物观念和购物体验也得到了新的升级。可以说,在顾清狄的推动下,J 市的商业真正开始引领人们的生活。

几个项目并行开发,顾清狄当然是很忙的。他陪戚南的时间比在美国的时候还要少。也只有到了周末或者节假日,两个人才有空待在一起,或居家或出游,享受正常情侣的温存时光。

相处的时间越来越少,等待的时间越来越多,可以预见这就是未来很长一段时间里戚南的爱情生活。选择顾清狄做男朋友,从来都是需要勇气的,戚南心里很清楚这一点,所以在顾清狄忙碌的时候,她也没有停下自己的脚步,而是一边思考,一边努力向前。

半年前,戚南撰写的讲述皖县洪灾的深度报道已经在国内一家知名的新闻刊物上发表了。报道一出,便引起了业内广泛关注。这篇报道篇幅虽然不长,但内容翔实,陈述灾情客观平实,在人物案例的叙述上细节丰富却又饱含情感。最难得的是,通过对水利专家们的采访,客观地提出了在皖县洪灾问题的预防及治理上一直被忽视的难点和要点。

因此，业内评价都说这篇报道全文简练，并不煽情，却以事实本身的力量打动读者，激浊扬清，发人深省。

这篇报道写得很好，在社会上也造成了一定的影响，甚至上了微博热搜。省台新闻部知道是戚南写的后，还给她颁了一个奖。省台的本意是好的，只可惜命运变幻，事与愿违，而这个奖也成为戚南离职的导火索。

戚南最初的想法，只是想离开综艺去新闻。随着《玫瑰人生》这档节目运营得日渐成熟，她的这个想法便愈发热烈。

综艺和新闻不同，呼声越高，干扰因素也越多。在综艺，戚南也许能干得不错，但绝不可能真正做自己。而且比起引人发笑，比起虚幻的点击率，她更想做到的是让人们静下心来，听一听世界不同角落里传来的声音。

最伟大的事业和最宝贵的财富，往往是那些眼睛看不见，心里却能找到的东西。做一个真正的新闻人，是戚南的梦想。所以她将这次获奖看成了一次契机，向沈昀提出了转岗的请求。

或许是她提出的时机不好，又或许中间有些别的什么原因，沈昀不过两天便回复了她结果。说是新闻频道那边已经满编，暂时没有空缺，倒是因为杨柳休产假，综艺这边的工作需要她和陈佳一起多多承担，叫她过年再看。

这个结果，戚南倒也不意外。只不过她终究还是有些失望，只是当失望积累太多时，离职的决定倒没有以前那么难了。

现在的戚南，只剩下最后一个需要考虑的问题。这日下了班，她买了水果和一些婴童用品，带着一束花去到了杨柳家。

刚生产完的杨柳，身材比以前圆润了一些，光洁素净的脸上有了一些斑。但她好似根本不在意这些，只一个劲地招呼戚南看她的宝贝闺女。她整个人都洋溢着初为母亲的幸福，神态相比于之前在台里，放松了许多。

杨柳的状态看起来很好，戚南心里的忐忑也少了一些，只是她要辞职这件事对杨柳来说，终归像是一种背弃，所以戚南不知道该怎么开口。她的一脸愁容早就被杨柳看了出来，哄女儿睡觉后，杨柳把她拉到了身前，关切地问起她来。

"姐，我很感激入职以来你给我的帮助和引领，只是我志不在此，没有办法再待在综艺了。我辜负了你，姐，对不起。"

戚南很少在旁人面前吐露心声，这两年她也就和小雀、杨柳玩得最好，只是有些话，越是对着亲近的人，越说不出口。戚南说到后面，言语有些哽咽，她赶忙低头，眼圈却红了。

杨柳沉默了好一会儿，却忽地抚掌朗声笑了起来。她将戚南的手拉过来握在身前，神采奕奕地对她说道。

"咱姐俩真是心有灵犀，不怕你笑，综艺我也是待够了。有陈佳在，我怎么也上不去，做多少都是为别人作嫁衣裳。索性我和你一起出去，咱们组个工作室，你做新闻我做综艺，以我俩的能力，不说挣多少大钱，我就不信混不出头！"

杨柳是个行动派，没出月子便把各项事情都落实了。公司注册好了，连工作室都装修好了。戚南去看了一次，还挺满意的。现如今万事俱备，就等戚南的离职手续批下来了。

戚南去省台做离职交接的最后一天，天气和她参加终面那天一样好。带领她办理离职的 HR 早已不是当年领她入职的小姐姐了，两年多的时间一晃而过，不管身边的人事如何变迁，省台依旧像她第一次见到那般雄伟巍峨，充满气势。无数男男女女穿梭其中，不乏青春洋溢的稚嫩面孔。虽然脸上流露着压力、焦虑，眼中却也充满了希望，和当年的她一般无二。

离职手续办得很快很顺利，当戚南将陪伴了自己两年多的工牌交到 HR 手里的时候，她的心里忽然空了一块，却也莫名轻松了许多。她没有着急走，而是再次来到了省台一楼常和杨柳去的那家咖啡厅，照旧给自己点了一杯热茶。

茶气蒸腾，氤氲了她的双眼。她想，如果杨柳在这里，一定会笑着打趣她顽固不化，这么久了还是不习惯喝咖啡只爱喝茶，不像一个合格的职场女战士。以往的她，可能只会一笑而过，但今日，她觉得内心有个勇敢的声音一直在嗡嗡作响，支持她把心里真正的想法大胆说出来。

戚南确实也这么做了，只不过听众只有伍思奕一人。他是追着戚南找过来的，他既震惊于戚南的离职，又被她吐露内心想法的一番话所震撼。他印象中的戚南，性格内敛，做事靠谱，却远不像今日这般大胆坚持、自信耀眼。

一番长谈下来，戚南对他也有了一些改观，她没想到伍思奕竟然和她一样，早就有了离职的想法。而在听了她和杨柳的规划之后，他竟然很感兴趣，并且明确表示了想要加入的意图。

在综艺共事过一段时间，戚南对伍思奕并无恶感，但对他也并不了解，所以她想了想，还是决定先回去和杨柳商量商量。

论起资历，伍思奕算是杨柳的前辈了，他这个年纪，拖家带口的，能做这样的决定很不容易。一说起他来，杨柳唏嘘得很，从她入职以来，她是眼瞧着伍思奕一步步被边缘化的。工作受不到重用，想法得不到肯定，偏偏又生了一副不争不抢的宽厚性格，在台里蹉跎了十几年，到头来混得连她都不如。

不过对于伍思奕的才华和能力，杨柳还是相当肯定的。她们这个小团队里，正好缺一个坐镇后方的稳妥人，伍思奕的踏实周全和她们的敢想敢拼正好形成了互补。在初创时期，若能有他的加入和支持，凡事能得到他的帮助，那是锦上添花的大好事。

杨柳都这么说了，戚南自然毫无疑义，而杨柳的眼光很独到，伍思奕加入不过才几天，工作室的日常运营已经井井有条了。各项规范制度他都梳理了出来，预算和人员也都安排好了，在业务端也和杨柳配合得天衣无缝。

戚南认识他这么久，第一次发现原来他居然是全能型人才，而他现在神采奕奕、干劲十足的模样，叫戚南看了既有些辛酸，却也感慨钦佩。

原来老鸟发起威来，是可以比菜鸟飞得更高看得更远的。戚南忽然有些后怕，却也有些欣喜自己早他很多年做了这个决定。

但，更值得欣慰的是，他们还有大把的时间去验证新的选择，去经历新的人生。他们都是新征程的远行者，纵使前途艰险充满未知，所幸一直有人同行。他们并不孤单。

第五十五章　暖房新聚

　　工作室正式开张的前一晚,也是戚南搬家后的第一晚,杨柳做东组了个局,既是贺她乔迁之喜,也是庆祝工作室开张。因一行七八个都是老熟人,便把聚餐地点定在了戚南新家,也算给她暖房。

　　戚南家客厅不大,一套沙发加一张长餐桌便把空间占得满满当当。杨柳一家人加上伍思奕便占去了半边餐桌,还有半张坐了顾清狄、戚南以及小雀。刚要开餐时,临时又来了个颜朔,于是众人乒乒乓乓地挪了一通,又在边角上给他挤出个座位。

　　戚南的新家从来没有来过这么多人,七嘴八舌的虽然热闹,却也叫她看着心慌,生怕招待不周。这时候,有顾清狄做男友的好处就显露出来了。虽然社交达人的桂冠早已让贤,但他应付这种小场面自然不在话下。因来的都是戚南的好友,他还特意提早下班,帮戚南布置安排。

　　顾清狄一来,戚南如同吃了定心丸,杨柳也乐得清闲躲一旁哄娃去了,留他们两个张罗折腾。这屋子里的摆设和装修大多是顾清狄选的,一派华贵优雅的"顾式风格",加上顾清狄穿梭其间那倾倒众人的不俗风姿,让戚南在忙碌间偶然抬头,恍惚间还以为自己在某个高端宴会厅,细想来还有些啼笑皆非。

　　小雀上班的报社远,到得比较晚。戚南又太忙,已经有些日子没见她了,小雀亦然,所以见了面两人都欢天喜地的,抱在一块不撒手,还"连体婴"似的同进同出。晚餐时分,颜朔的到来让小雀的神色多了些不自然,饭后戚南追问了两句,她才有些羞赧地说出了实情。

　　"他,他有毛病,他居然跟我告白了!"小雀回想起那一幕脸还是突然涨红了,在最要好的闺蜜面前开始纠结,"南南你说我比他大好几岁,我俩又不熟,他怎么会喜欢我啊! 他是不是在跟我开玩笑戏弄我啊!"

戚南一看到她那副脸红的样子,便知道小雀已经栽了。这小妮子还没意识到,她话里话外全在说自己和颜朔不配,却只字未提喜不喜欢,想来就是因为太喜欢了,心里不安,才找理由、找借口呢。

戚南虽只是第一次见颜朔,却从他的言谈举止中发现这是一个看着年轻、心里却有主见的聪明人。他长得又高挑俊秀,是小雀喜欢的那一款。

就是不知道,他对小雀到底有几分真心?

看来,还是得先问问顾清狄再做打算,戚南暗自在心里打定主意。瞧着天色渐晚,大家都有些坐不住,戚南哄了小雀几句让她先多观察几天别急着回复颜朔,然后和顾清狄一起,礼貌又客气地将她和其他客人一一送出了门。

现下,关起门来只剩自己人了。戚南本想和顾清狄聊聊颜朔,但她见顾清狄面有倦色,便先去给他倒了杯水,然后熟练地坐到他身旁给他揉了揉肩。戚南的力道掌握得很好,顾清狄舒服地舒了口气,整个人都放松了许多。他索性躺在了她腿上,一边撸着小盼球,一边享受她的爱抚。

顾清狄慵懒地抱着戚南的腰,鼻尖满是她身上的气息,让他陶醉,也让他安心。戚南的手在他的发间来回摩挲着,舒适地叫他几欲昏睡。

忙碌了一天,这样的相处再温馨不过。随着同居的时间越来越久,这样两相依偎的场景,让两人越来越习惯,也越发依恋。

顾清狄的精神恢复得很快,不一会儿他便开始小声哼起歌来,指尖也在戚南腰腹间游走作乱,惹得戚南又痒又笑,挣扎着想要逃离。顾清狄哪里容得她离开,又把她抱回来按在了沙发上,好好亲了一番。

玩闹了一通,两人的气息都有些不匀,衣服头发也都乱了。戚南见顾清狄的眼里又燃起了熟悉的火苗,赶忙在他行动之前,坐起了身,说起小雀和颜朔的事来。

"清狄,你说颜朔对小雀是认真的吗?他看起来年纪挺小的,他们如果要在一起,会不会不太合适?"

小雀人生中仅有的一段恋情也是以失败或者说惨败告终,小雀那个性,又是个不太会为自己打算的。所以戚南一想到小雀的感情问题,不免头疼,忧心忡忡。

顾清狄看她撑着下巴皱眉操心的样子,觉得十分可爱,又有些吃醋。这些日子以来,他和戚南都很忙,相处的时间也越发宝贵。他私心里很不愿戚南分任何一丝注意力给别人,哪怕这个人是小雀。

只是这些话他也只能在肚子里念叨,绝不可能对戚南说。因而他坐直了身子,想了想,还是对着她沉声说道。

"颜朔那小子虽然年纪小些,但也算我发小里沉稳靠谱的了。那样的家庭出来,他是不可能允许自己在感情里犯他爸一样的错的。他既然和小雀告白了,就必定是认真的,也是想好了的。"

顾清狄挑拣着把颜朔家的糟心事和他的兼职、求学经历对戚南说了,戚南是在和睦家庭里长大的,虽不能感同身受他的遭遇,却对他的心志有些敬佩,对他的品性也高看了几分。

"宝贝,别担心了,小雀也不是个傻的,个人感情都要靠自己悟的。你与其操心她,不如心疼心疼我,你看我们多久没出去约会了?"

顾清狄见戚南还是愁眉不展,对小雀的事思来想去,醋劲一下子又上来了,把她抱过来又是亲又是揉的,总算逗得她又笑出了声,还答应过两天陪自己一起去看话剧。

罢了,只要小雀喜欢就成,戚南在心里叹了口气。她想起小雀提起颜朔时截然不同的眼神,还有掩饰不住的热情,连脚步都变得比平时更轻快有力。她知道,那样的快乐,不是友情可以给予或填补的,而她比任何人都希望小雀能如愿,能收获爱情的甜蜜。

大抵一个人自己过得幸福,便希望她身边的人也获得幸福吧!戚南看着身侧沉睡的顾清狄,心里软得一塌糊涂。她把身子朝他靠了过去,闻着他温暖的体息,进入了香甜梦乡。

那厢小雀听取了戚南的建议,开始放心大胆地和颜朔约会,感情进展一日千里。这头顾清狄载着戚南,拿着两张新鲜出炉的话剧票,一路平稳开进了 L 大老校园。

距离上次和顾清狄同游 L 大,时间不知不觉已过去一年了。一年前,那个她永远不会忘却的夏夜,当她将唯一真心托付给顾清狄时,她何曾想到后来发生了那么多事,也同样没有料到两人之间的感情会进展得那么顺利。携手同行的一年里，风雨考验过，时间沉淀过，但顾清狄却如他当初所承诺的那般，给了她最温暖的陪伴，和最真挚的感情。

她选对了，也赌赢了！

戚南的心里泛起一阵甜蜜，她微微转头，看向身侧开车的顾清狄，落日的霞光在他脸颊上映出一抹亮色，衬得他整张脸玉质英挺，很是好看。他看向前方的神情是那么专注，和自己说话的语气却又沉稳温柔，叫她的心在晚风中醉得一塌糊涂。

大约戚南看他的时间有些久，顾清狄察觉到了。他倒没说什么，只将车在大礼堂前慢慢停稳，然后俯身摸了摸戚南的长发。他还将她身前束着的安全带解了下来，让她去先去里头等，他自己去找地方停车。

J市夏日的温度向来是可怖的，戚南一下车，便被汹涌的热浪和人流包围了。三两结伴来看话剧的学生们不断与她擦肩而过，青春的面容和稚气的热情扑面而来，让戚南也开始兴奋起来。

她抬头看向礼堂门前立着的巨幅海报，上面写着《红楼新演 大梦新生》这几个字。一时间，她有些恍惚。同样的地点，同样的剧目，一切好像都回到了从前。她不知怎的，心里有些慌，也有些害怕，连脚步也停滞了。

就在这时，一只温暖有力的手搭上了她的肩膀，带着她一步一步往前走。戚南从愣神中抬头，是顾清狄低眉含笑的俊朗面容。

他的眼里有十足的笑意，也嵌满了期待，他说，"好戏快开场了，我们一起进去看看。"

第五十六章　求　婚

和外头蒸笼似的天气相比，大礼堂里清凉得像仙人洞府，一跨进去，戚南就被冻得打了个喷嚏。

　　顾清狄一边莞尔，一边将身上的外套脱下来给她披上。戚南见他贴身穿着的白衬衫并不算单薄，便也没拒绝，乖乖裹紧了残留他体温和气息的外套，一路由他揽着到了座位。

　　顾清狄买的票位置很好，座位相当靠前，视野相比几年前杨柳送的那场也不遑多让。话剧还有一会儿才开场，场内莺声燕语，观众是年轻女孩儿们居多。这一幕与戚南记忆中的某些画面再次重叠，她偷偷瞟了顾清狄一眼，侧了侧头掩口偷笑。

　　场内氛围太过热烈，加上被周遭好几个女孩儿盯着指指点点，顾清狄略感不自在，便想着出去买瓶水，透透气。戚南也不点破，只在心里悄悄感叹顾男神应对莺莺燕燕的能力相比大学时期确实退化了许多，然后装作懵懂不知般笑眯眯地目送他快步走出了大礼堂。

　　身边的座位陆续被填满，依旧以女性阵营为主，男观众寥寥无几。戚南好奇地询问了一下邻座的萌妹子，果然得知本期红楼的御用男主也是现在 J 大的风云人物。据说是个超级学霸，在 J 大那是赫赫有名，簇拥无数，身边的萌妹子也是其中一员，且自证粉籍多年。

　　这萌妹子甚至双眼晶亮地拿出了写了男主名字的应援灯牌，还有设计精美的周边，想要分给戚南。戚南惊得一哆嗦，连忙婉拒。开玩笑，她要是敢拿明天还出得了门吗？

　　不过，现在的小师妹们追起星来真专业啊！戚南脸上冒出了冷汗，为多年前的自己感到无地自容。她愧疚地看了一眼刚刚落座的顾男神，然后在他快要发现之前赶忙心虚地移开了目光，还装作若无其事地咳了两声。

　　顾清狄出去了一遭，也从旁人的交谈中把情况了解了个大概。他暗怪自己失策，更为现在 L 大的戏剧水准及操守感到痛心疾首。好好的戏剧，要什么流量小鲜肉，没得把戏都带坏了。一味博人眼球，简直乱七八糟。

　　现在的后辈们啊，真的是不堪一教啊。顾清狄懒懒地靠在座椅上，略带不屑且叹息地摇了摇头。

　　见他的表情，戚南大概也能猜到顾清狄的心语，她花了好大力气克制自己没有当场笑得肚痛。顾男神是对自己有什么误解吗？难道他一直以为几年前坐在这满满当当的人都是冲他的演技来的吗？想到这里，戚南不禁对杨柳更加钦佩，她当年怎么能给顾清狄洗脑洗成这样啊……

等戏开了场，顾清狄更坚定自己的看法了，看吧，这小鲜肉的演技的确很一般嘛。戚南也觉察出来了，这一期红楼的男主无论从形象气质，还是演技水平都跟当年的顾清狄差了不止一星半点。她有些担心地瞅了一眼身侧正襟危坐的小萌妹，不出所料地发觉她也开始紧锁眉头了，连手里的应援灯牌都放下了。

小萌妹甚至在演员谢幕时非常郑重地用目光巡视对比了一下台上台下，然后可爱又鬼祟地凑到了戚南耳边说了一句："小姐姐，我发现还是你男朋友比较帅嗷！如果是他演绝对更让人上头！男神对不起，我移情别恋了呜呜呜！"

戚南深有同感，又不能在顾清狄面前表现得太明显，于是她只好用眼神好好地安慰了萌妹子一番。大概本场的女粉丝们都抱着和萌妹子一样的观感，看完剧后多少带了一些失望，所以散场的时候都走得飞快。不一会儿，场子里就空空荡荡了。

顾清狄刚接了个电话，出去了一会到现在还没回，戚南独自一人坐在座位上等他。她看着舞台上的布景，远比几年前更精致华美，但刚才看剧时，她频频出神。其实客观来说，这场戏虽不够完美但也有出彩之处，她之所以走神，根本原因并不在于戏，而在于她自己。

她总是不受控制地想起多年前的场景，想起年轻的顾清狄在台上痴嗔笑怒，而年轻的她在台下仰望跟随。她看他的次数太多了，而不知从什么时候起，他也变成了她心里的一束光，刺痛过她，却也照亮了她。

突然间，吧嗒一声，场内的灯光尽数熄灭，突如其来的黑暗打断了戚南的回忆。戚南高声询问了两声，没有人回应。

大约是孩子们的恶作剧？又或是以为场内没有观众了吧？戚南有些不安地站起身，她将顾清狄的西装扯下来抱在了胸前，然后拿起手包，在黑暗中艰难摸索起早已被静音安放好的手机来。

谁知手包的拉链被不知什么东西卡住了，戚南拉了好久都没能将手机成功拽出来。她心里开始着急，此时场内寂静无声，一股冷气不知从何处袭来,戚南害怕得打了个哆嗦。

就在戚南犹豫要不要再次呼喊时,一束亮光从舞台上方射了下来。随着那束光,戚南看到了站在舞台中央穿着白色衬衫浅色牛仔裤的顾清狄,他昂扬站立,姿态闲适而洒脱,眼中却充满了温暖笑意。

戚南的心头巨震,记忆的阀门再次被撞开,她猛地想起她见到顾清狄的第一眼,他也是一模一样的装束。一样的白衬衫,一样的身姿,一样的眼神。

唯独不同的是,当年在拥挤的人潮中,是她莽莽撞撞地走到了他面前。而现在,他却带着那束光,步履从容而坚定地,只朝她一个人走来。

那束光随着顾清狄一同停留在了戚南身前,场里的灯光不知什么时候亮了起来,一首《月光》轻柔地从远处传来。顾清狄拉过戚南的手,将一枚戒指放在了她的手心里,随后虔诚一吻,单膝跪在了她面前。

"戚南,我们终于走到了这一刻,你不知道我有多高兴,接下来,请你看着我,好吗?"

顾清狄的声音因激动带上了一丝颤抖,但他的目光坚定而诚挚,戚南傻傻地看着他的面容,从未有一刻将眼神移开过。

"戚南,我知道在你心里,你始终将我当作你仰望的那束光。但你不知道,你才是我心里的光。无论我成功或是失败,是得意还是失意,你的爱从未有一刻远离。哪怕我曾经行差踏错,哪怕我跌落谷底,你都一样给我包容,温暖我,治愈我。"

"戚南,谢谢你,让我相信这个世界上除了亲人外,还有人会一直爱我。谢谢你,让我觉得爱情如此美好,这个世界也依旧美好,而每天有你的日子都格外值得期待。"

"戚南,往后余生,愿我们一直是彼此不灭的光,愿我们爬不同的山、渡不同的河,却依旧行至同一条路上。戚南,宝贝,我爱你,嫁给我,好吗?"

戚南早已说不出话,她疯狂地点头,笑着扑进了顾清狄的怀里,顾清狄欢呼了一声,激动地抱起她转圈。巨大的欢乐与眩晕中,眼泪流下的瞬间,戚南仿佛看到剧场的另一边,20岁的自己正站在台下,透过长长的镜头望向台上的顾清狄。她的神情似有不安,有困惑,有自卑,还有担忧。

　　戚南有些心疼,她很想对她说些什么。但当她的目光和 20 岁的她相融时,她看清了她的眼底,是满心的爱恋,更是满腔的孤勇。她忽地释怀了,只含笑挥挥手祝她如愿。

　　昨日,已成过去;未来,近在眼前。初见时,他们正青春;相爱时,他们还年轻。

　　一切都刚刚好。

番外

微博里那些自说自话（一）

顾清狄，你好吗？昨夜再一次梦见你，醒来的时候已经天光大亮，又到该去上课的点了。你不知道，这一门课的教授特别严厉，迟到一次就扣考勤分，期末还要算总账。总之，今天也是不能迟到的。

匆匆忙忙出门，饭也还没吃，脑子里还是你。距离上次梦见你已经过了好几个月了，还以为不会再梦见你，谁知你又再来扰我一次。都说梦见那个人的次数越少，意味着那个人正在慢慢将筑梦的人遗忘。想来，你应该也是如此吧？

也不知道你在美国过得好不好，学业顺不顺利，想来应该是顺利的。只是你近来不怎么发朋友圈，翻来覆去也就你刚去时那几条，我都看腻啦，你什么时候更新呐？

对不起啦，我不是有意要窥屏的，也不是故意要梦见你，我只是忍不住地很想你。研究生的空闲时间更多，一坐下来我总能想起以前那些相处的点滴。现在见不到面，微信里你也再没有和我说过一句话，我仅有的，也只有这些回忆了。

你千万莫笑话，也不用怜悯我。我后来想了无数次，从你的角度，你是没有什么大错的。你从来没有给过我承诺，也没有对我行为逾矩，是我自己道行浅，经不起撩拨，却还要怪你担不起责，想想也是好笑。哎，看在我伤心了好多场的份上，你也原谅则个吧！

其实昨夜梦里，我并没有看清你的脸，只从你的背影和侧脸便莫名认定那个人是你。不过我这次很克制了哦，没有像上一次一样冲上去，只远远地看着你，是不是有点进步啦？

顾清狄，你再给我一点时间吧，我肯定能够彻底忘掉你的。不过就是一点点交集，哪里就那么惊心动魄、矢志不渝啦，是吧？也许因为我是女生天生比较感性？哎，你肯定忘得比我快多了，男孩子就是狠心。

我也不要求很多,起码你总得承认自己有一点点薄情吧？就那么走啦,连句分别的话都没说。就算是普通朋友,告个别也不为过吧？

说这些有什么用呢,絮絮叨叨,我自己都嫌烦啦。先不说啦,没意思。

拜拜,顾清狄。上天保佑再也不用梦到你,害我一整天都不对劲。

拜拜,顾清狄,祝好。

微博里那些自说自话(二)

顾清狄,很久没有听说关于你的消息,而今收获的第一个讯息,竟是你交了新女友。那一刻,我原以为我会痛彻心扉,现在我知道了,真正的痛并不会在第一刻来临,而是一点一滴慢慢生出来,慢慢将我包裹,慢慢将我溺毙。

这个晚上,我的记忆都是空白的。我只记得在我们一起上过课的老教室里,我对着一个陌生的新闻名词看了整整一个晚上。回来的路上,我走在我们一起走过的道路上,看着两侧依旧青翠的梧桐,心想,梧桐无心能立;而我,没有了心,还能活到下一个季节吗？

顾清狄,你怎么可以这么狠心？你把我变得懦弱,又将我彻底遗弃。你莫不是以为,我的心和你一样,都是石头做的吗？可即便是石头做的心,也曾因为你开过花,你真的就一点留恋都没有吗？真的,就一点点都没有吗？

我翻了很久你的朋友圈,也等了很久,我一直在等你官宣。等着等着,我又觉得自己很傻很悲,等到了又能怎么样,心都没了,还能再死一次吗？

顾清狄,我决定,要把你的微信删了。这个决定我想了很久,到今天终于下定了决心,或者我应该要感激你给的新动力。自你离开之后,我盼了很久你的消息能够响起,我知道那是奢望,却还存着一丝希望。后来,我将你的微信取消了置顶,又用一堆消息将你埋在最底下,呵,掩耳盗铃。再后来,我将你的朋友圈也屏蔽了,刻意不再去看。现在,我终于又多了一个理由再进一步,可以将你的微信彻底移除,抛弃。

顾清狄,你看,现在是我抛弃你哦,我是不是很勇敢?

顾清狄,喜欢你,真的太累了。你不知道,留在这个校园里,不知何时就会被残留心底的可怜记忆侵袭,我真的已经有些无法呼吸。我又要再一次逃离了,你知道了,一定会笑我吧?勇敢不过一秒而已。

明明夏天来了啊,顾清狄,为什么我还是这么难过呢?我真的有点坚持不下去了啊,清狄。

婚礼(上)

古人将婚礼称为"昏礼",意味着在黄昏时分举行典礼,届时宾客同聚,见证一对新人结两姓之好。戚南本以为顾清狄将他们的婚礼定在晚间,多半也是循了这个旧俗。但后来当她在繁星与圆月交辉之际,见到了候她良久的顾清狄时,她忽地读懂了他的浪漫。

但愿人长久,千里共婵娟。不复遥相望,共作此间星。

顾清狄将他的情意藏在了婚礼的很多细节里,有一些戚南直到婚宴结束后很久才慢慢品味出来。这场婚礼并不奢华,但它精致而优雅,自由而舒适。秋的韵味,爱情的温馨和浪漫,都在这场婚礼中缓缓散溢,一切都美得刚刚好。

顾清狄选择在十月的户外,一个秋意正浓郁的日子,举办他和戚南的婚礼。从求婚成功开始,他就马不停蹄地一手操办起婚礼仪程来。戚南的工作室刚刚起步,她扑在事业上的精力远比婚礼上多得多。顾清狄十分理解她的境况,只能一边忙工作一边准备婚礼。他并不抱怨，只有的时候累得狠了，免不了和戚南撒撒娇要些好处，然后又精神抖擞地继续去忙了。

婚礼事宜终究烦琐，顾清狄一个人一双手，有时候也顾不过来，舍不得奴役自家老婆，他只能将魔爪伸向好友。

颜朔也被抓过几次壮丁，完事后忍不住向小雀吐槽顾清狄的难缠，花样多到他炸毛。只是这位也是个思路清奇的，受了一通折磨，居然还跟小雀试探性地提出了明年早点结婚的想法。

"南南，我就跟你说嘛，他脑子怕不是有坑。才交往了多久就提结婚，把我吓得要死。果然有年龄差就是不好，他的思维我理解不了，我喜欢的他也不懂。这年头，谈个恋爱怎么这么难啊！"

小雀一边帮戚南整理婚纱的裙摆，一边絮絮叨叨倒苦水。戚南见店里还有别的顾客，怕她俩谈话影响其他准新娘的好心情，索性脱了婚纱卸了头冠，拉着小雀去边上的奶茶店，点了小雀爱喝的饮料，打算坐着陪她慢慢聊。

"南南，虽然刚才你穿的那套已经美到冒泡，但咱们还是回去再试试别的吧。这家婚纱这么贵，回头顾魔王该怪我偷懒不积极上工陪你了。"

顾清狄对小雀虽比颜朔温和，但余威犹在。这不，小雀刚坐下就跟凳子长了钉子似的，吸了两口奶茶，便左右摇摆着作势要拉戚南回去。

戚南的唇角弯了弯，她摇了摇头，把小雀那不安分的小身子按了回去，又给她喂了几口奶茶，这才缓缓说道。

"这家婚纱店先前我和顾清狄来过，款式也基本上选好了，就是刚才你看的那套，所以没必要再试的。倒是你和颜朔，你们现在处得怎么样啦，有吵过架吗？他对你好不好呀？"

见戚南正儿八经提起颜朔，小雀有点脸红，还有点小别扭，她没好意思正眼看戚南，只嘴里嘟囔道："他这个人吧，其实对我还挺好的，也有耐心。喏，就你俩领证那天，他跟着我拿机器、拿道具，忙上忙下的，你也看到了对吧？"

戚南配合地点了点头，一副赞同的模样，小雀见状，心里舒了一口气，但是很快眉毛又都皱在了一起。"我俩相处倒是没有矛盾，但就是挺平淡的,我看我的剧,他弄他的电脑。大部分时间都是我在说,一点都不热闹。南南,你说为什么人越长大,越难爱上一个人啊?"

小雀叹了一口气,托着腮很愁苦地补了一句:"明明颜朔比赵承对我要好多了,人也优秀很多,但为什么我觉得我很难像大学时候那么不管不顾地去爱了呢? 就连颜朔说要结婚,我也心里直打鼓,不像几年前那么期待了。"

这些想法压在小雀心里很久,只有对着戚南才敢倒豆似的全都说了出来。她很清楚,这些话说出来对她和颜朔的感情没有任何好处,只是颜朔对她越好,她心里的顾虑就越多,也就越害怕,越不安。

戚南了然地摸了摸小雀的圆脸,唔,手感还是这么好。她的思维因分心停滞了一瞬,但很快,在对上小雀苦恼而渴求的眼神时,戚南顿了顿,刻意降低了语速和音调后,很温柔地对小雀说道。

"小雀,我认为,不是人越长大就越难爱上一个人,而是年龄越长,越能分辨那是不是真的爱。在我看来,虽然颜朔和你性格不同,又有年龄差,彼此之间共同点很少。但你想啊,你和他在一起的时候是不是最轻松自在呢? 他虽然没有很好地融入你的世界,但他有很用心地在守护你的世界,让你可以自由地做自己,不是吗?"

戚南见小雀若有所思,将她拉近了一点,看着她的眼睛继续缓慢说:"小雀,我们都长大了,世界在变,我们在变,爱情又怎么会一成不变? 只要你和他都是真心对彼此,我相信你们最终一定能相互适应,相互融合,给彼此带来更多欢笑。颜朔他,可不是另一个赵承呀! 所以你看,你是不是应该要试着勇敢一点呢?"

小雀咬着唇,眼神几经变换,终于慢慢坚毅起来。戚南的话就像一阵春风,缓缓吹到了她的心底,也吹散了她心头萦绕的阴霾。直到此刻,她终于完全看清了自己的心,也鼓足了力量和勇气。

她知道该怎么做了! 南南真好! 小雀感动而满足地抱住了戚南的胳膊,依偎着她开心地蹭了蹭。戚南则轻轻地将头靠了过去,像大学时候一样,把她最好的朋友再一次紧紧地揽在了怀中。

距离婚礼还有几天时,戚南简单收拾了几件行李,和工作室请了假,回皖县待嫁。临走的时候,顾清狄神采奕奕地拉着她的手,告诉她婚礼已经筹备得差不多了,她只要美美地坐在家里,安心等他来接便好。

戚南笑着道了声好,随后怀着满心期待,还有短暂别离的少许不舍,回到了自己的家。

早在前几个月前,顾清狄和顾家父母来提过亲后,戚南父母便开始着手换新家装,等戚南回时,发现家里早已装潢一新,已非旧日气象,处处喜气洋洋,却又温馨大方。

因皖县和J市离得不远,开快些也就是小半天的工夫,所以顾家父母和戚南父母商议后,决定将戚家亲友一并请到J市,两家合起来办一场筵席。所以婚礼前两晚,戚南家便已经很热闹了,到处都是走动的亲戚。甚至有些记忆中幼年时期才见过的旧面孔,时隔多年后再见,都会心一笑,还对戚南道一句温暖的祝福。

在离晨曦出现仅剩几个小时的良夜里,戚南站在窗前,看着天空将圆的明月,心底里盛满了对顾清狄的思念。

她知道,明天,她就能真正地和顾清狄站在同一扇窗子前看月亮,共同面对星辰闪烁及人生变幻。她知道,明天,她和顾清狄将真正成为这世上最亲密的伴侣,他们的命运也将从此连结在一起,密不可分。她知道,明天,她将真正地成为他的妻子,成为唯一永远与他并肩同行的人。

从此,三餐四季,岁岁年年,喜悦舒朗。

婚礼(下)

婚礼当天,顾清狄到得比戚南想象得要更早。因前夜只睡了短短几个小时,戚南坐在梳妆台前还有点打盹,化妆师小姐姐见状宽和地笑笑,一手抬高她的下巴,一手熟练地上妆。谁知妆面才化了不到一半,楼下院门外便传来车队的喧闹声和鞭炮声。巨大的声响让戚南瞬间清醒了,她赶忙跑到窗前看了看,果然是顾清狄到了。

　　新郎都到了,新娘还没化完妆,化妆师小姐姐难免有点着急。她赶忙把扒着窗台凑热闹的戚南拉了回来,加快手上的工作。戚南皮肤底子好,她三两下地便上完了底妆。又见戚南眉眼唇鼻无一处不美,便先给她挽了发,然后简单地给她描了描眉,加深了下眼线,最后蘸了点鲜红色的唇蜜,于是,一个既清透又精致的妆容便完成了。

　　身旁传来无数的赞叹声,戚南缓缓睁眼去瞧镜子里的自己。含情的眼,娟长的眉,扑闪的睫,还有嫣红可爱的唇,她又穿了一身红色的旗袍,当真秀美无比,艳色逼人。顾清狄已经在新房外叫门了,戚南摸了摸自己的胸口,只觉得心跳得飞快,既期待又紧张。

　　戚南家没有设什么复杂的接亲流程,所以一听到顾清狄清亮舒朗的声音,戚家的一位亲戚便和善地去开了门。顾清狄向新房内的亲戚们道过了好后,大步流星地跨过人群来到了戚南面前。

　　几日未见,顾清狄本就想她想得紧,本想上前一诉衷肠。却在见到亭亭立在屋子中间的戚南时,心头剧震,一时间竟定在了原地。

　　她怎么这么美!

　　顾清狄想象过无数次戚南穿这身旗袍的模样,但都与眼前有着千差万别。她挽了一个松软的发髻,只在鬓边斜插着一朵娇艳的红花,长长的耳铛随着她的转头而轻微晃动,每次都像晃到了他心头。纤长且凹凸有致的身材被这身长旗袍服帖地包裹着,仅在腿侧露出一点白皙的春光。

　　她像一株蒙着红纱的晚香玉,远远看着,便能叫人闻见她吐露出的幽幽芬芳。

　　戚南怎会没读懂顾清狄眼底的惊艳?她垂了垂眼睫,似是害羞了一瞬,却终是鼓足了勇气去看盼了许久的他。

　　顾清狄依旧长身玉立,身着一身烟灰色西装,颈上系着一条金棕色领带,胸前簪着红花。他的头发梳拢了起来,露出了整张俊朗英气的脸。那是一张足够硬朗成熟却又带着些许少年清俊之气的完美面容,那般让人心醉神驰。在这样的视觉冲击下,戚南一对上他的目光时,也不由自主地呆了呆。

　　友善的哄笑声断断续续从周遭响起,亲朋好友们俱都艳羡而惊叹地看着眼前这对痴痴而望的璧人。顾清狄率先反应过来,他一个箭步上前将戚南揽在了怀中，又将戚南的手紧紧攥在了手里，随即舒了口气朝大家伙儿笑了笑。

她的美太缥缈太动人了，他甚至有点后怕，怕那又是一场梦。而直到这一刻，直到握紧了她的手，他才真正放下心来。

顾清狄携着戚南，向戚家双亲敬茶行礼后，在众亲的簇拥下出了门。虽然知晓父母的车随后会同他们一起奔赴 J 市，但在见到倚着门廊含泪朝他们挥手送别的父母时，戚南还是红了眼眶。

她知道，从今之后，她将不仅是戚家的女儿了，她将和身边她爱的这个男人，组成另一个新的家。

疾驰的车队迎着朝阳向远方出发，顾清狄亲昵地拥着戚南，在她耳边诉说着相思和对未来生活的期盼。金黄色的日光透过车窗玻璃，落在顾清狄的年轻面庞上，他那染着浓浓笑意的眸子更显清澈璀璨。戚南心底那一点点落寞和悲伤很快被他的欢乐化解了，剩下的路程，两人眼中唯有欢喜的彼此，还有沿途秋日的好景。

半日的辰光飞速驶过，到了 J 市举办婚宴的地点，两人又短暂分开，各自去忙了。顾清狄先去迎宾，戚南则要去穿婚纱换妆容。一通忙活下来，时间已近黄昏。

户外草坪的彩灯早已星星点点地亮起，宾客们笑着落座，木质的座椅绑着焦糖色的纱幔，装点着橙黄亮丽的向日葵，与落日余晖交相呼应。复古艳丽的秋日花朵伴着穗长轻盈的蒲苇花，轻轻柔柔地铺了满地，在晚霞袖带的轻拂中，摇曳呼吸。当太阳的最后一抹亮光消失在远方天际，欢快浪漫的婚礼乐缓缓响起，那一刻终于就要到来了。

一切是那么梦幻而简单，戚南挽着父亲的手从草地的另一端走来，从顾清狄接过她的那一刻起，她的全部身心都已被他占据。他的虔诚，他的庄重，他的俊美，他的所有的一切。誓言落下的那一刻，她亦是发现了顾清狄眼底有泪，她毫不犹豫地上前拥住了他，在他唇角落下温热一吻。

从此，人潮人海，有你有我，你的欢欣亦是我的欢欣，你的目光也变成了我的目光。我们将彼此的姓名镌刻进未来的生命中，爱意不减，时光永恒。

婚礼仪式结束后,顾清狄牵着戚南的手,各执着一杯酒,去答谢今日赴宴的宾客。银白色的缎面裙摆在绿茵上款款拖移,戴着星月头冠的戚南如同月之女神,让宾客们不禁为之侧目,欢喜地上前祝酒,随后殷勤地为这对神仙眷侣让出道路来。

二人所到之处,无一不充满了艳羡、赞美以及祝福。

顾清狄的朋友们能来的都来了,戚南见到了曾经一同玩过狼人杀的洋洋、文子等人,还有顾清狄大学同一宿舍的哥们。其中不少人若只在路上擦肩而过,戚南定是认不出来了,只能从顾清狄的介绍中,以及偶尔能辨的熟悉语调里找寻记忆中旧人的影子了。

所幸,叫戚南无比惊喜的是本科时在南苑 8 舍的好姐妹们这次居然都来了,她们都容颜未改,仍然靓丽动人,各有风采。

枫羽和舒和都已经是孩子的母亲了,生活安逸幸福。毕业后去了英国工作这次特意回国的肖夏肖大王依旧单身,却越发美艳娇媚了。许久未见的独孤也还未成家,但事业有成已经是一家中型企业的大股东了,她眉宇间依然自信坚韧,却也多了一份岁月沉淀后的疏朗开阔的气质。

现如今,大家聚在一起,虽然天南海北,境遇不同,却都在朝着毕业前便相互约定好的理想生活努力拼搏。只是说着说着,不免又想起从前在 8 舍时无忧无虑的时光,谈起了那些青春年少冲动和不完美的日子,然后笑着聊着,又抱在一起落下泪来。

戚南也好,小雀也好,大家都很清楚今日的相聚只是短暂的欢愉,很快便又要分开。山高水远,各处一方,毕业后好不容易借着这个由头聚了一次,再见一回怕不知道要过上多少年。只是人生啊,总有人要离开,总有人要远走,却总也挽留不住,总剪不断离愁。

顾清狄最怕娇妻落泪,他赶忙轻拍了拍戚南的肩膀,安抚了她几句,随后又说了些俏皮话逗大家开心。在他的带动下,很快氛围又重新变得欢快热烈。

戚南见状,心里很感动。她不知道顾清狄花了多少力气将她们重聚在一起,但她知道,她们的到来,对自己而言确实意义非凡。

她们不仅仅象征着友谊,更是她青春和爱的见证者。她们今天能在这里见证她和顾清狄的结合,这何尝不是另一种圆满?

今晚的惊喜远不止这些,晚宴快结束的时候,戚南在乐队里看见了闻琛的身影,他为他们献上了一曲爱的祝福。一曲唱罢,满堂喝彩,当他拿着礼物朝他们走来时,戚南在他的眼中看见了暖意、欣慰,还有一丝丝的愧疚。

顾清狄牵着她很大方地上前和他聊了几句,从交谈中,戚南能感受到闻琛成长了许多,而过往的绮思和纠缠早已风流云散,唯余朋友间的亲近和祝福。

顾清狄还悄悄告诉她,有一个她没想到的人也来了现场,只是他尚在忙碌之中,暂时无法分身。起初戚南有些不明所以,但当她品尝到了记忆中只在那一处地方尝过的美食时,她突然明了。原来今晚的飨宴是他的杰作,他终于出了山,做了自己真正想做的事情,没有什么比这更好的了。

这一刻,戚南的心胀得厉害,却又软得一塌糊涂。

她看向身侧同她并肩而立,共同仰望远方天幕的顾清狄,她想,他终归是他啊!无论星河滚烫,还是皓月清凉,他永远都是那么炽热,在她的心头散发着不灭的光芒。

橘黄灿烂的花海中,戚南将身子凑近顾清狄耳边,对他轻轻说了一句:“谢谢你,我的爱。”

她的新婚丈夫却朝她调皮地眨了眨眼睛,颇具暗示地吐了一句:“那今晚,我等着看宝贝怎么谢我。”

戚南忽地羞红了脸,顾清狄则得意地笑出了声,他的笑声里带着幸福的颤音,洋溢着满满的喜悦,戚南听着听着,也同他一起笑了起来。

此刻风慢景好,夜月渐浓,只待红绡帐暖,一帘幽梦。

假和尚:往事与独白

假和尚自然不叫假和尚,他叫陈鹤延,是 B 市富豪陈家的独子。

在 B 市,说起做重工起家的陈氏,那简直无人不知,可要说起陈家的私事,知情的人多半会叹息几声,然后道一句造孽。

虽然陈家发家早,也很有钱,但作为这家的独子,也是未来的陈氏集团继任者,陈鹤延从出生起面临的就不是花团锦簇的福窝,而是水深火热的战场。陈氏集团的掌门人,也就是他的父亲老陈总,是苦出身拼出来的,所以一贯信奉棍棒底下出人才的高压政策,不仅在公司拼命压榨员工,而且把家庭也变成了压抑的牢笼,让所有人都难以喘息。

陈鹤延智力平平,身体也不太康健,幼年的他做事读书都慢同龄人一拍,是个看起来甚至有些愚笨的小孩。陈父对他一面失望,一面鞭策,在努力了很久都没法生育二胎之后,陈父对他更是变本加厉,要求他凡事服从,逼着他向前。所以陈鹤延的童年,基本都是泡在眼泪和药水中度过的,读他看不懂的书,学他不感兴趣的功课,挨莫名其妙的打,一切的一切,都仅仅是为了让他的父亲开心或者闭嘴。

喋喋不休从没有好脸色的父亲,和唯唯诺诺不敢出头说话的母亲,构成了陈鹤延对这个家全部的印象。随着他步入青春期,学业逐渐有起色之后,他的境况才略微好一些。

除了那些他必须完成的父亲安排的任务,他总算能找点时间去琢磨自己喜欢的东西,比如养养小动物,养养花草,偶尔做做饭什么的。虽然经常被父亲斥责为玩物丧志,但总算他的生命里有了一些别的色彩和真正属于他的东西,他甘之如饴。

后来,陈鹤延上了个不好不坏的高中,又考上了个不好不坏的大学。陈父大概也知道了他在读书上并没有什么天赋,所以在学业上也不如何强求,只叫他学了个和家里产业相关的专业,好早点毕业回来继承家业。陈鹤延对读什么大学上什么专业倒也没意见,只有能搬出去住宿舍这一点,叫他兴奋无比,也期待无比。

大学四年,他很少回家。因他向来性格温顺,陈父大概没料想到这一点,所以对他的叛逆行为格外恼怒,呵斥了几次无果后便再也不理。这几年间,父子俩的关系越来越差。临近毕业的时候,陈鹤延还天真地以为可以自食其力去做自己喜欢做的事情了,谁知陈父一声令下,竟连夜将他绑回了家,开始了往后十年对他新的一轮压迫。

　　这十年,对陈鹤延来说,过得很慢,却又飞快。不知怎么的,他就被安排进了公司,稀里糊涂的,他就娶了不认识的女人做妻子。然后是女儿出生,陈父开始生病变老,他也一步步地接近陈家权力的顶端。

　　大多数时间里,他都如父亲所愿般待在公司。他很少回家,和妻子也没什么话可聊。妻子是父亲生意伙伴的女儿,性格软弱,没什么主见,并不是他喜欢的类型。只是他也知道,妻子没有事业,生的又是女儿,在父亲的重压下,生活得很不痛快。因着这一点微妙的共同点,他偶尔也会安慰安慰她,然后带她和女儿出去兜兜风,换换心情。

　　陈鹤延想,他这一生大约也就是这样了吧,前半生被父亲困住,后半生被妻女绊住,命运总有办法叫他做不得自己的主。可他没有料想到变故来得这样快。父亲寿宴这天,只因他晚到了一刻钟,又迎来了父亲尖酸刻薄的指责。数年的委屈在那一刻爆发,他和父亲大吵了一架,摔门而出。妻子被父亲斥责无用,带着女儿张皇失措地去追他,却和雨夜疾驰的车子一起摔进了河道,母女二人从此再无声息。

　　这个小家庭就这么破碎了,陈鹤延痛恨父亲毁了他的人生,但他更恨自己的无能为力。父亲传话说要和他断绝关系,妻女无助哀戚的求救也时常在他的梦魇中回响。生活没了,事业更无从谈起,他的一切都是父亲给予的,他只能远远地逃离陈家,逃离那段噩梦一般的过往。

　　他流浪了大半年的时间,才终于在真应寺安定下来。真应寺庙小事少,住持又是个品性好的,这里从无一人管他,他过得很安静很随心。他本以为这就是他想要的自由,可当他看见同样漏夜狼狈前来的戚南时,他知道这并不是真正的自由,只是另一种逃避而已。

　　戚南的到来,给他带来了很多不一样的东西。看着这样一个年轻女孩为爱痴狂,一开始他觉得好笑,后来他开始羡慕,甚至开始心疼。

　　他羡慕她能拥有那样炽热的爱情,这是他的人生中从未品尝过的。他心疼她的付出,心疼她的绝望,甚至有时候他看着她年轻的面孔,会忍不住开始想象那个悄无声息逝去的孩子如果长大了,会是怎样一副模样,会不会也像她一样傻,一样陷入爱情,自苦或癫狂?

可是他知道,那个孩子,他的女儿,再也没有这样的机会了。出事之后,他很少去想那个可怜的孩子,并刻意在脑海中模糊淡忘她的面容。她的出生在他期待之外,她和她的母亲很少得到他的关爱,可是她依旧那么在意他,那么渴求能待在他身边。他原本能够给她一切,可他却如此吝啬。现在,他什么都没有了,她的时间也永远停留在那冰冷的河里,再也无法流淌了。

他有时候会在梦中喊她的名字,"男男,男男"。他的女儿,他的胜男,可怜到连姓名都带着祖辈对臆想的弟弟的期盼。在那个家中,她和她的母亲,她的父亲一样,都只是没有自我的附属品,生亦无欢,死亦无声。

所以,当他看着戚南,有着相似的姓名时,他竟然有一种神奇的念头,好像在看那个孩子在另一个时空的另一段生命。戚南固执、坚韧、可笑,但她也活得热烈,活得真实。所以他忍不住靠近她,忍不住对她好。他不知道这是不是一种赎罪,但他知道,戚南的出现,的确改变了他,而这段关系,同样也在慢慢拯救他。

他越来越多地开始回想过往,反思他和父亲的关系,反思他和妻女的关系。前半生,他过得糊涂,不仅没对自己的人生好好负责,而且连累旁人跟着受累。后半生,他想要为自己好好活一回,去做自己认为正确的事情,不给人生再留遗憾。

陈鹤延从真应寺离开的时候,是一个大雪漫天的冬日。皑皑白雪将苍山大地覆成一样的白,来时的路同样被积雪遮盖,险些叫他迷失了前路。好不容易行至半山腰的凉亭,他刻意歇了歇脚,停下来仰头回望。过往的画面悉数在他眼底飞掠而过,却最终如同这场冬雪般飘落无痕。

他忽然明白了,无论人生行至哪一层台阶,回忆永远都在阶下注视着你,未来也在阶前迎接着你。他的人生不过才走了半程,低头无需悔恨,抬头亦无需害怕,唯有坚实地走好现在脚下的每一步,直视自己的命运,日子才能过得豁达且敞亮。

他还是选择了先回到 B 市,和过往做一次了结。他买了一束素雅的鲜花,做了几样孩子爱吃的点心,只身一人去到了妻女墓前。

时光荏苒，墓前的松柏依旧青翠，陈鹤延席地而坐，抚摸着冰冷的大理石碑上定格的那两张美好笑颜，心里充满了悲伤。

他默默坐了很久。风过无声，临走起身，他突然发现衣角被两侧的枝丫勾住了。这衬衣他向来最爱，于是略用了点力，将衣尾拽了出来。轻拍灰迹时，却见那翻起的衣尾处，露着了一处小小的卡通画。

淡淡的颜色，稚嫩的图案，是小孩子一时兴起的涂鸦之作。那图案上还点缀着一个小巧的爱心，看到的那一刻，陈鹤延心头剧震，忽地泪如雨下。

原来，爱是可以穿越时间和距离的。它从未真正消失，甚至跨越了岁月来抚慰他。他立刻转身回头，第一次在妻女面前敞开了心扉，把很多藏在心里的，曾经没说但想说的话都告诉了她们。他跟她们一一道了歉，最后正式地道了个别。

这世界啊，永远在流动，时间也是。他知道，他不能再把自己困在时间的缝隙里，他所能做的，只有不停地继续往前走。因为这才是对逝者，对生命，对自己，最大的尊重。

下了山后，陈鹤延也回过一次曾经的那个家。父亲已经越发老迈了，老到已经没有力气再来指责他的人生了。母亲的身体倒还康健，只是家庭的变故已经磨损了她大部分的精气神，看到儿子回来，她很宽慰，不再过多要求什么。在得知公司已经交给职业经理人打理后，陈鹤延脸色平淡，只点了点头便径直离开了。

这样很好，他终于能全然放手去做自己想做的事。他用了半年时间，开了一家属于自己的餐厅。虽然创业很辛苦，每天也很忙碌，但日子过得很真实，也很充实。后来，从顾清狄那得知他和戚南要成婚的消息后，他心里很高兴，不仅应邀去参加了婚礼，还自愿做了婚宴的主厨。席间，他认识了新的朋友，有个高挑飒爽的女孩子因为喜欢他做的食物，而特意找了过来。他们一见如故，相谈甚欢，看着她意气风发的面容，他心中涌起了久违的热情和冲动。

一切都在慢慢变好，陈鹤延想，日子还长着呢，明天永远值得期待，不是吗？